Fabio Paretta ist das Pseudonym eines in Italien lebenden deutschen Autors, der seine große Leidenschaft für das Erzählen mit seiner Faszination für die Widersprüche seiner Wahlheimat Italien verbindet. Mit »Die Kraft des Bösen« schrieb er sein Krimidebüt um den neapolitanischen Commissario Franco De Santis. *Tödliches Capri* ist sein dritter Roman. Fabio Paretta ist mit einer Italienerin verheiratet und hat zwei Kinder.

Die Kraft des Bösen in der Presse:
»Ein dichter und realitätsnaher Krimi zwischen den Villenvierteln auf dem noblen Vomero und den Wohnhöhlen in Neapels berüchtigter Altstadt.«
Der Standard

»Mit Hingabe schildert Paretta die vielen Facetten dieser rätselhaften Stadt und die lebensechten Figuren, mit denen er seinen spannenden, finsteren, aber auch sehr sinnlichen Roman anreichert.«
NDR Kultur

Außerdem von Fabio Paretta lieferbar:
Die Kraft des Bösen
Trügerisches Neapel

Fabio Paretta

Tödliches Capri

Ein Fall für
Commissario De Santis

Kriminalroman

PENGUIN VERLAG

MIX
Papier aus verantwortungsvollen Quellen
FSC® C014496

Penguin Random House Verlagsgruppe FSC® N001967

1. Auflage 2021

Umschlag: www.buerosued.de
Umschlagmotiv: Mauritius Images/
EyeEm/Shalom Rufeisen; Bürosüd
Redaktion: Ralf Reiter
Satz: Greiner & Reichel, Köln
Druck und Bindung: GGP Media GmbH, Pößneck
Printed in Germany
ISBN 978-3-328-10606-7
www.penguin-verlag.de

Dieses Buch ist auch als E-Book erhältlich.

Für Giulia

1

Gabriele war noch nie so glücklich gewesen – und noch nie so verzweifelt. Warum spannte sie ihn auf die Folter? Warum konnten sie sich nicht sofort sehen? Sie hatte ihm eine SMS geschickt und zu einem Rendezvous bestellt, um zwei Uhr nachts, an einem geheimen Ort, *ihrem* geheimen Ort.

Gut, er verstand, dass er nicht einfach zu ihr ins Zimmer gehen konnte, auch wenn es auf demselben Stockwerk lag. Er verstand, dass sie ihr Geheimnis wahren wollte. Beziehungen zwischen den Studenten, die über die Kunst hinausgingen, wurden nicht gerne gesehen. Niemand hatte das explizit gesagt, aber alle wussten es. Doch wenn sie schon zu dem geheimen Treffpunkt gingen, warum nicht sofort?

Es war kurz nach ein Uhr in der Nacht. Vor zehn Minuten hatte er die SMS bekommen. Sein Herz schlug ihm bis zum Hals, wie vor drei Wochen, als er Arianna zum ersten Mal gesehen hatte, als sich sein Blick gekreuzt hatte mit ihren braunen Augen, die still aus dem rätselhaften Gesicht leuchteten. Wie gebannt war er gewesen, hatte sogar seine Schüchternheit überwunden und sie nach der Einführungsstunde angesprochen. Seitdem war alles anders in seinem Leben. Ja, es war, als hätte er überhaupt erst zu leben begonnen, als wäre er aus einem verzerrten Schattenreich getreten, aus der Geisterbahn, in der man ihn gefangen hielt.

Wenn sie zusammen waren, dann erstrahlte die Welt in Farben, die nicht mehr schmerzten, sondern mit einer Wärme und stillen Intensität leuchteten, die wohlig und vertraut war. Es war, als ob er seine Sprache gefunden hätte, als ob die Energien durch ihn hindurchflössen und ihm jede Last abnahmen, selbst beim Malen.

Gabriele hielt es nicht länger aus. Er glitt aus dem Bett, setzte seine nackten Füße auf den kühlen Steinfußboden und ging in das kleine Badezimmer, das zu seiner Kammer gehörte. Er wollte niemanden wecken, und so schlich er sich unter die Dusche, ließ nur einen dünnen Strahl herabrieseln, der seine Kopfhaut wie mit feinen Nadelstichen massierte.

Er trocknete sich ab, putzte sich die Zähne und zog ein frisches Hemd an, das weiße Leinenhemd, das sie so mochte. Schließlich betrachtete er sich kurz im Spiegel. Sein Gesicht gefiel ihm, auch das war neu. Er nahm die Sommerdecke, sein Handy und die Zigaretten, die auf dem Holzsekretär lagen.

Er warf einen Blick auf seine jüngsten Gemälde, die an der Wand lehnten. Explosionen von Form und Farbe, die aus seinem Pinsel flossen, als wäre es das Natürlichste auf der Welt, als hätte er sein Leben lang nichts anderes getan. Dabei hatte er immer nur Schund produziert. Schale Schatten, leblose Figuren, Gestammel, wie auf den alten Bildern, die danebenstanden. Ein Wunder, dass man ihn damit hier an der Sommerakademie angenommen hatte.

Er öffnete die schwere Eichentür und trat hinaus. Rechts lag das Eingangstor, nur wenige Schritte entfernt, nach links lief der Korridor, beschrieb einen Neunzig-Grad-Winkel und führte zu Ariannas Kammer. Alles war so richtig und unverfälscht zwischen ihnen. Warum sollten sie sich verstecken?

Ein Käuzchen rief im Park, über ihm knackten die schweren Holzbalken, dann herrschte wieder Stille. Es war stärker als er: Er ging zu Arianna.

Das ehemalige Kloster, in dem die Akademie residierte, war ein zweistöckiger quadratischer Block. Um einen offenen Kreuzgang in der Mitte drängten sich die Mönchszellen, hinter deren Türen die Studenten schliefen. Das Mondlicht ließ die alten Cottofliesen glänzen, Äbte, Gelehrte und Fürsten, in weißen Marmor gehauen, standen Spalier und starrten ihn an.

Um zwei Uhr, du weißt, wo, mein Geliebter. Arianna. Das hatte sie geschrieben. Ja, er wusste, wo. Bisher waren ihm ihre Wünsche heilig gewesen, aber dieses Mal, ein einziges Mal, sollten seine Gefühle stärker sein. Er kam an einer Tür nach der anderen vorbei. Dunkel, ehrwürdig und schwer waren sie. Wie eine Mahnung. Sollte er jetzt aus Ungeduld alles aufs Spiel setzen? Schließlich stand er vor Ariannas Zelle, sein Herz hämmerte. Er legte das Ohr ans Türblatt und lauschte. »Arianna«, flüsterte er. Seine Stimme verhallte an den kalten, weiß gekalkten Mauern. Hinter der Tür herrschte Stille.

Plötzlich fuhr er zusammen. Er hatte hinter sich einen dumpfen Schlag gehört. Er drehte sich um und sah etwas Längliches, das über die Fliesen huschte. Nur der Schatten eines Zweigs, der im Innenhof im Wind schwang. Trotzdem wurde ihm unheimlich. Das Institut, tagsüber ein fröhlicher Bienenkorb, schien nachts von den Geistern der Vergangenheit heimgesucht zu werden. Das strenge Regiment der Franziskaner, die Qualen der Kranken, die einsam hinter den Türen gelegen und verzweifelt nach Luft gerungen hatten. Und heute? Ihm entgingen die Blicke nicht, die manchmal hinter seinem Rücken getauscht wurden, Neid und Hass, die in den Augen funkelten. Weil er viel weiter war als die anderen, weil er so weit war, wie sie selbst vielleicht niemals kommen würden. Manchmal hatte er Angst, dass alles nur ein Traum war, dass er würde büßen müssen für seinen Höhenflug.

Er machte kehrt und schlich zum Ausgang. Als er endlich draußen war, löste sich seine Anspannung in der warmen Brise, die das Rauschen der Brandung herantrug und den schweren Duft nach Jasmin, das Gelächter angetrunkener Touristen. Die Gassen lagen vor ihm wie ein Netz enger Arterien, die durch hohe Kalksteinmauern führten. Schnell und leicht ging er die Treppenstufen hinab, bog in den breiten Hauptweg ein, der sich fast ebenerdig durch Luxushotels, Villen und üppige Gärten schlängelte und sich schließlich in Serpentinen und der würzigen Macchia verlor. Der Sternenhimmel wölbte sich über den wild gezackten Felsen der Steilküste und spiegelte sich dahinter in der pechschwarzen See. Man sagte der Insel magische Kräfte nach. Er hatte sie erlebt. Sie hatten ihn verwandelt. In dieser Landschaft hatte er Arianna entdeckt und seine Sprache gefunden. Oder war es umgekehrt gewesen?

Er ging federnd über die Steinplatten, die in die Dunkelheit führten, zwischen hohe Pinien und Steineichen. War Arianna da vor ihm? Er vernahm keine Schritte, nur die Brandung der See und die Grillen.

Er sprang über das Mäuerchen und schob sich durchs Unterholz, bis er an das kleine Plateau kam, das sie gemeinsam entdeckt hatten. Sie war noch nicht da, und er war enttäuscht, beunruhigt. Warum war es in ihrem Zimmer so still gewesen? Er breitete die Decke auf den duftenden Teppich aus Piniennadeln und vertrocknetem Gras aus, legte sich hin und zündete sich eine Zigarette an, um die Nervosität zu bekämpfen. Er betrachtete die knorrigen Stämme, die sich bogen, die Wipfel der Pinien, die der Wind wie schwere Wolken durch das Sternenmeer trieb, und wieder geschah das Wunder: Er »sah« seine Bilder darin.

Dann hörte er unvermittelt einen Zweig knacken – und lächelte. Sie spielte also ein Spiel mit ihm.

»Arianna?«, flüsterte er. »Ich habe dich gehört!« Er nahm noch einen letzten Zug von der Zigarette. »Kannst rauskommen.«

Das Mondlicht fiel auf ein Gesicht, das sich aus den Büschen schob. Es war nicht Arianna.

2

Als Franco De Santis' Handy klingelte, war es Sonntagmorgen, 8:12 Uhr. Aber das wusste er noch nicht. Er tastete im Dunkeln nach dem leuchtenden Gerät, das sich vibrierend über den Fußboden bewegte, und dabei fing das Zimmer an zu schwanken.

»Commissario De Santis?«, fragte eine Stimme, die er nicht kannte.

»Ja.«

»In zehn Minuten ist einer unserer Wagen bei Ihnen. Sie müssen nach Capri.«

»Wieso?«, grummelte De Santis. Seine Zunge war schwer und widerspenstig.

»Ein Tötungsdelikt.«

De Santis stöhnte. Sein Kopf war am Zerspringen, er fühlte sich wie auf hoher See. Er hatte wohl einen Kater, einen richtig bösen, und doch war er klar genug, um zu wissen, dass Sonntag war. Und dass Capri eine Insel war, eine wohlhabende, mitsamt einem gut ausgestatteten Kommissariat, mit Kriminaltechnikern und Ermittlungsabteilungen.

»Können das nicht die Kollegen vor Ort übernehmen?«

»Die warten auf Sie. Ich gebe nur Anweisungen vom Questore weiter.«

De Santis hatte Durst, seine Blase zwickte, er hatte das Gefühl, eine fremde Zunge im Mund zu haben. Und wo war er überhaupt? Er erkannte weder die weinroten Stores, die das Morgenlicht dämpften, noch das Cello, das an der Wand lehnte. Er setzte sich auf, bereute es aber sofort, weil ihm speiübel wurde. Er musste schnellstmöglich ins Bad, warf das Handy aufs Bett und hörte einen leisen Protest: »Hey!«

Behutsam wie ein rohes Ei drehte er den Kopf zur Seite: schwarze Locken, ein schmaler weißer Hals, der aus einem Herrenhemd ragte. Und wer, bitte schön, war das? Sicher nicht seine Exfrau und auch nicht die Staatsanwältin, mit der er eine kurze Beziehung geführt hatte. Wenn man das so nennen konnte. Sie wandte ihm das Gesicht zu, und De Santis zuckte zusammen. Sie war bildhübsch – und jung. Erschreckend jung.

Sie streckte einen Arm nach ihm aus, und zwischen den Knöpfen des Hemdes sah er den Brustansatz schimmern.

»Wo willst du hin?«, fragte sie.

»Ins Bad.«

»Du weißt ja, wo es ist.«

Das wusste er eben nicht. Aber er schämte sich, es zuzugeben. Er stand auf, wartete, bis der Boden zu schwanken aufhörte, und torkelte aus dem Zimmer. Er fand sich in einem Flur wieder, von dem drei Türen abgingen. Verzweifelt kramte er in seinen Erinnerungen. Einen Filmriss, das hatte er schon öfter erlebt. Aber dass er nicht einmal den Anfang des Films fand, das war neu. Er probierte nacheinander alle Türen aus und kam gerade noch rechtzeitig an die Toilettenschüssel, um die Säure loszuwerden, die aus seinem Magen schoss. Er pinkelte, hängte sich an den Wasserhahn und trank. Er soff wie ein Kamel, hielt das Gesicht unter den kalten Strahl, erbrach sich ein weiteres Mal, trank erneut, und dann fühlte er sich ein wenig besser. Das Gesicht, das er im Spiegel erblickte, sah allerdings nicht danach aus.

Als er ins Schlafzimmer zurückkam, saß die junge Frau aufrecht im Bett und blickte ihn ein wenig verlegen an. Kein Wunder, er war unrasiert, ungewaschen, knapp fünfzig und nicht gerade ein Athlet.

»Ich muss los«, sagte er.

»Sicher?« Sie betrachtete ihn ratlos. »Heute ist Sonntag.«

Wie war es möglich, dass er eine solche Frau kennengelernt hatte und bei ihr zu Hause gelandet war, ohne dass er sich an das geringste Detail erinnern konnte?

Er schlüpfte in seine Klamotten, suchte nach Brieftasche und Schlüsseln und sagte: »Tut mir leid.«

Sie zog die Knie an und legte ihren Kopf darauf. Sie hatte dunkle, leicht gerötete Augen. »Geh nicht«, sagte sie. Es klang traurig, fast resigniert.

Was wollte sie von ihm? Wer war sie überhaupt? De Santis schämte sich. *Willst du dich lächerlich machen?*, dachte er. *In deinem Alter?* Hatte er sie womöglich bezahlt? War er so tief gesunken? Aber dann würde sie wohl nicht so verliebt tun. Oder hatte er das mitbezahlt?

»Bleib hier.«

»Ich kann nicht.«

»Natürlich kannst du. Niemand weiß, dass du hier bist. Und hier bist du ganz bei dir.«

Wovon redete sie? Er wusste nicht, wo er war, aber sicher nicht bei sich. Das letzte Bild, an das er sich erinnern konnte, stammte vom Nachmittag, die Strandpromenade, die Hitze, die allmählich von der Meeresbrise aus den Gassen geblasen wurde. Er hatte einen Spaziergang gemacht, hatte irgendwo essen wollen. Ein Samstagabend, an dem er keine Verabredung hatte. Zuerst hatte er sich gefreut über seine Freiheit, die anderthalb Tage, die vor ihm lagen, und dann? Hatte er zu viel getrunken. So viel war sicher.

»Wer bewusst ist, ist jeden Augenblick lebendig, wer abgelenkt ist, ist wie tot«, meinte sie.

»Wer sagt das?«

»Du. Du bist ein großartiger Zuhörer. Aber irgendwann hast du selbst auch geredet. Du hast kluge Dinge gesagt, die mir die Augen geöffnet haben. Als du mir von deiner Sinnkrise erzählt hast, von deinem Job, mit dem du dich nicht identifizierst, da hast du so aufrichtig und authentisch gewirkt. Und jetzt?«

Sinnkrise? Die letzte Woche war frustrierend gewesen. Er war in bürokratischem Kram erstickt, und die Stimmung in seiner Abteilung wurde auch immer schlechter. Deswegen hatte er sich auf das Wochenende gefreut, aber eine Sinnkrise …?

»Kaum pfeift man nach dir, rennst du los wie ein Apportierhündchen. Du wirst nie zu dir finden, wenn du nur die Befehle anderer ausführst«, fügte sie hinzu.

Und auch nicht, indem ich auf einem jungen Hasen aus der Midlife-Crisis galoppiere, dachte er. Er musste sie schnellstmöglich vergessen, wenn er ein wenig Würde bewahren wollte.

Aber wie verabschiedete man sich mit Würde aus einer solchen Situation? Er zögerte und kehrte um. Sie lag auf ihrer Seite des Doppelbetts, das nicht besonders zerwühlt aussah. Vielleicht war gar nichts vorgefallen. Aber trotzdem. Da er ihr schlecht die Hand geben konnte, wollte er ihr einen Kuss auf die Wange drücken. Sie wandte ihm den Kopf zu, und seine Lippen berührten die ihren, die weich und trocken waren. Ihr warmer Atem strömte über seine Lippe und rief etwas wach, das ihn noch mehr verstörte.

»Wirklich, es geht nicht ...«, sagte er und spürte gleichzeitig, wie wenig er daran glaubte. »Es tut mir leid.« Nichts war verlockender, als sich einfach wieder fallen zu lassen, hier in dieses flauschige Bett und neben dieses Wesen, das wie aus einem Märchen wirkte. Aber genau das war das Problem: Er war kein Märchenprinz. Hier lag ein großes Missverständnis vor. Er fühlte sich zwar zunehmend einsam, aber es war nicht seine Art, Frauen für eine Nacht abzuschleppen, schon gar nicht so junge.

»Wann sehen wir uns wieder?«, hakte sie nach.

»Ich rufe dich an.«

»Wann?«

»Sobald ich weiß, was los ist. Wir haben einiges zu besprechen.«

»Das meine ich aber auch.«

Er band seine Schuhe zu, verließ das Schlafzimmer und fand die Wohnungstür. Er rannte durch ein Treppenhaus aus grauem Marmor, trat auf die Straße, schaute noch einmal hoch auf die Art-déco-Fassade. Relieffiguren, verschnörkelte Simse. Überall suchte er nach einem Anhaltspunkt für seine Erinnerung. Ohne Erfolg. Er schaute auf das Straßenschild: *Via Rione Sirignano*. Er war also in Chiaia, dem gutbürgerlichen Viertel hinter der Strandpromenade. Am Ende der Straße schimmerte das Meer, irgendwo dort war er am Nachmittag entlanggegangen. Und dann? Was war dann passiert, zwischen dem Spaziergang und seinem Erwachen in dem Doppelbett? Hatte man ihm irgendwo K.-o.-Tropfen verabreicht? Aber wer hatte ihn dann in diese Wohnung geschleift? Er schrieb sich die Hausnummer auf und suchte auf dem Klingelschild nach einem Namen, der ihm etwas gesagt hätte. Nichts. Er kontrollierte seine Brieftasche und sein Geld. Ausgenommen hatte man ihn schon mal nicht. Also rief er in der Questura an und gab die Adresse durch, zu der man den Wagen schicken sollte.

3

Still und erhaben wie eine schlafende Nixe lag Capri vor ihnen im Dunst. Die Insel schien zum Greifen nah und kam doch nicht näher, so schnell das Schlauchboot auch fuhr, so laut der Motor dröhnte, so heftig der Bug auf die Wellen klatschte. Sein Leben lang hatte De Santis die Insel im Golf liegen sehen, sie gehörte zum Panorama der Neapolitaner wie der Vesuv, wie Ischia und Procida, betreten hatte er sie nie. Capri, das war eine Traumkulisse für Industrielle und Neureiche, für Filmstars und den internationalen Jetset. Der Kommissar dagegen kam aus einem ärmlichen Vorort, wo man den Sommerurlaub in den begrünten Innenhöfen der Siedlung verbrachte und ein Sonntagsausflug ins Zentrum schon ein Ereignis war.

De Santis stand im offenen Cockpit und klammerte sich an den Stahlbügel mit den Bordinstrumenten. Das Meer funkelte schmerzhaft im Sonnenlicht. Der frische Fahrtwind blies ihm ins Gesicht, die Motoren ließen seinen Schädel vibrieren, neben ihm stand der Offizier am Steuerrad und schwieg – zum Glück. De Santis brauchte nämlich seine ganze Konzentration für nur einen Wunsch: sich nicht zu übergeben. Er hatte nie unter Seekrankheit gelitten, heute tat er es. Unendlich langsam schoben sie sich an den beiden Höckern des Vesuv, an der schemenhaften Gebirgskette Richtung Sorrent vorbei. Als sie endlich in die offene Zange der Hafenmauern glitten, war er gebadet in kalten Schweiß, seine Knie zitterten. Um ihn her brodelte es förmlich von Jachten, Fähren, Ausflugsbooten, die sich mit tutenden Signalen, Schreien und gewagten Manövern aneinander vorbeiquetschten.

In elegantem Slalom glitt der Rumpf des Schlauchbootes hindurch und ging längsseits an einen Kai. Der Offizier tippte sich an die Schirmmütze und lächelte. De Santis presste einen Dank durch die Zähne, setzte seinen Fuß auf den Gummiwulst, verfluchte sich dafür, dass er noch immer seine Grenzen nicht kannte, nicht einmal beim Alkohol, und sprang an Land, froh, endlich wieder festen Boden unter den Füßen zu haben. Aber so fühlte sich die Insel nicht an. Menschenmassen wogten hin und her, Japaner, Amerikaner, Franzosen, Araber, Deutsche, sie redeten, sie jubelten, sie lachten, mit weißen Hütchen, in kurzen Hemden und Hosen, in Sandalen, dazwischen saßen Angler, Gepäckträger schrien, Touristenführer schwenkten Schilder, um in die Blaue Grotte, in ein Speiselokal oder eine Herberge zu locken. De Santis schaute sich um. Man sollte ihn hier abholen, aber da war keine Uniform, niemand, der nach Polizei aussah. *Umso besser*, dachte er. *Dann suche ich mir eine ruhige Bar. Ich brauche einen Espresso, einen Eimer Wasser, eine Toilette.*

»Freut mich«, sagte ein bärtiger Mann in Zivil, der De Santis verstohlen die Hand reichte. »Ich bin Commissario Alessandro Moncini, Leiter der Dienststelle. Man hat Sie in den höchsten Tönen gelobt. Wir brauchen hier den besten Mann, und einen Mann von Diskretion. Allerdings hatten wir Sie früher erwartet.«

Warum die Heimlichtuerei? Und warum diese gestelzte Ausdrucksweise?

Während De Santis etwas von Stau an der Hafenzufahrt und Wellengang murmelte, lotste ihn der kleine parfümierte Mann durch das Gedränge, zwischen Taxen, Handkarren und Kleinlastern hindurch, an Kellnern, Fahrkartenverkäufern, Hotelpagen vorbei.

Die schmale Uferstraße wurde von Restaurants und Souvenirläden, Marktständen und Verkaufsbuden flankiert, dahinter ragte steil die Insel auf wie ein Gebirgsmassiv, das sich in zwei grauen, zerklüfteten Gipfeln verlor. An den Hängen klebten weiße Häuschen, winzig und verspielt.

»Sie müssen wissen, es ist von größter Wichtigkeit, dass dieser Fall in Windeseile aufgeklärt ist.«

Ach ja?, dachte De Santis. *Warum? Und warum von mir?* Es war Sonntag, es ging ihm miserabel, und dann fielen ihm wieder die Worte des Mädchens ein, er zweifle am Sinn seines Berufs. Hatte er ihr das wirklich erzählt? Er war immer voller Überzeugung und Tatendrang an die Arbeit gegangen. Wenn er ein Mordopfer sah – eine alte Frau, die man brutal ausgeraubt und erschlagen, einen Burschen, den man nach einem Streit erstochen hatte –, dann schien der Sinn seines Tuns auf der Hand zu liegen. Aber immer öfter wurde dieser Sinn in Paragraphen, Vorschriften und Anweisungen von oben erstickt. Findige Anwälte hauten ihre Mandanten heraus oder verschleppten Prozesse, bis die Anklagepunkte verjährt waren. Nur wer sich keinen guten Verteidiger leisten konnte und keine Verbindungen zu den oberen Zehntausend hatte, wanderte umgehend in den Knast. Mit Recht und Gerechtigkeit hatte das immer weniger zu tun.

»Aber ob ich dafür der richtige Mann bin? Ich war noch nie auf der Insel«, sagte De Santis, aus seinen Gedanken erwachend.

»Das Opfer ist auch kein Einheimischer.«

»Sie haben es identifiziert?«

»Nein.«

Moncini war irritierend: seine voreiligen Schlüsse, sein akkurat gestutzter Vollbart, das gefärbte Haar, der wuselige Gang, mit dem er De Santis zur Talstation der Seilbahn geleitete, die hinauf ins Dorf Capri fuhr. Sie gingen durch die Drehkreuze in einen engen Stollen. Die Bahn sah aus wie eine *Funicolare* in Neapel, deren Waggons auf einer schiefen Ebene gebaut sind, sodass man gerade sitzen und stehen und sich im Innern auf Treppenstufen bewegen kann. Aber in diesem Waggon war Bewegung unmöglich, die Passagiere klebten aneinander, noch immer stiegen Fahrgäste zu, bis eine Glocke schrillte, die Türen mit einem Rattern zuglitten und die Bahn sich ruckend, ächzend und surrend in Bewegung setzte.

»Gerade beginnt die Hochsaison«, flüsterte Moncini. »Als es kürzlich auf Ischia ein leichtes Erdbeben gab, wurden neunzig Prozent der Buchungen storniert. Das können wir uns hier nicht erlauben. Capri lebt vom Tourismus, eine Negativschlagzeile, und wir verlieren ein Jahreseinkommen.«

Gewiss kein schlechtes Jahreseinkommen, dachte De Santis, während sie aus dem Stollen in gleißendes Licht und auf glänzenden Schienen gemächlich in die Höhe glitten, über verträumte Kuppeln hinweg, verspielte Säulen, Erker und Zitronenhaine, die ringsum die Villen zierten. Hinter ihnen breitete sich tiefblau der Golf aus, gesprenkelt von weißen Segeln, als würde die Insel Funken sprühen.

»Wenn Sie das Opfer nicht identifiziert haben, wie wollen Sie dann wissen, dass er kein Einheimischer ist?«, fragte De Santis.

Moncini wirkte bestürzt von einer derart naiven Frage. »Ich lebe hier seit dreiunddreißig Jahren, seit elf bin ich Leiter der Dienststelle. Ich kenne alle Capreser.«

»Wollen Sie mir nicht sagen, was Sie bisher über den Mord wissen?«

Einige Passagiere reckten neugierig die Hälse. »Verstehen Sie nicht? Diskretion ist oberstes Gebot«, raunte Moncini, missbilligend die Augen rollend. »Am besten, Sie geben sich als Tourist aus. Ich habe eine Cousine, ihre Pension liegt im Herzen von Capri, dort ist ein Zimmer für Sie reserviert. Sie können fußläufig, Tag und Nacht, fast jeden Punkt der Insel erreichen. Meine Dienststelle steht Ihnen mit der gesamten Manpower zur Verfügung, wir haben hier ...«

De Santis hob die Hand. Sein Kopf war nicht funktionstüchtig, und dann war da dieser Commissario, der wie eine Aufziehpuppe plapperte und ihn schon wieder aus dem Waggon bugsierte, in einen Menschenstrom, der sich durch eine enge Gasse, über Treppenstufen, einen Gewölbegang auf eine Piazzetta drängte. Dort weitete sich plötzlich der Blick. Und wie! Eingerahmt von einem Glockenturm und bunten Palazzi hing man förmlich über dem Meer, das sich zur Amalfiküste, zum Vesuv und dem Moloch Neapel hin erstreckte. Der Zauber war stark, Moncinis Stimme war stärker: »Denken Sie nicht, dass wir Anfänger sind. Wir haben hier alles, Spurensicherung, Ermittlungsbeamte, Gerichtsmediziner …«

»Wenn ich den Fall übernehme, dann werde ich mit meinen Leuten arbeiten.«

Moncini blieb stehen. »Das wird nicht gehen.«

»Wieso nicht?«

»Absprache mit dem Questore: Sie bewegen sich hier frei auf der Insel, aber nur Sie.«

»Wieso übernehmen Sie den Fall nicht einfach selbst?«

Alessandro Moncini drehte sich um und deutete auf das Rathaus, das am Schriftzug *Municipio* zu erkennen war. Ein sienafarbener Palazzo hinter dem Platz, um den sich Schaulustige, Fotografen, Halbstarke drängten, während Uniformierte versuchten, eine Barriere zu errichten.

»Was ist passiert?«

Während sie näher kamen, erkannte De Santis Spurensicherer, die Farbe von der Fassade kratzten, andere schossen Fotos von offensichtlich frischen Graffiti, die den gesamten Sockel umzogen.

»Diese Barbarei hat es auf unserer Insel bisher nicht gegeben. Nicht nur das Rathaus, auch eines der exklusivsten Hotels ist betroffen. Capri hat Stil, ist kein Tummelplatz für Ghettokinder. Ich kümmere mich um meine Insel, Sie kümmern sich um Ihren Mörder. Für Sie ist das ein Kinderspiel. Jede Wette, dass er von einem seiner Kumpels umgebracht wurde.«

Welche Kumpels? De Santis betrachtete Alessandro Moncini. Er wurde nicht schlau aus ihm. War er besonders hellsichtig oder besonders oberflächlich? Das würde keine einfache Zusammenarbeit werden, aber vorerst blieb ihm nichts anderes übrig, als sich selbst ein Bild zu machen.

4

Hinter der Piazzetta teilten sich die Menschenströme in Rinnsale auf, die sich durch Gässchen, vorbei an Bistrotischen und strahlenden Schaufenstern, an Kirchentreppen und Geldautomaten wanden. Überall hing der Duft von frischem Espresso, von Luxus und Leichtigkeit. *Kaffee*, dachte De Santis sehnsüchtig, aber Moncini kannte kein Erbarmen, er irrlichterte durch das Gewirr, das sich nach wenigen Minuten zu einem neuen Panorama öffnete: Gärten, Blumenspaliere, maurische Villen und gläserne Hotellobbys, dahinter das Meer, verschmolzen mit dem azurblauen Himmel.

Ein sorgfältig betonierter Pfad führte in Serpentinen hinab in einen Pinienwald, der über dem tiefblauen Golf schwebte und aus dem eine lautstarke Diskussion schallte. Eine Gruppe älterer Herrschaften in Funktionskleidung gestikulierte vor einem von zwei Beamten gesicherten Absperrband. Moncini beschwichtigte sie. Es sei nur eine Vorsichtsmaßnahme, aber unverzichtbar: Baumschnitt.

»Ich höre keine Motorsäge«, sagte der Aufgebrachteste.

»Wir arbeiten mit Schalldämpfern«, erwiderte Moncini mit einem süßen Lächeln und schob De Santis unter dem weiß-rot gestreiften Plastikband durch. Sie tauchten in eine andere Welt ein, in Wildnis und andächtige Stille. Die Macchia duftete, die Zikaden zirpten, unter ihnen toste die Brandung gegen die Klippen, während der Scirocco in den Ohren säuselte. Selbst Alessandro Moncini war verstummt.

Vor ihnen lag eine Decke, darauf die Leiche eines jungen Mannes in einer Blutlache, auf der sich Fliegen niedergelassen hatten. Das unschuldige Jungengesicht, scheinbar unversehrt, war zu einer Grimasse verrutscht, mit aufgequollenen, weit aufgerissenen Augen. Auch der Körper wirkte intakt, wären da nicht das rot getränkte Leinenhemd gewesen, dessen ursprünglich blütenreines Weiß nur noch an den Manschetten zu sehen war, und ein Pfahl, der in seinem Bauch steckte.

Das trockene Gras um den Fundort war zertrampelt, in der Macchia lagen Zigarettenkippen, Koffer und Gerätschaften des Gerichtsmediziners und der Beamten, die aufgeregt hin und her liefen.

De Santis grüßte mit einem Nicken und ließ sich Einweghandschuhe geben. Er umrundete die Leiche und ging in die Hocke, um den Jungen näher zu betrachten. Nichts deutete auf einen Kampf hin. Keine Kratzspuren, die Kleidung nicht zerrissen, die Haut ohne sichtbare Hämatome oder Verletzungen. Hatte der junge Mann sich einen Pfahl in den Leib rammen lassen und dabei tatenlos zugesehen? Der Kommissar nahm die Hände, die bereits starr waren. Abgesehen von Lackspuren waren sie sauber, die Fingernägel gepflegt, nicht abgebrochen.

»Was meinen Sie?«, fragte er den Arzt, ein drahtiges braun gebranntes Männchen mit schlohweißem Haar, das neben dem Fundort stand.

»Ich bin kein Experte. Ich stelle ab und zu mal einen Totenschein aus oder mache Hausbesuche, um Simulanten im Krankenstand zu erwischen.«

»Angenommen, Sie wollten jemanden umbringen und Sie hätten so einen Pfahl zur Hand. Wie würden Sie es anstellen?«

Der Arzt stand schweigend da.

»Und wo kommt überhaupt all das Blut her?«, hakte De Santis nach.

»*Das* kann ich Ihnen beantworten.« Jetzt kam Verve in den Mediziner. »Wir haben es hier mit einem als Drainage fungierenden Hohlkörper zu tun.« Er deutete auf das Ende des Pflocks, das oben offen war, wenn auch mit geronnenem Blut verklebt. »Der Überdruck in den Gefäßen, durch den Herzschlag verstärkt, sorgte für einen massiven Abfluss ohne Gerinnungsmöglichkeit. Das Blut ist vermutlich wie eine Fontäne herausgeschossen, bis der Herzmuskel aussetzte.«

Und muss den Mörder von oben bis unten besudelt haben, ergänzte De Santis innerlich. Wo waren die blutverschmierten Klamotten? Wo hatte der Täter sie gewechselt? Wie hatte er unauffällig verschwinden können?

»Haben Sie schon einmal einen solchen Mord gesehen?«, fragte er Alessandro Moncini, der hektisch auf und ab ging, seine Mitarbeiter anzischte und Ausschau nach Schaulustigen hielt.

»Nein, hier gibt es normalerweise keine Morde. Wir sind eine friedliche Insel, haben nur manchmal Ärger mit Einbrechern. Das Spektakel ist jetzt beendet, Sie haben den Tatort gesehen, die Leiche, bitte ...« Er sah auf die Uhr. »Um diese Zeit sind hier für gewöhnlich schon um die fünfhundert Wanderer vorbeigekommen. Wenn wir nicht schnellstens den Tatort frei machen, dann gibt es Gerede. Die Presse bekommt Wind von der Sache …«

Moncinis Miene hellte sich auf, denn er sah einen Ambulanzwagen heransurren, ein bizarres Gefährt, das wie ein aufrecht stehender Schuhkarton mit Blaulicht aussah. Auf Capri waren die Gassen schmal, die Fahrzeuge noch schmaler. Die Hecktür ging auf, ein Sanitäter sprang mit einer Trage heraus, ein zweiter folgte.

»Ehe die Spurensicherung nicht hier war, wird die Leiche nicht bewegt«, sagte De Santis. »Und die Staatsanwaltschaft muss auch informiert werden.«

»Längst geschehen. Bitte …«, sagte Moncini an die Sanitäter gewandt. »Das Cardarelli in Neapel ist bereits informiert, ein Polizeiboot wartet unten auf die Leiche.«

»Ich bin noch nicht fertig«, erwiderte De Santis, langsam ungehalten. Es war nicht seine Entscheidung gewesen, diesen Fall zu übernehmen. Aber wenn er die Arbeit machte, dann ordentlich. Er ließ sich weitere Asservatentüten geben und versuchte, einen Sinn aus der Szenerie herauszulesen. Der Junge lag auf einer Sommerdecke. Auf den Rücken gebreitet, mit ausgestreckten Armen, erinnerte er an den Gekreuzigten. War das ein Ritualmord gewesen? Hatte das Opfer gar eingewilligt? Aber wie konnte man eine solche Tortur über sich ergehen lassen? Hatte er unter Drogen oder Alkohol gestanden? Der Kommissar beugte sich über sein Gesicht und schnupperte an Nase und Lippen. Nach Alkohol roch er nicht, ein sicheres Ergebnis konnten jedoch nur die Blutwerte liefern.

»Hat hier irgendwer von Ihnen geraucht?«, fragte er in die Runde. Kopfschütteln. De Santis las die Zigarettenkippen auf und tütete sie ein. Die Filter waren dünn, weiß, von einer eher seltenen amerikanischen Marke. Keine Spuren von Lippenstift. Er suchte das Gestrüpp ab und fand noch drei weitere Kippen von derselben Marke. Hatte der Mörder vor der Tat hier gewartet? Aber hätte er dann die Kippen zurückgelassen?

Die kleine Lichtung, nicht viel größer als ein Gärtchen, war mit Gräsern und Kräutern bewachsen und lag in einem dichten Wald aus Pinien und Steineichen. Nach vorne ging es zur Steilküste, seitlich wand sich struppige Macchia eine Böschung hinauf. De Santis stapfte durch das Wäldchen, das nahezu waagerecht bis an eine Felskante führte. Dort stand er plötzlich in gleißendem Licht, von Böen geschüttelt, unter ihm, in einem von weißer Gischt umtosten Abgrund, rollte die Dünung heran. Warum hatte der Täter das Opfer nicht einfach hinuntergestürzt? Eine todsichere Lösung ohne Spuren. Warum ein solches Blutbad auf Rufweite hinter einem Wanderpfad? Wollte man etwa, dass die Leiche entdeckt wurde, und zwar in dieser makabren Inszenierung?

»Lassen Sie Ihre Kriminaltechniker kommen«, sagte der Kommissar resigniert, als er wieder neben Moncini stand. Zwar wären ihm seine Spezialisten aus Neapel lieber gewesen, aber ehe die eintrafen, hätten Moncinis Leute und die Hitze auch die letzten Indizien vernichtet.

De Santis betrachtete den Pflock näher, der kerzengerade aus dem Unterleib des Opfers ragte. Er war aus solidem Plastik, der obere Rand leicht deformiert, als hätte man ihn mit einem schweren Stein oder einem

Hammer bearbeitet. Die Sanitäter kamen, hoben die Leiche in einen grauen Kunststoffsack und legten diesen auf eine Trage.

»Die Kriminaltechnik muss die Umgebung absuchen. Nach einem Stein oder Werkzeug, an dem Blutspuren hängen«, ordnete De Santis an.

»Meine Leute wissen, was zu tun ist«, sagte Moncini säuerlich.

»Haben Sie schon einmal so einen Pflock gesehen? Wo stammt der her?«

»Vielleicht von einer Baustelle«, meinte Moncini.

»Gibt es hier in der Nähe eine?«

»Das werden wir eruieren.«

»Wieso geht der Täter ein solches Risiko ein? Statt ihn einfach zu erschlagen mit dem Hammer oder dem Stein, mit dem er ihm den Pfahl in den Leib getrieben hat? Wieso stürzt er ihn nicht die Klippen hinunter? Und wieso liegt der junge Mann auf dem Rücken und schaut tatenlos zu, wie man ihn pfählt? Und wieso ist das Blut in einer Fontäne aus ihm herausgeschossen?«

»Der Täter muss die Bauchaorta getroffen haben«, schaltete sich der Arzt ein.

»Absichtlich?«

»Unwahrscheinlich. Da müsste er schon Anatom sein.«

»Und wenn er sie nicht getroffen hätte?«

»Dann wäre das Opfer ganz allmählich verblutet.«

»Wie lange hätte das gedauert?«

»Lange. Auch mehrere Stunden.«

Also war diese Methode nicht nur kompliziert und bizarr, sondern auch noch unsicher in ihrem Ausgang, dachte De Santis.

»Wie viele Leute haben Sie?«, fragte er Moncini.

»Insgesamt sind wir achtundvierzig Kräfte, in drei Schichten.«

»Wir brauchen ein Porträtfoto des Jungen. Ihre Männer müssen damit alle Hotels und Pensionen abklappern. Wenn die Identität geklärt ist, kann ich weitermachen. Vielleicht hat er selbst auch auf einer Baustelle gearbeitet.«

»Er hat die Hände eines Gelehrten«, wandte Moncini ein.

»An denen Lackspuren kleben. Vielleicht ein Ferienjob.«

»Oder vielleicht einer der Schmierer?«

»Wann sind die Graffitis denn angebracht worden?«

»Heute Nacht.«

»Aber wieso sollte es bei einer solchen Aktion zu einem Mord kommen? Und warum hier?«

De Santis tastete die Hosentaschen des Toten ab. Er fand ein Portemonnaie, einen Schlüsselbund, ein paar Quittungen, ein Stofftaschentuch, ein Feuerzeug, eine halbvolle Zigarettenschachtel. Nichts davon brachte Hinweise auf die Identität, denn Ausweispapiere fehlten. Und die Zigarettenmarke war leider die mit dem weißen Filter. Also kein Hinweis auf den Täter. Das Opfer hatte sie selbst geraucht. Hatte es hier gewartet? Auf wen? Auf seinen Mörder? Hatten sie womöglich gemeinsam geraucht? Dann hing an den Kippen auch die DNA des Täters …

»Haben Sie irgendetwas von der Leiche an sich genommen?«, fragte De Santis Moncini.

»Nein. Natürlich nicht. Nur Fotos habe ich geschossen.«

»Er hat keine Papiere und kein Handy bei sich. Wir

brauchen einen Suchtrupp, der unten die Klippen kontrolliert. Vielleicht hat der Täter belastendes Material ins Meer geworfen. Einen Hammer, Ausweise, beschmutzte Kleidung, das Handy des Opfers und so weiter.«

»Ich werde die Küstenwache hinzuziehen«, sagte Moncini.

»Die Leiche kann jetzt in die Autopsie«, schloss De Santis. Er steckte den Inhalt der Taschen in Asservatenbeutel und sah sich die nähere Umgebung an. Er fand einige rote Schmierer an einem Ginsterbusch und arbeitete sich weiter die Macchia hoch, bis er eine versteckte Stelle hinter einer Brombeerhecke entdeckte. Dort waren Disteln und Thymiankraut umgetreten, an einigen Blättern klebte Blut.

»Hier hat er sich vielleicht der Klamotten entledigt«, rief De Santis.

Er richtete sich auf in die Sonne, die immer unbarmherziger auf seinen ausgetrockneten Schädel brannte. Er sah, wie die Sanitäter den Reißverschluss des Leichensacks zuziehen wollten.

»Halt!«, rief er und zückte sein Handy. Er rutschte, an die dornigen Sträucher gekrallt, den Abhang hinunter und beugte sich über das Gesicht, um ein Foto zu schießen.

»Sie werden doch nicht dieses Bild herumzeigen wollen!«, protestierte Moncini.

De Santis hatte keine Lust auf Diskussionen. Er brauchte seine Ruhe. Und er brauchte Flüssigkeit, vor allem Kaffee, und er musste nachdenken.

Er tauschte mit Moncini Handynummern aus, verabschiedete sich, übergab ihm die Asservatenbeutel, bis auf das Portemonnaie, und wandte sich zum Gehen.

»Wo wollen Sie hin?«

»Duschen.«

»Ich bringe Sie in die Pension meiner Cousine.«

»Danke, ich werde nicht auf der Insel übernachten«, erwiderte De Santis und ließ Moncini stehen. Er hatte genug von dessen Gesellschaft, und nach der Cousine verlangte ihn auch nicht. Was er brauchte, waren Kaffee, Wasser, frische Klamotten und seine ruhige Mansarde in Neapel.

Er ging den Pfad zurück und hörte wieder Gezeter. Diesmal stritten die Polizisten mit einer Fremdenführerin, die mit in die Luft gerecktem Schirmchen die Passagiere eines Kreuzfahrtschiffes dirigierte.

»Und der da?«, schrien sie, auf den Commissario deutend. »Wieso darf der hier lang spazieren?«

De Santis zeigte ihnen den Ausweis von der Questura und ging wortlos weiter. Es war ihm egal, welche Schlüsse sie daraus zogen, ob sie Gerüchte in die Welt setzten und ob Capris Tourismus leiden würde. Vermutlich würde er ohne Touristen besser vorankommen.

Er stieg die Serpentinen durch die Felsen hoch, bis er die ersten Häuser erreichte. Er fand eine Terrasse, die zu einem Luxushotel gehörte, setzte sich an ein Tischchen unter einem Olivenbaum und ließ sich ein Frühstück samt einer Flasche Wasser kommen. Er nahm einen Schluck vom Orangensaft und meinte, nie einen besseren getrunken zu haben. Er spülte seine Zunge, den Kopf und seine Gedanken mit Mineralwasser frei, spürte, wie sich allmählich die Zange um seine Schläfen lockerte, und nippte am Cappuccino. Eigentlich mochte er reinen Espresso lieber, aber die Milch war ein Zugeständnis an seinen leeren Magen. Der musste beruhigt werden, damit er das Gehirn in Ruhe arbeiten ließ.

Es würde dauern, ehe Moncinis Leute die Leiche identifiziert hatten. De Santis konnte unterdessen nach Neapel zurückkehren, herausfinden, warum er neben einer unbekannten Frau aufgewacht war, frische Klamotten anziehen und mit dem Questore bereden, ob unbedingt er es sein musste, der in der Hochsaison auf dieser überlaufenen Insel die Ermittlungen durchführte. Er zog das Portemonnaie des Opfers aus der Tasche, ein klassisches gefaltetes Lederetui mit mehreren Fächern und einer Seitentasche für Münzen. Nichts Ungewöhnliches: ein wenig Bargeld, Kassenbons, ein paar Visitenkarten. Ein Teil der Bons stammte aus Neapel, fünf von Capri. Kleine Einkäufe, ein paar Getränke in Bars. Wenn man sie chronologisch anordnete, dann konnte man daraus ableiten, dass sich das Opfer vor einigen Wochen noch im Zentrum Neapels aufgehalten hatte, danach auf Capri.

De Santis besah sich die Visitenkarten und rief bei zwei Läden, einer Pasticceria und einem Friseursalon an. Nirgendwo konnte man sich an einen jungen Mann erinnern, auf den die Beschreibung des Opfers gepasst hätte. Schließlich versuchte der Kommissar es noch bei einem gewissen John Henrichs, dessen Karte er ebenfalls in einem der Fächer gefunden hatte.

»Sind Sie Amerikaner?«, fragte De Santis, nachdem er sich als Polizist vorgestellt hatte.

»Nein, Engländer.« Der Mann sprach fließend Italienisch, mit leichtem Akzent.

»Warum haben Sie ein italienisches Handy?«

»Ich bin oft in Neapel, wieso?«

De Santis mochte keine Gegenfragen und fuhr fort: »Waren Sie jüngst auf Capri?«

»Vorgestern.«

»Wozu?«

»Ich war auf einer Präsentation. Nachwuchskünstler.«

»Sind Sie Sammler?«

»Nein, Galerist.«

»Haben Sie einem jungen Mann Ihre Karte gegeben? Mitte zwanzig, grüne Augen, kurze braune Haare ...«

Der Mann lachte. »An so einem Abend verteile ich Dutzende Karten. Wollen sie mir nicht sagen, worum es geht?«

»Eine Ermittlung«, erwiderte De Santis trocken. Ihn störte das Lachen, die geschäftsmäßige Aufgeräumtheit. Aber der andere konnte ja nicht wissen, dass der junge Mann, dem er die Visitenkarte in die Hand gedrückt hatte, unterwegs in die Gerichtsmedizin war. »Wo genau haben Sie Ihre Karten verteilt?«

»In der Villa Paradiso.«

Der Kommissar bedankte sich. *Villa Paradiso*, dachte er, *was für ein Name*. Er hätte auch auf diese Terrasse und den beschatteten Park darunter gepasst, auf die Springbrunnen, Pools und das Feuerwerk aus Blüten, das einen wilden Kontrast zum tiefblauen Meer und dem wolkenlosen Himmel bildete. Gebräunte Leiber räkelten sich in knapper Bademode, nippten an Getränken, dösten in der Morgensonne oder plauderten ausgelassen mit livrierten Kellnern. Die Stimmen verschmolzen mit dem Wind zu einem sanften Rauschen, das über die Baumkronen und unter De Santis' Hosenbeine strich.

Wie ein gezackter Meteorit schien diese Insel in den Golf von Neapel gefallen zu sein. Mit derselben Wucht, mit der man einem jungen Mann einen Pfahl in den Leib getrieben hatte. De Santis nahm noch einen Schluck Cappuccino, löffelte den Schaum aus der Tasse und informierte sich auf dem Smartphone über die Villa Paradiso, wo der Galerist dem Opfer die Visitenkarte zugeschoben haben musste. Sie lag nur etwa zwei Kilometer entfernt, die nächste Fähre nach Neapel fuhr in anderthalb Stunden. Genügend Zeit also, um dem Haus einen Besuch abzustatten.

5

Franco De Santis wusste nicht, wie er sich die Villa Paradiso vorgestellt hatte, aber sicher nicht so: eine klobige weiße Frontfassade, mit Spitzbogenfenstern wie Schießscharten.

»Ja, bitte?«, flötete eine Frauenstimme, nachdem er am Holztor geläutet hatte.

»Commissario De Santis, ich muss Professor Sgarbanti sprechen.«

Er hatte auf der Website der Villa gelesen, dass Professor Giancarlo Sgarbanti hier eine Sommerakademie für Bildende Künstler leitete.

Das Tor öffnete sich einen Spalt, kühle Luft strömte heraus, und dann erschien eine schlanke, attraktive Frau um die vierzig. Sie ließ ihn lächelnd ein und tänzelte in Sandalen und leichtem Baumwollkleid durch das kühle Foyer und weiter ins Innere eines Kreuzgangs, wo sie De Santis in einem Holzpavillon Platz nehmen ließ. Sie saßen wie in einem Dschungel unter Palmen, Trompetenbäumen und Schlingpflanzen. Ein Papagei krächzte in einem Metallkäfig, ein Springbrunnen untermalte mit seinem Plätschern die Stimmen junger Leute. Die Frau schien nicht beunruhigt darüber, dass am Sonntagmorgen die Polizei bei ihr vorsprach.

»Wären Sie so freundlich, den Professor zu holen?«, fragte der Kommissar.

»Ich bin Edvige Sgarbanti, er ist mein Mann. Wir leiten das Institut gemeinsam.« Sie lächelte wieder und legte De Santis wie zufällig eine Hand auf den Unterarm. Der Kommissar holte sein Mobiltelefon hervor, rief das Foto des Opfers auf und zeigte es ihr. »Kennen Sie diesen jungen Mann?«, fragte er.

Sie zog die Hand zurück, als hätte sie sich verbrannt. »Aber ... was ...?«

»Also kennen Sie ihn?«

Sie nickte. »Natürlich, aber ...«

»Woher?«

»Von der Accademia delle Belle Arti in Neapel. Er hat als Student in meinem Kurs für Bildhauerei angefangen.«

»Wann?«

»Vor etwa drei Jahren.«

»Ich dachte, Sie unterrichten hier.«

»Nur in den Sommermonaten. Mein Mann und ich haben auch Professuren in Neapel.«

»War der junge Mann auch einmal hier in der Villa Paradiso?«

»Er wohnt hier. Aber was ist mit ihm passiert?«

In De Santis sträubte sich etwas, gern hätte er der Frau die Wahrheit erspart, und so fragte er: »Wie heißt er?«

»Gabriele Cerriello.«

Der Papagei krächzte, als wäre er ebenfalls erschrocken, dann hörte man nur noch das Plätschern des Springbrunnens, der die Form einer großen Jakobsmuschel hatte. Antike und moderne Skulpturen lugten wie zufällig aus der üppigen Vegetation, das vermeintliche Chaos war geschmackvoll arrangiert.

»Was genau tun Sie in Ihrem Institut?«, fragte er.

»Wir bieten Sommerakademien für junge Talente an«, antwortete sie. »Was ist ... passiert? Ist Gabriele ... schwer ... verletzt?«

»Tut mir leid«, antwortete der Kommissar. »Aber ich fürchte, er ist tot.«

Sie biss sich auf die Lippe, Tränen schossen ihr in die Augen. Ihr Schmerz war fast körperlich zu spüren.

»Wieso ...? Wie ist er gestorben?«

»Keines natürlichen Todes. Deshalb bin ich hier und muss möglichst viel über Gabriele und sein Umfeld erfahren.«

Zwei junge Männer kamen lachend durch den Innenhof, mit Staffelei und Farbpalette. Sie grüßten, Frau Sgarbanti reagierte nicht.

»Wenn er hier Kursteilnehmer war, dann haben Sie doch sicher eine Akte über ihn, Bewerbungsunterlagen ...«

»Die sind im Büro meines Mannes.«

»Wo finde ich ihn?«

Ihr Gesicht war starr, wie alles andere an ihr auch. »Wir haben eine harte Nacht hinter uns. Er ruht sich gerade aus.«

»Eine harte Nacht?«

»Ein Fehlalarm. Wir haben wenig geschlafen ...« Sie winkte ab.

»Wer sind Sie, wenn ich fragen darf?«, fragte da eine leicht gereizte Stimme. Der Kommissar drehte sich um und sah einen Mann von Ende vierzig – heller Leinenanzug, offenes Hemd, das dichte Haar in langen Strähnen nach hinten gekämmt.

»Der Herr ist von der Polizei. Gabriele ist ... Gabriele ...«, flüsterte sie.

»Gabriele?«

»Gabriele Cerriello.«

De Santis stand auf, stellte sich vor und sagte: »Ihr Student wurde vermutlich Opfer eines Verbrechens. Könnten Sie mir die Unterlagen über ihn zeigen?«

»Sicher.«

Professor Sgarbanti geleitete De Santis zurück in das quadratische Gebäude, das wie ineinander eingepasste Schachteln um den Kreuzgang herum konstruiert war. Dieser wurde von Korridoren umschlossen, von denen dunkle Türen abgingen. Sie kamen an Marmorbüsten und modernen Gemälden vorbei, und Sgarbanti führte den Kommissar in ein schlichtes Büro, das aus einem massiven Schreibtisch und ebenso schweren Regalen bestand. Wären die Aktenordner nicht gewesen, hätte man meinen können, sich auf einer mittelalterlichen Burg zu befinden.

»Was ist passiert?«, fragte der Professor.

»Vermutlich ein Tötungsdelikt.«

»Vermutlich?«

»Wir beginnen gerade erst zu ermitteln. Wann haben Sie Gabriele zuletzt gesehen?«

Der Professor dachte nach. »Gestern Abend ... im Kaminzimmer ... Wissen Sie, meistens sitzen wir noch zusammen, es wird musiziert, ein wenig geplaudert und getrunken. Ab dreiundzwanzig Uhr ist Bettruhe. Hier wird hart gearbeitet, auch wenn manche meinen, Kunst entstünde einfach aus einer Laune heraus.«

»Also haben Sie ihn um dreiundzwanzig Uhr das letzte Mal gesehen?«

»Ja.«

»Es hat in der Nacht hier einen Alarm gegeben?«

»Ein Fehlalarm, wie so oft. Unsere Anlage sichert das Gebäude, hat aber auch Sensoren an den Zäunen, und manchmal bleibt ein Tier daran hängen oder ein Ast fällt herab. Wir haben die Gebäude und Teile des Parks kontrolliert und sind dann wieder schlafen gegangen.«

»Und dabei ist er Ihnen nicht über den Weg gelaufen?«

»Nein.«

»Wann genau wurde der Alarm ausgelöst?« De Santis zückte sein Notizbuch.

»Um zwei Uhr sieben, ich habe auf die Uhr gesehen, als die Sirene mich weckte.«

»Wo waren Sie da?«

Der Professor betrachtete De Santis ungnädig. »Im Bett.«

»Und weiter?«

»Ich bin hinaus in den Korridor gelaufen. Da habe ich einige Studenten und Camillo getroffen …«

»Wer ist Camillo?«

»Camillo Sciatarra, der Gärtner und Hausmeister. Fast alle waren geweckt worden durch den Lärm. Wir haben Zweiergruppen organisiert, das Hauptgebäude und dann die Gärten und den Park abgesucht.«

Gab es da einen Zusammenhang zu Gabrieles Tod? Hatte er vielleicht versehentlich den Alarm ausgelöst, als er das Gebäude in der Nacht verließ?

»Ich brauche alle Unterlagen über ihn. Adresse, Lebenslauf und so weiter«, sagte De Santis.

Sgarbanti fuhr mit einiger Mühe seinen Computer hoch und öffnete ein File. Ein buntes Passbild prangte oben in der Ecke. Die Haare waren ein wenig länger, das Gesicht kindlicher, und doch war es unverkennbar das

Opfer. De Santis notierte sich Heimatadresse und Telefonnummern. »Würden Sie mir das bitte ausdrucken?«

Der Professor gehorchte, wie ein Roboter griff er sich ein Blatt nach dem anderen aus dem Drucker. De Santis nahm sie ihm aus der Hand und sagte: »Ich muss außerdem einen Blick in sein Zimmer werfen.«

Sgarbanti schien weit weg zu sein mit seinen Gedanken. Als er wieder bei sich war, fragte er: »Haben Sie dafür eine Befugnis?«

»Der junge Mann ist eines gewaltsamen Todes gestorben. Ich leite die Ermittlungen«, erklärte der Kommissar. »Ich kann auch morgen mit einer richterlichen Anordnung wiederkommen. Oder Sie zeigen sich kooperativ. Ich denke, der Tod Ihres Schülers …«

»Ja, natürlich, entschuldigen Sie«, sagte Sgarbanti.

Sie gingen wieder durch die langen Korridore, auf die Gegenseite des Quadrats, betraten einen kleinen Raum, eine Art Mönchszelle, vollgestellt mit halbfertigen Gemälden, Staffeleien, Farbtöpfen, Skizzen und Tonfiguren.

»Was war Gabriele für ein Mensch?«, fragte der Kommissar und blätterte in Unterlagen, die auf dem Sekretär lagen. Bleistiftskizzen von Felsformationen, Frauenakte, Notizen. Er suchte nach einer Zeichnung von der kleinen Lichtung, nach Porträts, die auf Freunde oder eine Freundin hinweisen könnten.

»Von seinem Talent zeugte schon seine Bewerbungsmappe. Aber was er hier in den drei Wochen für eine Entwicklung genommen hat … Als wäre ein Genie aus ihm herausgebrochen, wie ein Schmetterling aus einer Puppe.« Sgarbanti geriet ins Schwärmen und hielt plötzlich inne.

»War er beliebt?«

»Für einen Lehrer ist es eine Gnade, ein solches Talent formen zu dürfen.«

»Ich meine nicht, ob Sie ihn mochten, sondern auch die Mitschüler. Hatte er irgendwelche Schwierigkeiten? Feinde?«

»Nein. Sicher nicht.«

»Enge Freundschaften? Eine feste Beziehung?«

Sgarbanti zuckte mit den Achseln. »So gut kannte ich ihn nicht.«

»Wann sind Sie ihm zum ersten Mal begegnet?«

Wieder zuckte er mit den Achseln. »Das muss vier oder fünf Jahre her sein. Er war einer meiner Studenten an der Hochschule. Erst hier bin ich näher mit ihm in Kontakt gekommen, auch wenn er sehr zurückhaltend war.«

»Wie viele Schüler haben Sie in der Villa?«

»Im Moment achtzehn.«

»Alles, was Ihnen einfällt, kann wichtig sein. Gewohnheiten, Eigenheiten von Gabriele.« Er holte eine Visitenkarte aus der Tasche und reichte sie dem Professor, der sich aber nicht vom Fleck rührte. »Wenn ich Sie brauche, melde ich mich«, schloss De Santis, der sich auf den Schemel vor dem Sekretär gesetzt hatte und seinen Blick durch die Kammer schweifen ließ. In einer Nische stand ein schweres Bett mit Baldachin, daneben ein Kleiderschrank, eine Tür führte in ein Badezimmer.

»Unsere Studenten sind hochsensible Menschen. Viele denken, Künstler brauchen Widerstände, müssen in Elend und unter Qualen leben, damit sie kreativ werden. In Wahrheit braucht Talent einen geschützten Raum, um zu gedeihen. Die Villa Paradiso ist ein solcher Ort.«

De Santis nickte, auch wenn er wenig davon verstand. »Mir ist klar, dass meine Ermittlungen nicht in Ihr Konzept passen, aber ich kann leider an den Fakten nichts ändern. Also, wenn ich Sie jetzt bitten dürfte ...«, sagte er, während er aufstand, den Professor vorsichtig über die Schwelle schob und von innen die Tür schloss.

Im Dämmerlicht, das durch ein getöntes Bleiglasfenster fiel, wirkten die Bilderrahmen und Konturen der Skulpturen gespenstisch. Gedämpfte Stimmen drangen durch die wuchtigen Mauern. Der kleine Sekretär enthielt Papiere, Skizzen, Notizzettel und einen Terminkalender. De Santis blätterte die letzten Tage durch, suchte nach Verabredungen, Namen. Aber komischerweise war da nichts. Nicht eine Notiz zu persönlichen Beziehungen, nur: *Aktzeichnen*, *freies Arbeiten* und Exkursionen. Offensichtlich der Stundenplan des Instituts. Er fand eine Brieftasche mit Führerschein und Personalausweis, Kreditkarte, Krankenkassenausweis. Wieso hatte Gabriele nur seine Geldbörse mitgenommen, die Ausweise dagegen im Zimmer gelassen? Und wo war sein Handy? De Santis kontrollierte den Kleiderschrank, Jacketts und Hosen. Umsonst. Er holte sein eigenes Mobiltelefon hervor, suchte aus dem Bewerbungsbogen für die Villa Paradiso Gabrieles Handynummer heraus und wählte sie. Es kam nur die Ansage, der Teilnehmer sei »vorübergehend nicht erreichbar«.

De Santis hatte die ganze Zeit gemeint, von draußen ein Tuckern zu hören. Er öffnete das Bleiglasfenster einen Spalt und blickte in die Parkanlage, die sich hinter dem Gebäude den Hang hinaufzog. Zwischen Baumgruppen, Zierbeeten, Gemüsegärten und Äckern holperte ein Traktor hervor und kreuzte Sgarbantis Weg. Der Professor blieb stehen, gestikulierte und stritt mit einem verschwitzten Mann in Cordhose und Strohhut, der sich wütend aus dem Sitz des Traktors stemmte. Das musste der Gärtner sein, den der Professor erwähnt hatte. Er schien diesen aber weder besonders zu schätzen noch zu fürchten, denn es flogen offenbar grobe Worte hin und her, deren Inhalt auf die Entfernung nicht zu verstehen war.

De Santis schloss das Fenster und wandte sich den Unterlagen zu, die der Professor ausgedruckt hatte. Gabriele Cerriello war sechsundzwanzig Jahre alt geworden, Einzelkind, aus dem neapolitanischen Bildungsbürgertum. Gymnasium, Accademia delle Belle Arti, erste Sammelausstellungen in akademischen Kreisen. Ein normaler Lebenslauf – fast normal. Denn Gabriele hatte das Abitur zwar mit Bestnote gemacht, aber erst mit zwanzig Jahren, und auch bis zum Abschluss an der Kunsthochschule hatte er ungewöhnlich lange gebraucht. Warum, wenn er doch so begabt war?

Der Kommissar fand eine Ledertasche neben dem Schreibtisch, in der er außer einem weiteren Skizzenblock und einem Federmäppchen nichts Interessantes entdeckte. Er packte die Papiere, dazu Gabrieles Terminkalender, Skizzen und Notizen in eine Kladde. Dann ging er durch den Korridor, stieß am Eingangstor auf eine Holztreppe und stieg hinauf ins Obergeschoss. Aus einer offenen Tür drang Sonnenlicht und Stimmengewirr. Dahinter lag das Refektorium, das wie ein großer Wintergarten an den kubischen Grundriss angebaut war. Die Sgarbantis saßen an einem der beiden langen Tische, ins Gespräch vertieft, während die meisten Studenten an der Essensausgabe anstanden.

»Sind Sie fertig?«, fragte der Professor, als De Santis auf ihn zutrat. Seine Frau erhob sich und sagte: »Wir haben keinen Appetit, aber vielleicht Sie?«

Sgarbanti schien nicht glücklich über die Einladung, verkniff sich aber jede Bemerkung. De Santis sah auf die Uhr. Die Fähre ging in einer knappen Stunde. Das ließ sich noch einrichten.

»Nehmen Sie Platz, ich bringe Ihnen etwas«, insistierte Frau Sgarbanti und stellte sich an der Essensausgabe an. Die Studenten verteilten sich mit ihren Tabletts auf zwei lange Tische, plauderten auf Italienisch und in einigen anderen Sprachen. Die meisten waren gediegen gekleidet, in Hemd und Anzug. Noch schienen sie nichts zu ahnen, denn sie wirkten ausgelassen, grüßten freundlich, zeigten aber kein besonderes Interesse an De Santis.

»Können Ihre Schüler hier auch nachts ein und ausgehen?«, fragte der Kommissar.

»Sicher. Jeder hat einen Schlüssel zur Villa.«

»Könnte Gabriele die Alarmanlage dabei versehentlich ausgelöst haben?«

»Ja. Wenn er vergessen hat, auf den Knopf neben dem Türschloss zu drücken.«

»Gibt es eine EDV, die aufzeichnet, wo und wann der Alarm ausgelöst wird?«

»Nein.«

»Überwachungskameras?«

»Nein.«

»Der Mann auf dem Traktor, war das Camillo Sciatarra?«

Der Professor nickte.

»Scheint ein Hitzkopf zu sein.«

Sgarbanti winkte ab. »Ein gutmütiger Kerl, aber am liebsten würde er hier nur Ziegen und Schafe halten und dazwischen eine Plantage anlegen.«

Seine Frau kam mit dem Tablett zurück, auf dem ein

Nudelgericht und als zweiter Gang eine *Parmigiana*, ein Auflauf aus frittierten Auberginen, dampfte. De Santis rollte einige Spaghetti auf, kostete und sog dabei den Duft frischer Tomaten und Kräuter ein. Erst jetzt merkte er, dass er einen Bärenhunger hatte.

»Und?«, fragte die Professorin.

»Grandios.«

»Das haben sie dem Ehepaar Sciatarra zu verdanken. Er baut die Tomaten und die Kräuter an, seine Frau kocht sie.«

»Und wie läuft der Alltag der Studenten hier ab?«, fragte der Kommissar.

Der Mann ergriff wieder das Wort: »Vormittags bieten wir Kurse auf freiwilliger Basis an, ich bin für Malerei zuständig, meine Frau für Bildhauerei. Nachmittags arbeiten die Schüler für sich, hier auf dem Gelände oder draußen, und abends sitzen wir im Kaminzimmer oder im Innenhof, manchmal gibt es auch Präsentationen, zu denen wir Kunstliebhaber und die Presse einladen.«

»So wie vorgestern, als dieser John Henrichs da war?«

Sgarbanti hob überrascht die Augenbrauen, verkniff sich aber die Frage, woher der Kommissar den Mann kannte. Er nickte nur.

»Welche Rolle spielt er hier?«

»Er ist ein Galerist, der sich immer für neue Talente interessiert.«

De Santis nahm noch eine Gabel und probierte die Parmigiana, die ebenfalls eine vollendete Konsistenz hatte, nicht zu fett, nicht zu weich. Das Essen machte dem Namen der Villa alle Ehre. Er sah die Karaffe mit dem Rotwein an. Er war im Dienst, noch immer leicht verkatert, aber er hatte den Verdacht, dass dieser Wein gut zum Essen passte. Er nahm einen kräftigen Schluck. Er passte.

»Ich brauche eine Liste mit sämtlichen Gästen, die Ihre Veranstaltungen besucht haben, außerdem einen Plan mit der Zimmerbelegung. Wer wohnt außer Ihnen und den Studenten noch hier?«

»Camillo und Carlotta Sciatarra …«

Der Professor wies Richtung Essensausgabe, wo eine Frau in mittleren Jahren in Schürze und Haube ungnädig eine Portion auf einen Teller klatschte.

»… und dann ist da noch seine greise Mutter.«

De Santis entdeckte ein Mädchen, das allein am Ende des anderen Tisches saß. Er meinte das leicht kantige Gesicht und die androgyne Gestalt von Skizzen aus Gabrieles Zimmer zu kennen.

»Wer ist sie?«, fragte er.

Frau Sgarbanti folgte seinem Blick. »Arianna Lambiase«, sagte sie.

»Gabriele hat sie immer wieder gezeichnet.«

»Sie steht den Studenten im Unterricht Modell«, mischte sich der Professor ein.

»Ich muss sie befragen, wie alle anderen Studenten. Vorerst darf niemand Gabrieles Zimmer betreten.«

Er aß die Parmigiana auf, bedankte sich und stand auf. Dann verabschiedete er sich, nahm die Kladde mit Gabrieles Papieren und verließ den Speisesaal. Wenn er die Fähre nach Neapel erwischen wollte, musste er sich nun doch beeilen.

6

Die Sonne brannte unbarmherzig in die Gassen, deren Trubel jetzt, da De Santis aus der kühlen Stille der Klostermauern kam, noch karnevalesker wirkte. Er kämpfte sich durch den Strom von Touristen und surrenden Lastenkarren, durch Fotografen, eine Hochzeitsgesellschaft und eine Blaskapelle Richtung Ortskern, holte sein Handy aus der Hosentasche und rief Beppe Bomba an.

Bomba machte seinem Namen alle Ehre, er war eine Urgewalt, ein Unikum von 130 Kilo, das im Herzen Neapels groß geworden war und besser als jeder andere diesen Herzschlag kannte. Er war erst Ende zwanzig und hatte, trotz seiner Beförderung zum Ispettore, eine fast kindliche Ehrfurcht gegenüber seinem Vorgesetzten bewahrt, weshalb er ihn im Pluralis Majestatis ansprach. »Chef ... wie geht es ... Euch?«, hechelte er. »Was verschafft mir die Ehre, heute am Sonntag? Ruft Ihr wegen der Rubbellose an?«

»Welche Rubbellose?«

Bomba ging diversen Nebentätigkeiten nach, die in einen Graubereich der Legalität führten. »Carmela will doch heiraten, in großem Stil, und um bei der Finanzierung zu helfen, habe ich meinen Onkel gebeten ...«

»Bitte, Beppe, verschon mich jetzt damit.« Carmela De Cillis war eine Kollegin in der Mordkommission. Und was auch immer Bomba da wieder einfädelte, es würde ihm wohl ein stattliches Sümmchen einbringen.

»Wir haben einen Mordfall. Auf Capri. Das Handy des Opfers ist unauffindbar, du musst versuchen, es zu lokalisieren.«

Bomba seufzte. »Ihr meint, ohne richterlichen Beschluss? Ohne unsere Leute?«

»Genau.«

»O Chef, Ihr wisst doch ... das wird nicht einfach.«

»Wäre es einfach, hätte ich dich nicht gestört. Ich kann nicht bis morgen warten, um den Papierkram mit der Staatsanwaltschaft anzuleiern. Das Handy ist verschwunden, wenn wir Glück haben, hat es der Mörder bei sich.«

»So blöd wird er nicht sein.«

»Die Tat ist so bizarr, dass ich mit allem rechne.«

»Bizarr? Wie meint Ihr das?« Jetzt hatte Bomba Blut geleckt. Er war zwar bequem, aber Neugier und Jagdinstinkt waren stärker als sein Phlegma. De Santis gab, während er einem hupenden Elektrokarren und den vom Anhänger ragenden Hartschalenkoffern auswich, die Identität des Toten und seine Handynummer durch. »Wie lange brauchst du?«

Bomba schnaubte. »Ich habe nicht gesagt, dass ich es schaffe. Meine Kontakte, die ich aktivieren muss ...«

De Santis hatte den Eingang der Funicolare unterhalb der Piazzetta erreicht und dachte mit Grausen an die überfüllten Waggons. So müde er auch war, lieber nahm er den Fußmarsch auf sich. Er folgte den Wegweisern zum Hafen durch einen schmalen Schlund, der sich zwischen hohen, von Glyzinien überwucherten Mauern und schmiedeeisernen Toren Richtung Meer wand. Katzen huschten durch stille Eingänge, nur hin und wieder kam ihm ein Passant entgegen.

Als er am Schalterhäuschen neben dem großen Hafenbecken ein Ticket für die Fähre kaufen wollte, stand er vor einer geschlossenen grauen Jalousie. *Streik* war mit Filzstift auf ein Pappschild geschrieben.

Er fragte einen Vigile: »Kann ich auch auf der Fähre ein Ticket kaufen?«

»Sicher«, antwortete der Stadtpolizist lächelnd. »Nur gibt es keine Fähre.«

»Was heißt das?«

»Nicht die Schalter werden bestreikt, sondern die Schiffe.«

»Und wie komme ich dann nach Neapel?«

Der Vigile lächelte besänftigend. »Keine Sorge. Nur die Tragflächenboote fallen aus, die alten Autofähren verkehren.« Er zeigte auf ein anderes Schalterhäuschen, das ebenfalls geschlossen war. *Neapel: 20:45* war dort in großen Lettern angeschrieben.

Noch fünf Stunden. So lange saß De Santis also auf der Insel fest. Er steckte sich eine Zigarette an und sah sich um, auf der Suche nach einem ruhigen Fleck. Den gab es nicht. Die Hafenkais waren vollgestopft mit Menschen, ebenso die Lokale und Geschäfte, selbst draußen auf dem Wasser quetschten sich die Ausflugsboote aneinander vorbei. Und hob man den Blick, dann sah man auf der Serpentinenstraße, die sich zwischen den beiden Bergen Richtung Capri und Anacapri schlängelte, einen Stau von Bussen, Taxen und Motorrollern, über dem graue Abgaswolken hingen.

An den Hafen schloss sich ein Kiesstrand an, auf dem sich Badegäste wie in einer Robbenkolonie tummelten. Aber da die Sonne hinter das Kap wanderte und lange Schatten warf, räumten die ersten ihre Plätze. De Santis kaufte sich bei einem fliegenden Händler ein Badetuch und stapfte zwischen den dicht gedrängten Leibern über die knirschenden Kiesel.

Was hätte er jetzt dafür gegeben, in seiner stillen Mansarde im Viertel Stella, oberhalb von Sanità, zu sein, sich draußen auf die Dachterrasse zu setzen und bei einem Glas kühlen *Falanghina* die wenigen Fakten des Falls, die er bisher kannte, Revue passieren zu lassen! Und dann war da noch das Bild der Unbekannten, neben der er am Morgen aufgewacht war. Er war einfach davongerannt, hatte sie mit ihrem merkwürdig melancholischen Blick sitzen lassen. Und jetzt sehnte er sich nach ihr.

Er fand eine Stelle, an der gerade ein junges Paar mit Pudel seine Sachen zusammenpackte, breitete sein Handtuch aus und setzte sich. Er zog die Schuhe und qualmenden Socken aus, ließ sich die Wellen, die zischend über den Strand krochen, um die Knöchel spülen und öffnete seine Aktentasche. Er schlug die Kladden mit Gabrieles Terminkalender und Notizen auf und fing an, die letzten drei Wochen durchzuarbeiten.

Nach einer Weile klingelte sein Handy. Es war die Nummer seiner Frau, Exfrau, wie er sich innerlich korrigierte.

»Ich muss mit dir reden«, sagte Isabella mit der Stimme, die noch immer einen sentimentalen Zug in ihm wachrief.

»Warum?«

»Du musst dich um Ludovica kümmern.«

»Wir hatten ausgemacht, dass ich die zweite Ferienhälfte übernehme.«

»Sie ist verschwunden.«

»Seit wann?«

»Seit gestern Abend. Sie wollte mit Freundinnen runter ins Zentrum, Pizza essen, irgendwann kam eine SMS, es werde ein bisschen später, dann eine weitere, sie schlafe bei ihrer Freundin. Das war's.«

»Hast du bei der Freundin angerufen?«

»Natürlich. Da ist sie nicht. Sie hat sie gestern gar nicht gesehen. Ludovica hat mich angelogen, verstehst du?«

»Sie wird einen neuen Freund haben, den sie dir nicht zeigen will.«

»Und deswegen reagiert sie nicht auf meine Anrufe? Sie ist minderjährig.«

»Sie ist siebzehn.«

»Minderjährig, sage ich doch.«

Isabella kümmerte sich die meiste Zeit um Ludovica, und so war es korrekt, dass sie die Vorgaben machte. Aber er fand, dass sie zu wenig auf die Intelligenz ihrer Tochter vertraute. Diese nahm sich gern ihre Freiheiten, kannte aber die Grenzen. Allerdings war es sinnlos, mit Isabella darüber zu streiten. Deshalb sagte er: »Ich kümmere mich darum.«

»Wie?«

»Ich versuche sie zu erreichen. Wenn das nicht klappt, sage ich den Kollegen Bescheid.«

»Den Kollegen? Sie ist deine Tochter. Du musst sie selbst suchen.«

»Wie denn? Ich bin auf Capri.«

»Wie schön für dich.«

»Dienstlich.« Er ärgerte sich, dass er sich vor seiner Exfrau rechtfertigte. »Ich sag dir Bescheid, sobald ich etwas erfahre.«

Er blickte hinaus auf die See, auf die Motor- und Segeljachten. Isabella mochte Luxus, er nicht. Er liebte das Meer, er liebte Boote, aber der Sinn schwimmender Prachtkähne erschloss sich ihm nicht. Entweder man genoss die Natur – oder Komfort. Vor ihm lag eine mehrstöckige Motorjacht, hoch wie eine Mietskaserne und feldgrau lackiert wie ein Marinekreuzer, mit eigenem Helikopter. *Olimpia* stand in schwarzen Lettern auf dem Rumpf. Doch dann sah er das Beiboot, das an der großen Badeplattform vertäut war. Es war eine alte Riva, eines der schlanken Holzboote, wie sie vor allem in den fünfziger und sechziger Jahren in kleiner Stückzahl in Norditalien gebaut worden waren. Wer auch immer den Kahn da draußen besaß, er hatte nicht nur Geld, sondern zeitweise auch Geschmack.

Er riss sich von dem Anblick los und wählte Ludovicas Nummer.

»Hallo, Paps«, sagte sie sofort.

»Warum gehst du nicht ans Telefon?«

»Ich bin doch rangegangen.«

»Und bei deiner Mutter?«

»O bitte.«

»Was heißt das? Sie macht sich Sorgen.«

»Sie macht sich immer Sorgen. Ich habe Ferien, Ferien, verstehst du? Ich will meine Freiheit.«

»Die hast du, du musst nur sagen, wo du sie gerade genießt.«

»Das ist keine Freiheit.«

Sie schwieg, und er hatte den Eindruck, dass sie ihm

noch etwas sagen wollte, während er zusah, wie ein korpulenter Mann in die Riva stieg, von der Jacht ablegte und einen weiten Bogen durch die Bucht Richtung Hafen fuhr.

»Kann ich nicht ein bisschen früher zu dir kommen? Sechs Wochen mit Mama, das geht nicht gut.«

»Ich bin im Moment nicht in Neapel.«

»Und wenn du zurückkommst?«

»Darüber reden wir, aber tu mir den Gefallen, ruf deine Mutter an.«

Ludovica schwieg, und der Kommissar hörte, wie in der Leitung ein weiterer Anrufer anklopfte.

»Hörst du mich?«, hakte er nach.

»Ja.«

»Und? Rufst du sie an?«

De Santis sah das Symbol einer SMS, er öffnete sie und las: »Dringend! Das gesuchte Handy hat sich ins Netz eingeloggt.«

»Nur wenn ich nächste Woche zu dir kommen kann«, sagte sie.

»Du sollst mich nicht erpressen.«

»Es ist ein Geschäft, keine Erpressung.«

»Von mir aus«, schloss er das Gespräch, um sofort Beppe Bomba anzurufen.

»Du hast das Handy des Opfers geortet?«, fragte er.

»Ja, ich sollte sofort Meldung machen, aber ich konnte Euch nicht erreichen.«

Der Kommissar sprang auf und packte seine Unterlagen zusammen. »Wo ist es?«, fragte er.

»Auf Capri.«

Wer auch immer das Telefon besaß, wieso hatte er es ausgerechnet jetzt eingeschaltet? Und woher hatte er die PIN? Der Kommissar sammelte Handtuch, Zigaretten und Feuerzeug zusammen. Der Strand hatte sich geleert, eine laue Brise war aufgekommen, und die Abendsonne tauchte die Jachten in orangefarbenes Licht. »Geht's genauer?«

»Auf der Piazzetta Umberto I.«

Der berühmte Panoramaplatz, der »Balkon« über dem Mittelmeer. Der Kommissar brauchte ein Taxi. Er rannte über den Strand zurück und stieß an der Hafenmole auf eine Reihe knallbunter Gefährte wie aus einem Comic – Stretchlimousinen im Kleinformat, Cabriolets. Er stieg in das vorderste ein und rief dem Fahrer zu, er solle ihn an die Piazzetta bringen. Und zwar so schnell wie möglich.

Dieser verabschiedete sich scheinbar gelangweilt von den Kollegen, aber kaum hatte er den Zündschlüssel umgedreht, zeigte er sein wahres Gesicht. Die Limousine schoss los, warf sich in die Kurven, überholte Busse und Lieferwagen, indem sie Mauern rasierte und sich in Hofeinfahrten schmiegte.

Der Kommissar rief Alessandro Moncini an. »Wie viele Männer können Sie jetzt zusammentrommeln?«

»Wozu?«

»Wir haben Gabriele Cerriellos Mobiltelefon geortet.«

»Ich verstehe nicht. Gabriele …«

»Das Mordopfer.«

Moncini schwieg. Und dann platzte es aus ihm heraus. »Ich hatte Ihnen doch erklärt, dass ich diese Schmierer finden muss, die unser Image schädigen.«

»Ich dachte, der Mord wäre der größere Imageschaden.«

»Sicher. Aber ich habe einen Teil der Kollegen abgestellt, um Hotels und Pensionen abzuklappern, um irgendeinen Hinweis auf die Identität des Opfers zu finden. Und jetzt erfahre ich, dass Sie längst den Namen kennen?«

»Noch ist der Tote formell nicht identifiziert. Zwei Personen glauben, das Gesicht erkannt zu haben.«

»Wie?«

»Ich habe eine Visitenkarte im Portemonnaie gefunden.«

»Das Portemonnaie des Opfers? Das haben *Sie* mitgenommen?«

Der Taxifahrer betrachtete den Kommissar im Rückspiegel. Er schien sich darauf zu verlassen, dass sein Fahrzeug sich allein zurechtfand. Und tatsächlich schlüpfte die Stretchlimousine durch Lücken, die nur sie entdeckte.

»Hören Sie, wir müssen einmal grundsätzlich über unsere Zusammenarbeit sprechen«, hakte Moncini nach. »Wie wir unsere Ermittlungen koordinieren.«

»Gern. Vielleicht ist es dieselbe Ermittlung.«

»Wie meinen Sie das?«

»An den Fingerspitzen der Leiche waren Farbspuren. Die Kriminaltechnik wird uns verraten, ob diese Farbe auch bei den Graffitis verwendet wurde.«

»Wo ist das Handy?«, fragte Moncini, plötzlich interessiert.

»Auf der Piazzetta. Da hat es sich ins Netz eingeloggt.«

»Oje. Wissen Sie, was da jetzt los ist?«, fragte Moncini.

»Positionieren Sie einen Mann an jedem Zugang. Sobald ich oben bin, werde ich die Nummer anwählen, und dann hängen wir uns unauffällig dran.«

Moncini lachte spöttisch. »Unauffällig? Selbst wenn Sie es finden, Sie werden dort jetzt doch keine Verfolgungsjagd starten wollen.«

»Kommen Sie oder lassen Sie es bleiben. *Ich* versuche es.«

Das Taxi hatte inzwischen den Rand der Piazzetta erreicht und war dort stecken geblieben. Menschenleiber, verknäult und verklebt wie in einer Diskothek. De Santis zahlte und schob sich über den Platz. Die Seilbahn spuckte gerade eine weitere Ladung aus, die sich in Richtung Bars drängte. Andere wollten nach vorne an den Panoramaplatz, um mit dem pechschwarzen Golf im Rücken ein Selfie zu schießen. Wieder andere wollten ein Eis essen, einen Digestif trinken. Nichts davon war möglich, weil zwischen den Menschen und ihren Vorhaben unzählige andere Menschen klemmten.

De Santis funkte Bomba an. »Ist das Handy noch auf der Piazza?«

»Ja.«

»Halt die Verbindung zu mir.«

»Chef, ich habe den ganzen Nachmittag damit zugebracht, dieses Signal aufzuspüren …«

»Die Mühe soll nicht umsonst gewesen sein. Wenn sich das Handy bewegt, dann gibst du mir die Richtung durch.«

Die Piazzetta war klein, auf der Seeseite wurde sie von einem Geländer und einem malerischen Säulengang abgeschlossen, auf der Landseite rahmten Seilbahnstation, Rathaus, Bars und Boutiquen den Platz ein. Vor den Lokalen standen Tischchen, davor Leute, die auf einen freien Platz warteten. De Santis wählte die Nummer Cerriellos, aber Moncini hatte recht: Es war natürlich unmöglich, in dem Geräuschteppich ein einzelnes Handy auszumachen. Da war eine ältere Dame in weißem Strandkleid, die auf ein leuchtendes Display starrte, ein junger Bursche, der einen Anruf entgegennahm und lachte, während es an De Santis' Ohr tutete und schließlich die Mailbox ansprang. De Santis legte auf und wählte die Nummer erneut. Ein junger Mann in zitronengelbem T-Shirt, der an der Bar *Da Alberto* saß, rührte mit dem Strohhalm in einem Cocktail und schaute auf ein Telefon, das neben ihm lag und leuchtete. Dann klingelte es hinter dem Kommissar. Er drehte sich um, schob sich durch die Menge, auf einen Zufall hoffend, und hielt dabei Ausschau nach Alessandro Moncini. Er bereute, dass er so unkollegial gewesen war. Aber die Insel machte ihn nervös, die letzte Nacht hing ihm nach, und dann wusste er nicht, ob er diesen Fall überhaupt übernehmen sollte.

Sein Handy klingelte wieder. »Das Signal bewegt sich. Richtung Rathaus ... und jetzt ... in die Via Vittorio Emanuele«, sagte Beppe Bomba. »Sie geht vor der Kirche ab.«

De Santis sah das ockerfarbene Gebäude mit dem Schriftzug *Municipio* – Rathaus –, Polizisten und Absperrungen waren verschwunden, die Graffitis bereits übermalt. De Santis lief, das Telefon am Ohr, Slalom zwischen vollbesetzten Tischchen und Stühlen, stieg über junge Leute, die mit Eisbechern in Hauseingängen und auf Kirchenstufen saßen, und tauchte durch einen Gewölbebogen in Zwielicht ein. Plötzlich waren die Menschen nur noch als Schemen zu erkennen.

»Und?«, fragte De Santis.

»Es bewegt sich Richtung Via Federico Serena.«

»Wo ist das?«

»Einfach geradeaus.«

Vor ihm ging ein Mann im Anzug. Er drehte sich um, erblickte De Santis und beschleunigte seinen Schritt. Der Kommissar wählte Gabrieles Handynummer erneut. Der

Mann griff in die Hosentasche. Das war er. Er trat in den Torbogen einer Hotelanlage, der Kommissar erwischte ihn am Ärmel und sagte: »Polizei. Dürfte ich bitte Ihren Ausweis sehen?«

Der Mann sah ihn entgeistert an. »Was wollen Sie von mir?«

»Ihr Handy. Zeigen Sie mir Ihr Handy.«

Der Mann war um die vierzig, ein etwas dandyhaft gekleideter Italiener, der nervös und unbeholfen ein Smartphone aus der Tasche zog und stammelte: »Ich weiß nicht, ob Sie ein Recht dazu haben …«

Tatsächlich war das Gerät in seiner Hand stumm, zeigte keinen Anruf an. Fehlanzeige. Aber irgendwo in der Dunkelheit erklang leise klassische Musik. Die Anfangsakkorde von Beethovens 5. Symphonie. Ein Klingelton? Gabrieles Klingelton? Absätze verhallten in der Gasse. Der Kommissar rannte los. Es ging bergab, zwischen weiß gekalkten Mauern, grell erleuchteten Schaufenstern, zwischen duftenden Hotel- und stillen Klostergärten hindurch. Grüppchen von Touristen, ein Hobbyfotograf, der hinter seinem Stativ kauerte, ein eng umschlungenes Pärchen, dann war kein Mensch mehr zu sehen. Der Wind säuselte in den Kronen der Pinien, Zikaden schnarrten, in der Ferne donnerte die Brandung gegen die Steilküste. Andere Geräusche waren nicht zu hören. Und De Santis hatte die Orientierung verloren. Aber er hatte ihn gesehen, er hatte das zitronengelbe T-Shirt wiedererkannt, als es unter einer Laterne durchgehuscht. Da war er sicher. Schwarzes, glattes Haar, kräftige Nackenmuskeln, gebräunte Haut. Etwa dreißig, gut in Form. Derselbe Mann, der ihm schon auf der Piazzetta aufgefallen war.

Nur leider hatte die Dunkelheit ihn verschlungen. De

Santis stand in einer Gasse, die schwach von der grünlich schimmernden Auslage einer Parfümerie erleuchtet wurde. Im Mondlicht erkannte man Pinienkronen, den betonierten Weg, der in die Klippen führte, Nebenpfade wanden sich zur Rechten den Hang hinauf und verloren sich zwischen Restaurants und Hotels, deren Fenster leuchteten. Wo war der Kerl hin?

Der Kommissar setzte sich auf eine leicht erhöhte, von Büschen eingerahmte Bank und wartete. Sollte er Bomba anrufen? Oder lieber in Deckung bleiben? Der Wind trug das Rauschen der See heran, irgendwo wummerte der Bass einer Diskothek.

De Santis bemerkte unter sich einen Schatten. Eine Gestalt lief eine steile Treppe hoch, die sich an die Felsen schmiegte, rüttelte an einem mannshohen Eisentor, sah sich um, schwang sich auf die seitliche Begrenzungsmauer, balancierte einen Moment über dem Abgrund, hangelte sich um das Tor herum und wurde wieder von der Finsternis verschluckt.

Das war er.

De Santis rannte hinunter, nahm je zwei Stufen auf einmal, wuchtete seinen Leib bis hinauf an das Tor. *Giardini di Augusto* stand darüber. Ein Park. Was sollte De Santis tun? Den Mann verfolgen? In der Finsternis? Ohne Waffe und auf ein Gelände, das er nicht kannte? Wo war eigentlich Moncini?

De Santis sah auf seinen Plan. Der Park schien auf einem Felsvorsprung zu liegen, und es gab nur diesen einen Eingang. Eine Falle? Oder kannte der Flüchtige ein Schlupfloch nach draußen?

»Polizei! Das ist eine Personenkontrolle, kommen Sie heraus!«, rief De Santis durch das Tor. Seine Stimme verhallte in der Nacht, nichts rührte sich. Er versuchte, durch die Stäbe zu lugen. Man sah Silhouetten von Zwergpalmen und Skulpturen. Plattenwege und Rabatten schimmerten hell und führten auf weite Aussichtsplattformen. Dahinter war nur Schwärze, in der die Sterne funkelten.

Sicher war der Kerl über das Nachbargrundstück abgehauen. Oder war er in den Park gelaufen, um das Handy loszuwerden? Es die Klippen hinabzuwerfen?

De Santis griff sich die Eisenstäbe, zog seine achtzig Kilo hinauf auf die brusthohe Begrenzungsmauer, blickte kurz hinab in die Gasse und spürte Schwindel. Wie gefährlich war der Kerl? Und wie wichtig? Wahrscheinlich hatte er das Handy nur gefunden, oder man hatte es ihm zugesteckt, und er war ahnungslos. Warum war er dann bloß abgehauen?

De Santis sprang hinter dem Tor hinab auf die Treppe, wobei er sein Gewicht sanft mit den Ledersohlen abfangen wollte. Aber die Absätze knallten so laut auf die Travertinstufen, dass man es im ganzen Park hörte. De Santis wartete, bis das Geräusch verhallt war und seine Augen sich an die neue Umgebung gewöhnt hatten.

Der Park schien verlassen. Aber vielleicht war das Handy noch da, vielleicht hatte der Kerl es hier irgendwo entsorgt. De Santis trat auf den Rasen, der jedes Geräusch verschluckte, und suchte Deckung in einer Baumgruppe, von der aus man die Giardini di Augusto in alle Richtungen überblicken konnte.

Er wählte Cerriellos Handynummer. Das Leuchten würde man sogar durch das Buschwerk sehen. Er hielt das Telefon ans Ohr, hörte es tuten, einmal, zweimal, dann pochten die Anfangsakkorde der 5. Symphonie ganz nah an seinem Kopf. Das Handy, es musste direkt hinter ihm liegen ... Er wollte sich umdrehen, aber da prallte plötzlich etwas Schweres auf seinen Schädel.

Was bin ich für ein Anfänger, dachte der Kommissar. *Oder werde ich alt?*

Der Mann stand mit gespreizten Beinen über ihm. De Santis versuchte, das Knie hochzureißen, ihn im Schritt zu erwischen, aber der andere war schneller. Der Kommissar sah gerade noch den Schuh. Er wollte mit dem Kopf zur Seite ausweichen, aber da spürte er schon das Brennen am Ohr. Der Knall kam danach, ein Gefühl von Taubheit. Er rappelte sich auf, alles schwankte. Irgendwo hörte er die Absätze, verzerrt wie in einem Blecheimer.

Die Wut pochte in seinem Schädel, jagte Adrenalin in seine Muskeln. Er rannte los, wie blind. Bei jedem Schritt meinte er, sein Kopf kippe zur Seite. Egal wohin er sich wandte, das Geräusch war immer vor ihm.

Plong, erklang es plötzlich. Und da sah er schemenhaft, dass der Kerl vom Tor abprallte. Er hatte versucht, auf die Mauer zu kommen, und war abgerutscht. Das war De Santis' Chance. Der Mann war schon wieder auf den Beinen, griff in die Streben des Tors und schwang die Füße hinauf auf die Mauer aus groben Kalksteinquadern. Der Kommissar sah aus dem Augenwinkel einen Mülleimer, aus dem der Hals einer Bierflasche ragte. Er schnappte sie sich im Vorbeilaufen und wollte sie dem Mann über den Schädel ziehen, aber der war schon hoch über ihm, balancierte auf der Mauer und versuchte, auf die andere Seite zu kommen. De Santis hielt ihn am Hosenbein fest, schnappte sich den Knöchel und hängte sich mit all seinem Gewicht an den Kerl. Als dieser anfing zu strampeln, holte De Santis mit der Flasche aus, sprang hoch und traf ihn im Unterleib. Mit einem Grunzen fiel er in sich zusammen, rutschte an der Mauer herunter, wollte nach De Santis' Kehle fassen, aber der zerschlug die Flasche am Tor und hielt die gezackte Scherbe unter die Nase des Mannes. »Eine Bewegung, und ich schlitze dir das Gesicht auf«, sagte er.

»Was soll das, Mann? Sind Sie irre?«

»Polizei. Dreh dich auf den Bauch«, schrie De Santis und riss den Mann, der mit dem Rücken an der Mauer lehnte, auf den Boden.

Dieser leistete kaum noch Widerstand. »Das dürfen Sie nicht. Ich habe nichts getan«, jammerte er.

De Santis zog den Gürtel aus seiner Hose, fesselte ihm die Hände auf den Rücken und sagte: »Du bist vorläufig festgenommen. Wo ist das Handy?«

»Welches Handy?«

7

In De Santis' rechtem Ohr klingelte es, sein Schädel brummte, und er hatte eine Stinkwut auf den Kerl, der im Kommissariat lässig vor ihm saß und lächelnd seinen Blick über die Wände schweifen ließ, über Wimpel und Fotos, auf denen man Moncini in Paradeuniform sah, mit dem Gemeindepfarrer, mit dem Polizeipräsidenten, mit dem Bürgermeister Neapels. »Sie können mich nicht festhalten«, sagte er gelangweilt.

»Widerstand gegen die Staatsgewalt, Hausfriedensbruch, Körperverletzung und Diebstahl«, meinte De Santis kalt.

»Ich bin nur in den Park gerannt, weil Sie Jagd auf mich gemacht haben. Dass Sie Bulle sind, konnte keiner ahnen. Das war Notwehr.«

»Wollen Sie einen Anwalt hinzuziehen?«, fragte Moncini.

De Santis drehte langsam den Kopf und funkelte den Kollegen an. *Er*, De Santis, leitete die Ermittlungen, *er* führte das Verhör. Und Moncini? Nicht nur, dass er ihn bei der Verfolgung hatte hängen lassen, wenn sie jetzt auch noch auf einen Anwalt warteten …

»Ich wüsste nicht, wozu ich den brauchen sollte«, sagte der Mann im zitronengelben T-Shirt.

»Warum sind Sie geflüchtet?«

»Ich dachte, Sie wären ein Spinner.«

»Ich habe mich als Polizeibeamter zu erkennen gegeben«, sagte De Santis.

»Es war dunkel.«

»Ich habe gerufen.«

Der Mann zuckte mit den Achseln. »Sie haben eine schwache Stimme, sonst hätte ich Sie verstanden.«

De Santis konnte sich kaum noch beherrschen. Er legte das Smartphone, das sie in der Hosentasche des Mannes gefunden hatten, auf den Tisch. »Wessen Handy ist das?«

»Meins. Sie haben kein Recht, das Gerät zu beschlagnahmen. Das ist ein unerlaubter Eingriff in meine Privatsphäre.«

»Wie heißen Sie?«

Er schwieg.

De Santis strich mit dem Finger über das Display des Handys. Es war mit einem Passwort gesichert.

»Entsperren Sie es.«

Der Mann schüttelte den Kopf.

»Sie können es nicht?«, sagte De Santis triumphierend.

»Ich will nicht.«

Na gut, dachte der Kommissar. *Dann fangen wir es anders an.* Er legte das Portemonnaie des Verdächtigen auf den Tisch und schüttete den Inhalt aus.

»Wo ist Ihr Ausweis?«

»Habe ich nicht dabei.«

»Sie sind verpflichtet, ein Ausweisdokument mitzuführen, und Sie dürfen der Polizei Ihre Identität nicht verschweigen. Solange Sie das tun, bleiben Sie in Gewahrsam.« De Santis gab Moncini ein Zeichen, den Mann abführen zu lassen.

»Lorenzo Barbagiovanni«, sagte dieser hastig. »Kann ich jetzt gehen?«

»Nein. Wo und wann haben Sie dieses Handy an sich genommen?«

Er schwieg. Dann beugte er sich vor und sagte: »Vor einem halben Jahr. In einem Elektronikfachgeschäft. Nachdem ich es bezahlt hatte. Da, sehen Sie.« Er tippte das Passwort ein. Blitzschnell griff De Santis danach.

»He, das dürfen Sie nicht«, protestierte Barbagiovanni.

Moncini wurde immer nervöser, weil er offensichtlich an die Dienstvorschriften dachte. De Santis scrollte durch die Adress- und Anrufliste, aber er fand weder die Villa Paradiso noch Sgarbanti, Henrichs oder sonst einen Namen, mit dem er etwas hätte anfangen können.

War es tatsächlich das falsche Handy? Er nahm sein eigenes Telefon hervor und wählte Gabriele Cerriellos Nummer, während er das Gerät vor ihnen auf dem Schreibtisch anstarrte. Beethovens 5. Symphonie – falls sie irgendwo erklang, dann nicht hier.

»Wo ist das andere?«, zischte De Santis.

»Welches andere?«

Der Kommissar versuchte, ruhig zu bleiben, während das Blut immer lauter in den Schläfen und in seinem geschwollenen Ohr pochte.

»Auf der Piazza Umberto I. hatten Sie noch ein anderes Handy. Wo ist es?«

De Santis hatte es klingeln hören. Das war keine Einbildung gewesen.

»Keine Ahnung, wovon Sie reden.«

»War da noch jemand im Park?«

»Nicht dass ich wüsste.«

De Santis griff sich das Handy und rief die Galerie mit den Fotos auf. Man sah Bilder von Sportwagen, Jachten, von halbnackten Mädchen. Gewöhnliche Träume eines recht gewöhnlichen Mannes, die für die Ermittlung nicht von Belang waren. Allerdings gab es auch kuriose Einsprengsel: die schmalen Elektrokarren, mit denen auf Capri Waren und Gepäck ausgeliefert wurden, Eingangstore und halbfertige Außenmauern von Villengrundstücken.

»Wieso interessiert Sie das?«, fragte De Santis.

»Wieso interessiert *Sie* das?«, fragte Barbagiovanni zurück.

Der Kerl trieb es auf die Spitze. »Wozu haben Sie diese Fotos gemacht?«

»Ist mein Job.«

»Sie sind Fotograf?«

»Nein, Maurer.«

War das eine mögliche Verbindung? Franco De Santis zeigte ihm eine Aufnahme von der Villa Paradiso. »Haben Sie dort auch schon gearbeitet?«

Der Mann schüttelte den Kopf. »Das Anwesen kenne ich nicht.«

»Und diesen Mann?«

De Santis hatte Gabrieles Porträtfoto aus dem Lebenslauf aufgerufen, auf dem er jung und unversehrt war.

»Nie gesehen«, sagte Barbagiovanni unbeeindruckt. »Was wollen Sie von mir? Das mit Ihrem Ohr tut mir leid, ein Missverständnis, aber deswegen ein solches Fass ...«

Schlagartig verstummte er. Denn der Kommissar hatte ihm ein weiteres Foto von Gabriele vorgelegt. Diesmal war er von den Füßen her aufgenommen, man sah den Pfahl aus seinem Bauch ragen, Hemd und Sommerdecke von roten Flecken gesprenkelt. Barbagiovanni rutschte auf dem Stuhl hin und her, er brauchte einen Moment, um den Schreck in eine gequälte Miene zu verwandeln. »Was soll das? Damit habe ich nichts zu tun.«

»Wo waren Sie letzte Nacht?«

»Mit meinen Kumpels unterwegs. Einen Aperitif trinken, dann in einer Disco. Bis halb drei. Danach sind wir in unsere Pension gegangen.«

»Wie heißt sie, und wo liegt sie?«

»*Corallo*, in Anacapri.«

»Zeugen?«

Er nannte die Namen von drei Freunden. »Fragen Sie sie. Mit einem von ihnen teile ich ein Doppelzimmer.«

De Santis erhob sich. »Sie werden jetzt erkennungsdienstlich behandelt.«

»Und dann kann ich gehen?«

»Sicher. In die Arrestzelle.«

»Warum? Ich habe nichts zu tun mit dem Mann auf dem Foto, ich habe ihn noch nie gesehen«, krakeelte Barbagiovanni, während Moncini aufstand und seine Kollegen rief. Er gab Anweisung, Fingerabdrücke von dem Häftling zu nehmen, und führte De Santis in einen dunklen Flur, an dessen Ende man Lichter funkeln sah wie Lampions, die in der Schwärze trieben, darüber kleine, zu Girlanden geknüpfte Sterne: die Hafenpromenade der Marina Grande und Boote, die draußen im Golf ankerten.

»Wir wollten einmal über unsere Zusammenarbeit reden«, sagte Moncini, drückte auf einen Schalter, und klickend sprangen Neonröhren an. Er zog De Santis in eine Nische, in der ein Kopierer und ein Getränkeautomat standen.

»Das ist jetzt nicht der richtige Augenblick«, meinte De Santis. »Wir müssen uns um den Verdächtigen kümmern.«

»Warum halten Sie ihn für einen Verdächtigen?«

»Er hatte das Handy des Opfers bei sich.«

»Woher wollen Sie das wissen?«

»Ich habe es klingeln hören.«

»So wie hundert andere Handys auch.«

»Nein, in einer stillen Gasse. Da habe ich es orten lassen.«

»Ach ja? Und wo ist es?«

»Es liegt noch im Park, oder er hat es unterwegs weggeworfen, als ich ihn verfolgt habe.«

»Selbst wenn. Wegen einer solchen Lappalie können wir ihn nicht festhalten.«

»Lappalie? Das Handy eines Mordopfers? Außerdem hat er mich attackiert, hat sich der Festnahme entzogen. Solange er nicht erklärt, wie und wo er an das Handy gekommen ist, darf er nicht gehen.«

»Vielleicht hat er es gefunden, oder er hat es irgendwo liegen sehen, hat lange Finger gemacht und es schnell wieder bereut, und ist ansonsten ein unbescholtener Bürger.«

»Überprüfen Sie das. In der Zwischenzeit befrage ich ihn noch einmal. Wenn er sauber ist und uns zu dem Handy führt, kann er von mir aus gehen.«

»Und unsere Zusammenarbeit? Wie soll die weitergehen? Dies hier ist mein Kommissariat. Ich bin der Chef.«

»Aber ich soll die Ermittlungen in diesem Fall leiten. Das war Ihre Idee.«

»Es war die Idee des Questore. Außerdem haben Sie gesagt, es ist vielleicht ein und derselbe Fall. Wenn Gabriele Cerriello zu den Schmierern gehörte …«

»Das ist nur eine vage Hypothese.«

»Auf einmal?«

De Santis holte tief Luft. Wollte er den Fall überhaupt übernehmen? Er wollte jedenfalls nicht, dass dieser Barbagiovanni grinsend hinausmarschierte, ohne sein Wissen preiszugeben.

»Ehe wir die Farbspuren an Cerriellos Fingern nicht analysiert haben, wissen wir nicht, ob es einen Zusammenhang gibt. Ich hoffe, Sie haben von allen Graffiti Proben genommen.«

Moncini schwieg vielsagend. Wahrscheinlich war ihm nur wichtig gewesen, den Schandfleck zu beseitigen, aber das war sein Problem. »Lassen Sie uns die Sache mit diesem Kerl zu Ende bringen, und dann sehen wir weiter«, sagte De Santis und ging zurück zu Moncinis Büro.

Es dauerte nur zwei Minuten, dann brachte ein junger Polizist, der übernächtigt und lustlos wirkte, den Häftling wieder herein. De Santis ließ ihn Platz nehmen, setzte sich auf die andere Seite des Tisches, und als Barbagiovanni seine Arme mit den Handschellen ablegte, zog De Santis sie über den Tisch.

»Was soll das?«, protestierte der Mann.

Auf der Innenseite des rechten Arms waren zwei kleine Schrammen.

»Wo haben Sie die Verletzung her?«

»Wahrscheinlich haben Sie mich gekratzt.«

Die beiden Kratzer liefen parallel von der Handwurzel bis zur Mitte des Unterarms. »Es hat sich bereits ein Grind gebildet«, meinte De Santis.

Sein Gegenüber zuckte mit den Achseln. »Auf dem Bau geht es nicht zimperlich zu. Wenn ich auf jedes Wehwehchen achte …«

De Santis schickte den Beamten weg und sagte: »Nehmen wir einmal an, Sie haben das Handy einfach nur gefunden, wollten es vielleicht gerade bei der Polizei abliefern, und dann sind Sie erschrocken, weil ich Ihnen Angst eingejagt habe, warum auch immer …«

Barbagiovanni saß da und hörte aufmerksam zu. Er war nicht mehr so selbstsicher wie am Anfang, und diesmal schien er interessiert an der Rettungsleine, die De Santis vor ihm entrollte.

»… und weil Sie es mit der Angst zu tun bekommen haben, dass mit dem Handy vielleicht irgendetwas nicht stimmt, dass man die Situation falsch interpretieren könnte, haben Sie es einfach weggeworfen.«

Barbagiovanni schwieg.

»Wo?«

»Ich weiß nicht, wovon Sie reden.«

Es war zum Verrücktwerden. Warum log er? Aus Angst? Oder lag das Handy auf dem Meeresgrund, wo man nie wieder eine Spur von ihm finden würde?

»Wenn Sie heute Abend noch in Ihre Pension wollen, dann müssen Sie mir jetzt die Wahrheit sagen. Sie führen uns zu dem anderen Handy, und dann hat es für uns keinen Diebstahl gegeben. Dann nehmen wir Ihnen sogar die Notwehr ab.«

»Pfff«, zischte der Mann verächtlich.

Moncini klopfte und kam mit einem Computerausdruck herein, den er vor De Santis auf den Schreibtisch legte. *Im System nicht bekannt*, stand darauf. Er beugte sich herab und flüsterte dem Kommissar ins Ohr:

»Keine Vorstrafen. Und sein Alibi scheint auch zu stimmen.«

Sie ließen wieder einen der Beamten die Bewachung übernehmen und gingen vor die Tür.

»Er lügt«, polterte De Santis. »Wieso sagt er nicht, wo das Handy ist?«

»Weil er keine Ahnung hat.«

»Weil er nicht will, dass wir es finden. Warum?«

»Sie verrennen sich.«

»Wenn er erst einmal eine Nacht in der Zelle verbracht hat, wird er weich.«

»Wir können ihn nicht festhalten.«

»Achtundvierzig Stunden, erst danach müssen wir ihn einem Haftrichter vorführen. Bis dahin haben wir das Handy.«

Moncini sah verlegen auf den Boden. »Wenn wir ihn hier festhalten, dann bekommt die Presse Wind davon, und morgen haben wir einen Riesenskandal.«

»Welche Presse? Es gibt hier auf Capri keine Zeitung, nicht einmal eine Außenredaktion von *Il Mattino* aus Neapel.«

»Nein, natürlich nicht«, wehrte Moncini ab. »Es ist nur ... Unser Kommissariat platzt aus allen Nähten. Wir sind von der Infrastruktur her nicht dafür ausgelegt.«

»Aber Sie müssen doch eine Arrestzelle haben.«

»Der Wasseranschluss. Wir mussten ihn kappen, wegen eines Rohrbruchs.«

»Dann muss er eben zum Pinkeln auf Ihre Toilette gebracht werden.«

»Wir haben nur zwei Beamten für die Bereitschaft.«

De Santis spürte eine große Müdigkeit. Er war kurz davor, die Geduld zu verlieren. Der Kater, das Pochen in seinem verletzten Ohr und all die johlenden Touristen da draußen, das war einfach zu viel für ihn. »Hören Sie, wenn das Ihr einziges Problem ist, dann schlafe ich hier. Dann führe ich ihn zum Pinkeln und Zähneputzen.«

»Es ist nicht das einzige Problem.«

»Was denn noch?«, brauste De Santis auf.

»Die Zelle ist nicht frei.«

»Belegt?«

»In gewisser Weise. Es hat sich dort einiges angesammelt.«

Sie redeten die ganze Zeit um den heißen Brei herum wegen ein bisschen Gerümpel?

»Dann räumen wir sie eben auf«, meinte De Santis.

»Ich kümmere mich mit den Kollegen darum. Gehen Sie zu meiner Cousine und schlafen sich aus. Hier habe ich Ihnen die Adresse aufgeschrieben.«

De Santis nahm den Zettel, den Moncini ihm reichte. »Wir brauchen das Handy«, insistierte er.

»Das suchen wir morgen früh, bevor der Park öffnet.«

8

De Santis trat hinaus in die Nacht, in die frische Brise, die über die Straße wehte. Das kleine Kommissariat lag an einem Verkehrskreisel, *dem* Knotenpunkt der Insel, von dem aus Sträßchen in alle Richtungen abgingen, nach Capri im Osten, Anacapri im Westen, Marina Grande im Norden und Marina Piccola, einstiger kleiner Fischerhafen mit Kiesstrand und einem dichten Gürtel an Hotels und Restaurants, im Süden. Noch immer schoben sich Kolonnen von offenen Taxen, Scootern, Kleinbussen und Leihwagen vorbei, aus denen laute Musik und lange Haare wehten. De Santis zündete sich eine Zigarette an, nahm einen tiefen Zug und setzte sich in Bewegung. Seine Beine waren schwer, seine Waden zogen, und er hatte das Gefühl, seit Wochen nicht aus den Schuhen gekommen zu sein. Aber bis ins Zentrum von Capri waren es nur zehn Minuten, das würde er auch noch schaffen. Er ging über die Piazzetta, auf der sich noch immer Touristen mit Eiswaffeln und Drinks drängten, und suchte den Weg ab. Er passierte die schimmernde Auslage der Parfümerie, in der seit Jahrhunderten die Blüten Capris in duftende Essenzen verwandelt wurden, und ging die Treppe hinauf, die zum Tor der Giardini di Augusto führte. Er schwang sich auf die Mauer und hangelte sich um das verschlossene Tor herum. Dann wählte er Gabriele Cerriellos Nummer und starrte in die Finsternis. Es tutete in der Leitung, danach kam die Ansage, der Teilnehmer sei »momentan nicht erreichbar«. Büsche und Bäume, Rasenflächen, wie ein schwarzer Scherenschnitt. Nirgendwo sah er ein Display leuchten. Er suchte zuerst die Wege ab, die hinauf zu den Aussichtsplattformen führten, wo der Wind den Duft des Meeres herantrug. Unter ihm gähnte ein Abgrund, senkrecht ging es hinab bis zum glitzernden Wasser, das in Wogen anrollte und zu heller Gischt zerstob.

Müde, hungrig und geschlagen trottete er zurück und gelangte in einen verschwiegenen mittelalterlichen Ortskern, der sich an die Piazzetta anschloss. Hier gab es keine funkelnden Schaufenster, keine Luxushotels und Boutiquen. Nur verwinkelte Wohnhäuser, hin und wieder das Schild eines Bed & Breakfast oder eines Friseurladens. Er fand die Hausnummer und klingelte an einer grünen Metalltür. Eigentlich war es viel zu spät, um Moncinis Cousine zu stören. Eine dickliche Frau um die fünfzig öffnete, verschlafen, nicht unfreundlich.

»Entschuldigen Sie bitte, dass ich Sie jetzt noch behellige«, sagte De Santis.

»Ach was, Alessandro hat Sie angekündigt. Ich bin Ottilia.« Sie umarmte De Santis und drückte ihn an ihren warmen, wattierten Morgenmantel. »Tut mir leid, dass ich Sie in diesem Aufzug empfange.«

Aus dem dunklen Flur wehte der süßliche Duft frischen Gebäcks. Das mussten die Graffe sein, von denen Moncini gesprochen hatte. Während Ottilia ihn in das Haus zog, in dem es weder eine Rezeption noch einen Aufzug gab, ihn durch einen schmalen Treppenaufgang in ein Miniapartment schob, wurde der Duft zur Wolke, und tatsächlich ...

»Bitte, hier haben Sie Ihre kleine Küchenzeile«, sagte die Frau, und da stand er, der Teller mit den runden, bauschig-weichen, mit feinem Zucker bestreuten Graffe. Sie lachte. »Greifen Sie zu, die sind für Sie. Leider nicht mehr warm.«

Er grub seine Zähne in den butterzarten Teig.

»Und?«, fragte sie.

Er mampfte und ruderte mit dem Arm, was das Ausmaß des Genusses nur andeuten konnte.

»Hier ist das Bad«, sagte sie fröhlich summend und schaltete das Licht an. Putz- und Kosmetikprodukte in kleinen Hängeschränken, Waschmaschine, Wäschetrockner, Bügelbrett. Das war eine Privatwohnung, vermutlich die Wohnung von Ottilia.

»Da oben ist die Dachterrasse, die können Sie jederzeit nutzen, auch zum Frühstücken ...«, sie zeigte auf eine schmale Holztreppe, die zu einer Luke führte, »... und hier geht es zum Schlafzimmer. Wo ist Ihr Gepäck?«

De Santis hatte nur das Badetuch, das er am Hafen gekauft hatte. »Die Übernachtung war nicht eingeplant«, sagte er.

»Im Schrank hängen Sachen von meinem verstorbenen Mann. Sie können sich gerne etwas ausleihen. Ich lasse Sie jetzt allein, oder soll ich mir Ihre Verletzung mal näher anschauen?«

»Ist halb so schlimm.«

Sie sah ihn mit tadelnder Mütterlichkeit an. »Sie zieren sich doch nicht, oder?«

»Nein.«

»Dann ist gut.« Sie lächelte. »Davon würde ich mich nämlich nicht abschrecken lassen.«

Sie verließ das Apartment, und er ging unter die Dusche. Sein Ohr jaulte, aber er ließ das Wasser so lange laufen, bis es Ruhe gab. Er trocknete sich ab, holte noch einen Graffe aus der Küche, ließ sich auf das Bett fallen und biss in den weichen Teig, an dem feiner Hagelzucker hing. Er lag in einer Wolke aus Vanille-Aroma, in die sanft das Gemurmel ferner Passanten drang.

Er wollte noch den Wecker auf seinem Handy aktivieren, aber da sah er auf dem Display fünf entgangene Anrufe und eine SMS, alle von derselben unbekannten Nummer: *Ich bin in Sorge. Ruf an, egal um welche Uhrzeit. Bitte!*

Das war sie, die junge Frau. Jetzt hatte er noch die Chance, die Sache einfach auf sich beruhen zu lassen. Sie würde es noch ein, zwei Tage lang probieren und ihn dann unter »Arschlöcher« abheften.

Aber wollte er das? War das fair? Er war gar nicht auf die Idee gekommen, dass er ihr wehtun könnte. Er war nicht aus Pflichtbewusstsein oder Scham geflohen, sondern aus Feigheit und Egoismus.

Er wählte die unbekannte Nummer. Sofort ertönte ihre aufgeregte Stimme: »Franco, du wolltest dich melden.«

»Ich bin in eine Mordermittlung geraten.«

»Das weiß ich.«

»Es ... Ich musste das Handy abstellen.«

»Alles in Ordnung?«

»Sicher. Ich habe die letzte Fähre verpasst, und jetzt sitze ich hier fest.«

Es war lange her, dass sich jemand ernsthaft Sorgen um ihn gemacht hatte, und er war gerührt.

»Ich habe morgen erst am Nachmittag Probe. Vorher könnten wir uns sehen.«

»Ich muss in die Questura.«

Sie schwieg, und er hatte den Eindruck, dass er sie erneut gekränkt hatte.

»Du willst mich nicht sehen?«

»Doch. Hör mal …«, fing er an und suchte in seinem Gedächtnis nach ihrem Namen. Vergeblich. »Das, was letzte Nacht war … Ehrlich gesagt, an viel kann ich mich nicht erinnern.«

»Aber du weißt, was du mir versprochen hast, oder?«

Ihm wurde flau im Magen. Versprochen?

»Unsere Probebühne ist in deiner Nähe«, schob sie nach. »Ich kann am Abend bei dir vorbeikommen, falls du nicht auf dumme Gedanken kommst.«

Was sollte das jetzt wieder heißen?

»Sagst du mir als Erstes deinen Namen?«

»Das ist jetzt nicht dein Ernst, oder? Gib mir einfach Bescheid, wenn du morgen in deiner Wohnung bist. Wir können auch wieder zusammen kochen. Gute Nacht.« Sie hauchte einen Kuss ins Telefon und legte auf.

9

Das Haus sah aus wie mehrere übereinandergestapelte Würfel und lag in einem idyllischen Garten voller Pfirsich- und Olivenbäume. Ein Mann erschien auf der Schwelle, sah De Santis' Ausweis und rief: »Das Pferd hat genügend Auslauf, ich weiß, wer mich denunziert.«

Der Kommissar hatte keine Ahnung, wovon der Mann sprach. Er war zeitig am Morgen auf die Fähre nach Neapel gestiegen und in den Vorort gefahren, in dem Gabrieles Eltern wohnten. »Ich fürchte, ich komme in einer anderen Angelegenheit«, sagte er. »Sind Sie Umberto Cerriello?«

»Der bin ich. Ich bin spät dran, meine Patientinnen warten. Meine Frau ist drinnen.«

»Es wäre gut, wenn ich mit Ihnen beiden sprechen könnte.«

Cerriello war ein Mann von Mitte fünfzig, in Anzug und Fliege. Er ging voraus und rief seine Frau. Sie setzten sich in ein helles Wohnzimmer, klare schlichte Linien, kaum Dekor, große Fenster und eine Glastür, die auf eine Wiese mit kleinem Pool ging. An einer Hecke stand ein Pferd und weidete. Offensichtlich war das der Grund des Nachbarschaftsstreits, auf den Cerriello angespielt hatte.

»Wann haben Sie das letzte Mal mit Ihrem Sohn gesprochen?«, fing der Kommissar an und spürte sofort die angespannte Stimmung.

»Samstag, gestern hat er sich nicht gemeldet, und ehrlich gesagt …« Frau Cerriello verstummte.

Er sah die Angst in ihren Augen.

»Wollen Sie nicht sagen, was los ist?«, fiel der Mann ein. »Was ist mit unserem Sohn? Sein Handy ist abgeschaltet, wir haben schon im Institut angerufen, aber von diesem Sgarbanti bekommt man keine vernünftige Antwort.«

»Es tut mir leid, aber wir haben einen schlimmen Verdacht.« De Santis versuchte, die beiden auf eine Nachricht vorzubereiten, auf die man nicht vorbereitet werden kann. Andererseits gab es noch einen Rest Unsicherheit, vielleicht lag eine Verwechslung vor, eine verblüffende Ähnlichkeit. Er nahm sein Handy und rief das Bild auf, das die Gerichtsmediziner von dem gesäuberten Antlitz des Opfers geschossen hatten. Er legte es auf den niedrigen Couchtisch und fragte: »Ist das Ihr Sohn Gabriele?«

Umberto Cerriello beugte sich darüber, erstarrte, und dann verdeckte er es schnell mit der Hand. »Wer hat das aufgenommen? Wo ist er?«, schnaubte er.

Es war keine Antwort auf die Frage, aber die hatte sich auch erübrigt.

»Was ist passiert? Wann ist das aufgenommen worden?«, insistierte Umberto Cerriello.

Frau Cerriello hatte sich in den Arm ihres Mannes gekrallt. »Umberto«, flüsterte sie, »was ist mit ihm? Zeig mir das Bild.« Sie rüttelte an ihm, und er drückte sie sanft ins Sofa zurück.

Der Mann war bleich geworden. »Warum kommen Sie erst jetzt?«, polterte er. »Haben wir als Eltern nicht das Recht ...«

»Sicher. Aber er hatte keine Papiere bei sich ...«

»Wo haben Sie ihn gefunden? Was ist mit ihm passiert?«

Jeder Angehörige hatte seine eigene Art, mit dem Schmerz umzugehen. Manche waren gelähmt, manche schrien ihre Wut, ihre Trauer, ihre Ohnmacht heraus. Und die meisten richteten ihren Hass gegen den Überbringer der Botschaft. De Santis war daran gewöhnt – und konnte sich doch nicht daran gewöhnen. »Wir stehen ganz am Anfang der Ermittlungen. Es tut mir sehr leid«, sagte er bemüht sachlich.

»Hatte er einen Unfall?«

Der Kommissar schüttelte den Kopf. »Er ist vermutlich einem Verbrechen zum Opfer gefallen.«

»Ein Überfall?«

»Das wissen wir noch nicht.«

»Sag mir, dass er nicht tot ist«, flüsterte Frau Cerriello. »Umberto, er ist nicht tot, oder?«

Der nahm ihren Kopf und presste ihn an seine Brust. Auf der Fähre und in der Circumvesuviana nach Volla war reichlich Zeit gewesen, um sich ein erstes Bild von den Cerriellos zu machen. Umberto war Frauenarzt, die Gattin Lehrerin. Engagiert in der Kirchengemeinde und im Rotary Club. Angesehene Leute, keine Schulden. Gabriele war ihr einziges Kind gewesen. De Santis sah hinaus in den weitläufigen Garten, der sich in alten Bäumen verlor. Im Hintergrund war der Vesuv zu sehen, die beiden Höcker der Hauptkrater. Ein Idyll – von dem nichts übrig war.

»Es muss eine Verwechslung gewesen sein«, sagte der Vater.

»Sind Sie in der Lage, einige Fragen zu beantworten?«

Cerriello nickte.

»War Ihr Sohn in letzter Zeit verändert? Hat er auf Sie besorgt gewirkt?«

Umberto schüttelte den Kopf. »Er wollte unbedingt auf diese Insel, zu diesen Spinnern. Aber das war nichts Neues.«

»Er hatte es nicht leicht. Es war, als ob ihn irgendetwas quälen würde«, presste Frau Cerriello hervor.

»In letzter Zeit?«

»Nein, früher. In letzter Zeit ... da hat er fast glücklich gewirkt.«

»Kennen Sie den Grund?«

Sie setzte an, betrachtete aber dann ihren Mann und schüttelte den Kopf. »Er hat nicht viel über sich geredet. Er wollte Abstand, um sich ganz auf seine Kunst zu konzentrieren.«

»Man braucht seine Eltern nicht auf Distanz zu halten, nur weil man ein Bild malen will«, fiel Umberto ein. Er wurde De Santis nicht sympathischer.

»Das hast du nie verstanden«, hauchte Frau Cerriello.

Der Kommissar sah auf dem Kamin – eine schlichte kubische Nische – ein paar Familienfotos: Gabriele bei der Einschulung, bei der Erstkommunion, auf einem Berggipfel, mit Skihelm, zwischen seinen Eltern. Er wirkte grazil und blickte verlegen in eine Welt, die zu groß für ihn zu sein schien.

»Hatte er eine feste Freundin?«, fragte De Santis.

Sie schüttelte den Kopf. »Er hat nie ein Mädchen erwähnt, aber ...«

Der Kommissar wartete.

»... wie gesagt, er war verändert. Seine Stimme klang, als wäre etwas von ihm abgefallen. Ich habe schon daran gedacht, dass er sich verliebt haben könnte.«

»Aber Sie wissen keinen Namen?«

»Nein.«

De Santis dachte an Arianna Lambiase, die Gabriele immer wieder gezeichnet hatte. Angeblich taten das alle in der Villa Paradiso, weil sie Modell stand. »Hat er einmal eine Arianna erwähnt?«

»Nein.«

»Und seine engsten Freunde? Wer war das?«

»Er war sehr zurückgezogen, lebte ganz in seiner Kunst«, sagte die Mutter.

»Aber er wird doch Mitstreiter gehabt haben, Studenten an der Kunsthochschule oder in der Villa Paradiso. Gab es da jemanden, den er erwähnt hat?«

»Piero. Mit ihm war er schon länger befreundet«, sagte sie.

»Piero?«

»Piero Coppola. Ein Kommilitone von der Kunsthochschule. Er war für ihn ein Vorbild, hat ihn immer wieder motiviert und angespornt. Ohne ihn wäre Gabriele auch nicht auf die Idee gekommen, sich für die Villa Paradiso zu bewerben. Ich bin viel zu schlecht, hat er zu mir gesagt.«

De Santis machte sich innerlich eine Notiz. Coppola, das war ein Anfang. Er erhob sich, der Vater gab ihm die Hand. »Ich bringe Sie raus. Wie gesagt, ich muss in dic Praxis.«

Der Kommissar war verblüfft. Wollte er jetzt seine Frau allein lassen?

Sie gingen durch den hellen Eingangsbereich, und hinter einer halb geöffneten Tür sah man ein buntes Durcheinander aus Bildern, Büchern, Farbtöpfen und Pinseln.

De Santis zögerte, Umberto Cerriello nickte. »Sein Zimmer.«

»Dürfte ich einen Blick hineinwerfen?«

»Wozu?«

»Ich muss mir ein Bild von Ihrem Sohn machen.«

»Machen Sie sich lieber ein Bild von seinem Mörder. Mein Sohn war der friedliebendste Mensch, den man sich vorstellen kann. Das muss ein Irrer gewesen sein, oder man hat Gabriele verwechselt.«

»Wahrscheinlich. Aber wir müssen alles in Betracht ziehen«, sagte De Santis, und der Arzt blickte ihn für einen Moment misstrauisch an. »Tun Sie, was Sie für richtig halten.« Er drehte sich um und ließ De Santis stehen.

Das Zimmer war quadratisch, hell und wirkte dank einer Glasfront zum Garten um einiges größer. Es war eher ein Atelier als ein Schlafzimmer, und es sah aus, als würde Gabriele jeden Moment zurückkommen. Auf dem Parkettboden waren Skizzen, lose Blätter und angefangene Gemälde verstreut, auf dem Schreibtisch, ja selbst auf dem Bett lagen aufgeschlagene Kunstbände, in den Regalen standen Mappen, Alben und Kinderbücher. Auf dem obersten Brett bemerkte De Santis eine lange Reihe von schwarzen Buchrücken ohne Aufdruck, alle gleich. Er griff sich ein beliebiges Exemplar. *Zweiter Februar*, las er. *Mit Porträtstudien verbracht. Eine Quälerei, uninspiriert, hölzern.*

»Er hat jeden Tag geschrieben«, sagte Frau Cerriello, die lautlos in die Tür getreten war. »Es war für ihn fast ein Zwang. Vielleicht hat es ihm Erleichterung verschafft.«

»Erleichterung?«

»Er konnte nicht mit uns darüber reden, vor allem vor seinem Vater wollte er keine Schwäche eingestehen. Aber ich glaube, dass er für diese Welt zu empfindsam war, dass das Leben einfach zu viel war für ihn.«

In Gabrieles Kammer in der Villa Paradiso hatte De Santis einen Terminkalender gefunden, Skizzen, Notizen … »Hat er auch auf Capri Tagebuch geführt?«, fragte er.

»Bestimmt. Es war das Erste, was er einpackte, wenn er irgendwohin fuhr, noch vor seinen Skizzenbüchern.«

Und wo war es abgeblieben? Hatte Gabriele es in der Mordnacht mitgenommen, oder hatte es jemand aus dem Zimmer verschwinden lassen?

»Dürfte ich mir eines ausleihen? Ich weiß, dass es sehr persönlich ist, aber je besser ich mich in die Gefühlswelt Ihres Sohnes hineinversetzen kann, desto leichter werde ich eine Spur finden.«

Sie zögerte, kämpfte mit sich, mit den Tränen.

»Nur ich werde es lesen«, beschwichtigte De Santis sie. »Und Sie bekommen es unversehrt zurück.« Er spürte das Bedürfnis, sie in den Arm zu nehmen, sie zu trösten. Aber was konnte er schon tun? Außer seinen Job.

»Haben Sie jemanden, der sich jetzt um Sie kümmert?«

»Ich komme klar. Ich muss nur ein wenig für mich sein.«

»Sicher?«

Sie nickte und sah auf die Uhr. »Ab der dritten Stunde habe ich außerdem Unterricht zu halten.«

Ehernes Pflichtbewusstsein, dachte De Santis, *wie ihr*

Mann. Dann drehte er sich noch einmal um und sagte: »Eine Frage hätte ich noch.«

Frau Cerriello sah ihn mit einem traurigen, leeren Blick an.

»Was für einen Klingelton hatte Gabrieles Handy?«

Sie runzelte die Stirn, als verstünde sie nicht recht.

»Manche wählen einen Rocksong oder ein Jingle statt des normalen Klingelns, manche programmieren für jeden Anrufer einen anderen Ton.«

»Ach so, Beethoven, die Anfangsakkorde der Fünften Symphonie.«

Also doch. De Santis hatte sich das nicht nur eingebildet. Und Barbagiovanni hielt sie zum Narren.

»Danke für Ihre Geduld«, sagte er und gab ihr seine Karte. »Wenn Ihnen etwas einfällt oder wenn Sie jemanden zum Reden brauchen – rufen Sie mich an. Tag und Nacht.«

Sie nickte. »Ob er verändert war, hatten Sie gefragt.«

Der Kommissar wartete.

»Ich war natürlich neugierig, wollte etwas herauskitzeln. Als er das merkte, sagte er: *Ein bisschen Geduld, Mama, du wirst schon sehen. Und vor allem er.*«

»Er?«

»Umberto. *Die paar Tage musst du doch noch aufbringen, nach all den Jahren.*«

»Ein paar Tage, hat er gesagt? Was kann er gemeint haben?«

Sie zog die Schultern hoch. »Ich dachte, vielleicht eine positive Kritik seiner Arbeiten oder eine Auszeichnung bei einem Kunstwettbewerb.« Sie senkte traurig den Kopf. »Versprechen Sie mir, dass Sie den Mörder finden?«

»Ich werde alles dafür tun«, erwiderte der Kommissar und ging hinaus. Er atmete auf, als er auf der Straße stand und unter sich die riesige Stadt sah. Neapel lag hingebreitet um den Golf, aus dem die Inseln wie kleine Dornen ragten. Ein vertrauter Anblick, die Welt sah friedlich aus – wenn man nur weit genug weg war. Er steckte sich eine Zigarette an, schlug den Weg zum Bahnhof der Circumvesuviana ein und dachte: *Manchmal hasse ich diesen Job. Solange er nicht erledigt ist.*

10

Als Franco De Santis seine Kollegen in den Besprechungsraum der Mordkommission IV bat, kamen diese nur unwillig aus ihren Büros. Carmela De Cillis und Mario Marin setzten sich jeweils an einen gegenüberliegenden Schenkel der hufeneisenförmig aufgebauten Tische. Davon, dass die beiden heiraten wollten, war nichts zu merken. Als Beppe Bomba hereinkam, sah der Kommissar ihn fragend an, aber der Ispettore zuckte nur mit den Achseln.

Noch bevor De Santis die Besprechung eröffnen konnte, wurde geklopft und ein etwas dicklicher, ungepflegter Mann stand in der Tür: Tommaso Esposito, der Leiter der Kriminaltechnik. Er musste schon sensationelle Neuigkeiten haben, wenn er sich eigens bis hinauf in den vierten Stock bequemte. Man sagte ihm nämlich nach, er habe sein Labor das letzte Mal zur Erstkommunion seiner Tochter verlassen. Die Tochter war inzwischen selbst Mutter.

Espósito sagte: »Stimmt es, dass man bei euch in einer Lotterie gewinnen kann? Was für Preise sind es denn?«

Bomba sprang erschrocken auf und wiegelte mit den Händen ab. Er schaute zu Carmela und Marin, den jungen Brautleuten, für die er sich die Aktion mit den Rubbellosen ausgedacht hatte, aber die beiden schienen mit den Gedanken woanders. Bomba kramte in seiner Tasche, steckte Esposito einige Lose zu und flüsterte: »Das Finanzielle regeln wir später.«

»Hast du etwas Interessantes für uns?«, schaltete sich der Kommissar ein, um die Situation zu überspielen.

Tommaso Esposito rückte seine Brille zurecht. Dann ließ er sich auf den Stuhl fallen, öffnete eine Kladde und sagte: »Die Leiche ist in der Autopsie. Bei mir sind nur die Kippen und die Kleidung gelandet.«

»Und?«, fragte De Santis.

»An den Zigarettenstummeln ist die DNA des Opfers, nur seine DNA.« Also war es, wie der Kommissar befürchtet hatte: kein Hinweis auf den Täter.

»An der Kleidung waren Farbpigmente.«

»Kein Wunder, er war Maler«, sagte Marin.

»Oder Sprayer«, meinte De Santis. Seine Kollegen schauten ihn erstaunt an. »Sie meinen, er war an der nächtlichen Aktion dieser Graffiti-Künstler beteiligt?«

»Denkbar wäre es.«

»Aber wieso liegt er dann tot über den Klippen? Kilometer von den Gebäuden entfernt, an denen die Aktion ablief?«

»Ich brauche Details zur Farbe«, sagte De Santis.

»Zitronengelb«, erwiderte Esposito.

»Könnte es Sprühlack sein?«

»Die Sprühgase verdampfen fast vollständig. Es sind Naturpigmente auf Kunstharzbasis.«

»Gibt es das in Spraydosen?«

»Ja.«

»Könntest du mir ein Muster mit dem genauen Farbton ausdrucken?«, fragte der Kommissar.

»Sicher«, meinte Tommaso Esposito zum Abschied. Er ging zur Tür, blieb stehen, als ob ihm etwas Wichtiges eingefallen wäre. Alle starrten ihn an, während er wieder Blickkontakt zu Bomba suchte. Dieser hielt für einen Moment seine gespreizten Finger wie ein Telefon an Mund und Ohr.

De Santis räusperte sich und wandte sich seinem Team zu. »Ich fasse die Fakten zusammen: Gabriele Cerriello ist seit drei Wochen in der Villa Paradiso an der Sommerakademie. Er wird in der Nacht von Samstag auf Sonntag über den Klippen, etwa anderthalb Kilometer von der Villa, ermordet. Man hat ihm einen Pfahl in den Bauch getrieben, er ist verblutet. Offensichtlich hat es keinen Kampf gegeben. Keine Augenzeugen, kein Tatverdächtiger bisher, kein Motiv. Gibt es Spuren aus der Gerichtsmedizin?«

Bomba schüttelte den Kopf. »Die Pathologin heißt Carla De Jodice.«

»Nie gehört.«

»Sie scheint neu zu sein.«

»Hast du mit ihr telefoniert?«

»Sie geht nicht ran.«

Na toll. De Santis sah in die Runde. »Was habt ihr herausgefunden? Carmela?«

Carmela war eine bildhübsche Blondine, die mit ihrem Erscheinen vor einem Jahr die gesamte Abteilung lahmgelegt hatte. Bomba und Marin hatten sich ein Duell um ihre Gunst geliefert. Mario Marin, ausgerechnet der pedantische Norditaliener, hatte das Rennen gemacht, und Bomba war mehrere Monate wie ein Gespenst durch die Abteilung geschlichen. Aber inzwischen schien er seinen Kummer überwunden zu haben und zeigte sich als fairer

Verlierer, der sogar eine Spendenaktion ins Leben gerufen hatte. Fehlte nur noch die Hochzeit, und dann konnte man hoffentlich wieder vernünftig arbeiten.

Carmela klappte ihren Laptop auf und sagte: »Die Villa Paradiso war einst ein Franziskanerkloster. Dann kam ein vermögender Brite, Lord Sterringham, verliebte sich in die Insel und das verfallende Anwesen und richtete dort mit seiner Frau ein Lungensanatorium ein. Heute gehört es der Gemeinde Capri, verpachtet an eine gemeinnützige Stiftung, die sich *Junge Talente* nennt. Gegründet hat diese Stiftung vor neun Jahren das Ehepaar Sgarbanti. Giancarlo ist der Präsident, seine Frau hat die künstlerische Leitung, aber angeblich auch das Sagen. Sie hat einen Großteil des Kapitals in die Stiftung eingebracht und hat darüber hinaus die Verfügungsgewalt. Gemeinsam halten die beiden in der Villa Sommerakademien ab, um Talente in der Bildenden Kunst zu fördern. Offensichtlich ist das nicht nur eine Meisterklasse, sondern auch ein begehrtes Sprungbrett für den Kunstmarkt. Auf den Empfängen gehen Galeristen und Sammler ein und aus, außerdem hochgestellte Persönlichkeiten aus Politik, Kulturbetrieb, Industrie und so weiter.«

»Skandale, irgendwelche Unregelmäßigkeiten?«

Carmela schüttelte den Kopf. »Einwandfreie Buchführung, keine Vetternwirtschaft, keine Klatschgeschichten. Die beiden sind nur einmal wegen eines Segeltörns in die Schlagzeilen geraten. Dabei ist ein Student, ein gewisser Daniele D'Astori, ums Leben gekommen.«

»Wann?«

»Vor vier Jahren. Sie waren mit Edvige Sgarbantis Jacht unterwegs. Es war ein Unglück, es gab keinen Hinweis auf ein Verbrechen, kein Ermittlungsverfahren.«

»War der Student auch in der Sommerakademie?«

Carmela schüttelte den Kopf.

»Die Villa Paradiso scheint ein aufwändiges Unternehmen zu sein. Reicht dafür allein das Stiftungsvermögen?«, fragte der Kommissar.

»Hinzu kommen private Spenden, Sponsoren, außerdem Zuwendungen der Stadt Neapel, der Region Kampanien und der Kunsthochschule.«

»Marin, Sie sollten sich die Biografien der Sgarbantis und von diesem John Henrichs näher ansehen«, sagte De Santis.

»Giancarlo Sgarbanti ist achtundvierzig, kommt aus recht einfachen Verhältnissen, hat aber früh zu malen angefangen, dann eine brillante akademische Karriere gemacht.«

»Und seine Frau?«

»Edvige, fünfundvierzig. Großbürgerliches Haus, der Vater ein Pasta-Fabrikant und Kunstmäzen, sie hat eine bewegtere Vergangenheit, war in einer Art Hippie-Kommune auf Ibiza, hat dort mit ihren Skulpturen und Installationen Furore gemacht. Wurde zweimal wegen provokanter Kunsthappenings verhaftet. Hat seit zehn Jahren einen Lehrstuhl für Bildhauerei, macht immer noch ausgefallene Projekte mit Behinderten, Strafgefangenen und so weiter. Seit sechzehn Jahren sind die beiden verheiratet, keine Kinder, keine Skandale.«

»Also nichts, was uns weiterhelfen könnte?«, fragte Carmela bissig.

Mario zuckte mit den Achseln und konterte: »Das sind die Fakten.«

Die Spannungen zwischen dem Liebespaar schienen Bomba zu amüsieren. Er warf De Santis einen Blick zu und zwinkerte verschwörerisch. Ein bisschen Schadenfreude war ihm geblieben.

»Gabriele hat in den drei Wochen in der Akademie angeblich eine kometenhafte Entwicklung durchgemacht, womöglich hat er sich auch verliebt. Die Mordszenerie war sehr ungewöhnlich. Gabriele lag da wie der Gekreuzigte, mit dem Pfahl im Bauch, als hätte er sich hinrichten lassen, ohne Gegenwehr.«

»Ein Ritualmord?«, meinte De Cillis.

»Bisher deutet nichts darauf hin, dass er sich für satanistische Praktiken interessiert hätte«, meinte De Santis. »Wir müssen zuerst herausfinden, ob die Begegnung mit seinem Mörder zufällig war.«

»Aber ein so bizarrer Mord – ein Zufall?«, wandte Marin ein. »Jemand geht in der Nacht mit einem Pflock spazieren, trifft auf einen jungen Mann und beschließt spontan, ihn damit hinzurichten?«

»Vielleicht war es wirklich ein Ritual. Ein Ritual, das schiefgegangen ist«, meinte Carmela.

»Dann müsste es ähnliche Taten mit diesem Muster gegeben haben«, warf Marin ein.

»Oder es ist die erste einer Reihe, die jetzt beginnt«, schoss Carmela zurück.

Das war natürlich die alarmierendste Vorstellung.

»Carmela, Ihnen überlasse ich die Suche nach ähnlichen Fällen. Und überprüfen Sie, ob es in der Sommerakademie einen okkultistischen Zirkel unter den Studenten gibt, irgendwelche bizarre Traditionen. In der Zwischenzeit prüfen wir Gabrieles Umfeld«, meinte der Kommissar.

»Vielleicht ein Neider«, sagte Beppe Bomba. »Ich habe mit diesem John Henrichs telefoniert. Er scheint eine große Nummer auf dem internationalen Kunstmarkt zu sein, hat eine Galerie in Chiaia, eine in London und eine in New York. Er war hellauf begeistert von Gabriele Cerriello, wollte ihn groß rausbringen. Davon träumen sicher Tausende junge Künstler.«

»Aber deswegen jemanden umbringen?«, meinte De Santis.

»Sie haben gesagt, Gabriele habe sich verliebt. Eifersucht als Motiv?«, meinte Marin.

»Ich weiß noch nicht einmal, ob es stimmt. Das war nur eine Vermutung. Vielleicht bringt das Handy uns weiter. Giovanni Barbagiovanni, ein Maurer, der aus Neapel stammt und derzeit auf Capri arbeitet, hatte es vermutlich bei sich. Aber er ist nicht vorbestraft, es gibt bisher keinen Bezug zu Gabriele und der Villa Paradiso. Beppe, hast du die Verbindungsübersichten für Cerriellos Telefonnummer angefordert?«

»Der Antrag liegt bei der Staatsanwaltschaft, aber bis die sich dort bequemen …«

»Mach ein wenig Dampf.«

»Das solltet vielleicht Ihr übernehmen.«

»Wer ist für unseren Fall zuständig?«, fragte De Santis.

»Elvira Barbarossa.«

Oje. Das machte die Sache auch nicht leichter. Elvira Barbarossa war eine großartige Staatsanwältin, die beste, mit der De Santis in Neapel je zusammengearbeitet hatte, aber seit sie ein kurzes Verhältnis miteinander gehabt hatten – ein Verhältnis, das sie, nicht er beendet hatte –, knirschte es zwischen ihnen.

»Ich muss zurück nach Capri«, sagte er.

»Und wir?«, fragte Beppe Bomba.

»Bleibt vorerst hier. Wir sollen auf der Insel nicht zu viel Staub aufwirbeln.« Keiner der Kollegen protestierte, und der Kommissar fuhr fort: »Es hat in der Nacht einen Fehlalarm in der Villa gegeben, kurz nach zwei. Die Bewohner haben gemeinsam das Gelände abgesucht. Das hilft uns vielleicht bei den Alibis der Villenbewohner, sobald wir aus der Gerichtsmedizin den Todeszeitpunkt haben.«

11

De Santis ging durch die tiefen, kühlen Gassen des Hafenviertels, kaufte sich in der Fährstation ein Ticket und setzte sich in der von Chrom, Glas und aufgekratztem Geplapper erfüllten Bar an einen Metalltisch, biss in ein belegtes Baguette und las in dem Tagebuch, das er aus Gabrieles Zimmer mitgenommen hatte. *Alles vernichtet. Der einzige Glücksmoment in einer Woche missratener Anläufe. – Ich bilde mir ein, mit meinem Blut zu malen, ist nur Sirup. – Die Stimmen, die auf dem Weg zur Leinwand leiser werden und verstummen. Wo finde ich die Abkürzung?* Seite um Seite dieselben Zweifel und Versagensängste, ein ständiges Ringen mit der Arbeit, mit Schuldgefühlen, weil er sich ein Talent einzureden glaubte, das er nicht habe. Seine Eltern wurden immer wieder erwähnt, vor allem der Vater, vor dem er sich rechtfertigen wollte für seine Kunst.

Als die Vibrationen des Dieselmotors die Gläser klirren ließen und die schwere Luke auf den Kai krachte, stand De Santis auf, trank sein kleines Bier aus und schob sich in einer Kolonne von knatternden Apecars, Lieferwagen und Fußgängern in den eisernen Leib der Fähre. Er stieg hinauf aufs Oberdeck und suchte sich einen Platz im Freien, versteckt zwischen den Rettungsbooten. Mittagshitze und Dieselgestank wurden von der Seeluft vertrieben, und er konnte in Ruhe weiterlesen. Die Eintragungen fesselten ihn und erinnerten ihn an Zweifel, die er aus seiner Schul- und Studienzeit kannte. Dann hatte er Isabella kennengelernt, ihre Tochter Ludovica war auf die Welt gekommen, er hatte den Polizeidienst angetreten, und in der Routine des Alltags war für Zweifel kein Platz mehr gewesen. *Welchen Sinn hat das alles?*, fragte Gabriele sich. *Bilder für eine Welt zu liefern, die von Bildern schon zugestellt ist? Ich müsste ihnen Dinge zeigen, die sie von allein nicht sehen. Ist das nicht vermessen? Was kenne ich schon von dieser Welt? Einen goldenen Käfig und Gespenster.*

Welche Gespenster meinte er? Hatte er doch mit Okkultem experimentiert?

De Santis forschte nach Hinweisen auf Feindschaften, Liebesbeziehungen und Freundschaften, aber da war nichts, nur kurzlebige Schwärmereien für Kommilitoninnen, deren Bilder oder Charisma Gabriele bewundert, die er auf einer Veranstaltung in der Accademia delle Belle Arti aus der Ferne gesehen hatte. *Zu schüchtern, um auch nur ein Wort zu sagen*, schrieb er, *unfähig, diese Schüchternheit zu überwinden, weil zu der Schüchternheit die Wut über meine Schüchternheit kommt und mich lähmt.* Der einzige Freund, der Erwähnung fand, war Piero Coppola, von dem auch die Mutter gesprochen hatte.

Die Fähre legte an, der Kommissar schlug das Tagebuch zu und schob sich durch die Menge zur Funicolare.

Als er klingelte, wurde er von Professor Sgarbanti eingelassen, der mit einem dunklen Anzug und ernster Miene die Trauer vorwegnahm, die sich über die ganze Villa Paradiso gelegt zu haben schien. Ihre Schritte in den weiten Fluren klangen anonym und verloren. Sgarbanti ließ ihn im Büro Platz nehmen und sagte: »Haben Sie eine Spur?«

»Es wird nicht leicht. Es gibt keine Augenzeugen, kaum Hinweise am Tatort, bisher kein erkennbares Motiv. Haben Sie diesen Mann schon einmal gesehen?«

Er legte Barbagiovannis Foto vor, doch Sgarbanti schüttelte den Kopf.

»Könnten Sie das Bild allen hier zeigen? Wir müssen wissen, ob dieser Mann jemals auf dem Gelände oder mit Gabriele gesehen wurde.«

»Ich möchte Sie aber bitten, unsere Schüler nicht zu überfordern. Wir alle sind zutiefst betroffen, wissen nicht, wie wir mit einer solchen Situation umzugehen haben. Für heute ist der Unterricht ausgesetzt.«

»Ich muss sämtliche Bewohner der Villa befragen. Außerdem brauche ich eine Liste mit den Studenten, Lehr- und Dienstpersonal. Auch eine Übersicht über die Veranstaltungen, die Sie in den drei Wochen durchgeführt haben, mitsamt den Besuchern.«

»Natürlich, aber es wird ein bisschen dauern.«

»Welche Art von Kunst betrieb Gabriele?«, fragte der Kommissar.

Sgarbanti war ratlos. »Zeitgenössische Malerei, er hatte einen recht figürlichen Stil, Landschaft, Akt, Porträt, noch war er ein Suchender, aber wie gesagt, er hatte hier einen stilistischen Durchbruch. Er schien zumindest seine Handschrift gefunden zu haben.«

»Keine Street Art?«

Der Professor verzog das Gesicht. »Nein. Sicher ein interessantes Feld für Soziologen, aber nicht für Künstler, wie wir sie ausbilden.«

»Wer hatte Zutritt zu Gabrieles Zimmer?«, fragte De Santis.

»Gabriele natürlich, und dann gibt es noch zwei Generalschlüssel. Einen hat Camillo Sciatarra, und der andere hängt hier.« Er stand auf und trat an einen Sicherungskasten, der neben der Tür hing. Er öffnete die Blechluke und zeigte den Schlüssel vor.

»Also kann jeder, der Ihr Büro betritt, in jeden Raum der Villa gelangen.«

»Theoretisch ja. Aber mein Büro ist fast immer abgeschlossen.«

»Und wer hat einen Schlüssel zu Ihrem Büro?«

Falls Sgarbanti die Fragen unangenehm wurden, ließ er sich nichts anmerken. »Meine Frau und ich«, sagte er. »Sie glauben doch hoffentlich nicht, dass jemand von uns etwas mit Gabrieles Tod zu tun hat?«

De Santis ging nicht darauf ein. »Seine Eltern meinten, Gabriele sei mit Piero Coppola enger befreundet gewesen.«

»Mag sein.«

»Wo kann ich ihn jetzt finden?«

»Er wollte hoch an das Wäldchen gehen. Ich zeige es Ihnen.«

Er führte den Kommissar durch die Flure nach hinten, wo sich eine schmale Flügeltür in den Park öffnete. Den Hang hinauf wanden sich geschwungene Wege zwischen Rasen- und Ackerflächen, Beeten und kleinen Dependancen. De Santis trat in das grelle Licht und wanderte von einer Schatteninsel zur nächsten. Je höher er stieg, desto angenehmer wurde die Luft, desto überwältigender der

Ausblick auf die wilde, zerklüftete Landschaft Capris, in deren Senken sich die Bebauung wie Schnee am Fuß eines Gletschers abgesetzt hatte. Der Kommissar erreichte den Rand eines Pinienhains, aus dem ein harziger Duft drang. Zikaden schnarrten, das Bimmeln einer Schaf- oder Ziegenherde wehte heran. Ein junger Mann krabbelte, einen Pinsel und einen Spachtel in der Hand, auf einer grell gescheckten Leinwand herum und drückte mit seinen Knien Piniennadeln ins Harz.

»Piero Coppola?«, fragte De Santis und stellte sich vor.

Der Student erhob sich und wischte sich die Hände sauber. Mittelgroß, energisch, gut aussehend, jung. Seine Homepage, die der Kommissar sich unterwegs angesehen hatte, bescheinigte ihm mit seinen 24 Jahren schon eine furiose Laufbahn: Abitur mit Bestnote, nahtloser Wechsel in die Accademia delle Belle Arti, Übernahme in die Meisterklasse, Auszeichnungen, Preise, Einzel- und Sammelausstellungen. Seine Bilder waren monumental und furios.

Der Kommissar zeigte seinen Ausweis vor. »Mein Beileid zum Verlust Ihres Freundes.«

»Danke.«

»Sie waren doch sein Freund, oder?«

Piero Coppola sah ihn etwas irritiert und abschätzig an. »Waren wir, ja.«

De Santis beschloss, mit eher unverbindlichen Fragen zu beginnen. »Haben Sie in der Nacht von Samstag auf Sonntag etwas Ungewöhnliches beobachtet?«

Coppola schüttelte den Kopf. »Nichts, bis auf den Alarm natürlich.«

»Wann sind Sie wach geworden?«

»Als die Sirene losging.«

»Und dann?«

»Bin ich aus meinem Zimmer auf den Flur, und da hat mich der Professor gebeten, mich auf dem Gelände umzusehen, gemeinsam mit einem Kommilitonen.«

»Wer war das?«

»Ich bin zu Gabrieles Zimmer gelaufen, aber er hat nicht aufgemacht.«

»Und mit wem sind Sie dann gegangen?«

»Mit niemandem.«

Das war merkwürdig. »Sie sind alleine los? Hatten Sie keine Angst?«

Er schüttelte den Kopf. »Nein … das heißt …« Er dachte nach, und der Kommissar wartete, während er einem Sperber zusah, der über ihnen kreiste, zur Seite kippte und dann flatternd über der Wiese stehen blieb. »Hier, gleich unterhalb des Wäldchens, da bin ich furchtbar erschrocken.« Er lachte. »Ich hatte ein Licht gesehen, Geräusche gehört und dachte schon, ich hätte den Einbrecher erwischt.« Er deutete auf eine Piniengruppe, die dem dichten Wald vorgelagert war.

»Aber?«

»Es war Professor Sgarbanti, einen Knüppel in der Hand.«

»Einen Knüppel?«

»Oder etwas Ähnliches. Er war selbst erschrocken, dann erkannte er mich und meinte, da unten sei alles in Ordnung.«

»Würden Sie mir die Stelle zeigen?«, fragte der Kommissar, und Coppola wischte sich die Hände sauber, um ihn zu führen.

De Santis kam unterdessen auf Gabrieles Gewohnheiten zu sprechen: »War er ein starker Raucher?«

»Wenn er nervös oder ungeduldig war. Dann wieder rauchte er tagelang gar nicht. Er hat immer gegen die Sucht angekämpft.«

Sie kamen in ein Dickicht aus Steineichen und niedrigem Gestrüpp. De Santis leuchtete den Boden ab, sah sich zwischen den Büschen um, fand aber keine Spuren. »Wir haben Hinweise darauf, dass er sich hier in ein Mädchen verliebt hat. Wissen Sie etwas darüber?«

Coppola schüttelte den Kopf. »Um dieses Thema machte er ein Riesengeheimnis. Es war ihm sogar unangenehm, wenn jemand anders über Liebschaften oder Sex redete.«

»Das heißt, falls er hier eine Affäre gehabt hätte, dann womöglich im Verborgenen?«

»Gut möglich. Auch wenn …«

»Wenn was?«, hakte De Santis nach.

»Er hat sich hier verändert. Wirkte offener, schien sich gleichzeitig von mir ein wenig zurückzuziehen.«

»Hatten Sie Streit?«

»Nein, eben nicht. Er hat mich immer wie einen großen Bruder gesehen …«

»Aber Sie sind zwei Jahre jünger.«

»Trotzdem hat er sich oft nach mir gerichtet. Aber plötzlich schien er eigenen Ideen zu folgen.«

»Hat Sie das gekränkt?«

»Im Gegenteil, es war auch für mich eine gewisse Befreiung. Aber jetzt, da Sie nach einem Mädchen fragen, vielleicht folgte er ja nicht seinen eigenen Ideen, sondern ihren.«

»Gab es in den letzten Tagen irgendwelche besonderen Ereignisse in Gabrieles Leben?«

»Nicht dass ich wüsste.«

»Professor Sgarbanti hat erzählt, dass Gabriele sich hier enorm weiterentwickelt hat. Hat das auch Neid verursacht? Oder Konflikte?«

Piero schüttelte heftig den Kopf. »Wir diskutieren zwar unsere Arbeiten gemeinsam, aber Gabriele war auch in seiner Kritik zurückhaltend, nie verletzend.«

»Also hatte er in diesen drei Wochen mit niemandem Streit?«

Coppola schüttelte den Kopf. »Ist mir nicht bekannt.«

De Santis nickte und bedankte sich. »Sonst irgendetwas Ungewöhnliches?«

Ein Achselzucken.

De Santis war unzufrieden. Von Gabrieles bestem Freund hatte er sich mehr erhofft.

»Eine letzte Frage noch ...«

Der junge Maler hatte sich schon wieder auf das Bild gekniet und sagte: »Ich muss mich beeilen, sonst trocknet das Harz ein.«

»Schrieb Gabriele Tagebuch?«

Coppola lachte. »Wir waren einmal acht Tage auf Zypern, eine Exkursion in Kunstgeschichte, selbst da musste er immer ins Hostel zurück, oder er stellte sich den Wecker vor allen anderen, damit er noch Tagebuch schreiben konnte. Er schrieb jeden Tag, seit ich ihn kenne. Das war fast schon eine Manie.«

»Wo bewahrte er es auf?«

»In seiner Ledertasche.«

Die Tasche hatte De Santis in dem Zimmer gefunden, aber kein Tagebuch darin.

Er bedankte sich, steckte sich eine Zigarette an und drehte sich um, schaute hinunter auf die Villa Paradiso, die über dem Golf zu hängen schien wie vor einer Abbruchkante. Ein weißer Würfel, an den zwei Terrassen angebaut waren, überragt von bauschigen Pinienkronen, um die Möwen kreisten.

»Da fällt mir doch etwas ein«, rief Coppola und winkte mit dem Pinsel. »Hat vielleicht nichts zu bedeuten, aber weil Sie nach einem Streit gefragt haben ...«

De Santis wartete.

»Ich war hier oben, hatte gerade mit dem Bild hier begonnen. Und da höre ich plötzlich laute Stimmen.«

»Von wo?«

»Von da unten, aus dem Geräteschuppen des Gärtners. Plötzlich fliegt die Tür auf, und Gabriele segelt heraus.«

De Santis folgte Coppolas Blick und sah auf einem terrassierten Abschnitt neben einem bebauten Acker einen Schuppen, um den herum Hühner pickten.

»Was meinen Sie damit? Dass man ihn herausgestoßen hat?«

»So sah es aus.«

»Wer?«

»Weiß ich nicht.«

»Haben die Studenten Zutritt zu dem Schuppen?«

»Wir können uns frei auf dem Gelände bewegen, aber ich wüsste nicht, was einer von uns dort verloren hätte.«

»Haben Sie irgendwen sonst gesehen?«

»Nein. Gabriele stand einen Moment unschlüssig da, dann klammerte er sich an das Fenster, klopfte gegen die Tür. Er rüttelte noch einmal an der Klinke, und dann ging er weg.«

»Wann war das?«

Der junge Mann musste nicht lange überlegen. »Samstagvormittag.«

Am Tag, der mit Gabrieles Tod geendet hatte.

»Sie wissen nicht, wer in der Hütte war?«

»Nein. Aber aus dem Ofenrohr in der Hütte kam schwarzer Qualm.«

De Santis bedankte sich, ging den Hang hinab und klopfte an die Hütte, die aus groben Stämmen gezimmert war. Aus dem Hühnergatter zog beißender Geruch, Flaumfedern hingen im Draht. Er rüttelte an der Tür – abgeschlossen. Durch ein zerkratztes Fenster aus Plexiglas konnte er einen getrübten Blick ins Innere werfen: eine Werkbank, Geräte an den Wänden, der kleine Traktor, mit dem am Vortag Camillo Sciatarra übers Feld gepflügt war.

Aber nirgendwo war der Gärtner zu sehen, weder auf den Ackerflächen noch in den Gemüsegärten oder Zitronenspalieren. De Santis war gerade aus dem Schatten getreten, als sein Handy klingelte. Es war Beppe Bomba.

»Wir haben Cerriellos Verbindungsübersicht«, sagte er.

»Und?«, fragte der Kommissar.

»Wir haben noch nicht alle Teilnehmer zugeordnet. Das Gros der Gespräche entfällt auf die Eltern, jüngst auch eine Kunstgalerie …«

»John Henrichs?«

»Ja, aber am häufigsten hat eine junge Frau mit ihm telefoniert.«

»Arianna Lambiase?«

Bomba blies ungeduldig Luft ins Telefon. »Das wisst Ihr schon?«

De Santis wusste es nicht, es war der einzige weibliche Name, der bisher aufgetaucht war.

»Es gibt gleich mehrere Auffälligkeiten. Die Telefonate häufen sich, setzen am Samstag aus, Funkstille, aber dann …« Er machte eine Pause, in die plötzlich Störgeräusche drangen.

»Du wolltest noch etwas sagen.«

»Am Samstag hat Gabriele viel telefoniert, vor allem mit Henrichs, aber der allerletzte Eintrag ist wieder Arianna Lambiase. Um null Uhr fünfundfünfzig in der Nacht auf Sonntag. Eine SMS. Den Inhalt kennen wir natürlich nicht«, schloss Bomba.

»Hat er sie geschickt?«

»Nein, sie.«

Sonntag, 0:55 Uhr, vermutlich kurz vor Gabrieles Tod. Was stand wohl in dieser SMS?

12

Auf dem Weg zurück zur Villa traf der Kommissar auf einige Studenten, manche arbeiteten an Bildern, andere saßen nur rauchend und schweigend im Schatten, einzeln oder in kleinen Gruppen. Arianna war nicht darunter. Ihr Zimmer lag im hinteren Quergang, gleich neben der Flügeltür zum Park. Er klopfte mehrmals, ehe sie öffnete – blass, mit abwesendem Blick, das glatte Haar zerknautscht.

»Mein Beileid«, sagte De Santis.

Sie nickte, rührte sich aber nicht vom Fleck. »Mir geht es nicht gut.«

»Dürfte ich trotzdem einen Moment eintreten?«

Sie trat zögernd zur Seite, zog ein rotes Flamencokleid von einem Hocker, den sie ihm hinschob, während sie sich auf ihr Bett setzte. Ihr Zimmer wirkte geräumiger als Gabrieles Kammer, aber ähnlich chaotisch.

»Wie eng war Ihr Verhältnis zu Gabriele?«, fing er an.

»Wir waren Freunde, sonst nichts«, sagte sie verkniffen, und De Santis wich auf unverbindlichere Fragen aus.

»Wann haben Sie Gabriele zum letzten Mal gesehen?«, fragte er.

»Vorgestern Abend. Gegen elf.«

»Wo?«

»Im Kaminzimmer.«

»War irgendetwas ungewöhnlich an diesem Abend? Gab es Streit?«

Sie schüttelte heftig den Kopf, starrte De Santis an, schaute wieder weg, als müsste sie etwas loswerden. Aber es kam nichts.

Er rief das Foto von Barbagiovanni auf und zeigte es dem Mädchen. »Haben Sie diesen Mann schon einmal gesehen?«

Sie schüttelte den Kopf. »Hat er etwas mit ... mit seinem Tod zu tun?«

De Santis antwortete nicht. Er dachte an das verschwundene Tagebuch und ließ seinen Blick durch den Raum schweifen. Auch hier lagen Skizzenbücher, Entwürfe, Gemälde verstreut.

»Woran arbeiten Sie im Moment?«

Sie zeigte auf ein Bild, das an der Wand lehnte. Es war grün, mit Tupfern, die wohl Blüten darstellten. Der Kommissar war kein Experte, aber die schwachen Kontraste und undeutlichen Schemen ließen ihn kalt.

Als hätte sie seine Gedanken erraten, meinte sie: »Sie taugen nicht viel.«

»Wenn man Sie für diese Akademie ausgewählt hat, müssen Sie Talent haben.«

Sie blies verächtlich durch die Zähne. »Eigentlich wollen sie mich nur als Modell.«

Für Cerriello war sie mehr als das gewesen, da war sich De Santis sicher.

»Kennen Sie Henrichs?«, fragte er.

»Den Galeristen? Wer kennt ihn nicht.«

»Er hat sich ebenfalls für Gabriele interessiert?«

»Interessiert?« Sie versuchte zu lachen. »Zehn seiner Bilder wollte er in seiner Galerie ausstellen.«

»Ist das wichtig?«

»Das ist eine Art Einzelausstellung, der Durchbruch. Bei Henrichs wird kaum ein Bild unter fünfzigtausend verkauft.«

50000 Euro für ein einziges Bild? Von einem Nachwuchskünstler? Warum hatte Piero Coppola das nicht erwähnt?

»Wann ist dieser Deal eingefädelt worden?«, hakte er nach.

»Am letzten Donnerstag auf dem Empfang, denke ich, da war Gabriele der Schwerpunktkünstler. Alle rissen sich um ihn. Ein Sammler wollte aus dem Stand mehrere Bilder kaufen, und John Henrichs hat ihn auch angesprochen.«

War das der Grund für Gabrieles Euphorie gewesen? War das der Erfolg, mit dem er seinen Vater beeindrucken wollte?

»Wann sollten seine Werke ausgestellt werden?«

»Eigentlich in ein paar Tagen.«

»Eigentlich?«

Irgendetwas war ihr in den Sinn gekommen, etwas, das sich allmählich vor ihrem inneren Auge aufbaute. »Am Freitag schien Gabriele noch glücklich darüber.«

»Und dann?«

»Gab es Schwierigkeiten. Am Samstag war er dauernd am Telefon, wirkte aufgebracht.«

»Warum?«

»Weiß ich nicht. Es war, glaube ich, eher Gabriele, der Zweifel bekam.«

Welche Zweifel? Ob Henrichs der richtige Mann für ihn war? Ob er seine Bilder nicht lieber direkt an die Interessenten verkaufen sollte?

»Wer war der Sammler?«, fragte der Kommissar.

»Ich kannte ihn nicht, ein Araber in Anzug und Krawatte.«

»Hat er die Bilder gekauft? Dieselben, die Henrichs für die Galerie wollte?«

»Davon hat Gabriele mir nichts erzählt.«

»War Henrichs noch einmal hier in der Villa?«

»Am Freitag hat er einige Bilder abholen lassen, aber ihn selbst habe ich nicht mehr gesehen.«

Was sollte auch Henrichs im Geräteschuppen des Gärtners treiben? Andererseits – warum hatte Henrichs so ahnungslos getan, als De Santis ihn angerufen und nach Cerriello gefragt hatte? Er verteile an so einem Abend Dutzende von Karten, hatte er gesagt. Nur mit einem hatte er eine Zusammenarbeit ausgehandelt. Und an den konnte er sich nicht erinnern?

»Gabriele soll sich am Samstag auch hier auf dem Gelände gestritten haben.«

»Mit wem?«

»Das ist nicht klar. Es soll im Geräteschuppen stattgefunden haben. Was konnte Gabriele dort gewollt haben? Hatte er manchmal mit dem Gärtner zu tun?«

Sie schüttelte ratlos den Kopf. Und es schien aufrichtig zu sein. Wie vieles, was sie erzählte. Doch im wichtigsten Punkt, ihrer Beziehung zu Cerriello, log sie. De Santis rief die Verbindungslisten auf, die Bomba ihm aufs Telefon geschickt hatte, und legte sie Arianna vor.

»Kennen Sie diese Handynummer?« Er tippte auf die unterstrichenen Zeilen.

»Das ist meine.«

»Niemand hat so oft mit Gabriele Cerriello telefoniert wie Sie.«

Ihre Augen funkelten, sie schien wieder in Tränen ausbrechen zu wollen. »Das verstehen Sie nicht.«

»Was verstehe ich nicht? Worum ging es in Ihren Gesprächen?«

Die Telefonate hatten mit der Sommerakademie eingesetzt und sich zusehends verdichtet. Sie dauerten manchmal über eine Stunde, manchmal nur wenige Minuten.

»Er brauchte jemanden, dem er sein Herz ausschütten konnte. Gabriele war ein komplizierter Mensch.«

Darin waren sich bisher alle einig.

»Hatte er eine feste Freundin?«

»Das weiß ich nicht.«

»Es tut mir leid, aber Sie sagen mir nicht die volle Wahrheit. In der Mordnacht haben Sie ihm kurz vor ein Uhr eine SMS geschickt. Was stand darin?«

Sie betrachtete ihn ungläubig. »Ich habe ihm keine SMS geschickt. Jedenfalls nicht um ein Uhr.«

De Santis tippte wieder auf die Verbindungslisten. »Hier. Das war sein letzter Kontakt.«

»Ein Fehler.«

»Ausgeschlossen. Dürfte ich Ihr Handy einmal sehen?«

Es lag auf dem Schreibtisch. Sie sprang auf, griff es sich und ließ es in der Hosentasche verschwinden. »Nichts in meinem Handy hat Bedeutung für Sie.«

Sie war in eine Pose verfallen. Selbst ihre Entschlossenheit wirkte gespielt.

»Aus Ihren Telefonaten erkenne ich einen engen, immer intensiver werdenden Kontakt. Und dann ist am

Samstag plötzlich Funkstille, wie ein Bruch – bis zu der SMS.«

»Welcher Bruch?«

»Das müssen Sie mir erklären.«

»Wir waren am Samstag fast den ganzen Tag zusammen, haben gearbeitet. Wozu hätten wir telefonieren sollen? Und die SMS habe ich nicht geschickt.«

»Hatte jemand anders Zugriff auf Ihr Handy?«

»Nein.«

De Santis betrachtete ihr ungewöhnliches, leicht kantiges Gesicht, das zu ihrem feingliedrigen Körper passte. Sie hatte eine Grazie, die rätselhaft war. Faszinierend, gerade weil man nicht verstand, was der Grund war.

»Ich muss Sie das fragen: Waren Sie in der Nacht von Samstag auf Sonntag mit Gabriele verabredet? Haben Sie ihn außerhalb der Villa getroffen?«

»Nein.«

»Wo waren Sie Samstagnacht?«

»Im Bett.«

»Und bei dem Alarm?«

»Den habe ich nicht gehört.«

»Sie waren nicht draußen?«

»Erst später. Ich hatte ein Schlafmittel genommen und wurde erst durch den Krach auf dem Flur wach.«

»Hat Sie irgendwer gesehen in der Nacht?«

»Sicher.« Sie nannte einige Namen, die De Santis sich notierte. In ihrem Alibi klaffte also eine Lücke. Wie überhaupt in ihren Einlassungen.

»In der Nacht, in der Gabriele ermordet wurde, hat man auf Capri mehrere Gebäude besprüht. Könnte er oder sonst jemand aus der Akademie an der Aktion beteiligt gewesen sein?«

Sie lachte spöttisch. »Sicher nicht Gabriele.«

»Wieso nicht?«

»Street Art interessierte ihn nicht.«

»Vielleicht hat er es verheimlicht. Es ist illegal.«

Sie schüttelte den Kopf. »Er hatte keine Geheimnisse vor mir. Außerdem hätte er bestimmt nicht jetzt, wo er vor dem Durchbruch stand, seine Karriere aufs Spiel gesetzt.«

Das klang plausibel.

De Santis bedankte sich und trat hinaus in den Korridor, in den warmes, durch das Blätterdach gefiltertes Nachmittagslicht fiel. Er ging den Quergang entlang, bog nach rechts ab, sah die lange Flucht der Büsten, deren Marmor jetzt leuchtete. Zwei junge Männer kamen ihm entgegen, die Englisch miteinander redeten und stumm nickten. Zu seiner Zeit hatte man sich Wirtschaftsstudenten so vorgestellt, aber seine Zeit lag Jahrzehnte zurück. De Santis hatte den Eindruck, dass er diese Welt hier nur verschwommen sah. Dass jeder, der mit ihm sprach, hinter einem Schleier saß, Konturen nur erahnen ließ, eine weichgespülte Version der Wahrheit. Sicher, bei einem Mordfall wollte niemand in Verdacht geraten …

De Santis schloss die Tür zu Gabrieles Zimmer auf, setzte sich auf den harten Stuhl und ließ die Stille auf sich wirken, die Stimmung, die Gabriele hier hinterlassen hatte: Aufruhr, Durcheinander. Die dunkelbraune Ledermappe, groß wie ein Schulranzen, stand neben dem Sekretär. De Santis tastete alle Fächer ab, suchte nach einem doppelten Boden. Er kontrollierte noch einmal alle Kleidungsstücke, suchte unter dem Bett, auf dem Schrank, in allen denkbaren Verstecken. Das Tagebuch war nicht da. Auch fand er nirgendwo Sprühdosen, Schablonen oder

Skizzen, die auf Graffiti hingewiesen hätten. Dass Gabriele an der nächtlichen Aktion beteiligt gewesen war, schien ausgeschlossen. De Santis nahm drei Dienstsiegel aus seiner Aktentasche und wählte Alessandro Moncinis Nummer. Und während er zur Tür ging, fingen die Scheiben der Bleiverglasung an zu klirren. Er drehte sich um und sah den Hang hinauf. Camillo Sciatarra fuhr gerade seinen Traktor aus dem Schuppen.

13

»Ich habe gute Nachrichten«, fing Moncini an.

»Wir brauchen die Spurensicherung in der Villa Paradiso«, erwiderte De Santis.

»Die richterliche Anordnung dafür haben wir?«

»Die kommt. Das Zimmer des Mordopfers muss von der KTU ausgewertet werden. Irgendjemand hat sein Tagebuch verschwinden lassen. Haben Sie eigentlich Hinweise auf die Sprayer?«

»Wir haben die Buchstabenfolge ›PCDT‹ herausgefiltert, an beiden Fassaden. Es scheint eine Art Signatur zu sein. Sonst gibt es weder Spuren noch Augenzeugen.«

»Wie konnten sie ungesehen am Rathaus arbeiten?«

»Ein Rätsel. Es muss wohl gegen vier, fünf Uhr passiert sein, die einzige Stunde, in der die Piazzetta menschenleer ist. Wirkt wie eine generalstabsmäßig geplante Aktion.«

»Einheimische?«

»Sicher nicht.«

»Ich brauche Proben von allen Farben, die verwendet wurden.«

»Wozu?«

»An Gabrieles Leiche waren Farbpartikel. Ich will ausschließen, dass er dabei war.«

De Santis lief zum Hinterausgang der Villa und wollte auflegen, aber Alessandro Moncini sagte: »Es gibt etwas Dringenderes. Wir haben das Handy gefunden.«

»Wo?«

»In den Giardini di Augusto.«

Also doch. De Santis hatte keine Gespenster gesehen.

»Haben Sie den Speicherchip ausgelesen?«

»Nein, aber wir haben ein Fragment der Fingerabdrücke zuordnen können.«

»Barbagiovanni.«

»Genau.« Moncini war ebenso stolz wie überrascht. De Santis war weder das eine noch das andere.

»Aber Sie müssen sofort herkommen und Barbagiovanni verhören. Er beschwert sich, dass er seinen Job verliert, wenn wir ihn nicht rauslassen.«

De Santis sah durch die gläserne Tür, wie Sciatarra einen Bogen fuhr, die Handbremse anzog und vom Sitz des Traktors sprang.

»Ich bin gleich da«, sagte De Santis und nahm den rund hundert Meter langen Anstieg in Angriff. Camillo Sciatarra war unterdessen verschwunden.

»Versuchen Sie inzwischen, eine Verbindung zwischen ihm und Cerriello zu finden. Vielleicht über eine Baustelle. In der Accademia, bei seinen Eltern. Wenn die beiden sich jemals irgendwo über den Weg gelaufen sind, dann müssen wir das wissen.«

»Ich werde mein Bestes tun.«

Ein Plastiktank auf zwei Rädern tauchte auf. Sciatarra schob ihn aus dem Schuppen und hängte ihn an die Deichsel des Traktors.

»Hören Sie sich auch auf der Baustelle um. Was für eine Firma ist das? Wie seriös? Wie lange arbeitet er für sie und so weiter. Seinen Lebenswandel, seine Vorlieben. Er hat vom Nachtleben auf Capri erzählt. Wie kann sich ein Maurer das leisten?«

Moncini stöhnte. »Ich denke, Sie sind gleich da. Mein Feierabend ...«

»Muss warten.« De Santis legte auf. Er hatte den Schuppen erreicht und versuchte, Luft zu schöpfen, während er wortlos seinen Ausweis vorzeigte.

»Ja, und?«, fragte Sciatarra und stieg auf den Traktor.

»Ich ermittle zum Tod von Gabriele Cerriello.«

»Ist mir schon klar. Ich kannte den Jungen kaum.«

»Würden Sie bitte den Motor abstellen?«

Camillo Sciatarra, in Badelatschen und kurzer Hose, hatte den Gang eingelegt und hielt das Lenkrad umklammert. Aber dann drehte er lustlos den Zündschlüssel, der Motor erstarb.

De Santis fragte: »Was ist Ihre Aufgabe hier?«

»Das sehen Sie doch. Ich bin Landwirt.«

»Ich dachte, dies hier sei eine Kunstakademie.«

»Warum nicht gleich ein Golfplatz? Der Boden ist zu schade, um nur als Dekoration zu dienen. Wir haben Kalkböden und ein einzigartiges Mikroklima. Es gibt keine besseren Zitronen auf der ganzen Welt. Jede Gemüsesorte, jedes Gartenkraut auf Capri hat ein Aroma, das einmalig ist.«

Er stieg mit seinem ausladenden Bauch und einiger Mühe vom Sitz, holte einen Schlüsselbund aus der Tasche und schloss den Schuppen auf. »Kommen Sie«, sagte er, und De Santis trat in das Zwielicht, in dem über einer Werkbank mit Hämmern und Feilen Staub tanzte. Es roch nach Kraftstoff, Holz und Lack. An der

Wand hingen Schaufeln, Spitzhacken und Sensen. Und der Ofen, von dem Coppola gesprochen hatte, wo war der?

»Was ist? Wollen Sie nicht probieren?« Sciatarra hatte ihm eine Zitrone unter die Nase gehalten, groß wie eine Quitte. »Keine Chemikalien. Süßer als Mandarinen.«

De Santis grub die Zähne in die mehlweiche Schale, Säure kitzelte seinen Gaumen und zauberte Bilder aus der Kindheit hervor, Sommerhitze, die selbstgemachte Limonade seiner Mutter, das zerstoßene Eis im Sorbet ...

»Was sagen Sie?«

»Beeindruckend.«

»Ölschinken kann man auf der ganzen Welt malen. Solche Zitronen kann man nur hier anbauen. Das meine ich.«

Der Kommissar nickte. »Sind die Studenten auch in die Arbeit auf dem Gelände eingebunden?«

»Nein.«

»Und wenn sie besondere Pflanzen suchen, um sie zu malen, helfen Sie ihnen dann?«

»Worauf wollen Sie hinaus?«

»Ich will einfach wissen, welche Art von Kontakt Sie zu den Studenten haben.«

»Keinen. Guten Tag, auf Wiedersehen. Das war's.«

»Man hat Gabriele beobachtet, wie er in diesem Schuppen war. Was kann er hier gesucht haben?«

Sciatarra runzelte die Stirn. »Keine Ahnung, wirklich nicht.«

De Santis glaubte seinen Beteuerungen nicht. Andererseits – hätte er ihn in den Schuppen geführt, wenn er dort etwas zu verbergen gehabt hätte?

»Haben die Studenten hier Zutritt?«

»Meistens schließe ich ab, manchmal vergesse ich es. Hier gibt's nichts zu holen.«

Außer Gerümpel, zerbrochenen Sensen und Glasballons ...

»Vielleicht wollte Gabriele ein altes Werkzeug zeichnen. Oder er suchte Material für ein Bild. Ein Lösungsmittel, Farbe.«

Sciatarra zuckte mit den Schultern.

»Wann haben Sie Gabriele das letzte Mal gesehen?«

»Ich kann mich wahrlich nicht an jeden von diesen Studenten erinnern. Mir war nicht einmal aufgefallen, dass er fehlte.«

»Sie sind ihm in der Nacht des Alarms nicht begegnet?«

»Ich glaube nicht.«

De Santis holte sein Handy heraus und zeigte Sciatarra das Porträtfoto von Barbagiovanni. »Haben Sie diesen Mann schon einmal gesehen?«

»Wer ist das? Der Täter?«

De Santis schwieg, und Sciatarra fischte eine Lesebrille aus der Hemdtasche, setzte sie auf und sah sich das Foto genau an. »Nein, sagt mir nichts.«

»Als Sie in der Nacht von dem Alarm geweckt wurden, was taten Sie da?«, setzte er neu an.

»Ich bin aus meinem Zimmer gegangen, habe den Professor im Flur getroffen, wir haben gemeinsam die Alarmanlage abgeschaltet und dann die Studenten in mehrere Suchtrupps eingeteilt. Ich habe meine Jagdflinte aus dem Zimmer geholt und bin durch das Gelände bis hoch an den Waldrand gegangen.«

»Wer ist Ihnen dabei begegnet?«

»Zehn, fünfzehn Leute, was weiß ich, in dem Chaos …«

»Und Gabriele Cerriello war sicher nicht dabei?«

Er schüttelte den Kopf.

De Santis hatte ein Abzugsrohr entdeckt, das senkrecht durch das Dach stieg. Er ging tiefer in den Schuppen, lugte hinter eine Wand lädierter Obststeige und schob sich an einem Turm aus alten Traktorreifen vorbei. Da stand der gusseiserne schwarze Kohleofen. Daneben ein Eimer mit Asche. Und in der Asche steckte etwas, das wie ein verkohlter Stoffrest aussah. Der Kommissar öffnete seine Aktentasche, holte Latexhandschuhe, eine Tüte und eine Pinzette heraus.

»Was soll das?«, fragte Sciatarra.

De Santis fischte nach dem Fetzen, woraufhin Sciatarra laut wurde. »Wer gibt Ihnen das Recht, hier herumzuschnüffeln?«

»Wann haben Sie das letzte Mal den Ofen benutzt?«

»Ich werde jetzt Herrn Sgarbanti verständigen.«

»Warum? Was beunruhigt Sie?« De Santis kniete sich hin und zog den Riegel der Luke auf.

»Nichts, aber solange Sie keinen Durchsuchungsbefehl vorzeigen …«, polterte der Gärtner, aber es klang nicht sehr entschlossen.

De Santis stand auf und stellte sich vor den Mann.

»Ich habe mit dem Jungen nichts zu schaffen gehabt«, zischte Sciatarra.

»Gabriele hatte hier einen handfesten Streit, und zwar am Samstag, wenige Stunden, bevor er ermordet wurde.«

»Das stimmt nicht.«

»Es gibt einen Augenzeugen«, sagte De Santis. »Und …«

Der Gärtner schnitt ihm das Wort ab. »Gestritten, was heißt hier, gestritten ... Die jungen Leute haben kein Verantwortungsbewusstsein, wollen die Natur entdecken, haben von ihr aber keinen Schimmer.«

Der Kommissar wartete. Er rechnete damit, dass Sciatarra leugnen würde, doch er irrte. »Er hätte hier alles in Brand gesteckt.«

»Wo?«

»Hier im Schuppen, ich sah den Rauch aus der Tür ziehen und lief her. Da stand er dann, dieser Idiot, mit einem Benzinkanister in der Hand. Er hatte irgendwelches Zeug übergossen und angesteckt, verstehen Sie? Hier drin stehen betankte Fahrzeuge, die Hütte ist aus Holz, brennt wie Zunder, von den Pinien draußen gar nicht zu reden.«

Die Geschichte klang ziemlich hanebüchen. Der zurückhaltende, feinsinnige Gabriele, der eine plötzliche Zerstörungswut mit Brandbeschleuniger auslebt. Und außerdem hatte De Santis gehofft, er hätte eine Spur des Mörders gefunden. Irgendwo mussten die Klamotten abgeblieben sein, die er bei der Tat getragen hatte. Vielleicht hatte man sie hier verbrannt. Aber das konnte schlecht am Samstag passiert sein.

»Sie haben ihn zurechtgewiesen und rausgeworfen?«

»Ich gebe zu, ich war ungehalten, es ist auch der eine oder andere Kraftausdruck gefallen, aber ich habe ihm kein Haar gekrümmt.«

»Was wollte er verbrennen?«

»Keine Ahnung.«

De Santis ging wieder in die Hocke, entriegelte die Luke des Ofens und griff mit der Zange in die Asche.

»Was suchen Sie denn noch?«, fragte der Gärtner.

Weiteren Stoff, aber De Santis wurde enttäuscht. »Sie haben ihn rausgeworfen und das Feuer gelöscht? Dann muss es doch mehr an unverbranntem Material geben. Wo ist es?«

Sciatarra schwieg mit verschränkten Armen.

»Wo?«, fuhr De Santis ihn an.

»Nirgendwo.«

»Wieso?«

»Ich musste ihm versprechen, dass ich alles sorgfältig vernichte. Sonst wäre ich ihn nicht losgeworden.«

»Was heißt das, alles?«

»Ich weiß es doch nicht.«

»Welche Form, welche Farbe, welches Material? Das müssen Sie doch gesehen haben.«

»Es war eine Rolle.«

»Aus Stoff?«

»Ja. Ich durfte keinem etwas sagen.«

»Warum?«

»Was weiß ich denn! Das sind Spinner.«

De Santis nahm einen Schürhaken und rührte damit durch die Asche in Eimer und Ofen, aber er fand keine weiteren Überreste. Er steckte die Asservatentüte mit dem Fetzen in die Aktentasche und nahm seine Zigaretten. Er bot Sciatarra auch eine an, aber dieser lehnte ab.

Am Samstag hatte Gabriele mit dem Galeristen Henrichs gestritten, am Samstag hatte Gabriele etwas verbrannt und sich Sciatarras Unmut zugezogen, kurz darauf war er getötet worden. Wo war der Zusammenhang?

»War John Henrichs auch am Samstag hier?«

»Wer ist das?«

»Ein englischer Galerist.« De Santis zeigte dem Gärtner das Foto. »Kennen Sie ihn?«

»Er war öfter auf Empfängen.«

»Und am Samstag?«

Sciatarra schüttelte den Kopf.

»Danke für die Zitrone – und für Ihre Hilfe«, sagte der Kommissar. »Worüber haben Sie eigentlich mit Professor Sgarbanti gestritten?«

Er winkte ab. »Jetzt verbietet er mir sogar, Erika zu pflanzen.«

»Warum? Ich dachte, es wäre um Ihre Ziegen gegangen.«

»Nein, diesmal waren es Pflanzen. Ihm passt meine Arbeit nicht, und ich mag seinen Zirkus nicht. Haben Sie die Pfauen gesehen, den Papagei? Wozu sind die gut? Meine Hühner stören, weil sie im Boden scharren und riechen. Aber in seine Prospekte schreibt er: *Bioprodukte aus eigenem Anbau*. Eier legen dürfen sie, aber kein Gras abknabbern und schon gar nicht scheißen.«

De Santis lachte. »Wenn Ihnen noch etwas einfällt, rufen Sie mich bitte an.« Er drückte ihm eine Visitenkarte in die Hand. Dann machte er sich auf den Weg zum Kommissariat von Capri.

14

»Und?«, fragte De Santis. »Wo ist das Handy?«

»Ich denke, Sie wollen Barbagiovanni verhören«, erwiderte Moncini. Er stand am Empfang und trat ungeduldig von einem Fuß auf den anderen.

»Zuerst möchte ich mir das Telefon anschauen. Ich habe Ihnen etwas mitgebracht.«

Moncini, der demonstrativ auf die Uhr gesehen hatte, betrachtete interessiert das Tablett, das De Santis sich in der Bar vor dem Kommissariat ausgeliehen hatte. Darauf standen mehrere Tassen frischen Espressos. Sie tranken einen Schluck, dann ging Moncini hinter das Empfangsdesk an die Seitenwand, öffnete einen hohen Panzerschrank, in dem Maschinenpistolen schimmerten, und holte einen grauen Karton hervor. Darin lag, in einer Plastiktüte, ein Smartphone mit zersplittertem Display.

»Wir haben es nur äußerlich untersucht, Fingerabdrücke genommen und versucht, es aufzuladen«, sagte Moncini.

»Und?«

»Spuren gibt es jede Menge. Aber aussagekräftig waren nur drei oder vier. Keinerlei Treffer in unserer Datenbank – bis auf den einen, wie gesagt: Barbagiovannis rechter Daumen.«

De Santis nickte. Er würde das Gerät zu den IT-Spezialisten in der Questura bringen. Sie mussten versuchen, das Passwort zu knacken und den Speicher auszulesen.

»Ich lasse Barbagiovanni holen«, sagte Moncini.

»Was haben Sie herausgefunden über ihn?«

»Nichts, was verdächtig wäre. Er kommt aus einem Vorort Neapels, Mugnano, wie die kleine Firma, für die er seit elf Jahren arbeitet. Und die drei Kumpels. Einer von ihnen wurde einmal wegen Diebstahls verhaftet, ein anderer wegen eines Drogendelikts. Jugendsünden, die Jahre zurückliegen. Seit drei Monaten renovieren sie ein Sommerhäuschen in Anacapri.«

»Dazu kommen sie von Mugnano bis hierher?«

»Die Capreser machen sich nicht mehr die Hände schmutzig. Bauarbeiten erledigen Polen oder Rumänen. Aber der Eigentümer des Häuschens ist auch aus Mugnano, mit dem Firmenchef befreundet. Und Polen kann er nicht leiden, meinte Barbagiovanni.«

Klang einleuchtend.

Sie setzten sich wie beim letzten Mal hinter Moncinis Schreibtisch. Barbagiovanni wurde hereingeführt, von den Handschellen befreit und auf den Besucherstuhl gesetzt. Sein gelbes T-Shirt war zerknautscht, seine Renitenz hatte nicht gelitten. »Wenn ich morgen nicht zur Arbeit erscheine, verliere ich meinen Job. Dafür mache ich Sie haftbar«, fing er an.

De Santis ließ sich Zeit. Zwar spürte er die Müdigkeit, den Wunsch, auf seiner Terrasse die Beine aufs Geländer zu legen, sich eine Zigarette anzustecken und den Vögeln auf den Dächern zuzuhören, aber vorher wollte er eine Geschichte hören. Eine überzeugende. Er nahm den grauen, dünnwandigen Karton von seinen Oberschenkeln, legte ihn auf die Schreibtischplatte und hob den Deckel ab. Das Handy schimmerte wie ein großer, plattgetretener Käfer in der Tüte.

»Was ist das?« Barbagiovanni versuchte, den Ahnungslosen zu spielen.

»Das Handy des Mordopfers. Mit Ihren Fingerabdrücken.«

Lorenzo Barbagiovanni sah langsam von einem Kommissar zum anderen.

»Ich habe mit dem Mord nichts zu tun. Ich habe ein Alibi.«

»Das taugt nichts. Sie können sich mit Ihren Freunden abgesprochen haben.«

»Was konstruieren Sie da? Auch in der Diskothek waren jede Menge Leute, mit denen wir geredet haben ...«

Er wurde nervös. De Santis wurde noch ruhiger.

»Sie kennen deren Namen und Adresse? Und sind sicher, dass sie in ein paar Monaten vor Gericht erscheinen und unter Eid für Sie aussagen werden? In einem Mordprozess?«

Sein Adamsapfel fuhr hektisch die Speiseröhre auf und ab. »Sie können mich nicht reinreiten. Ich will einen Anwalt sprechen.«

»Jetzt sprechen Sie mit uns«, sagte De Santis kalt. »Noch sitzen Sie hier als Zeuge, nicht als Angeklagter. Wenn wir jetzt auf einen Anwalt warten, dann müssen wir unsererseits einen Haftrichter anfordern. Und dann kommen Sie heute gewiss nicht mehr nach Hause.«

Das stimmte nicht ganz. Barbagiovanni sah hilfesuchend zu Moncini. Aber dieser hielt zum Glück die Klappe, weil er in den Feierabend wollte.

»Hätten Sie uns zu dem Handy geführt, wären wir großzügig gewesen. Jetzt kommt zum Diebstahl, der Körperverletzung, dem Widerstand gegen die Staatsgewalt und dem Hausfriedensbruch auch noch Falschaussage und Behinderung der Ermittlungen.«

»Also bin ich doch angeklagt?«

»Wenn Sie sich kooperativ zeigen, dann bleiben Sie für uns ein Zeuge, ohne Ermittlungsverfahren. Aber dazu müssen Sie endlich die Wahrheit sagen«, blaffte De Santis und schlug auf den Tisch. »Ohne jede Auslassung. Haben Sie das endlich begriffen?«

Barbagiovanni war kurz hochgeschreckt und sammelte sich jetzt wieder.

»Wo genau haben Sie das Handy geklaut?«

»Hören Sie, es lag da einfach.«

»Wo?«

»Auf der Piazzetta. Auf dem Stuhl an der Bar. Es klingelte, niemand ging ran. Offensichtlich hatte es jemand verloren oder weggeworfen, und da …« Barbagiovanni schaute wieder flehend zu Moncini. »Es ist ein neues Modell, besser als meins, doppelt so großer Arbeitsspeicher, Fotokamera mit hochwertiger Linse. Ich hatte es noch nicht in die Hosentasche geschoben, da habe ich es schon bereut. Ich wusste, das gibt Scherereien.«

»Da lagen Sie ausnahmsweise richtig.« De Santis nickte befriedigt. »Haben Sie gesehen, wer es vergessen hatte?«

Barbagiovanni dachte nach und schüttelte dann langsam den Kopf.

»Gab es jemanden in der Umgebung, der sich merkwürdig verhielt? Der vielleicht auf das Handy achtete?«

Der Mann zuckte mit den Achseln. »Nein. Dann hätte ich es doch nicht genommen.«

»Und dann sind Sie abgehauen, mit dem Handy.«

»Ja. Sie haben mich ja verfolgt.«

»Warum haben Sie es nicht weggeworfen?«

»Habe ich doch.«

»Aber erst in den Giardini di Augusto.«

»Ich wollte es von den Klippen schmeißen, damit es ein für alle Mal verschwunden ist.«

Wie De Santis vermutet hatte. »Und warum haben Sie mich attackiert?«

»Plötzlich waren Sie da in der Dunkelheit direkt vor mir. Ich hatte Panik, und da habe ich um mich geschlagen.«

Er hatte De Santis gegen den Kopf getreten. Gezielt. Das war nicht ganz dasselbe. Aber darauf kam es jetzt auch nicht mehr an. Der Kommissar beugte sich zur Seite, holte seine Aktentasche und schlug das Dossier zur Villa Paradiso auf.

»Ich möchte, dass Sie sich jetzt konzentrieren.«

Barbagiovanni nickte.

»Sehen Sie sich jedes Bild in Ruhe an.«

De Santis legte ein Passfoto nach dem anderen vor, eine japanische Studentin, einen Russen mit Krawatte und steifer Miene, eine gepiercte Blondine, er ließ jedes Bild einige Sekunden vor dem Verhafteten liegen. Dann Piero Coppola, Camillo Sciatarra, die Eheleute Sgarbanti, Arianna …

»Tut mir leid«, sagte Barbagiovanni am Ende und ließ sich in die Lehne fallen.

»Moment«, meinte De Santis, holte sein Handy hervor und suchte ein Bild in seinem Speicher. Es war John

Henrichs, der in Anzug und ohne Socken lässig an einer weißen Wand lehnte. »Was ist mit diesem Mann?«

Barbagiovanni zog das Bild mit den Fingerspitzen auf, dann schüttelte er wieder den Kopf. »Auch nicht.«

Sie hatten ihn zum Reden gebracht, aber was er zu sagen hatte, war gleich null. Der Kommissar hatte genug von ihm. »Sie können gehen«, sagte er. »Aber halten Sie sich auf der Insel zu unserer Verfügung.«

Der Mann stand auf und schaute ratlos und misstrauisch hin und her.

»Sie bekommen vorne an der Pforte Ihre persönlichen Gegenstände«, ergänzte Alessandro Moncini.

Als sie allein waren, fragte De Santis: »Sollen wir ihn beschatten?«

»Wozu? Ich habe nur zwölf Beamte pro Schicht, und mit dem Mord hat er nichts zu tun. Er hätte auch irgendeine vage Beschreibung abgeben können von jemandem, der angeblich das Handy auf der Piazzetta deponiert hatte. Dann hätten wir uns hier auf der Insel einen Wolf gelaufen.«

Das stimmte. Und doch hatte De Santis ein ungutes Gefühl.

»Ich fahre jetzt nach Neapel zurück«, sagte er.

»Sie haben doch nicht etwa ausgecheckt?«, fragte Moncini besorgt. »Waren Sie mit dem Zimmer nicht zufrieden?«

»Doch, aber ich muss in die Questura, brauche frische Sachen. Ich komme morgen wieder – mit Gepäck.«

Moncini atmete auf. Ihm schien des Kommissars Wohl sehr am Herzen zu liegen – oder das der Cousine.

De Santis schloss den Karton mit dem Handy, nahm ihn an sich und sagte: »Schönen Feierabend.«

15

Er hatte sich auf das geschlossene Oberdeck gesetzt, das wie ein Kinosaal wirkte. Der Film allerdings spielte draußen, wo der Feuerball der Sonne auf die Wasseroberfläche sank, während auf der schwarz gezackten Silhouette Capris die Lichter der Straßenlaternen, der Hotels und Restaurants wie Girlanden aufflammten. Die Unbekannte ging ihm nicht aus dem Kopf.

Er versuchte, sich vom Brummen der Dieselmaschinen, den sanften Schlägen der Dünung und dem Stimmengewirr einlullen zu lassen. Aber es gelang nicht. Er wählte die Nummer der jungen Frau – es sprang nur die Mailbox an.

Der Tag war unfertig, unbefriedigend. Wie die Ermittlung. Er hatte nur ein paar lose Enden in der Hand – Cerriellos Handy, das jemand auf der Piazzetta entsorgt hatte, ein Streit im Gärtnerschuppen, ein Feuer, ein Textilfetzen, ein möglicher Konflikt mit Henrichs, dem Galeristen – aber wo diese Fäden zusammenlaufen sollten, war schleierhaft. Gabrieles Tagebuch hätte vielleicht mehr verraten …

Er wählte die Nummer von Elvira Barbarossa, der Staatsanwältin. »Wie weit sind Sie?«, fragte sie.

Nach ihrer kurzen Liaison war sie zum »Sie« zurückgekehrt, und De Santis hielt sich daran, so gekünstelt es auch auf ihn wirkte.

»Der oder die Täter sind wohl nach einem genauen Plan vorgegangen. Keine Zeugen, keine Spuren an der Leiche oder am Tatort. Ich muss das Zimmer des Opfers von der KTU untersuchen lassen und brauche einen Durchsuchungsbeschluss von Ihnen.«

»Das Zimmer in der Villa Paradiso?«

»Ja.«

Sie stieß einen Ton aus, den er nicht richtig hörte, weil ein Kind neben ihm in ein Nebelhorn aus Plastik blies.

»Bitte?«, fragte er.

»Dazu braucht es einen triftigen Grund.«

»Das Opfer hat die letzten drei Wochen dort gelebt. Ich muss wissen, wer sich sonst in dem Zimmer aufgehalten hat.«

»Hat es dort eine Auseinandersetzung gegeben?«

»Es scheint mir gefilzt worden zu sein. Das Tagebuch des Opfers ist verschwunden.«

Sie schwieg, und das verhieß nichts Gutes. »Ich weiß, dass in der Villa eine Sommerakademie abgehalten wird, dass der Studienbetrieb durch die Tat bereits gelitten hat …«, setzte sie an.

»Verstehen Sie nicht? Wer außer dem Mörder könnte ein Interesse daran gehabt haben, das Tagebuch verschwinden zu lassen?«

»Sie meinen, wir finden dort die Fingerabdrücke des Täters?«

»Hoffentlich.«

»Sie werden Fingerabdrücke von Dutzenden Personen finden.«

»Das weiß ich jetzt noch nicht.«

Sie zögerte.

»Der Raum steht leer. In einigen Stunden ist die Sache erledigt«, insistierte er.

»Ich muss darüber nachdenken.«

»Was gibt es da groß nachzudenken?«, fragte er. Er hatte den Eindruck, dass sie ihm das Leben absichtlich schwer machte. Aber warum?

»Sie unterstellen, dass jemand aus der Villa die Tat begangen hat.«

»Ich unterstelle gar nichts. Das Tagebuch ist verschwunden, Gabriele hat kurz vor der Tat einen Streit in der Villa Paradiso gehabt.«

»Mit wem?«

»Mit dem Gärtner.«

»Worüber?«

»Weil er etwas verbrannt hat.«

»Wo ist der Zusammenhang zu Gabrieles Zimmer? Lassen Sie uns morgen weiterreden.«

Er war sauer und verabschiedete sich ziemlich brüsk, während die Fähre im Hafen anlegte, hinter dem Myriaden von Lichtern glühten. Er ging über düstere Parkplätze am Hafengelände zur Via Marina, wo er in einem Labyrinth aus Baustellen, Umleitungen und undurchsichtigen Ampelphasen hängen blieb.

Eigentlich musste er unbedingt mit John Henrichs sprechen. Aber auch Henrichs meldete sich nicht. Umso besser. Es war fast acht Uhr, und De Santis musste noch in der Questura vorbeischauen, um die Asservatentüte in der KTU abzuliefern.

Dann ging er weiter in die Via Toledo und überließ sich dem Menschenstrom, der Schaufenster und Fast-Food-Lokale, Pasticcerie und Bars umspülte. Er tauchte in den

Straßenmarkt der Via Pignasecca ein, in den Duft aus Holzofenfeuer, frittierter Pizza und Fischblut, gekochten Innereien und Pommes, und dann fiel sein Blick auf eine Styroporkiste mit zerhacktem Eis, auf dem kleine Rotbarben aufgereiht waren. Ihr butterweiches Fleisch hatte eine delikate Note, und sie wurden direkt im Golf gefischt, so wie er es früher getan hatte, als er mit seinem Freund Ugo heimlich zum Angeln rausfuhr. Ugo, der vor nichts Angst hatte, der Bootsmotoren reparieren und ohne Pressluftflasche zwanzig Meter tief tauchen konnte – und der nun ein kleiner Statthalter der Camorra war. De Santis kaufte ein halbes Kilo, dazu Brot und Wein, und dann stieg er in einen der überfüllten, ächzenden Busse.

In seiner Wohnung riss er die Fenster auf, legte Musik auf, gab dem Gekko im Terrarium zu fressen und wollte sich gerade für eine Zigarette auf die Terrasse setzen, als es klingelte. Vor der Tür stand sie – die junge Frau, außer Atem, neben sich einen großen Koffer: ihr Violoncello. Sie lächelte unsicher.

»Hast du nicht mehr mit mir gerechnet?«

»Ich hatte versucht, dich anzurufen.«

»In der Probe muss ich das Handy abstellen. Ich dachte, wir wollten zusammen kochen. Passt es dir nicht?«

»Doch, klar, ich freue mich«, sagte er. In ihren Augen war wieder der Ausdruck von Angst oder Traurigkeit aufgeflackert, über den er seit dem Vortag nachsann. »Woher weißt du, wo ich wohne?«, hakte er nach.

»Du kannst dich wirklich nicht erinnern, oder?«

Sie trat in den großen Raum, der in die Terrasse überging. Eigentlich war durch die Dachschräge alles recht beengt, das Schlafzimmer, das kleine Bad, die Kochnische, aber man hatte den Eindruck, über der Stadt zu schweben. Das war Raumgefühl genug.

»Nicht schlecht«, sagte sie, und dann herrschte eine gewisse Verlegenheit, während der sie ihm den Rücken zukehrte.

»Wie war die Probe?«, fragte er und deutete auf ihr Instrument.

Sie winkte ab.

»Willst du ein Glas Wein auf der Terrasse trinken, während ich koche?«

»Ich dachte, das tun wir gemeinsam. Ich habe etwas mitgebracht.« Sie zog eine Tüte mit Pilzen aus der Tasche.

»Ich weiß nicht, ob die zum Fisch passen«, meinte er.

»Sie passen immer, wie du weißt.«

Wie du weißt? Er betrachtete die Pilze genauer. Schmale weiße Stiele mit spitz zulaufenden Kappen. Er war nicht beim Drogendezernat, aber so sahen Kahlköpfe aus, sogenannte Spitzkegelige Kahlköpfe, die Halluzinationen und psychedelische Trips auslösten, in den Uterus oder ins Weltall. Oder in die Amnesie.

»Haben wir die neulich auch gegessen?«

Sie nickte. »Es sind kubanische. Keine Suchtgefahr, kaum Nebenwirkungen.«

»Kaum Nebenwirkungen? Sie haben mir ein Loch ins Hirn geschossen.«

»Die Pilze? Nicht einer von den vielen Whiskys, die du vorher in der Bar getrunken hattest?«

War das jetzt ein Witz? Eine Übertreibung?

»Ich habe frische Rotbarben gefunden. Über die Pilze reden wir noch.«

»Nicht nötig«, sagte sie und warf die Tüte neben die Spüle. »Sie halten sich.«

Sie ging ins Wohnzimmer, betrachtete den Gekko, der unter seiner Wärmelampe döste, und ließ den Blick über die Bücher und den Bass gleiten, der in seiner Tasche an der Wand lehnte.

»Du bist Gitarrist?«

»Nein, vor langer Zeit habe ich mich einmal als Bassist versucht. Spielst du mir etwas auf dem Cello vor?«, fragte er.

»Lieber nicht.«

»Und wenn ich dich darum bitte?«

Sie ging stöhnend an die Hifi-Anlage, stellte die Musik ab und fing an, die Saiten zu stimmen. Er liebte den rauen tiefen Ton, die Schwingungen in seinem Bauch. Es war, als würde der Bogen direkt über seine Haut streichen, als würde das Pferdehaar ihn kratzen, kitzeln und mit auf Reisen nehmen. Er sah sich plötzlich auf einer Parkbank sitzen, mit ausgestreckten Beinen, die Abendsonne im Gesicht. Möwen hüpften über einen Sandweg, farbige Art-déco-Scheiben strahlten im Gegenlicht. Seine Erinnerung kam zurück! Er erkannte den Pavillon der Villa Comunale wieder, er lag nur einen Steinwurf von der Wohnung entfernt, in der er am Samstagmorgen aufgewacht war. Er wollte sie fragen, nach ihrem Namen, nach dem Titel des Stücks, das sie spielte, aber dann sah er sie, verschmolzen mit dem bauchigen Instrument, über das ihr langes Haar fiel. Sicher würde nicht er es sein, der sie unterbrach.

»Tut mir leid, meine Konzentration ist futsch«, sagte sie plötzlich, setzte den Bogen ab und lächelte entschuldigend. Dann sah sie seine Miene und lachte. »Alles okay?«

»Wie kommt es, dass du so gut Cello spielen kannst?«

»Du findest, ich spiele *gut?*«

»Ich gebe zu, es ist nicht der angemessene Ausdruck, du spielst … ich bin kein Dichter. Wie kommt es?«

»Ich habe nichts anderes gelernt. Von klein auf.«

»Stammst du aus einer Musikerfamilie?«

Ihre Miene wurde eisig. Sie stand auf, packte das Cello zurück in den Koffer und ließ die Schlösser zuschnappen. »Ein andermal, falls das okay ist.«

Natürlich war es das. Auch wenn es ihn interessiert hätte, ebenso wie der Grund, warum es für sie so unangenehm war, darüber zu sprechen.

»Hast du dich entzweit mit deinen Eltern?«

»Ich dachte, du hättest verstanden …«, sagte sie.

»Tut mir leid, ist eine Berufskrankheit. Hast du auch am Samstagabend gespielt?« Die Frage war überflüssig. Die Bilder in seinem Kopf hatten sich fortgesponnen: andere Zuhörer, die redeten, vorbeigingen, das Mädchen, das sich niederbeugte und das Cello wegpackte … »Haben wir uns bei der Villa Comunale kennengelernt?«

Sie sah ihn misstrauisch an. »Kannst du dich wirklich nicht erinnern?«

»Ein paar Bilder, mehr ist da nicht, ich weiß nicht einmal deinen Namen.«

»Diana«, sagte sie.

»Ich habe dir beim Spielen zugehört, und dann?«

»Dann hast du mich angesprochen.«

Das passte nicht zu ihm. Und selbst wenn – bis zu ihr in die Wohnung war es von da noch ein weiter Weg.

Sie sah seinen skeptischen Blick. »Klar, es ist noch mehr passiert an dem Abend«, meinte sie.

»Lässt du dich öfter von Männern ansprechen?« Es klang wie ein Vorwurf, den er sofort bereute.

»Du warst kein x-beliebiger Mann«, brummte sie.

»Sondern?«

»Du warst ein Zuhörer.«

Er blickte ratlos drein.

»Man kann es nicht erklären. Ich bin manchmal wie blockiert, wenn andere zuhören. Dann erreiche ich weder das Instrument noch das Wesen der Musik, und schon gar nicht die Zuhörer. Aber wenn man das richtige Publikum hat, dann vergisst man, dass es ein Publikum ist. Es ist, als machte man gemeinsam Musik, als spielte man ein Stück zusammen, es ist, als würde mein Arm von allen geführt. Ich bin für nichts mehr verantwortlich, ich bin frei. Es gibt keine Fehler mehr, keine technischen Probleme. Es gibt nur Musik, die wie von allein ertönt.«

»Und dann?«

»Nichts. Wir sind einen Aperitif trinken gegangen, in einem Club. Da haben wir getanzt, bei dir sind noch etliche Drinks dazugekommen, und dann kam der Hunger. Wir haben geredet, und für mich ist alles so geblieben wie vorher, es war, als würde das Stück einfach weitergehen.«

Er blieb skeptisch. »Dank der Pilze? Du hast mich mit zu dir in die Wohnung genommen? Einen wildfremden Mann, um die Drogenpilze zuzubereiten?«

»Was soll das?«

»Ich wundere mich nur.«

»Dann wundere dich. In drei Stunden kann man viel über einen Menschen erfahren. Jedenfalls über einen, der redet wie du.«

Drei Stunden? Ihm wurde unheimlich. Nicht zu wissen, was er ihr erzählt hatte …

»Wir hatten übrigens keinen Sex, falls du das auch noch wissen willst.«

»Was auch immer passiert sein mag an jenem Abend, ich finde, wir sollten es dabei belassen.«

»Warum?«

»Sieh dich an: Du bist eine junge Frau, bildhübsch, eine außerordentlich begabte Musikerin.«

»Und was bist du?«

»Ein abgehalfterter Bulle, der die besten Jahre hinter sich hat.«

»Das ist deine Meinung. Ich sehe etwas anderes in dir.«

Er lief in die Küche, weil der Pfannendeckel unter dem Dampf klapperte und der Fisch anzubrennen schien.

»Soll ich jetzt gehen?«, rief sie. »Ohne Essen? Hungrig, ohne Entschädigung für mein Vorspielen?« Sie setzte eine kindische Miene auf, und er musste lachen.

»Okay, du kriegst eine Rotbarbe – wenn du weiterspielst.«

»Kommt nicht infrage.« Sie ging ins Wohnzimmer und suchte in seinen CDs, bis sie eine Aufnahme von Dave Holland fand und sie auflegte. Er versuchte, sich aufs Kochen zu konzentrieren, aber immer wieder schaute er durch die Küchentür, wie sie auf dem Sofa saß, wie sie hinaus auf die Terrasse ging und über die Dächer schaute. Er konnte nicht so recht glauben, was er sah.

Als er den Fisch und das Gemüse gedünstet hatte, deckte er den kleinen Bistrotisch auf der Dachterrasse. Sie setzten sich einander gegenüber und aßen. Er mochte die Art, wie sie den Fisch auf die Gabel nahm und auf die Zungenspitze legte, er mochte, wie sie das Weinglas mit drei Fingern hielt und in kleinen Schlucken trank, wie sich die Sehnen an ihrem Hals bewegten, als hätten sie ein kostbares Gefäß zu balancieren.

Er wusste, dass es falsch war. Ein Riesenfehler. Er berührte sie am Arm, und sie lächelte erst ein wenig verlegen, wurde dann plötzlich ernst. Er zog seinen Stuhl neben den ihren und nahm sie in den Arm.

»Willst du mich immer noch wegschicken?«, fragte sie und zog an seiner Zigarette.

Er antwortete nicht. Er spürte die warme, weiche Haut unter ihrem T-Shirt, den Rippenbogen, den Ansatz der Brust. Es war, als würde auch sein Arm geführt.

16

Als er am nächsten Morgen erwachte, kündigte das Licht einen neuen Tag an, und was für einen! Er spürte die Energie bis in die Haarspitzen. Er freute sich auf das Frühstück, auf die Dusche, auf die erste Zigarette. Mit Diana.

Aber der Platz neben ihm war leer. Er stand auf, warf einen Blick in die Küche, hinaus auf die Terrasse, ins Bad. Das Cello war ebenso verschwunden wie die Tüte mit den Pilzen. Als hätte er alles nur geträumt.

Es tut mir leid, stand auf einem Zettel, den er auf der steinernen Arbeitsplatte fand. Unterschrieben mit *Diana*. Was tat ihr leid? Dass sie ohne ein Wort verschwunden war? Dass sie überhaupt gekommen war?

Er nahm sein Handy und rief sie an. Es antwortete die Mailbox. Wütend setzte er sich auf die Dachterrasse und frühstückte. Er wusste nicht, ob er sauer auf sich sein sollte oder auf sie.

Es war erst acht Uhr, aber schon war die Luft warm, die Sonne ließ die Dächer blinken. *Ich bin ein unverbesserlicher Idiot*, dachte er. Aber wozu war sie überhaupt gekommen? Was hatte er falsch gemacht? Je länger er sitzen blieb, desto schlechter ging es ihm. Diana war nur wenige Stunden in der Wohnung gewesen, aber schon erinnerte ihn jeder Gegenstand an sie. Er musste raus, sich abreagieren. Zu tun gab es genug. Er musste nach Capri fahren, vorher seine Leute in der Questura antreiben und vor allem dem Galeristen Henrichs auf den Zahn fühlen. Er ging in sein Schlafzimmer, öffnete den Kleiderschrank und schmiss ein paar Klamotten in einen Rollkoffer.

Der Name *John Henrichs* stand in nüchternen goldenen Lettern über einer Glasfront in der Via Riviera di Chiaia. Die Tür war abgeschlossen, auf das Klingeln reagierte niemand, aber De Santis hatte sich bewegende Schatten in den Räumen gesehen. Er klingelte, bis eine junge Frau mit fast kahl rasiertem Schädel und Ethnoschmuck, der an Hals und Ohren baumelte, die Tür aufschloss und blaffte: »Umbau. Die Galerie ist geschlossen.«

»Ich muss mit Herrn Henrichs sprechen«, sagte Franco De Santis.

»Haben Sie einen Termin?«

»Ich habe einen Ausweis«, erwiderte er knapp und zeigte die Plastikkarte der Polizia di Stato vor. Er war noch immer schlecht gelaunt. Verdammt schlecht gelaunt.

Sie ließ ihn ein und verschwand. Der vordere Raum der Galerie war schneeweiß gestrichen, die Spotlights erleuchteten leere Haken. Auf dem Boden standen Gemälde, signiert mit *GC*.

Ein schlanker, jugendlich wirkender Mann von Mitte vierzig trat auf De Santis zu.

»Sie kommen wegen Gabriele Cerriello, nehme ich an.«

De Santis nickte. »Das sind seine Bilder?«

»Ja.«

Der Kommissar sah in den Durchgang zum hinteren Raum. Auch dort lehnten Gemälde an der Wand, in der Mitte standen in Luftpolsterfolie verpackte Büsten.

»Wann haben Sie das letzte Mal mit ihm gesprochen?«, fragte De Santis.

»Am Samstag, wir haben telefoniert.«

Das war wohl nur ein Teil der Wahrheit.

»Sie hatten Streit.«

Es war, als hätte Henrichs einen kleinen Stromschlag bekommen. »Worauf wollen Sie hinaus?«

»Wann haben Sie Gabriele das letzte Mal getroffen?«

»Am Freitag. Ich war auf Capri, um die Bilder und Skulpturen abzuholen, die Sie hier sehen.« Er deutete in die Runde.

»Wann beginnt die Ausstellung?«

Henrichs sah auf den Boden und machte eine vage Geste.

»Wann haben Sie ihn kennengelernt?«

»Am Donnerstag.«

De Santis sah sich noch einmal um. Zwei große Räume, zehn Werke, hatte Arianna gesagt, aber es schienen mehr zu sein. »Für wann war die Vernissage geplant?«, hakte De Santis nach.

»Für Freitag.«

»Sie lernen einen Künstler kennen, und eine Woche später ist er schon der Star in Ihrer Galerie?«

»Man muss der Konkurrenz zuvorkommen. Ich war nicht der einzige Galerist bei der Präsentation. Außerdem hatte mir Giancarlo Sgarbanti schon von ihm vorgeschwärmt. Ich hatte Fotos seiner jüngsten Arbeiten gesehen.«

»Sgarbanti hat Sie also aneinander vermittelt?«

»Er fungiert als Scharnier. So versteht er sich und sein Institut auch.«

»Verdient er an dieser Rolle?«

»Ob er eine Provision kassiert?«

De Santis nickte.

»Nein. Aber er gewinnt an Prestige, ebenso wie sein Institut.«

Das alles ging De Santis zu schnell, zu glatt. Glatt wie John Henrichs.

»Sie haben also Konkurrenten ausgestochen? Wen?«

Henrichs zuckte mit den Achseln. »Das ist normales Geschäftsgebaren. Ich kann Ihnen gern die anderen Galeristen nennen. Aber bei mir ist er besser aufgehoben. Ich bin besser vernetzt.«

»Könnte ich den Vertrag einmal sehen?«

»Nein, wir hatten eine mündliche Absprache.«

De Santis holte die Verbindungsübersichten heraus und zeigte Henrichs die sieben Telefonate vom Samstag. Er tippte mit dem Finger darauf. »Fernmündliche Absprachen?«, fragte er.

»Es gab eine Menge zu klären, Transport der Bilder, Anordnung, die Gestaltung der Vernissage ...«

Der Kommissar hatte keine Lust mehr, sich Ausflüchte anzuhören.

»Es gab Streit. Deshalb haben Sie am Samstag so oft telefoniert. Ich habe einen Zeugen.«

Henrichs winkte verächtlich ab. »Streit ...«

»Worum ging es? Um die Bilder?«

»Welche Bilder?«

»Um die Bilder, für die sich schon Käufer gefunden hatten. Ohne Ihre Vermittlung. Ohne dass Cerriello Ihnen eine Provision hätte zahlen müssen.«

Henrichs verzog den Mund zu einer gelangweilten Miene. »Was reimen Sie sich da zusammen?«

»Solvente Käufer waren ebenfalls auf dem Empfang. Diese hatten Cerriello ein lukratives Angebot gemacht, ohne die satte Provision, die an Sie fließt.« De Santis hatte die Erzählung Ariannas recht frei interpretiert. Doch Henrichs geriet in die Defensive.

»Aber ... er hätte doch trotzdem bei mir ausstellen können«, wiegelte der ab.

»Ihnen wären sichere Einkünfte entgangen.«

»Nur eine Provision.«

»Wie hoch?«

Henrichs zögerte. »Das sind Interna, die ...«

»Wenn Sie mauern, dann lasse ich die Bücher von der Guardia di Finanza einsehen.«

John Henrichs' lässige Haltung schwand. Denn vor der Finanzpolizei hatte jeder Geschäftsmann Angst. Selbst wenn man seine Bücher sauber führte, fand sich immer noch irgendwo ein Formfehler, der teuer werden konnte.

»Bei Debütanten nehme ich fünfzig Prozent.«

Nun war De Santis sprachlos.

»Das ist branchenüblich. Und Gabriele war nicht so dumm, wegen einer Provision auf die Ausstellung zu verzichten«, sagte der Galerist.

»Warum dann der Streit?«

Henrichs ließ resigniert die Hände sinken. »Das hatte künstlerische Gründe. Er rief mich an und sagte, er habe Zweifel an der Qualität einiger Bilder, sie würden nicht den richtigen seelischen Gehalt ausdrücken. Er male sie neu, mit einer ganz neuen Tiefe.«

»Welche Bilder?«

»Das wollte er nicht sagen.«

»Und Sie waren nicht einverstanden?«

»Es war ein Wahnsinn. Künstlerisch wie kommerziell. Die meisten Bilder waren so gut wie verkauft. Sei nicht dumm, sagte ich, wir veräußern sie, und dann verschwinden sie in einem Tresor in Katar oder Saudi-Arabien. Nimm das Honorar und male neue Bilder.«

Das konnte stimmen. Es konnte aber auch ganz anders gewesen sein. Angenommen, Gabriele hatte seine künstlerischen Skrupel nur als Vorwand benutzt, um die Bilder selbst zu Geld zu machen? Ohne die horrende Provision? Um dafür andere Werke bei Henrichs zu platzieren? Vielleicht war Henrichs dahintergekommen.

»Warum haben Sie vorgestern nicht gleich die Wahrheit gesagt?«

»Welche Wahrheit?«

»Über Ihre Beziehung zu Gabriele?«

»Ein junger Mann mit braunen Haaren ... Ich wäre doch nie auf die Idee gekommen, dass es Gabriele ist. In der Villa sind jede Menge junger Leute, mit denen ich geredet habe.«

»Wo waren Sie in der Nacht von Samstag auf Sonntag?«

Henrichs schluckte seinen Protest hinunter. »Hier in Neapel. Ich war mit Geschäftspartnern essen und anschließend in deren Hotelbar.«

»Ich brauche die Namen, ebenso wie die Namen der anderen Galeristen, die sich für Gabriele interessierten. Und geben Sie mir eine Liste mit den Werken, die Sie ausstellen werden.«

»Die Liste wird Ihnen nicht viel bringen.«

»Warum?«

»Weil ich keine Bilder von ihm ausstellen werde.«

Der Tag fing wirklich nicht gut an. De Santis' Geduld war schon um zwanzig nach neun erschöpft. »Haben seine Eltern ein Veto eingelegt?«

»Nein.«

Der Mann machte De Santis verrückt, und seine junge Assistentin half mit, indem sie durch die Räume stöckelte und Henrichs immer wieder Zeichen gab. »Können Sie mir das erklären?«

»Die Sache mit Gabriele ist schlimm. Er war ein begabter junger Mann mit Perspektive, ich war überzeugt von seiner Arbeit. Aber ich muss gewinnorientiert denken.«

»Künstler verkaufen sich besonders gut, wenn sie sterben, dachte ich. Und je spektakulärer der Tod, desto besser.«

»Vorausgesetzt, der Künstler hat einen Namen. Den hatte Cerriello noch nicht. Und so groß ist sein Oeuvre nicht, dass ich damit eine Marke kreieren könnte. Ohne seine aktive Mithilfe.«

Das leuchtete De Santis nur zum Teil ein, aber welche Bedeutung hatte es für die Ermittlung? »Wer erbt seine Werke?«

Henrichs zuckte mit den Achseln.

»Ich brauche eine Liste mit den Bildern Cerriellos, die Sie ausstellen wollten. Mit Foto.«

»Wenn Sie mich jetzt entschuldigen würden, wir sind durch die Geschichte ziemlich in Verzug.«

»Ich brauche die Liste sofort. Danach sind wir fertig.«

Henrichs stöhnte und ging an seinen Computer. Er druckte mehrere Seiten aus, die er De Santis in die Hand drückte. Es waren die Namen der anderen Galeristen, die seiner Geschäftspartner von Samstagabend sowie die

Titel von 23 Werken Cerriellos mit Namen, Preisvorschlag und einem Thumbnail-Foto.

»Danke«, sagte der Kommissar und schritt die Reihe der an der Wand lehnenden Gemälde ab. Zählte man die vier Skulpturen hinzu, dann waren es insgesamt achtzehn. Durch die Luftpolsterfolie leuchteten die Farben.

»Machen wir es kurz«, sagte er. »Welche fehlen? Welche hat er nicht geliefert?«

Henrichs trat auf De Santis zu, jetzt kaute *er* an seiner Wut.

»Ihnen ist klar, dass wir in einer geschäftlichen Notsituation sind, oder?«

Der Kommissar nickte. »Wen werden Sie denn jetzt statt Gabriele präsentieren?«

»Wenn wir das wüssten ...«

Der Kommissar hielt Henrichs die Liste vor die Nase. »Welche Bilder fehlen?«

Dieser zischte, nahm einen goldenen Kugelschreiber aus der Innentasche seines Jacketts und kringelte fünf Fotos ein. Fünf Aktgemälde.

Arianna, dachte De Santis und bedankte sich.

17

In der Mordabteilung im vierten Stock der Questura herrschte eine überraschende Geschäftigkeit. Als De Santis den Korridor betrat, sah er durch halb offene Türen Mario Marin, der gebannt auf seinen Monitor starrte, und Carmela De Cillis, die am Telefon hing und sich eifrig Notizen machte. In seinem Rücken flog die Tür auf, und Beppe Bomba winkte fröhlich mit einem Aktenordner. »Neuigkeiten, Chef«, schnaubte er.

»Die habe ich auch.« Der Kommissar rief alle in den Besprechungsraum.

Bomba stürmte voraus, Mario Marin folgte, ja er ging sogar nach hinten an den kleinen Elektroherd, um Kaffee zu kochen.

»Die letzten Tagen in Gabrieles Leben waren turbulent«, sagte De Santis zur Einleitung. »Am Donnerstag findet in der Villa Paradiso ein Empfang statt, auf dem er der Star des Abends ist, von Sammlern und Galeristen umworben. John Henrichs macht das Rennen und sichert ihm eine Exklusivausstellung in seiner Galerie zu. Der große Karrieresprung für Gabriele, der Durchbruch.«

»Das wissen wir alles schon«, meinte Bomba ungeduldig, »ich hier habe …«

De Santis ließ sich nicht aus dem Konzept bringen und sagte: »Am Samstag, wenige Stunden vor seiner Ermordung, hat Gabriele Streit mit Henrichs. Bestimmte Bilder will er nicht mehr freigeben für die Ausstellung.«

»Warum?«, fragte Marin.

»Künstlerische Skrupel, meint Henrichs. Aber ich habe einen anderen Verdacht. Gabriele hatte bereits einen Käufer für die Bilder. Er brauchte Henrichs nicht, der eine hohe Provision nimmt: fünfzig Prozent.«

»Wie bitte?«, meinte Bomba, der bei finanziellen Fragen hellhörig wurde.

»Scheint branchenüblich zu sein. Aber ich möchte, dass ihr das überprüft, ebenso wie die Galeristen, die Henrichs ausgestochen hat.«

De Santis diktierte die Namen.

»Zuerst müssen wir aber den Sammler finden, der die Bilder wollte. Falls er sie hat ...«

»... ist Henrichs verdächtig«, schloss Marin.

»Er hat mir auch Geschäftsleute aufgelistet, mit denen er am Samstagabend angeblich essen war. Das Alibi muss überprüft werden.«

»Wie heißt der Sammler?«, fragte Bomba.

»Ein Araber. Den Namen kenne ich noch nicht, scheint auch nicht auf den Gästelisten zu stehen.«

Die drei fingen an, in ihren Computern zu scrollen, aber der Kommissar fuhr fort: »Es gibt noch etwas. Gabriele hatte einen handgreiflichen Streit mit dem Gärtner. Ebenfalls am Samstag. Dieser behauptet, der Student habe im Schuppen gezündelt, und deshalb, wegen der Brandgefahr, habe er ihn etwas grob hinausgeworfen.«

»Sie glauben ihm nicht?«, fragte Carmela.

De Santis zuckte mit den Achseln. »Zwar habe ich tatsächlich frische Asche gefunden, aber es wirkte, als seien Klamotten verbrannt worden.«

»Chef!«, rief Bomba und winkte wieder mit seinem Ordner. »Ich komme von Esposito. Es waren keine Klamotten.«

»Sondern?«

»Leinwand. Mit Farbresten«, sagte der Ispettore triumphierend und schlug den Ordner auf.

»Warum sagst du das nicht sofort?«

»Ihr habt mich nicht reden lassen.«

De Santis trat hinter Bomba, der es sich an einem der Tische bequem gemacht hatte, und als er ihm die Unterlagen aus der Hand nehmen wollte, funkelte dieser ihn an und schüttelte heftig den Kopf.

Marin war gerade mit dem Tablett hinter die beiden getreten. Er verteilte den Kaffee, den niemand so verhunzte wie er. Aber alle waren zu höflich, ihn zu bremsen. Wie sollte ein Norditaliener aus Treviso wissen, wie Kaffee zu schmecken hatte?

»Leinwand aus Hanffasern, behandelt mit einer Grundierung auf Ölbasis und darüber mehrere Farbschichten«, las Bomba vor.

»Also Ölgemälde? Er hat Bilder verbrannt?«, fragte Carmela De Cillis.

De Santis nahm sein Tässchen, ging nach vorne an den Schreibtisch unter dem Whiteboard und ließ sich auf den Stuhl fallen. Er nippte an der heißen Flüssigkeit und dachte nach. Er holte die Liste hervor und las: *Weiblicher liegender Akt I, Öl, Weiblicher Akt, sitzend, Öl.* Stimmte Henrichs Geschichte doch? Hatte Gabriele womöglich seine eigenen Bilder verbrannt, weil er unzufrieden mit ihnen war?

»Welche Farbe hat Esposito gefunden? Hat er das ausgeführt?«

»Kobalt- und Kornblumenblau, Gelb, Grün …«

»Acryl?«

»Nein, Ölfarben.«

Einen Moment lang tranken alle von ihrem Kaffee, es herrschte angestrengte Stille.

»Was, wenn die Geschichte des Gärtners nicht stimmt? Vielleicht wollte er die Bilder vernichten, und Gabriele hat ihn dabei überrascht«, meinte Carmela.

»Warum sollte der Gärtner Gemälde verbrennen?«

»Vielleicht wurde er angestiftet. Von einem Neider. Der Gabriele den Erfolg nicht gönnte«, sagte Marin. »Sciatarra kann die Künstler ohnehin nicht leiden. Und wenn er dazu noch ein Honorar kassiert …«

»Gabriele überrascht ihn dabei, es kommt zu einem Handgemenge, vielleicht droht er auch, dass er Sciatarra anzeigt«, meinte Carmela.

»Dann hätte also Sciatarra ein handfestes Motiv?«, fragte De Santis.

»Oder dessen Auftraggeber«, sagte Marin.

»Aber Henrichs hat bestätigt, dass Gabriele künstlerische Skrupel hatte. Das könnte die Vernichtung der Bilder erklären.«

»Womöglich haben die beiden sich abgesprochen.«

»Wozu? Henrichs wollte mit den Bildern ein Geschäft machen. Das alles passt nicht zusammen. Wir müssen klären, ob Henrichs' Alibi stimmt. Und ich muss mit dem Sammler reden, der die Gemälde kaufen wollte.«

»Fühlte sich vielleicht irgendwer durch die Bilder angegriffen? Konnten sie jemandem gefährlich werden?«, fragte Bomba.

»Wie meinst du das?«, fragte Marin.

»Es gibt politische Kunst, Karikaturen, satirische Collagen …«

De Santis schüttelte heftig den Kopf. »Die scheinen mir alle mit der Natur oder sich selbst beschäftigt. Oder mit …«

»Womit?«, hakte Bomba nach. »Was war denn auf den Bildern?«

»Arianna. Es waren Aktgemälde.«

»Vielleicht wollte sie, dass die Bilder verschwinden«, meinte Marin.

»Warum?«, fragte Carmela. »Ich denke, sie wünschte ihm den Erfolg.«

»Vielleicht nicht mit ihren Aktbildern«, meinte Marin.

»Seit Jahren stand sie allen Schülern nackt Modell«, wandte De Santis ein.

»Vielleicht war es diesmal anders.«

»Warum?«

»Weil es Gabriele war, der sie gemalt hatte. Weil sie eine besondere Beziehung hatten«, hakte Marin nach.

So viel Feingefühl hätte der Kommissar seinem Vize gar nicht zugetraut. Und nickend fügte er an: »Sie leugnet hartnäckig, dass sie eine Beziehung zu Gabriele hatte. Dass es Streit gab am Samstag.«

»Das alles reicht nicht für einen Mord«, meinte Carmela De Cillis.

»Tatsache ist, dass Arianna uns nicht alles erzählt. Auch von der SMS will sie nichts gewusst haben. Ein technischer Fehler, behauptet sie.« De Santis gab sich nicht geschlagen.

»Cerriellos Handy spricht eine andere Sprache«, sagte Bomba. »Die Informatiker haben einen Teil der Speicherinhalte gerettet. *Um zwei Uhr, du weißt, wo, mein Geliebter. Arianna.* So lautet die letzte SMS.«

Alle starrten einander gespannt an. Das war tatsächlich eine Neuigkeit. Gabriele Cerriello war also per SMS an den Tatort gelockt worden. Von Arianna.

»Sie war auch beim Alarm nicht zugegen. Angeblich hatte sie ein Schlafmittel genommen und war erst später wach geworden«, ergänzte De Santis. »Was haben wir für einen Todeszeitpunkt? Was sagt die Gerichtsmedizin?«

»Diesmal bin ich durchgekommen«, sagte Marin stolz. »Diese Carla De Jodice wirkt sehr kompetent.«

»Ach ja?«, fragte Carmela spitz.

»Sie sprach von ein Uhr dreißig bis zwei Uhr dreißig«, fügte Marin kleinlaut an.

»Das bringt uns nichts. Der Alarm ging nämlich um zwei Uhr sieben los, und im Laufschritt schafft man die Strecke in fünfzehn Minuten«, meinte De Santis.

»Also könnte theoretisch jeder der Bewohner der Villa den Mord begangen haben«, schloss Marin. »Von ein Uhr dreißig bis zwei Uhr sieben bleibt genug Spielraum, um sich umzuziehen, die Sachen über die Klippen zu werfen und in die Villa zu rennen. Womöglich hat der Mörder beim Betreten den Alarm ausgelöst.«

Marin, Carmela und De Santis starrten in ihre leeren Tässchen. Sie hatten nichts in der Hand bis auf vage Indizien, Theorien.

»Ich fahre nach Capri und rede mit Arianna«, schloss der Kommissar die Sitzung. »Ihr geht telefonisch alle Bewohner der Villa durch. Wir müssen die herausfiltern, die ein Alibi haben. Dann nehmen wir die anderen genauer unter die Lupe. Aber vergesst die Henrichs-Spur nicht, die Konkurrenten unter den Galeristen, sein Alibi. Hinter dem Mord steckt eine ausgeklügelte Aktion.«

»Das glaube ich auch«, meinte Carmela De Cillis, und alle blickten sie erstaunt an. »Aber ich denke, das Ritual der Tötung hat eine Bedeutung.«

»Welche?«, fragte Marin.

»Vielleicht eine Zwangshandlung, die Wiederholung eines Traumas.«

»Ein Wiederholungstäter«, meinte ihr Bräutigam.

»Verfolgen Sie diesen Ansatz«, sagte De Santis. »Ältere Fälle, die ähnlich gelagert sind, Tötungsrituale, die unserer Tat gleichen, irgendetwas, das Ihre Theorie untermauert.«

Nachdem Marin und Carmela gegangen waren, trat Beppe Bomba neben De Santis und klappte den Aktenordner auf.

»Das Wichtigste zum Schluss«, sagte er mit ausladender Geste. »Fast hättet Ihr mich um den Überraschungseffekt gebracht.« Er schlug die Unterlagen aus der Kriminaltechnik um und präsentierte eine Klarsichthülle voller quietschbunter Zettel.

»Was ist das?«

»Frisch aus der Druckerei. Mein Onkel hat sich selbst übertroffen.«

Auf glitzernden Scheinen, groß wie Banknoten, strahlten die Gesichter von Carmela und Marin, umrahmt von einem Herzen aus roten Rosen. So kitschig, dass es fast schon wieder raffiniert wirkte. Bomba betrachtete De Santis erwartungsvoll.

»Toll«, sagte der.

»Toll? Wie viele nehmt Ihr?«

Jetzt verstand der Kommissar. Vor ihm lagen die Rubbellose, die Bomba zugunsten des jungen Brautpaares hatte drucken lassen. »Was kosten sie denn?«

»Fünf Euro das Stück.«

»Oha.«

»Ist für einen guten Zweck. Und es gibt eine ganze Reihe von Sachpreisen, sogar eine Busreise nach Sizilien. Drei Tage, zwei Personen.«

»Ich nehme vier«, sagte De Santis und legte das Geld auf den Aktenordner. Um Beppe Bombas Enttäuschung abzufedern, fügte er hinzu: »Fürs Erste. Mich freut jedenfalls, dass du dich als fairer Verlierer erweist, Marin zu unterstützen …«

»Ehrensache«, schnitt Bomba seinem Vorgesetzten das Wort ab. »Ich gebe Euch noch einige auf Kommission mit. Bei Eurem tadellosen Ruf wird man sie Euch aus der Hand reißen.«

Eben, dachte De Santis und winkte dankend ab. Er hatte angefangen, mit einer Münze das erste Los freizukratzen. Unter der dünnen Metallschicht kamen graue Buchstaben zum Vorschein: CARMELA UND MARIO DANKEN! Er rubbelte weiter. Drei Lose, drei weitere Nieten.

»Seid froh«, meinte Bomba, »Pech im Spiel, Glück in der Liebe.«

18

Eine halbe Stunde später saß De Santis auf der Fähre, ließ sich den warmen Wind um die Nase wehen und sah zu, wie sich die Insel Capri allmählich aus dem Dunst abhob, wie über die grau gezackte Gipfellinie goldenes Licht herabfloss und Wälder, Häuser, Gärten zum Leuchten brachte.

Als der Schub der Dieselmotoren nachließ und der weiße Bug auf die Hafeneinfahrt zusteuerte, spürte der Kommissar ein bohrendes Unbehagen. Er dachte an Arianna, die er jetzt verhören musste. Aber sein Unbehagen saß tiefer. Die Ankerkette rutschte rasselnd durch den Stahlrumpf, die Fähre drehte langsam mit dem Heck an der Mole bei.

Es tut mir leid. Was tat ihr leid? Eine Stimme hatte ihn gewarnt. Das war die Quittung. Aber die letzte Nacht war kein Drogentrip, keine Illusion gewesen. Wieso hätte Diana sich ihm hingeben, ihm etwas vormachen sollen? Er wollte sie anrufen – und verbot es sich.

Er nahm seine Aktentasche und den Rollkoffer und stürzte sich in den Trubel der Touristen.

An der Villa wurde ihm von Frau Sgarbanti geöffnet. »Neuigkeiten?«, fragte sie.

»Ich muss noch einmal mit Arianna sprechen. Und mit dem Sammler, der Gabrieles Bilder kaufen wollte. Ein Araber. Haben Sie seine Kontaktdaten?«

»Ich fürchte, ich weiß nicht, wen Sie meinen. Und Arianna wird gleich gebraucht.«

»Wobei?«

Edvige Sgarbanti deutete auf die steile Treppe, die vom Eingang hinauf in den ersten Stock führte. »Wir versuchen, so etwas wie Normalität herzustellen. Die Schüler sind oben.«

Sie ging voraus und führte den Kommissar durch das Obergeschoss, von dem aus man auf das Blätterdach des Klostergartens sah.

»Mein Mann hält gerade eine kurze Ansprache«, sagte sie.

Sie traten in ein großes Atelier, in dem die Schüler an Zeichentischen saßen. Giancarlo Sgarbanti stand auf einem Podest und sprach klar, leise, eindringlich: »Die Kunst ist unser Weg, mit dem Schmerz umzugehen, ihm so etwas wie einen Sinn zu geben. Die großen Religionen glauben, Leid sei eine Prüfung für uns, ein Weg zur Reifung. Er kann ein Antrieb sein, eine Inspiration.«

Die Klasse lauschte gebannt und schien durch seine sanften Gesten und die Kraft der einfachen Worte getröstet.

»Ich würde jetzt Arianna bitten, nach vorne zu kommen«, schloss er.

Arianna starrte aus dem Fenster und rührte sich nicht.

»Arianna?«

Sie drehte den Kopf nach vorne und fixierte Sgarbanti. »Ich kann nicht«, sagte sie kalt.

»Was heißt das?«

»Ich stehe als Aktmodell nicht zur Verfügung.«

»Es ist verständlich, dass du heute …«

»Ich rede nicht nur von heute. Suchen Sie sich jemand anderen.«

Sgarbanti wirkte verdutzt, mehr noch, er rang so etwas wie Zorn und Demütigung nieder.

Der Kommissar ging nach vorne und unterbrach das peinliche Schweigen. »Ich bin Franco De Santis«, fing er an. Er erklärte, dass er für die Ermittlungen zum Tod Gabriele Cerriellos zuständig sei und jeder Bewohner der Villa telefonisch befragt werde. »Dies vorab: Haben Sie jemals diesen Mann gesehen, hier auf dem Gelände, auf Capri, wo auch immer?«

Er hob ein vergrößertes Porträtfoto von Lorenzo Barbagiovanni hoch. Er blickte in gut ein Dutzend Gesichter, in die unterschiedlichsten Physiognomien, in europäische und asiatische, nordische und mediterrane Gesichtszüge – ihre Mienen drückten durchweg dasselbe aus: Ratlosigkeit.

Dann bat De Santis Arianna mit einer Geste vor die Tür. Sie wollte an die frische Luft, also gingen sie hinaus auf die Terrasse, über die der Scirocco wie ein heißer Fön blies. Die Mittagssonne zerschnitt das Gelände in harte Kontraste, ließ die Luft flirren. Sie suchten sich einen Tisch unter einem Sonnenschirm.

»Warum wollen Sie nicht mehr Modell stehen?«

Sie schwieg.

»Aus demselben Grund, aus dem Sie nicht wollten, dass Aktbilder von Ihnen bei Henrichs ausgestellt werden?«

Sie blickte De Santis verwirrt an. »Was meinen Sie?«

Der Kommissar betrachtete ihr androgynes Gesicht.

Spröde, fast hart, aber die Fassade schien dünn zu sein. »Sie hatten Streit mit Gabriele, stimmt's?«, fragte er.

»Nein.«

»Henrichs wollte dreiundzwanzig Werke von Gabriele. Die beiden waren sich einig. Und dann zieht Gabriele auf einmal fünf Bilder zurück, alles droht zu platzen. Warum tut Gabriele das? Was ist ihm wichtiger als die Karriere? Sie?«

»Was hat das eine mit dem anderen zu tun?«

»Die fünf Gemälde, die er zurückzog, waren allesamt Akte von Ihnen.«

»Gabriele war nicht zufrieden mit den Bildern.«

»*Sie* waren nicht zufrieden damit. Ich glaube, Sie haben verlangt, dass er sie vernichtet. Sie wollten nicht so dargestellt werden. Als Objekt. Entblößt.«

Sie schüttelte den Kopf. »Sie haben nichts verstanden.«

»Dann helfen Sie mir auf die Sprünge, verdammt. Verstehen Sie nicht, dass Sie die Hauptverdächtige in einem Mordfall sind? *Um zwei Uhr, du weißt, wo, mein Geliebter. Arianna.*«

Entweder war sie eine perfekte Schauspielerin, oder sie hatte die Worte nie gehört. Denn sie fragte fast gelangweilt: »Was soll das?«

»So lautet die SMS, die Sie Gabriele geschickt haben. Die SMS, die ihn an den Tatort gelockt hat. Wir haben sein Handy sichergestellt. Hier ...« Er zeigte ihr die Transkription.

Sie verdrehte die Augen. »›Mein Geliebter‹, das ist pathetisch, so etwas würde ich nie schreiben. Die SMS stammt nicht von mir.«

»Dann geben Sie mir Ihr Handy, und wir lassen es von der Kriminaltechnik untersuchen.«

»Nein. Ich habe mit Gabrieles Tod nichts zu tun.« Sie war laut geworden.

»Und warum wollen Sie nicht mehr Modell stehen?«

»Weil ich mich nicht mehr ausnutzen und auf den Arm nehmen lasse.«

»Das verstehe ich auch nicht, tut mir leid.«

»Ich werde hier Jahr für Jahr mit meiner Mappe angenommen, zahle nicht, wie mancher andere, die Aufnahmegebühr, aber man will mich nicht als Künstlerin, sondern nur als Nacktmodell, verstehen Sie? Am Ende bin ich die billigste und bequemste Lösung.«

Warum hatte sie das ausgerechnet jetzt gemerkt? Hatte Gabriele ihr die Augen geöffnet? Hatte er ihr ins Gesicht gesagt, dass sie kein Talent hatte?

»Waren Sie auf Gabrieles Erfolg neidisch?«

»Ich habe seine Bilder gesehen – und meine. Es war nicht leicht, Tag für Tag diese Vergleiche anzustellen und sich weiter zu belügen.«

Ein Windzug strich über das saftige Gras, warf silbrige Wellen. Der Park war menschenleer, und die Pfauen zogen träge ihre Schleppen hinter sich her.

»Das erklärt immer noch nicht, warum Gabriele die Bilder von Ihnen vernichtet hat.«

»Je besser ich dich kennenlerne, sagte er, desto oberflächlicher erscheinen sie. Ich schäme mich. Er hat mich sogar um Verzeihung gebeten.«

Das klang aufrichtig.

»Wer hatte Zugriff auf Ihr Handy?«

»In der Nacht kein Mensch.«

»Und tagsüber?«

»Haben Sie die Kiste gesehen, die am Eingang des Ateliersaals steht?«

De Santis schüttelte den Kopf.

»Da legen wir die Telefone vor dem Unterricht rein. Eigentlich kann sich dort jeder bedienen.«

De Santis drehte sich im Kreis. Es war zum Verrücktwerden.

»Bei dem Empfang, auf dem Gabriele präsentiert wurde, gab es sogar einen Kaufinteressenten.«

»Ja.«

»Für welche Bilder?«

Sie zögerte.

»Lassen Sie mich raten«, sagte De Santis. »Die Akte.«

»Auch.«

»Kommen Sie mit«, sagte der Kommissar.

»Wohin?«

Er stand auf und gebot ihr, ihm zu folgen. Sie gingen in den Flur, die Treppe hinunter, aber als sie sich Gabrieles Zimmer näherten, sträubte sie sich.

»Ich will da nicht rein.«

»Sie werden mir helfen.«

Er riss die Dienstsiegel an der Tür ab und hielt sie fest.

»Sie tun mir weh. Das dürfen Sie nicht.«

»Bleiben Sie auf der Schwelle stehen«, sagte er und fing an, die Bilder durchzublättern, die an die Wand gelehnt waren. Landschaften, Stillleben, abstrakte Kompositionen. Nirgendwo war ein Akt von Arianna.

»Wo sind sie?«

Sie schüttelte den Kopf.

»Hat er sie dem Araber verkauft?«

»Ich weiß es nicht.«

»Warum lügen Sie mich an?« De Santis war laut geworden. »Ich versuche Ihnen zu glauben, aber sie müssen mir helfen, verdammt.«

Sie schluchzte, an den Türrahmen gelehnt. »Warum quälen ... Sie mich?«

»Wer war der Sammler?«

»Ein schmieriger Typ.«

»Ich brauche den Namen.«

»Den kenne ich nicht. Lassen Sie mich gehen.«

Sie schien kurz vor einem Zusammenbruch zu stehen. Er betrachtete sie. Zu einem Mord war sie nicht fähig, nicht zu einer derart bestialischen Tat, zu der man reichlich Kraft brauchte. Er nickte, und sie schlich heftig schluchzend durch den Flur. Er durchsuchte Mappen und Bilderrahmen, auch mögliche Verstecke. Die Akte waren nicht da. Er setzte sich an Gabrieles Schreibtisch und holte die Transkriptionen aller SMS zwischen den beiden hervor. *Mein Freund, lange habe ich nachgedacht über uns ... – Mein Freund, ich denke an dich. Tag und Nacht.* Vieles klang verliebt, aber nirgendwo nannte sie ihn *Geliebter*. Sie hatte also die Wahrheit gesagt. Aber warum gab Arianna nicht einfach zu, dass sie ein Liebespaar gewesen waren?

Sein Handy klingelte, und er war überrascht, Edvige Sgarbantis Stimme zu hören. »Sie hatten mich nach einem Araber gefragt, der auf dem Empfang war«, fing sie an. »Ich glaube, ich kann Ihnen doch weiterhelfen.«

19

De Santis brachte wieder die Dienstsiegel an Gabrieles Tür an, dann machte er sich auf den Weg zum Hinterausgang. Frau Sgarbanti erwartete ihn in ihrem »Pavillon«.

»Kommen Sie einfach hoch. Ich versuche nur, auf andere Gedanken zu kommen«, hatte sie gesagt.

Aber so einfach war es nicht, zu Frau Sgarbanti hoch zu kommen. De Santis musste den ganzen Hang erklimmen. Zuerst über die Felder, durch den weitläufigen Park und dann durch dichten Pinien- und Steineichenwald. Es wurde zunehmend kühl und finster, außer Vogelstimmen, knackenden Ästen und dem Rauschen der Baumkronen war kein Laut mehr zu hören. Plötzlich führte der Pfad in gleißendes Licht, über befestigte Stufen gelangte man auf ein Felsplateau, über das der Wind pfiff. In der Mitte thronte ein achteckiger verglaster Pavillon, in dem Frau Sgarbantis Silhouette zu erkennen war.

»Treten Sie ein«, sagte sie freundlich.

Sie stand barfuß in einem Sommerkleid vor einem Piedestal und modellierte aus Ton den Kopf eines alten Mannes, eine an einen Balken gepinnte Fotografie als Vorlage verwendend. Der Wind sang in den Winkeln des schmiedeeisernen Baus, und man hätte sich unbehaust gefühlt in dem zerbrechlichen Glas, wäre da nicht der sagenhafte

Ausblick gewesen: In der Ferne ragten die Amalfiküste und der Vesuv wie Traumbilder aus dem Blau auf.

»Wer ist das?«, fragte De Santis, auf die Büste weisend.

»Mein Vater. Gefällt Ihnen die Skulptur?«

»Ja, sicher.«

»Aber?«

»Ich bin etwas erstaunt. Bei Ihrem Lebenslauf hatte ich mir einen wilderen Stil vorgestellt, Happenings mit Ochsenblut, Künstler, die sich auf der Leinwand wälzen.«

Sie lachte. »Sie machen sich über unsere Arbeit lustig.«

»Nein. Ich habe nur meine Hausaufgaben gemacht und habe Ihre wilde Phase gesehen.«

Der Raum war mit Büsten vollgestellt. Verkniffene Greise und engelhafte Kinder, derbe, vergeistigte, gewöhnliche und außergewöhnliche Physiognomien.

»Sie wollten mir die Kontaktdaten des Sammlers geben.«

»Ach ja, sicher.«

Sie erhob sich von ihrem Schemel und ging zu einem Beistelltisch, der mit Farbe und Ton bekleckert war. Aus einer Schublade holte sie einen handgeschriebenen Zettel. »Er war nicht offiziell geladen. Ich habe den Militärattaché erreicht, und er hat mir die Nummer seines Freundes gegeben.« Im Gegenlicht konnte man die Silhouette ihres formvollendeten Körpers sehen, die schlanke Taille, die kleinen Brüste. Warum hatte sie ihn extra hier heraufsteigen lassen? Warum hatte sie ihm die Informationen nicht einfach am Telefon geben wollen?

Auch die Feierlichkeit, mit der sie ihm den Zettel in die Hand drückte und ihm in die Augen sah, erschien übertrieben.

»Finden Sie den Mörder, ich bitte Sie.«

»Nichts anderes versuche ich.«

»Ich werde Ihnen helfen, so gut ich kann.«

»Sie mochten Gabriele, oder?«

Sie rückte etwas von ihm ab und meinte: »Das sagte ich bereits.«

»Hatten Sie auch privat Kontakt?«

Jetzt hielt sie mit ihrer Arbeit inne und griff nach einem Lumpen. »Was meinen Sie damit?«

»Ob es eine private Freundschaft gab zwischen Gabriele und Ihnen beiden, Ihnen und Ihrem Mann. Das kommt vor zwischen Studenten und Professoren.« Er zögerte einen Moment, und dann sagte er es doch: »Bei Daniele D'Astori war es ähnlich.«

Sie warf wütend den Lumpen auf einen Beistelltisch. »Das ist es also? Wegen dieser alten Geschichte sind Sie hier? Wegen dummer Gerüchte?«

Der Kommissar schüttelte den Kopf. »Ich bin hier, weil Sie mich angerufen haben. Erklären Sie mir, was damals vorgefallen ist, und die Sache ist für mich erledigt.«

»Das habe ich schon erklärt, Ihren Kollegen damals. Wir waren auf einer Überfahrt nach Sardinien und hatten uns in Schichten eingeteilt. Ich lag mit meinem Mann unten in der Koje, Daniele hatte Ruderwache, und wahrscheinlich hatte er ein dringendes Bedürfnis, wollte über die Reling pinkeln, wie Männer das gerne machen beim Segeln. Er muss seine Sicherungsgurte gelöst haben, eine heftige Welle, ein Sekundenbruchteil, so schnell kann man gar nicht reagieren, nicht einmal schreien. Und da war er wohl schon über Bord.«

»Und Sie haben nicht gemerkt, dass die Jacht vom Kurs abkam?«

»Er hatte den Autopiloten eingeschaltet. Als unser

Wecker klingelte, weil Giancarlo ihn ablösen wollte, war das Deck verlassen. Keine Spur, nichts. Wir verständigten die Küstenwache, rekonstruierten, wo er den Autopiloten eingeschaltet haben musste. Wie kehrten um, fanden ihn aber nicht. Kein Wunder, wir brauchten fast einen Tag. Und bei vier Meter hohen Wellen, achtzehn Knoten Wind – selbst wenn er noch geschrien haben sollte, das hört man keine zwanzig Meter weit.«

Das klang plausibel. Es konnte aber auch ein perfekter Mord sein. Auf dem offenen Meer ein Opfer über Bord zu stoßen.

»Hatte Ihr Mann einen Grund, eifersüchtig zu sein?«

»Nein.«

»Hatte er bei Gabriele einen Grund?«

»Nein.« Der Zorn war ihr zu Kopf gestiegen, ihre feinen Finger zitterten. »Anstatt solche unverschämten Anschuldigungen aufzustellen, sollten Sie lieber den Mörder von Gabriele finden.«

Sie wandte De Santis den Rücken zu, nahm einen Holzspatel in die Hand und begann, die Augenhöhlen der Büste zu glätten. Aber kaum hatte sie die ersten Bewegungen ausgeführt, fiel ihr der Spatel zu Boden. Statt ihn aufzuheben, lief sie hinter einen Vorhang, als wollte sie sich verstecken.

De Santis öffnete die Glastür, die der Wind ihm fast aus der Hand gerissen hätte, dann trat er hinaus ins Sonnenlicht und stieg die Stufen im Fels hinab. Er duckte sich hinter einen Steinbrocken und wartete, bis Frau Sgarbanti auf ihren Schemel zurückkehrte. Sie hatte sich schon wieder beruhigt, kaute auf einem Energieriegel und schien ihren Ärger vergessen zu haben. Oder war es Angst gewesen?

20

Als er den schützenden Wald erreichte, zündete er sich eine Zigarette an und wählte die Nummer, die Edvige Sgarbanti ihm gegeben hatte. *Mohammad Al-Amine* stand dahinter.

Eine Stimme antwortete auf Englisch, mit arabischem Akzent.

»Herr Al-Amine?«, fragte De Santis und setzte sich auf einen umgestürzten Baum, dessen Rinde nach Moos und feuchtem Laub duftete.

»Ich bin sein Referent.«

De Santis stellte sich vor, mit Rang und Namen. Nach einiger Zeit wurde das Handy weitergereicht, und eine andere Stimme meldete sich.

»Mohammad Al-Amine?«, fragte De Santis.

»Wie kann ich Ihnen helfen?«

»Sie haben die Bekanntschaft eines gewissen Gabriele Cerriello gemacht?«

Man hörte ein sanftes Brummen, gedämpfte weibliche Stimmen, die aufschrien, als es zischte, als hätte jemand Wasser über glühende Kohlen gegossen. Der Mann polterte auf Arabisch, lachte und sagte dann: »Ja, habe ich.«

»Wann und wo?«

»Auf Capri, das war …«

»Am Donnerstagabend auf dem Empfang in der Villa Paradiso.«

»Ja.«

»Sie hatten Interesse an mehreren seiner Bilder, ist das richtig?«

»Ja.«

»Und um welche Bilder handelte es sich?«

»Mir gefiel eigentlich alles, was ich sah.«

»Und im Besonderen?«

Er dachte nach und sagte dann: »Am liebsten hätte ich alles gekauft.«

»Haben Sie es getan?«

Der Araber lachte. »Für wen halten Sie mich?«

»Einen Sammler.«

»Ich pflege meine Investitionen zu streuen.«

»Und wofür haben Sie sich entschieden?«

»Leider für gar nichts.«

»Wieso?«

»Wir kamen ins Gespräch, ein sehr sympathischer junger Mann. Aber er wurde regelrecht belagert an dem Abend. Am Ende, als ich ihn noch einmal ansprach und den Handel abschließen wollte, hatte er plötzlich seine Meinung geändert.«

»Wollte er die Bilder jemand anderem verkaufen?«

»Nein. Er sagte, er stehe bei einem Galeristen im Wort …«

»John Henrichs.«

»Kann sein. Jedenfalls meinte er, ich müsse mich an die Galerie wenden, sie habe seine Exklusivvertretung.«

»Und haben Sie das getan?«

»Noch nicht.«

»Warum nicht?«

Al-Amine zögerte einen Moment. »Wenn ein Galerist sie vermarktet, sind es keine Schnäppchen mehr.«

»Also wollten Sie ein Geschäft machen?«

»Wie gesagt, ich investiere in Kunst.«

»Und haben am Ende nichts gekauft.«

»Ich halte die Augen offen. Vielleicht ergibt sich morgen etwas.«

»Wo?«

»Bei der nächsten Präsentation. Man darf nicht versuchen, die Dinge festzuhalten. Es verstellt den Blick auf Neues.«

De Santis stand auf und trat die Zigarette aus. Gabriele hatte sich für Henrichs entschieden, hatte einige Bilder vernichtet, von denen er nicht überzeugt war. Das war's dann mit dem Mordmotiv.

Er bog vom Pfad ab und arbeitete sich durchs Unterholz, bis er auf einen alten verrosteten Grenzzaun stieß. Er folgte diesem bergab, durch dichten Wald, durch Brombeergesträuch, Ginster und Macchia. Der Zaun hatte Sensoren, aber er war löchrig, einige Stützpfosten umgetreten. Man konnte also problemlos in das Gelände ein- oder aussteigen.

Er kam zurück an die Villa und hörte Stühlerücken und Geschirr, in der Mensa wurde wohl das Mittagessen beendet.

Er hatte einen leeren Magen, schlechte Laune und wusste nicht recht weiter. Also rief er in seiner Abteilung an. Bomba meldete, die Befragungen seien schon weit fortgeschritten. »Uns fehlen noch sieben Studenten und die Mutter von Sciatarra«, sagte der Ispettore.

»Versuch, die Angaben zu kreuzen. Die Bewohner müssen sich beim Ausbruch des Alarms und bei der Suche gegenseitig gesehen haben, außerdem waren sie in Zweiergruppen unterwegs. Erstell mir eine Übersicht, und dann melde dich wieder.«

»Das kann eine Weile dauern, Chef.«

»Dann dauert es eben. Haben wir wenigstens neue Ergebnisse aus KTU oder Gerichtsmedizin?«

»Nein.«

Sie waren an einem toten Punkt. Und der Kommissar war mal wieder auf sich allein gestellt. Elvira Barbarossa hatte noch immer keinen Durchsuchungsbefehl für Gabrieles Zimmer geschickt. Aber wenn man sie an so etwas erinnerte, schaltete sie auf stur. Und von Moncini und der Küstenwache hatte er auch nichts gehört. Er setzte sich auf eine Parkbank und wählte Alessandro Moncinis Nummer.

»Meine Cousine hat mir schon gesagt, dass Sie wieder da sind. Neuigkeiten?«, fragte dieser in aufgeräumtem Ton.

»Das frage ich Sie. Was haben Ihre Leute unten an den Klippen gefunden?«

»Die Küstenwache konnte uns noch kein Boot zur Verfügung stellen, aber ...«

De Santis atmete einmal tief ein und aus. »Wir warten jetzt schon den dritten Tag. Ich kümmere mich selbst darum«, sagte er.

»Nicht nötig. Der Kommandant ist mein Freund. Er hat es mir für heute versprochen, darauf ist Verlass. Hundertprozentig. Er mag es nicht, wenn man ihn bedrängt.«

De Santis' war es ziemlich egal, was der Mann mochte und was nicht.

»Was halten Sie von sechzehn Uhr?«, fragte Moncini plötzlich.

»Einverstanden«, sagte De Santis. Damit blieb ihm genügend Zeit, etwas zu essen.

Er ließ noch einmal den Blick über das weitläufige Gelände schweifen, über das Gärtnerhäuschen, die Äcker, die Obstwiesen und den Wald, der sich bis an den Fuß der Kalkgipfel zog. Um 2:07 Uhr war der Alarm losgegangen, in der Nacht, in der man Gabriele umgebracht hatte. Das war kein Zufall, dachte er. Fünfzehn Minuten reichten, um hinunter an den Tatort zu gelangen. In dem allgemeinen Chaos konnte man sich leicht für eine halbe Stunde aus dem Staub machen.

Sicher würden sie in einem der Alibis eine Lücke von einer halben Stunde finden. Dort mussten sie dann neu ansetzen. Und was war eigentlich mit den Sgarbantis? Wo war die Frau während der Suche gewesen? Warum hatte sie so gereizt auf De Santis' Fragen zu dem Segelunfall reagiert?

Er rief in der Questura an und fragte sich durch die Abteilungen, bis er den Kollegen an den Hörer bekam, der vor vier Jahren den Fall bearbeitet hatte.

»Daniele D'Astori? Sagt mir nichts«, antwortete der Kommissar mit einer rauchigen, gelangweilten Stimme.

»Er starb bei einem Unfall auf See, fiel von Bord einer Jacht, die dem Ehepaar Sgarbanti gehörte.«

Der Kollege pfiff durch die Zähne. »Sag's doch gleich. Edvige Sgarbanti. Das sagt mir etwas.«

»Sie war verdächtig?«

»Sie war die attraktivste Zeugin, die ich je befragt habe. Und das fand wohl auch das Opfer, dieser Daniele D'Astori.«

»Was soll das heißen?«

Der Kollege seufzte. »Es waren nur Gerüchte.«

»Was für Gerüchte?«

»Hör zu, das ist nicht aktenkundig, Gerede, das ich aufgeschnappt hatte. Die Professorin und ihr Eleve sollen eine Schwäche füreinander gehabt haben.«

»Eine intime Beziehung?«

»Ich weiß nichts Genaues.«

»Gab es damals Hinweise auf Fremdverschulden?«

»Nein. Die Angaben der Sgarbantis deckten sich mit den Aufzeichnungen des Navigationssystems, hundertprozentig. Auch Wetter- und Strömungsverhalten der See passten zum Fundort der Leiche. Keine Spuren von äußerer Gewalt.«

»Kannst du mir trotzdem die Akte schicken?«

Der Kollege stöhnte. »Sie liegt im Archiv.«

»Dann gib mir das Aktenzeichen, ich kümmere mich selbst darum.«

»Das klingt schon besser. Und grüß mir Edvige Sgarbanti!« Der Kollege lachte und legte auf.

Die Vögel sangen, die Zikaden zirpten, ein lauer Wind trug den Geruch von Erde und Meer, Blüten und Pinienharz heran. De Santis saß da und rauchte. *Villa Paradiso*, dachte er, als sein Handy klingelte.

»Hallo.« Es war Diana. Er spürte seinen Puls im Hals, und eine wohlige Wärme kroch durch die Arme. Aber dann kam wieder der Ärger hoch.

»Hallo«, antwortete er trocken.

»Es tut mir leid«, sagte sie.

»Das habe ich bereits gelesen.«

»Du bist sauer.«

»Nein, aber das Ganze ist ein Irrsinn gewesen.«

»Wieso Irrsinn?«

»Oder Irrtum, nenn es, wie du willst. Du bist heute

Morgen aufgewacht, hast mich bei Tageslicht gesehen, einen zehn Jahre älteren Mann …«

»Vierzehn«, sagte sie. »Ich will es dir erklären …«

»Ich werde nicht nach Neapel zurückkehren.«

»Dann komme ich nach Capri. Heute ist probenfrei.«

Wollte sie ihn an- und abstellen wie eine Klimaanlage? Wieso rannte sie ihm hinterher, und dann wieder verschwand sie sang- und klanglos? »Heute Morgen war dir ein Satz der Erklärung zu viel, und jetzt … Ist das ein Spiel?«

»Bitte«, sagte sie. »Ich will nicht, dass du verletzt bist, nur weil ich Probleme habe.«

Probleme. Kannte er. Hatte er. Und was Diana ihm bescherte, schien alles zu übersteigen, was er bisher gemeistert hatte. Auch das, was er nicht gemeistert hatte.

»Ich könnte die Fähre um siebzehn Uhr fünfundvierzig nehmen«, sagte sie.

»Schön«, antwortete er und hätte sich dafür am liebsten auf den Kopf geschlagen.

Er ging durch das kühle Erdgeschoss der Villa und schob das schwere Holztor am Eingang auf. Inzwischen war es kurz vor zwei, die Sonne brannte vom Himmel, und der Scirocco hatte die Gassen leergefegt.

De Santis' Magen wollte beruhigt werden und folgte den betörenden Gerüchen, die aus den Restaurants zogen. Die Preise auf den Speisekarten waren allerdings horrend, und wo die Preise fehlten, konnte man sie sich ausmalen.

Er kam an die Busstation am Ortsausgang und fuhr hinunter in den Hafen, wo es einfachere Pizzerien geben sollte. Ein Tisch am Ende einer Mole wurde frei, und er setzte sich, um seine Lieblingspizza zu essen: *Salsiccia und friarielli.* Der Duft aus dem Holzofen, die Stimmen der Kellner und das Gewimmel der Boote versetzten ihn gleich wieder in eine andere Stimmung. Man schien das Leben Neapels aufs funkelnde Blau des Meeres verlegt zu haben, das vermeintliche Chaos folgte einer geheimen Choreografie, die jeden Augenblick neu ausgehandelt wurde. Der Kellner war erfreut, einen Neapolitaner zu bewirten, der Pizzateig war auf den Punkt gebacken und mit der vollendeten Mischung aus deftiger Salsiccia und bitterem Gemüse belegt. De Santis war versöhnt mit dem Tag.

Als er bezahlt hatte, blieb ihm noch Zeit, um die Marina mit den Privatjachten anzuschauen. Auch das Boot der Sgarbantis, eine Benneteau von 45 Fuß Länge, musste hier liegen. Das Klingeln der Stahlseile, das Knarren der Fender und Taue war eine Einstimmung auf die Fahrt mit der Küstenwache. Zwischen den Ein- und Zweimastern, den schneeweißen Motorjachten und Katamaranen erwartete ihn jedoch eine Überraschung. Da lag, mit dem Heck zur Mole, sorgfältig vertäut, ein schlankes Holzboot mit Polstersitzen, Lenkrad, zweigeteilter Windschutzscheibe und antiquierten Bordinstrumenten. Eine Riva. War es dieselbe, die er bereits draußen auf dem Wasser gesehen hatte? Man erkannte in allen Details die Hand des Liebhabers: keine billigen Ersatzteile, das Mintgrün der Polster war der Originalton der Siebzigerjahre. Das Erstaunlichste aber war der Mann, der sich in kurzer Hose und fleckigem Hemd an einer Persenning zu schaffen machte. Es war Camillo Sciatarra, der Gärtner der Villa Paradiso.

»Kompliment«, sagte der Kommissar. »Ihr Chef hat Geschmack.«

Der Mann richtete sich auf und sah ihn verwirrt an.

»Und er hat Glück, dass er einen so vielseitigen Angestellten hat«, fügte De Santis an.

»Welcher Chef? Der Professor mag etwas von Malerei verstehen, aber sicher nicht von Bootstechnik«, sagte Sciatarra verächtlich.

»Ich dachte ...«

»Die Riva hat Lord Sterringham erworben. Der frühere Eigentümer des Anwesens.«

»Aber Sie waren es, der das Boot restauriert hat?«

Sciatarra nickte befriedigt.

»Wie viele Stunden Arbeit?«

Der Gärtner ließ einen zärtlichen Blick über das glänzende Teakholz gleiten. »Wer das als Arbeit betrachtet, sollte es bleiben lassen.«

»Eine Junior?«

»Super Ariston«, sagte Sciatarra.

»V-8-Motor?«

»Was sonst?«

»1974?«

Der Gärtner war überrascht. »Woher wissen Sie das?«

»Ich habe nur geraten.«

Sciatarra tippte auf eine Messingplakette neben dem Zündschlüssel. »Fabrikationsnummer 189, das letzte Exemplar der Baureihe. Sterringham hatte Glück. Oder auch nicht, er hatte sie schon lange vorbestellt.«

De Santis hatte eigentlich nichts übrig für Luxus, aber für eine Riva hätte er eine Ausnahme gemacht. Er riss sich von dem Anblick los und kehrte zum Hauptbecken zurück.

21

Der Kommandant der Küstenwache begrüßte De Santis mit kräftigem Handschlag. »Alessandro lässt sich entschuldigen«, fing er an. »Ihm ist etwas dazwischengekommen.«

De Santis vermisste ihn nicht, stieg in das schwankende Schlauchboot und setzte sich auf den gepolsterten Hocker im Cockpit.

»Ich sage Ihnen gleich, dass wir an den Klippen wahrscheinlich nicht anlanden können.«

»Wir werden es probieren.«

Der Offizier gab Gas, steuerte das Boot behutsam durch den Verkehr, und kaum hatte er das Ende der Mole erreicht, ließ er den Außenborder aufheulen. Diesmal genoss De Santis die Brise und die harten Schläge auf den glitzernden Wellen. Sie kamen um eine Felsspitze und steuerten die Bucht mit der Marina Piccola an, neben der sich die Via Krupp, die berühmte Serpentinenstraße, wie eine mehrfach gewundene Peitsche in den Fels schnitt. Davor ankerten Jachten, überragt von einer grauen Wand, riesig wie ein Wolkenkratzer und unnahbar wie eine Kriegsfregatte. In schwarzen Lettern stand *Olimpia* am Bug. Mit ihren fünf Etagen aus schwarz getönten Bullaugen, der Plattform mit dem kleinen Helikopter und dem Gewusel der Crew, die in dunklen Uniformen die Decks reinigte, wirkte sie wie ein Staat im Staate, eine Beleidigung für den gesunden Menschenverstand – und für das Meer.

Auch der Kommandant schüttelte missbilligend den Kopf. »Wenn Sie sich an der Tankstelle über die Preise ärgern, wissen Sie wenigstens, wofür Sie bluten«, meinte er.

»Ich ärgere mich hier schon«, antwortete De Santis lachend.

Doch dann nahmen seine Gedanken eine neue Richtung. Die Jacht, die Riva ... Plötzlich hatte er eine Eingebung, sein Puls fing an zu rasen. »Wer ist der Eigner?«, fragte De Santis.

»Sicher ein Ölscheich. Wir können nachsehen.« Der Kommandant aktivierte das Navigationssystem im Cockpit, in dessen roter Grafik der Küstenabschnitt aufleuchtete. »Das alte Radarsystem konnte das nicht«, sagte er und drückte auf ein Dreieck, neben dem sich ein Menü aufklappte, in dem Antriebsart des Wasserfahrzeugs, Nationalität, Bootstyp, Kurs und Eigner angezeigt wurden.

»Es gehört einer Holding aus Katar.«

»Drehen Sie mal bei«, sagte der Kommissar.

Sie gingen an der Plattform längsseits, die seitlich am Rumpf der Jacht lag. Knapp über der Wasserlinie stand eine Art Garagentor offen, hinter dem eine getönte Glasfront lag. Dort hatte die Riva getrieben. Die Riva, um die Sciatarra sich kümmerte? Ein Sicherheitsmann stand an der Reling und starrte sie an.

De Santis hielt ihm den Dienstausweis vor die Nase und fragte dann: »War dieser Mann kürzlich bei Ihnen an Bord?« Er zeigte das Bild Camillo Sciatarras auf seinem Handydisplay vor.

»Kenne ich nicht«, antwortete der Sicherheitsmann auf Englisch, ohne einen Blick darauf zu werfen.

»Ich müsste mit Mohammad Al-Amine sprechen.«

Der Wachmann sprach kurz auf Arabisch in ein Walkie-Talkie, und De Santis spürte, dass er einen Treffer gelandet hatte. Der Mann schob die gläserne Schiebetür auf und verschwand. Das Wasser gluckste unter dem Rumpf des Schlauchboots, die Pumpen der Jacht brummten. Es war das Brummen, das er durchs Handy gehört hatte.

»Das wird nicht einfach«, meinte der Kommandant.

Der Wachmann kam zurück und sagte: »Zehn Minuten, mehr nicht.« Als der Kommissar auf die Plattform stieg, blockte er ihn, indem er die flache Hand auf seine Brust legte. »Die Waffe.«

Was bildete der Kerl sich ein? Der Kahn, er konnte noch so groß sein, befand sich in italienischen Hoheitsgewässern. Aber De Santis schluckte seinen Groll hinunter, nahm seine Beretta aus dem Holster und reichte sie dem Kommandanten aufs Schlauchboot.

Dann folgte er dem Mann ins Innere der Jacht, in eine sanft gedimmte Welt, durch mit Chrom, Leder und Mahagoni ausgekleidete Kabinengänge, in denen leise Sphärenklänge und der Duft nach Fichtennadeln und Sandelholz hingen.

Man ließ De Santis in einen Salon eintreten, so groß wie ein Ballsaal, mit Polstergarnituren, Billardtisch und Flachbildschirmen. Mehrere Fenster reichten bis unter die Wasserlinie, und in dem bläulichen Licht sah man Barsche und einen Schwarm von Sardinen, der silbrig glitzerte. Ein verschwitzter junger Mann im Bademantel, der sich das Haar mit der Kapuze trockenrieb, gab De Santis die Hand.

»Sind Sie Mohammad Al-Amine?«

Der Mann nickte und bot De Santis einen Platz auf einem der Ledersofas an.

»Wir haben vorhin telefoniert.«

»Ich dachte, ich hätte Ihre Fragen beantwortet. Möchten Sie etwas trinken?«, fragte er auf Englisch.

Der Kommissar lehnte mit einer Geste ab. »Sie kennen Camillo Sciatarra?«

Der Mann legte den Kopf schräg und zog eine ratlose Schnute.

De Santis zeigte ihm ein Foto. Al-Amine schüttelte den Kopf.

»Er war auf Ihrem Schiff.«

»Wissen Sie, wie viele Lieferanten täglich bei uns anlegen? Meine Crew ...«

»Ich glaube nicht, dass er mit Ihrer Crew verhandelt hat.«

Der Kommissar hatte einen Ton angeschlagen, der mit orientalischer Höflichkeit nicht harmonierte. Durch Al-Amine ging ein Ruck. Er schien nicht zu wissen, ob er De Santis amüsant oder impertinent finden sollte. »Darf ich erfahren, warum Sie dieser Mann interessiert?«

»Eine Ermittlung.«

Der Araber lächelte. »Ihre Antwort ist selbst für einen Menschen durchschnittlicher Intelligenz nicht befriedigend.«

»Es geht um die Bilder, die Sie von Gabriele Cerriello gekauft haben.«

Al-Amine lehnte sich zurück. »Wie gesagt: Ich habe keine Bilder von ihm gekauft.«

»Vielleicht nicht von ihm direkt.«

»Sie irren sich.«

De Santis glaubte ihm nicht. Er hatte keine andere Chance, als die Karten auf den Tisch zu legen.

»Sie sind ein wichtiger Zeuge«, sagte er.

»Wofür?«

»Gabriele Cerriello ist ermordet worden.«

Al-Amine ließ sich nicht anmerken, ob das für ihn eine Neuigkeit war. »Tut mir leid. Wie gesagt, er machte einen ausgesprochen sympathischen Eindruck.« Er sah auf die Uhr. »Wenn ich sonst nichts für Sie tun kann …«

De Santis wusste, dass er ihn nicht unter Druck setzen konnte. Niemals würde er wegen eines bloßen Verdachts einen Durchsuchungsbeschluss für die Jacht bekommen, auch nicht von Elvira Barbarossa. Aber er durfte jetzt nicht aufgeben. Er war dem Schlüssel des Falls ganz nah. Und der Schlüssel war vermutlich hier an Bord.

»Womit befasst sich Ihre Holding?«

»Wir versuchen, unser Engagement zu diversifizieren.«

»In welchen Branchen?«

»In allen, die wachstumsorientiert sind.«

»Wie der Kunstmarkt.«

»Das ist nur ein persönliches Steckenpferd. Wir versuchen, Anteile an Start-ups zu erwerben, wir fördern Forschung, Biotechnologie … Unser jetziger Reichtum gründet sich auf Öl, aber das ist endlich. Deshalb sind wir für alles offen. Vor allem wollen wir lernen. Die westliche Zivilisation ist uns technologisch voraus. Noch«, sagte er lächelnd.

»Und wie viel Ihres Engagements ist auf Italien konzentriert?«

»Nur ein Bruchteil. Ich liebe Ihr Land. Aber mit Liebe allein lassen sich keine Gewinne erzielen.«

»Sie können etwas für diese Liebe tun.«

»Gern.«

»Zeigen Sie mir Cerriellos Bilder.«

Er runzelte die Stirn, unangenehm berührt. De Santis hatte ihn indirekt der Lüge bezichtigt.

Er stand auf und sagte: »Ich habe noch eine Krafteinheit vor mir.« Er deutete eine Verneigung an und gab seinem Leibwächter, der laut- und reglos neben der Tür gewartet hatte, ein Zeichen, De Santis von Bord zu geleiten.

Als er die Bilder erwähnt hatte, war Al-Amines Reaktion eindeutig gewesen. »Falls Sie mit Camillo Sciatarra Geschäfte gemacht haben, tragen Sie eine Mitschuld.«

»Woran?«

»An einem Verbrechen.«

Der Mann blieb stehen und schlug die Lider nieder. Sein Körper spannte sich einen Moment, dann hob Al-Amine das Gesicht und präsentierte ein breites, süffisantes Lächeln. »Ich wünsche Ihnen weiterhin viel Erfolg.« Dann winkte er seinen Leibwächter herbei.

22

Als De Santis an die frische Luft kam, hielt er inne. Er musste seine Wut zügeln, um klar zu denken. Al-Amine hatte die Bilder. Todsicher. Und wahrscheinlich waren sie noch auf dem Schiff.

»Und?«, fragte der Kommandant.

»Wir müssen zurück in die Marina Grande.«

»Und die Klippen?«

»Morgen.«

Während der Offizier den Motor startete, fügten sich in De Santis' Kopf die Puzzleteile zusammen. Sciatarra, der Gärtner, war auf der *Olimpia* gewesen, er hatte nicht nur gelogen, er hatte Gabrieles Bilder unter der Hand verkauft. Er war ein Dieb, ein Hehler. Und weiter? War er auch ein Mörder? Hatte Gabriele ihn überrascht? Unter Druck gesetzt? Und hatte Sciatarra ihn deshalb eliminiert? Er konnte mit seinem Generalschlüssel überall ein- und ausgehen. Für ihn wäre es ein Leichtes gewesen, Gabrieles Tagebuch verschwinden zu lassen. Während das Schlauchboot wieder mit dem Bug auf die Wellen klatschte, rief De Santis Beppe Bomba an. »Chef, gut, dass Ihr Euch meldet«, sagte er. »Wir haben die Übersicht praktisch fertig, von den Studenten haben …«

»Bomba, das ist jetzt zweitrangig. Wir brauchen alles, was wir über Camillo Sciatarra finden können. Es gibt hier auf Capri ein Boot, *NA-42 312*, ich will wissen, auf wen es zugelassen ist, wer den Liegeplatz bezahlt, Autos, Immobilien, alles, was an Vermögenswerten auf die Familie Sciatarra registriert ist. Wie ist er an den Job in der Villa gekommen? Wie viel verdient er offiziell? Ist er schon einmal wegen Hehlerei oder ähnlicher Delikte auffällig geworden? Drogen- oder Alkoholprobleme und so weiter.«

»Aber …«

»Frag nicht.«

»Er hat sich an der Suche beteiligt, dafür haben wir Zeugen.«

»Eine Finte, man kann ungesehen vom Gelände verschwinden«, sagte De Santis. »Spann auch Marin und Carmela ein.«

Der Kommandant nahm die Fahrt heraus, das Kielwasser hob von hinten das Schlauchboot und schwappte gegen die mit Algen bewachsene Kaimauer. Aber da war De Santis schon an Land gesprungen.

Während er über die Mole rannte, spielte er Hypothesen durch, die immer weitere Kreise zogen: Falls Gabriele Sciatarras Schwindel aufgedeckt hatte, wieso hatte er niemanden eingeweiht? Oder hatte er die Sache den Sgarbantis gemeldet? War das Ehepaar vielleicht in die Geschäfte involviert? Sciatarra war vermutlich nicht in der Lage, einen so raffinierten Plan auszuhecken, weder für die Geschäfte noch für den Mord. *Was hat Sgarbanti davon?*, hatte De Santis den Galeristen John Henrichs gefragt. *Er gewinnt an Prestige*. Wahrscheinlich mehr als das.

De Santis hatte den Taxistand erreicht, er drängte sich, den Polizeiausweis in der Hand, an den wartenden Touristen vorbei und setzte sich ins vorderste Cabriolet. »Zum Kommissariat«, sagte er. Nachdem der Wagen gestartet war, rief er Moncini an. »Was wissen Sie über Camillo Sciatarra?«, fragte er zur Begrüßung.

»Er ist das Hausfaktotum in der Villa Paradiso.«

»Seit wann?

»Schon immer, er ist dort groß geworden.«

»Aber Sgarbanti führt die Villa doch erst seit einigen Jahren.«

»Sciatarras Mutter war schon vorher in dem Haus angestellt. Sie hatte als kleines Dienstmädchen bei Lord Sterringham angefangen, das war der Engländer, der das Lungensanatorium betrieb. Soweit ich weiß, hat sie ein lebenslanges Wohnrecht auf dem Besitz.«

»Auch ihr Sohn?«

»Weiß ich nicht.«

»Finden Sie es bitte heraus. Hatte Camillo schon einmal Probleme mit der Polizei, Schulden?«

»Nicht dass ich wüsste.«

»Sie müssen sich kundig machen. Und dann kommen Sie mit mir in die Villa.«

»Sie glauben doch nicht, dass Camillo Sciatarra etwas mit dem Mord zu tun hat?«

»Vielleicht doch.«

Moncini seufzte. »Was haben Sie denn an den Klippen entdeckt?«

»Nichts. Ich brauche alle Informationen über etwaige Vorstrafen, Eigentumsverhältnisse, Bankguthaben, Immobilienbesitz, auch von Frau und Mutter.«

»Ich bin hinter den Sprayern her, das ist verzwickt genug. Das waren Profis, vermummt. Sie müssen die Insel gut kennen, aber es ist ein Rätsel, wie sie ungesehen abtauchen konnten.«

»Meine Spur ist dringlicher. Katasteramt, Zulassungsstelle, Hafenpolizei ... Ich denke, Sie sind mit jedermann auf Capri gut bekannt.«

Moncini knurrte etwas Unverständliches durch die Zähne.

»Beeilen Sie sich, ich hole Sie gleich ab.«

Sie gingen durch den rechten Korridor um den Kreuzgang. In der hinteren Ecke lag das Apartment, in dem die Familie Sciatarra wohnte. Die Tür war aus demselben dunklen Holz wie die aller Mönchszellen, aber daneben war eine elektronische Klingel. Eine alte gebeugte Frau öffnete.

»Sind Sie Lorenza Sciatarra, Camillos Mutter?«, fragte De Santis und stellte sich und Alessandro Moncini vor.

Sie nickte und starrte ins Nichts.

»Wir hätten ein paar Fragen an Sie.«

Sie drehte sich einfach um und tastete sich wortlos durch das kleine, überraschend moderne Apartment. Man hatte offensichtlich die Mauern zwischen mehreren Zellen herausgerissen, Parkett verlegt und die Wände passend zum Interieur abgetönt. Eine Wendeltreppe führte hinauf ins Obergeschoss, wo die Küche für die Mensa lag.

Sie ging in ein Esszimmer und wies auf die Stühle, die um den Tisch standen. Dass sie blind war, machte die Informationen, die Alessandro Moncini und Beppe Bomba zusammengetragen hatten, noch kurioser.

»Frau Sciatarra, auf Sie sind ein Boot, eine Riva Ariston und außerdem ein Elektroscooter der Marke Yamaha zugelassen«, fing De Santis an.

»Ist etwas nicht in Ordnung damit?«

»Doch. Wer nutzt die Fahrzeuge?«

»Mein Sohn und meine Schwiegertochter. Hatten sie einen Unfall?«

»Nein«, sagte Alessandro Moncini.

Sie lächelte erleichtert. Und De Santis hakte nach: »Wie viel verdienen Sie hier in der Villa?«

»Ich beziehe eine kleine Leibrente.«

»Wie können Sie sich dann ein Boot, einen Scooter und einen Liegeplatz in der Marina leisten?«

»Wir legen zusammen.«

Der Kommissar wusste nicht, ob sie sich dumm stellte oder naiv war. Seine Gedanken wurden von Camillo Sciatarras Stimme unterbrochen. »Nicht eine halbe Stunde Ruhe wird einem gegönnt.« Er erschien in Socken und schwarzer Hose, aus der das Hemd hing. »Haben Sie eine Vorstellung, wie unser Arbeitspensum während dieser Wochen aussieht?«

»Zeit für das Boot bleibt aber, oder? Wir müssen mit Ihnen reden«, sagte De Santis. Er entließ Sciatarras Mutter und bat den Sohn, sich zu setzen.

»Was wollten Sie von meiner Mutter? Sie glauben doch nicht, dass sie etwas über den Mord an dem Jungen weiß?«, fragte dieser.

»Sie haben uns leider nicht die Wahrheit gesagt«, sagte De Santis ohne Einleitung.

Camillo Sciatarra runzelte die Stirn.

»Worüber haben Sie und Gabriele Cerriello gestritten?«

»Das wissen Sie. Ich habe ihn beim Zündeln erwischt und rausgeworfen.«

»Das Bündel, das er verbrennen wollte, was enthielt es?«

»Weiß ich nicht.«

»Aber ich«, sagte De Santis.

Der Kommissar legte Sciatarra die Fotos der Aktgemälde vor. »Sie kennen die Bilder.«

Er schüttelte den Kopf.

»Was haben Sie auf der *Olimpia* getan?«

»Ich weiß nicht, wovon Sie reden.«

»Sie waren vorgestern an Bord der *Olimpia*. Es gibt Zeugen. Unter anderem mich. Was haben Sie dort getan?«

Sciatarra hatte die Arme verschränkt und schwieg eisern.

»Sie haben Mohammad Al-Amine Gemälde von Gabriele Cerriello verkauft.«

Camillo Sciatarra wurde nervös. Er funkelte die beiden Polizisten an. »Behauptet er das?«

»Sie haben jetzt die Chance, den Verdacht gegen sich auszuräumen«, fügte De Santis an.

»Welchen Verdacht?«

»Dass Sie Gabriele Cerriello getötet haben.«

Camillo Sciatarra öffnete den Mund, und Moncini sagte: »Wahrscheinlich ist alles ganz harmlos. Der junge Mann hat Ihnen die Bilder überlassen, und da dachten Sie …«

»Ich habe nichts Illegales getan.«

»Herr Sciatarra, wie hoch ist Ihr Gehalt?«, setzte De Santis neu an.

»Ich glaube nicht, dass Sie das etwas angeht.«

»Erklären Sie uns, wie Sie sich einen Alfa Spider, einen Elektroscooter, eine Riva einschließlich der Liegegebühren in der Marina leisten können …«

»Ich lebe sparsam.«

»Ein sparsamer Mensch zieht sein Boot an Land oder hängt es draußen an eine Boje, er zahlt nicht die Liegegebühren in einer der teuersten Marinas der Welt«, sagte De Santis. »Wenn Sie uns die Wahrheit sagen, dann werden Sie am Ende vielleicht nur wegen Hehlerei belangt. Wer war an den Geschäften noch beteiligt? Giancarlo Sgarbanti? Seine Frau?«

»Wovon reden Sie?«

»Sie finanzieren Ihre teuren Hobbys damit, dass Sie Bilder der jungen Künstler verschwinden lassen und unter der Hand verkaufen.«

Camillo Sciatarra starrte vor sich hin.

»Sie haben Gabriele Cerriellos Bilder unterschlagen und illegal an Mohammad Al-Amine verkauft. Gabriele hat das entdeckt. Sie hatten Streit, er drohte damit, Sie anzuzeigen. Um ihn zum Schweigen zu bringen, haben Sie ihn umgebracht. War es so?«

»Nein!«, schrie Sciatarra. »Ich habe nichts mit dem Mord zu tun.«

»Diebstahl, Hehlerei, Steuerhinterziehung und Mordverdacht. Sie werden in die Questura nach Neapel verlegt.«

Sciatarra bekam Angst. »Neapel, wieso Neapel?«

»Weil ich von der Questura in Neapel komme.«

»Meine Frau braucht mich. Meine Mutter …« Er ruderte mit den Armen. »Hören Sie, ich gebe zu, dass ich die Bilder von dem Jungen verkauft habe. Er wollte sie nicht mehr, und dieser Araber war ganz verrückt danach.

Es wäre jammerschade gewesen, und dem Jungen tat es nicht weh. Was ich nicht weiß, macht mich ...«

»Aber er wusste es.«

»Nein«, schrie Sciatarra. »Das eine hatte er schon verbrannt. Ich musste ihm versprechen, dass ich das Bündel mit den anderen auch in den Ofen schiebe. Ich habe ein Feuer angeschürt, und ja, ich habe ihn ausgetrickst. Ich habe viel Qualm verursacht, ein paar alte Lumpen vom letzten Ölwechsel ins Feuer gegeben. Nachdem er sich getrollt hatte, habe ich mir die Nummer von diesem Araber besorgt. Er war immer noch interessiert.«

»Wie lange geht das schon so?«

»Was?«

»Dass Sie Bilder unterschlagen und zu Geld machen? Dass Sie Ihren Lebensstil mit diesen illegalen Aktivitäten finanzieren?«

»Illegal? Ich habe immer wieder mal etwas geschenkt bekommen ...«

»Geschenkt?«

»Ja, als Gegenleistung für Gefälligkeiten. Manchmal helfe ich mit Material aus für die Kunstwerke, ich organisiere besondere Touren über die Insel, nachts in die Blaue Grotte. Mich interessieren die Bilder nicht, aber andere. Mich nimmt niemand ernst, wenn ich auf den Empfängen serviere. Aber ich habe ein Auge dafür, wenn ein Sammler oder Galerist scharf auf ein Bild ist.«

De Santis stand auf. Er brauchte eine Pause. Er musste nachdenken. Und dazu brauchte er frische Luft, wichtiger noch: eine Zigarette.

Er bat Moncini, Sciatarra ein paar Minuten lang zu bewachen.

23

Er trat nach draußen in den Park, in dem lange Schatten über den Grasflächen lagen. Er musste eine Entscheidung fällen. In einer halben Stunde traf Diana ein, und mit Sciatarra kam er nicht weiter. Er hatte nichts in der Hand außer seinen Schlussfolgerungen. Er loggte sich mit seinem Handy ins Intranet ein und rief die Excel-Tabelle auf, die Bomba erstellt hatte. Darin waren alle Aussagen gespeichert und für jeden Bewohner der Villa die Alibis zusammengefasst. Sciatarra war um 2:12 das letzte Mal gesehen worden, von Sgarbanti. Dann wieder um 2:35. Das war zu knapp, um hinunter an die Klippen zu kommen, einen Mord zu verüben, Spuren zu beseitigen und sich wieder aufs Gelände zu schleichen. Vor dem Alarm lag er neben seiner Frau im Bett. Das war zwar nur ein wackeliges Alibi, aber das musste De Santis erst einmal widerlegen. Er trat die Zigarette aus, kehrte in die Wohnung zurück und sagte: »Ich mache Ihnen einen Vorschlag. Wir nehmen Ascheproben von dem Feuer, das sie gemacht haben. Und wenn unser Labor feststellt, dass Sie Lumpen mit Altöl verbrannt haben, sind Sie entlastet. Zumindest, was den Mord betrifft.«

»Und ich kann hierbleiben?«, fragte Sciatarra.

»Vorerst.«

Sciatarra stand auf und begleitete den Kommissar durch den Park hinauf an den Schuppen. Er schloss die Tür auf und sagte: »Bitte. Ich habe nichts zu verbergen.«

De Santis nahm eine Kelle von der Werkbank und füllte jeweils Asche aus dem Eimer und dem Kohlenofen in Tüten ein.

Als sie die Remise verlassen wollten, versperrte ihnen Professor Sgarbanti den Weg.

»Können Sie mir sagen, was Sie hier tun?«

»Ich versuche, die Angaben Ihres Angestellten zu verifizieren.«

»Dafür brauchen Sie meine Erlaubnis. Oder die eines Richters.«

De Santis schwieg.

»Ich werde mich bei dem zuständigen Staatsanwalt über Sie beschweren. Ohne richterliche Anordnung werden Sie keinen Fuß mehr auf unseren Boden setzen, auch keinen unserer Bewohner mehr befragen. Ich lasse nicht zu, dass Sie den Ruf unserer Akademie in den Dreck ziehen. Ich begleite Sie jetzt nach draußen«, sagte er.

De Santis nickte. »Ich muss meinen Kollegen abholen.«

Er ging durch die Glastür in das Erdgeschoss des einstigen Klostergebäudes und klopfte an Sciatarras Wohnungstür. Moncini öffnete und sah ihn fragend an.

»Wir gehen«, sagte De Santis.

»Und Sciatarra?«

»Er darf Capri nicht verlassen.«

Während das Taxi die Serpentinen Richtung Hafen hinabkroch, beobachtete der Kommissar die klobige Fähre, die sich mit dem Heck an die Mole schob und dann das Fallreep herabließ.

Das Taxi blieb am Eingang des Hafens in einem Knäuel aus Bussen und Autos hängen, De Santis bezahlte und bahnte sich einen Weg durch die Kolonne aus Lieferwagen und Fußgängern, die sich aus dem Rumpf ergoss. Aber Dianas schwarze Locken tauchten nicht auf.

»Ich dachte schon, du hättest mich vergessen.«

Er drehte sich um. Da stand sie. In einem hellen Kleid und in Ballerinas, ein Lächeln auf dem Gesicht, das der Hals ihres Instrumentenkoffers überragte.

»Du hast dein Cello mitgebracht«, antwortete er, »wie schön.«

»Freust du dich nur über das Cello?«

Er lachte und schüttelte den Kopf. Aus dem Koffer hatte er geschlossen, dass sie nicht nur gekommen war, um eine kurze Erklärung abzugeben. Sie liefen eine Weile schweigend nebeneinanderher.

»Wo gehen wir hin?«, fragte sie.

»Hast du Durst?«

»Nein. Ich würde gern an den Strand.«

Er führte sie an der Busstation und den Baracken der Fahrkartenschalter vorbei zu dem kleinen Kiesstrand, der sich um diese Uhrzeit allmählich leerte. Sie setzten sich an den Fuß der beschatteten Felsen. Die Abendsonne sank auf die Wasseroberfläche, die zahllosen Ruderboote, die von der Blauen Grotte zurückkamen, staksten wie schwarze Insekten darauf herum.

»Warum bist du gegangen?«

Sie suchte nach den richtigen Worten. »Aus Angst.«

»Angst wovor?«

»Ich habe eine Beziehung hinter mir. Sie hat nicht gut geendet.«

Er wartete.

»Ich dachte eigentlich, du wärst anders«, setzte sie neu an.

»Und jetzt denkst du es nicht mehr?«

»Doch, ja, ich weiß nicht ...«

Es ging schon wieder los.

»Was habe ich falsch gemacht?«

»Nichts.«

»Du hättest mich wecken können, mir irgendetwas sagen.«

»Davor hatte ich auch Angst.«

»Wieso?«

»Es war ein Reflex. Ich stand in der Wohnung, da lag deine Waffe auf der Anrichte. Ich musste raus, an die frische Luft.«

»Wegen meiner Waffe?«

»Der Mann, von dem ich mich getrennt hatte ... Es war schwer. Er hat mich unter Druck gesetzt.«

»Mit Gewalt?«

Sie schüttelte den Kopf und biss sich auf die Lippe. »Ich kann nicht darüber reden, noch nicht ... Ich bin gegangen, weil ich mir klar werden musste über ein paar Dinge.«

»Und? Sind sie dir klar geworden?« Allmählich wurde ihm das Fragespiel lästig.

Sie zuckte mit den Achseln. »Ich weiß nur, dass ich bald wieder deine Stimme hören wollte.«

War das genug für ihn? Angerufen zu werden, wenn sie seine Stimme hören wollte?

Ihr Ton verschmolz mit dem Rauschen der Wellen, dem fernen Brummen der Motoren. Er verstand nicht recht, was sie ihm erklären wollte, aber er spürte ihre Nähe, alles andere war ihm gleichgültig.

»Verschwinde beim nächsten Mal nicht einfach. Einverstanden?«

Sie nickte. »Einverstanden.«

»Suchen wir uns ein Restaurant?«

Sie lachte. »Gern. Aber vorher möchte ich meinen Hinkelstein loswerden.«

Sie stiegen in ein Taxi, schnallten den Instrumentenkoffer auf dem Beifahrersitz fest, und De Santis wies den Fahrer an, hinauf nach Capri zu fahren.

»Wir können das Cello in meiner Pension lassen, das heißt nicht, dass ich davon ausgehe …«, sagte er entschuldigend, aber sie schien ihm gar nicht richtig zuzuhören. Sie ließ sich den Fahrtwind durchs schwarze Haar wehen, die Augen halb geschlossen, und es war, als würde sie innerlich Musik hören.

Dann lief sie aufgekratzt durch die überfüllte Piazzetta und zwischen den Tischchen der Bars hindurch. Ihre gute Laune steckte ihn an, und der mondäne Trubel wirkte nicht mehr lästig, sondern berauschend.

»Warst du schon öfter hier?«, fragte er.

»Früher.«

»Mit deinen Eltern?«, wollte er fragen, verkniff es sich aber noch rechtzeitig.

Sie bogen in das Viertel Santa Teresa ein, in das modrig duftende Gewirr der alten Gassen und Gewölbe. »Wie schön«, sagte Diana. »Diese Ecke Capris kenne ich noch nicht.«

Er führte sie in das Miniapartment und stellte den Koffer mit dem Cello in der Küche ab.

»Kann ich schnell duschen?«, fragte sie.

»Klar.«

Er setzte sich auf das Dach und rauchte. Nach einigen Minuten hörte er sie rufen. Sie stand im Bad, in ein Handtuch gewickelt, Wassertropfen krochen langsam an ihrem Hals hinab. Sie hatte sich verhüllt und schien sich doch nicht zu schämen vor ihm. De Santis dachte an Isabella, seine sinnliche Exfrau, die vor vielen Jahren wie ein Blitz in sein Leben eingeschlagen war, er dachte an Elvira Barbarossa, die Staatsanwältin, in deren spröde Art er sich erst allmählich verliebt hatte. Er hatte lange nur die exzellente Ermittlerin, die souveräne und unbestechliche Vorgesetzte in ihr gesehen. Ihre weiblichen Züge behandelte sie so beiläufig, dass er sie erst entdecken musste. Bei Diana war alles anders, ihre jugendliche Schönheit wirkte fast wie eine Übertreibung auf ihn, etwas, das nicht von dieser Welt war, jedenfalls nicht von der Welt, die er kannte. Sie brach manchmal hervor, und dann wieder verschloss sie sich ganz. De Santis hatte das Gefühl gehabt, wie eine Klimaanlage an- und abgeschaltet zu werden, aber jetzt merkte er, dass es etwas in Dianas Wesen war, das zwischen Extremen schwankte. Als ob es seine eigene Intensität nicht lange ertragen konnte.

»Wie lange willst du eigentlich hier stehen?«, fragte sie. »Ich habe keine Klamotten dabei, kannst du mir etwas leihen?«

»Sicher.«

Er ging ins Schlafzimmer, wo sein Koffer lag. Sie folgte ihm, und als er sie hinter sich spürte, ihren warmen Atem, ihren Duft, ihren weichen, betörenden Körper, konnte er sich nicht beherrschen. Er drehte sich um, strich ihr über die nackten Arme, den Hals und drückte ihr sanft die Lippen auf den Nasenrücken.

24

Die Zigarette, die er sich am nächsten Morgen auf dem Deck der Autofähre anzündete, schmeckte perfekt. Das Meer lag glatt und sauber wie ein blauer Spiegel da, der Rumpf schob sich, weiße Gischt sprühend, durch das Sonnenlicht. Er hatte mit Diana einen wunderbaren Abend in einem Lokal über den Faraglioni verbracht, hatte danach mit ihr auf dem nach heißem Teer duftenden Dach der Pension gesessen, geraucht und ihr erklärt, wie man sich mithilfe der Sternbilder auf dem Meer und innerhalb der Jahreszeiten orientieren konnte. Sie hatte wenig geredet, aber es waren auch nicht viele Worte nötig gewesen. Sie hatten zueinandergefunden, ohne Hast, ohne Verkrampfung oder Scham, und es war, als hätte De Santis eine alte Haut abgestreift, einen Panzer aus kleinlichen Bedenken und Zweifeln, die ihn seit seiner Scheidung hatten verkümmern lassen. Er konnte wieder frei atmen, das Leben hatte sich erneuert. Und Diana schien es ähnlich zu gehen.

Zwar war sie enttäuscht gewesen, weil er nach Neapel musste, aber sie wollte unterdessen ihre Partie üben, und am Nachmittag würde sie ihm einen Wanderweg um Anacapri und eine stille Bucht am Ostkap zeigen.

In der Questura suchte er zuerst Tommaso Esposito in der Kriminaltechnik auf, um die Ascheproben abzuliefern. Dieser war gerade mit den Kleidungsstücken von Gabriele Cerriello befasst. »Und? Etwas Neues?«, fragte der Kommissar.

Esposito schüttelte den Kopf. »Ich konnte keine fremde DNA isolieren, an der Kleidung waren Spuren von Erde und Gras, an dem Pflock Latexreste, wohl von Handschuhen.«

»Und die Lackspur?«

»Stammt wohl aus einer Spraydose. Aber der Gelbton wurde nirgendwo bei den Graffiti verwendet.«

Jetzt war also bestätigt, dass es keine Verbindung zu den Sprayern gab. Den Sprühlack hatte Gabriele wohl bei einem seiner Gemälde verwendet. De Santis bedankte sich und stieg hoch in seine Abteilung.

Mario Marin, Beppe Bomba und Carmela De Cillis setzten sich um den hufeneisenförmigen Tisch.

»Elvira Barbarossa wollte Euch sprechen«, setzte Bomba an. »Sie wirkte ziemlich ungnädig.«

De Santis machte nur eine unwirsche Geste. Wahrscheinlich hatte Sgarbanti sich beschwert. »Was habt ihr Neues?«, fragte er.

»Wir haben frühere Schüler der Villa Paradiso befragt«, sagte Carmela De Cillis. »Einige bestätigen, dass sie Camillo Sciatarra Werke überlassen haben. Ohne dass er sie bedrängt oder übervorteilt hätte. Seine Angaben scheinen zu stimmen. Er hat einen Riecher für gute Geschäfte, versteuert hat er seine Gewinne allerdings nicht …«

De Santis winkte ab. Das interessierte ihn herzlich wenig.

Bomba warf eine Grafik auf das Whiteboard, in der man alle Treffpunkte und Uhrzeiten der Beteiligten in der Mordnacht sah. Es war ein dichtes Netz, das sich über das ganze Gelände zog. »Praktisch alle Bewohner der Villa Paradiso sind sich nach dem Alarm früher oder später über den Weg gelaufen.«

»Ausnahmen?«

»Die einzigen sind Dimitri Schostoff und Sören Caspersen. Sie scheinen sich in Nachtlokalen herumgetrieben und am Strand der Marina Piccola geschlafen zu haben. Aber sie haben keine besondere Beziehung zu Gabriele Cerriello.«

De Santis betrachtete die Übersicht. Bomba hatte für jeden Bewohner eine Timeline erstellt, auf der die Lücken im Alibi als roter Balken eingezeichnet waren. Es gab keine Phase, in der sich mehrere Balken über einen längeren Zeitraum deckten.

»Vor dem Alarm hat natürlich kaum einer ein richtiges Alibi«, meinte Bomba. »Die meisten haben allein geschlafen.«

»Aber mit der SMS wurde Gabriele um zwei Uhr an den Treffpunkt bestellt, selbst wenn er ein paar Minuten früher eingetroffen sein sollte, blieb kaum genügend Zeit bis zum Alarm.«

»Sie haben gesagt, in fünfzehn Minuten schafft man die Strecke«, meinte Marin.

»Aber nicht die Betäubung mit der Spritze, den Mord, die Beseitigung der Spuren und dann noch den Weg in die Villa.«

Es herrschte Schweigen. Der Gärtner Sciatarra war entlastet, das Ehepaar Sgarbanti hatte ein Alibi, so wie fast alle Villenbewohner.

»Arianna?«, fragte Carmela De Cillis.

»Ich traue ihr den Mord nicht zu.«

»Warum nicht? Sie wurde erst gegen drei Uhr gesehen.«

»Sie hatte kein Motiv, aber vor allem halte ich sie nicht für fähig, ihrem Geliebten, besten Freund, was auch immer, einen Pflock in den Bauch zu treiben.«

Carmela schüttelte missbilligend den Kopf. De Santis verhielt sich wenig professionell, und das wusste er. »Wir müssen unser Feld erweitern«, wich er aus, »in Gabrieles Vergangenheit bohren. Falls er nicht wirklich das Zufallsopfer eines Verrückten geworden ist«, meinte er. »Haben wir Neuigkeiten aus der Gerichtsmedizin?«

Schweigen.

»Marin, Sie haben doch mit der Pathologin geredet.«

Der erwiderte kleinlaut: »Einmal. Seitdem kann ich sie nicht mehr erreichen.«

»Was soll das heißen?«

»Niemand geht ans Telefon, bestenfalls der Anrufbeantworter. Ich habe es schon über die Direktion der Pathologie, sogar über die Klinikleitung versucht, aber die verweisen mich immer nur an die Durchwahl.«

Auch das war Neapel. Warteschleifen, Vorzimmer, Anträge, Bewilligungen. Dafür gingen zwei Drittel ihrer Energie drauf.

»Redet mit der Staatsanwältin. Die KTU muss endlich Gabrieles Zimmer untersuchen. Und Sgarbanti stellt sich quer. Ohne Anordnung von oben kommen wir da nicht mehr rein.«

»Und Ihr?«, fragte Bomba.

»Ich fahre ins Cardarelli zur Pathologin.«

Ehe Bomba protestieren konnte, war der Kommissar bereits durch die Tür verschwunden. Auf dem Weg zur U-Bahn schaute er noch im Archiv vorbei, um sich die Akte zum Unfalltod von Daniele D'Astori aushändigen zu lassen.

25

Er ging durch die knisternde Hitze zur Piazza Enrico Berlinguer und stieg hinab ins Kühle, durch die vielen archäologischen Schichten, bis er unter die Frühgeschichte von Neapolis getaucht war. Auf dem Bahnsteig versuchte er, eingekeilt in eine Menge Einheimischer und Touristen, in der Akte zu lesen, ehe der ölig-muffige Wind den Zug ankündigte. Die Ermittlungen im Fall Daniele D'Astori waren nicht besonders umfangreich gewesen. Ein paar Befragungen der Eltern, der Sgarbantis, eines Sachverständigen der Küstenwache, dazu der Obduktionsbericht: »Kein Hinweis auf Fremdeinwirkung«, »Tod durch Ertrinken.«

De Santis lief durch das Gelände des Cardarelli, durch Grünanlagen, in denen Hundekot verdorrte, zwischen orientierungslosen Patienten und bekümmerten Angehörigen hindurch, durch endlose Korridore, die schließlich im Flügel der Pathologie endeten.

»Hier ist kein öffentlicher Bereich. Was wollen Sie?«, knurrte ihn eine Schwester an.

»De Santis, Questura, Frau Doktor Jodice ...«

»... ist beschäftigt«, sagte die Schwester, aber der Kommissar war schon vorbei, suchte rechts und links die Milchglastüren ab und fand den richtigen Namen.

Er schob die Flügeltüren zum Obduktionssaal auf und war plötzlich von der museal feierlichen Atmosphäre der Bourbonenzeit umgeben. Stuckaturen, wuchtige Türrahmen, Marmorfensterbretter und -tische. Eine Leiche lag geöffnet auf dem Tisch, davor stand, ihm den Rücken zukehrend, Frau Dr. Jodice. Sie drehte sich um, zog den Mundschutz herunter und sagte: »Wer hat Sie hereingelassen?«

De Santis hielt ihr den Ausweis hin. »Warum geht niemand ans Telefon?«

»Weil wir arbeiten.« Sie war erstaunlich jung, blond, bebrillt, sympathisch. Die Abstimmung mit den Pathologen war in Neapel ein reines Vabanquespiel. Nach einem undurchschaubaren Prinzip wurden die Leichen in ein beliebiges Krankenhaus der Stadt geschickt, wo sie oft tagelang in den Kühlzellen lagerten, ehe ein Gerichtsmediziner sich bequemte, sie zu öffnen. Auf den Bericht, oft von Assistenten oder Studenten verfasst, musste die Polizei dann Wochen warten.

»In einer Mordermittlung zählt jede Stunde. Vor allem, wenn sie von allen Seiten unter Beschuss steht, die Hochsaison beginnt, ein Fall abgeschlossen werden soll, bevor die Öffentlichkeit überhaupt davon erfährt, dass es einen Fall gibt ...« De Santis wurde seine Suada los, während die Pathologin ihn mit ihren blauen Augen und einem süffisanten Lächeln anstarrte. »Sind Sie fertig?«

Der Kommissar nickte. »Ich brauche nichts Schriftliches, nur ein paar erste Eindrücke«, fügte er hinzu.

»Das ist ausgesprochen zuvorkommend«, sagte sie mit toskanischer Höflichkeit und entsprechendem Akzent. »Aber wenn Sie jemanden überführen wollen, brauchen

Sie Beweise, keine Mutmaßungen. Ich versuche, wissenschaftlich belastbare Ergebnisse zu liefern. Oder wollen Sie sich in einem Gerichtsverfahren blamieren?«

De Santis verdrehte die Augen. »Bisher träume ich von einem Ermittlungsverfahren, verstehen Sie?«

Sie nickte und wandte sich wieder der Leiche zu. Gabriele Cerriellos junges wächsernes Gesicht hatte etwas Entrücktes, Unnatürliches an sich. Die Perfektion der Züge wirkte fast noch grausiger als der geöffnete Brustkorb, aus dem die Pathologin die Organe entnommen hatte. Sie ergriff den weißen Arm der Leiche und drehte die Handfläche nach oben. »Sehen Sie die Narben?«

De Santis nickte.

»Schnitte entlang der Pulsadern. Nach dem Zustand des Gewebes würde ich sagen, dass es vor einigen Jahren passiert ist.«

»Selbstmordversuch?«

»Wer ihm die Schnitte beigebracht hat, weiß ich nicht.«

»Und die Todesursache?«

»Verbluten.«

»Durch den Pflock?«

»Ja.«

»Uhrzeit?«

»Die Leiche ist spät angeliefert worden, und die Bedingungen beim Transport lassen sich schlecht rekonstruieren. Aber nach der rektalen Körpertemperatur und dem Grad der Leichenstarre würde ich schätzen: gegen zwei Uhr.«

»Toleranz?«

»Jeweils eine halbe Stunde.«

Das brachte ihn nicht weiter.

»Haben Sie die Leiche foliert?«

Sie schüttelte den Kopf. »Sinnlos. Sie ist durch zu viele Hände gegangen.«

Also keine DNA, keine eindeutigen Spuren, die auf den Mörder hinwiesen.

»Alkohol, Drogen, Gifte im Blut?«

»Minimaler Restalkohol. Wie ihn ein, zwei Gläser Wein beim Abendessen zurücklassen. Keine Medikamente, Drogen oder Ähnliches.«

»Wie hat er eine solche Tortur über sich ergehen lassen können, ohne sich zu wehren? Ist er ohnmächtig geworden?«

Sie fuhr mit dem Zeigefinger über den Oberschenkel bis zu einem bläulich-gelb verfärbten Fleck. »Sehen Sie den roten Punkt in der Mitte?«, fragte sie. In dem Hämatom, das groß wie ein Centstück war, befand sich eine Art Mückenstich. »Das könnte von einer Injektion stammen. Der Quadrizeps stand unter Anspannung, man hat die Nadel wahrscheinlich mit ziemlicher Gewalt eingeführt, während er das Körpergewicht trug.«

»Sie meinen, man hat ihm ein Betäubungsmittel injiziert?«

»Möglich.«

»Und wieso gab es keine Rückstände?«

»Eine körpereigene Substanz vielleicht, Insulin zum Beispiel. Es lässt schlagartig den Blutzuckerspiegel fallen, legt im Falle eines hypoglykämischen Schocks sogar das Gehirn lahm. Er wäre dann nahezu bewegungsunfähig gewesen.«

Das konnte erklären, warum es keine Kampfspuren gab. Der Angreifer überraschte Gabriele, jagte ihm eine Spritze ins Bein und wartete, bis er wehrlos war. Aber das hieß, dass die Tat noch raffinierter vorbereitet war, als sie bisher angenommen hatten.

Frau Jodice betrachtete den Kommissar, der unschlüssig dastand, und sagte: »Ich dachte, Sie wollten mich arbeiten lassen.«

»Sicher, aber ich habe noch eine Bitte.« Er zog den Autopsiebericht zu Daniele D'Astori aus der Akte. »Würden Sie nachsehen, ob es Analogien bei den beiden Fällen gab?«

»Soll ich obduzieren oder lesen?«

»Am liebsten beides.« De Santis lächelte wie ein Komödiant, und die Ärztin schüttelte den Kopf, während sie sich wieder der Leiche zuwandte.

26

De Santis' Handy klingelte. Es war Carmela De Cillis.

»Wollten Sie nicht zu einem Termin aufbrechen?«, fragte der Kommissar.

»Was ich Ihnen zu sagen habe, ist dringender.«

De Santis hielt kurz das Handy zu und sagte zur Pathologin: »Herzlichen Dank für Ihr Entgegenkommen. Wie kann ich mich revanchieren?«

»Indem Sie mich arbeiten lassen«, sagte Frau Doktor Jodice mit einem süßen Lächeln und einem demonstrativen Blick zur Tür.

De Santis verließ den Saal, und Carmela sagte aufgeregt: »Wo sind Sie?«

»Im Cardarelli.«

»Wir holen Sie ab.«

»Wozu?«

»Wir haben einen neuen Verdächtigen.«

»Wen?«

»Wegen Sciatarra haben wir versucht, die Studenten des Vorjahres zu kontaktieren. Das ist uns bei allen gelungen – bis auf einen.«

»Das macht ihn verdächtig?«

»Das nicht, aber er ist von der Sommerakademie geflogen, weil er zu Gewaltausbrüchen neigt.«

»Wenn wir jeden Künstler in Betracht ziehen, der sich nicht im Griff hat ... Hatte er eine Auseinandersetzung mit Gabriele?«

»Das wissen wir nicht.«

»Sondern?«

»Die Verbindung ist Arianna Lambiase. Er ist besessen von ihr, hat sich letztes Jahr auf Capri offensichtlich in sie verguckt und verfolgt sie seitdem, terrorisiert sie mit Anrufen, Mails. Er hat sich eine Anzeige wegen Stalkings eingehandelt und scheint mit seiner Eifersucht jeden Nebenbuhler zu bekriegen.«

»Ich komme mit der U-Bahn zurück, sammeln Sie inzwischen alle Informationen, die Sie bekommen können.«

Als er in seine Abteilung kam, saß Carmela vor ihrem Computer, flankiert von Beppe Bomba und Mario Marin, die gemeinsam auf den Monitor starrten. Man sah das Passbild eines jungen Mannes mit kahl rasiertem Schädel und Boxernase.

»Das ist Ihr Verdächtiger?«, fragte De Santis.

»Ja. Er heißt Gerardo Pasetti, kommt aus einem ziemlich zweifelhaften Milieu. Zerrüttete Familie, der Vater Alkoholiker, ebenfalls gewalttätig, früh gestorben. Erschlagen.«

»Gibt es einen Hinweis darauf, dass er auf Capri war?«

»Wie gesagt, letzten Sommer war er Teilnehmer der Akademie.«

»Der Mord wurde jetzt verübt.«

Carmela kassierte den Seitenhieb und antwortete: »Er kennt sich sowohl auf der Insel wie in der Villa Paradiso aus, ist mit dem Gelände und mit den Gepflogenheiten vertraut. Er könnte sich also eingeschlichen, Ariannas Handy manipuliert, Gabriele mit der SMS zu dem Treffpunkt gelockt, ihn umgebracht und die Insel wieder verlassen haben.«

»Könnte. Haben wir einen Beweis, dass er einen Hass gegen Gabriele hegte?«

»Er hasst jeden, der Arianna zu nahe kommt. Er hat sogar auf Professor Sgarbanti eingeprügelt, weil er blind vor Eifersucht war. Sgarbanti hat auf eine Anzeige verzichtet, um nicht den Ruf seines Hauses zu beschädigen. Aber er hat Pasetti rausgeworfen, und seit er seine schützende Hand nicht mehr über ihn hält, ist Pasettis Karriere gestorben. Er taucht in der Kunstszene nicht mehr auf, hält sich mit Jobs über Wasser.«

»Wo wohnt er?«, fragte De Santis.

»Bei seiner Mutter in Fuorigrotta. Er arbeitet dort ganz in der Nähe. Und bald beginnt seine Schicht. Sollen wir anrufen?«, fragte Carmela.

»Was für einen Job hat er?«

»Bei einem Wachdienst.«

»Wie ist das möglich bei seinem Lebenslauf?«

»Keine Ahnung.«

»Wir werden ihn nicht vorwarnen«, schloss der Kommissar und griff sich sein Jackett.

27

Beppe Bomba saß am Steuer und versuchte, mit Hupe und dem Blaulicht, das aus dem Kühlergrill des Zivilfahrzeugs blitzte, die Kolonnen des Nachmittagsverkehrs zu verscheuchen, er fluchte, er bremste, er schwitzte, während im Wagen eine angespannte Atmosphäre herrschte. De Santis hatte sich die Adresse auf Google Maps angesehen. »Via Giulio Cesare 42c, das ist eine Wohnanlage direkt an den Gleisen der Cumana. Da kann er uns leicht entwischen«, sagte er.

Sie hielten vor einem hohen Zaun, der eine Senke mit mehreren Hochhäusern abriegelte. Vor jedem Gebäude lag ein kleines Tor mit Klingelbrett, dahinter eine Treppe, die hinunter zum jeweiligen Eingang führte. Sie warteten, bis ein Hundehalter herauskam, und drängten sich dann zu viert durch das Eisentor. Pasettis Wohnblock war einer der hässlichsten, der Beton platzte von den Balkonen, vom Armierungsstahl liefen rostige Tränen über die Fassade.

»Ich gehe mit Beppe hoch. Marin, Sie sichern den Hintereingang, Carmela, Sie warten hier an der Eingangstür.«

»Kommt nicht infrage«, sagte Carmela. »Es ist meine Spur.«

»Wir wissen nicht, was uns erwartet«, sagte De Santis.

»Glauben Sie, ich habe Angst?«

»Bomba hat mehr Erfahrung.«

»Weil er Erfahrungen sammeln konnte.«

De Santis hatte keine Lust auf Diskussionen, und sie hatten auch keine Zeit. Carmela hatte recht, aber ihm war nicht wohl bei dem Gedanken, mit ihr die Wohnung eines Psychopathen zu betreten. Unterdessen hatte er mit der flachen Hand alle Klingeln gedrückt und »Werbung« gerufen. Irgendwann schnarrte der Türsummer. De Santis schob die Tür auf und winkte Carmela zu sich.

»In der Wohnung halten Sie sich hinter mir, und ich stelle die Fragen.«

»Einverstanden.«

Schweigend stiegen sie durch das düstere Treppenhaus, in dem es nach Chlorreiniger und Blumenerde roch. Aus den Wohnungen drang Kindergeschrei, Fernsehergetöse, Klappern von Geschirr. Gerardo Pasetti sollte im sechsten Stock wohnen. Die Firma, für die er arbeitete, sicherte einen nahegelegenen Park.

Sie fanden die Tür mit dem Namen *Pasetti*, De Santis drückte mehrmals die Klingel.

»Wer ist da?« Die Stimme einer älteren Frau.

»Polizei«, sagte De Santis, »wir müssten kurz mit Ihrem Sohn sprechen.«

»Worüber?«

»Eine Routinekontrolle. Es geht um einen seiner Freunde«, sagte Carmela. »Bitte, Frau Pasetti.«

Sie waren noch nicht in der Wohnung, und schon brach sie die Absprachen. Die Tür öffnete sich einen Spalt, ein verhärmtes, undefinierbares Gesicht erschien. »Um welchen Freund geht es denn?«, sagte es. »Ihre Ausweise?«

De Santis zeigte die grüne Plastikkarte vor, auf der *Polizia Giudiziaria* stand. Die Frau wurde misstrauisch. »In welcher Angelegenheit ermitteln Sie?«

»Das würden wir gerne mit Ihrem Sohn besprechen«, säuselte Carmela, ausgesprochen verbindlich. Und ganz unverbindlich hatte sie sich erneut über De Santis' Anweisungen hinweggesetzt. Die Frau führte die beiden in einen schmalen Flur, der von niedrigen Kommoden und Tischchen mit allerlei Nippes gesäumt war. Sie klopfte an eine Zimmertür und ließ sie eintreten.

Sie brauchten einen Moment, um sich an das süßlich duftende Zwielicht zu gewöhnen. Ein junger Mann saß auf einem weichen Lehnstuhl, drückte einen Joint in einem überfüllten Aschenbecher aus, klappte seinen Laptop zu und drehte sich um.

»Polizei. Sie suchen einen Freund von dir«, sagte seine Mutter zu ihm.

Da saß der Mann mit der Boxernase, Gerardo Pasetti.

»Sie arbeiten bei einem Wachdienst?«, fragte De Santis.

Pasetti nickte gelangweilt. »Geht es um einen Kollegen?«

»Würden Sie bitte unsere Fragen beantworten?«, hakte De Santis nach.

Pasetti versuchte, seinen Unmut in Sarkasmus zu verwandeln. »Ich arbeite bei einem Wachdienst, ja, in der Mostra D'Oltremare.« Das war ein parkähnliches Gelände aus der Zeit des Faschismus, keinen Kilometer entfernt.

»Wann beginnt Ihre Schicht?«

»Diese Woche von Mitternacht bis morgens um acht.«

»Und letzte Woche?«

»Von sechzehn Uhr bis Mitternacht.«

»Auch am Samstag?«

»Ja.« Zum Zeitpunkt des Mordes hatte er also frei gehabt. Aber da hatte die letzte Fähre nach Capri längst abgelegt.

»Was genau ist Ihre Aufgabe?«

»Ich denke, es geht um seinen Kollegen«, schaltete Frau Pasetti sich ein.

»Wären Sie so freundlich, uns einen Moment allein zu lassen?«, fragte De Santis zurück.

Die Mutter schaute ihn feindselig an. »Ich weiß nicht, was Sie hier wollen.«

»Nur mit ihm reden.«

»Mein Junge hat nichts falsch gemacht. Der Schichtdienst ist hart, er hat noch nicht ein Mal gefehlt.«

De Santis ließ seinen Blick durch den Raum schweifen, an dessen Wänden schrille Gemälde und Skizzen hingen. Auf der Fahrt hatte Carmela einige Zeitungsartikel über ihn vorgelesen. Pasetti hatte die Accademia delle Belle Arti besucht, war mit seinem ungewöhnlichen Stil sogar von einigen Kritikern hofiert worden, aber dann hatte er sich durch seine Eskapaden überall unbeliebt gemacht.

»Sind das Ihre Arbeiten?«, fragte er.

»Sind Sie wegen meiner Kunst hier?«

»Wie genau sieht Ihr Dienst aus?«

»Ich sitze im Wärterhäuschen am Osteingang. Wir verkaufen Eintrittstickets.«

»Wir?«

»Wir sind zu zweit.«

»Gab es letzte Woche irgendwelche Besonderheiten? Verspätungen, Zwischenfälle?«, fragte De Santis.

»Nein.«

»Am Samstagabend soll in einen der Pavillons eingebrochen worden sein. Sie haben nichts bemerkt?« Das war eine Erfindung. Doch Pasetti ließ sich nicht aufs Glatteis führen. Er sagte: »Nein.«

Seine Mutter zog eine Schreibtischschublade auf. »Hier ist die Chipkarte für die elektronische Stechuhr. Darauf ist alles gespeichert, jede Schicht. Da finden Sie Ihre Antworten.«

»Wer war Ihr Partner bei der Schicht?«, wandte De Santis sich wieder an Pasetti.

»Walter Mattiello. Er müsste jetzt im Dienst sein.«

De Santis nickte. Er spürte, dass Carmela unzufrieden war.

»Waren Sie jemals auf Capri?«, fragte er.

Gerardo Pasetti wurde sichtlich unwohl. Er kniff die Augen zusammen, fuhr sich über die Glatze und sagte: »Letztes Jahr. Bei der Sommerakademie.«

»Und danach?«

»Nicht mehr.«

»Nie?«

Er schüttelte den Kopf.

»Capri ist kein Ort für Leute wie uns«, ergänzte die Mutter.

»Dürfte ich einmal Ihre Dienstkleidung sehen?«

Pasetti wollte aufstehen, aber seine Mutter kam ihm zuvor und öffnete den Kleiderschrank, der neben der Zimmertür stand. Sie holte mit einem Handgriff eine gebügelte Uniform heraus und sagte: »Bitte.«

De Santis versuchte, einen Blick in den Schrank zu werfen, aber das wusste sie zu verhindern, indem sie ihren hageren Körper davorschob und die Uniform wegschloss.

Der Kommissar betrachtete die Bilder an den Wänden, Hobbits, die miteinander kämpften, Drachen mit flammenden Schwertern, die über Engel und Feen herfielen. In Pasettis Fantasywelt schien das Gute keine guten Karten zu haben.

»Wann haben Sie das letzte Mal Arianna Lambiase gesehen?«, fragte er.

»Ach, daher weht der Wind? Sie wissen, dass ich keinen Kontakt zu ihr aufnehmen darf.«

»Und daran halten Sie sich?«

»Ja.«

»Könnten Sie uns erklären, was Sie von meinem Sohn wollen? Um welchen Freund oder Kollegen geht es? Was wird Gerardo vorgeworfen?«, zischte Frau Pasetti.

De Santis kam nicht weiter. Aber das war vielleicht auch nicht notwendig. Falls Gerardos Alibi stimmte, gab es keinen Verdacht gegen ihn. Eine Kleinigkeit konnten sie aber sofort klären: Der Täter hatte Cerriello wahrscheinlich mit Insulin betäubt.

»Dürfte ich bitte kurz die Toilette benutzen?«, fragte er, und Frau Pasetti zögerte. Dann nickte sie und deutete auf eine Tür.

De Santis schloss ab, klappte geräuschvoll den Toilettendeckel hoch und sah sich um. Zwei Haarbürsten, zwei Zahnbürsten, ein Elektrorasierer, nichts Ungewöhnliches. Er öffnete den kleinen Hängeschrank über dem Waschbecken, fand die übliche kleine Hausapotheke. Kein Hinweis auf Diabetes, keine Spritzen, kein Insulin.

De Santis spülte, wusch sich die Hände und trat hinaus auf den Flur. Carmela stand schweigend neben Frau Pasetti. Ihr schien etwas auf den Nägeln zu brennen, aber De Santis hielt sie mit einem scharfen Blick zurück. Er bedankte sich und fragte: »Wissen Sie, wo Ihr Sohn vor und nach seiner Schicht am Samstagabend war?«

»Hier. Vor dem Dienst hatte er sich ein wenig hingelegt, wie immer. Er hat seinen Kaffee getrunken und ist gegen halb vier gegangen. Um halb eins in der Nacht war er wieder da.«

»Sie haben ihn gehört?«

»Und gesehen. Ich kann nicht schlafen, solange der Junge nicht in der Wohnung ist«, schloss sie mit einem honigsüßen Lächeln.

28

»Haben Sie gesehen, wie er auf das Stichwort Capri reagiert hat? Der Junge ist verdächtig«, platzte Carmela heraus. »Wie konnten Sie einfach wieder rausspazieren?«

De Santis zog sie von der Wohnung weg ins Treppenhaus, damit die Alte sie nicht hören konnte.

»Wir konnten nichts weiter tun.«

»Wir hätten ihn vorläufig festnehmen müssen.«

»Mit welcher Begründung?«

»Seinen Joint hat er seelenruhig vor unseren Augen in den Ascher gelegt, aber kaum fällt das Wort ›Capri‹ ... Sie haben doch gesehen, wie ihm die Frage zugesetzt hat.«

»Ihm hat die Erinnerung an letztes Jahr zugesetzt.«

»Wie wollen Sie das wissen? Er hatte Angst.«

»Hätten wir Gerardo mitgenommen, dann hätte seine Mutter – vorausgesetzt, er ist tatsächlich der Mörder – alle Beweise in der Wohnung vernichtet«, raunte er.

»Was haben Sie im Bad gesucht?«

»Ich wollte wissen, ob einer der beiden Diabetiker ist.«

»Warum?«

»Cerriello wurde vermutlich mit Insulin kampfunfähig gemacht, aber auch darauf habe ich keinen Hinweis gefunden.«

Sie blieb auf dem Treppenabsatz stehen und verschränkte die Arme. »Ich lasse ihn nicht entwischen. Ich bleibe hier.«

Was sollte De Santis tun? Carmela allein zurücklassen? Konnte er sicher sein, dass Pasetti harmlos war? »Marin oder Bomba sollen die Wohnung observieren.«

»Nicht einmal das trauen Sie mir zu?«

»Ich will nicht, dass Sie sich in Gefahr begeben.«

»Ich denke, Pasetti ist ungefährlich.«

Der Kommissar stöhnte. Carmela war anstrengend. Weil sie recht hatte. Er lief die Treppe hinunter und rief die beiden Kollegen zu sich.

»Wo ist Carmela?«, fragte Marin alarmiert.

»Oben. Sie will die Wohnung observieren.«

»Dann bleibe ich auch hier«, sagte er trotzig.

De Santis ging mit Beppe Bomba hinauf zur Via Giulio Cesare, sie stiegen in den Wagen, und der Kommissar sagte: »Zur Mostra D'Oltremare, Osteingang.« Beppe schoss los, De Santis knallte gegen die Kopfstütze und sagte: »Es brennt nicht. Wir müssen nur mit seinem Kollegen reden, um das Alibi zu überprüfen.«

Der Ispettore scherte sich nicht um De Santis' Worte. Von seinem Gehalt konnte er sich kein Auto leisten, und so musste er sich im Dienst ausleben. Er raste mit quietschenden Reifen durch den riesigen Verkehrskreisel vor dem San-Paolo-Stadion, riss das Steuer herum, rumpelte über eine Bordsteinkante und fuhr an der Parkanlage vorbei bis zum Osttor. Er hielt mitten auf der Fahrbahn, stellte den Motor ab und stieg aus. Ein etwa sechzigjähriger Mann in Uniform kam aus einem erleuchteten Kabuff. »Was soll das Theater? Fahren Sie die Karre weg!«

De Santis hielt ihm den Ausweis hin und sagte: »Sie sind Walter Mattiello?«

»Was wollen Sie?«

»Haben Sie am Samstagabend hier Dienst getan?«

»Darf ich erfahren, worum es geht?«

»Beantworten Sie bitte meine Frage«, sagte der Kommissar.

Der Mann zuckte mit den Achseln. »Ja, habe ich.«

»Genaue Uhrzeiten?«

»Von sechzehn Uhr bis Mitternacht.«

»Allein?«

»Nein, wir arbeiten in Zweierschichten.«

»Mit wem?«

»Mit Gerardo Pasetti.«

»Waren Sie pünktlich?«

»Ja.«

»Auch Pasetti?«

»Ja, verdammt. Fragen Sie ihn.«

De Santis reagierte nicht. »Wo ist Ihre Chipkarte?«

»Welche Chipkarte?«

»Für die Stechuhr.«

Walter Mattiello stöhnte. »Ich verstehe nicht, was nicht in Ordnung sein soll.«

»Routinekontrolle.«

Mattiello ging in das Kabuff, wechselte ein paar Worte mit seinem Kollegen und kam mit der Chipkarte heraus. Er hielt sie De Santis hin und betrachtete ihn skeptisch. »Sie sind gar nicht wegen der Chipkarte hier, und auch nicht meinetwegen, stimmt's?«

»Wie kommen Sie darauf?«, fragte Beppe Bomba.

Der Mann sah die beiden Polizisten feindselig an. »Ihr wollt Gerardo etwas anhängen. Ihr seid alle gleich.«

»Was meinen Sie damit?«

»Er ist ein feiner Kerl.«

»Wie lange kennen Sie ihn schon?«, fragte De Santis.

»Seit zehn Monaten. Seit er hier angefangen hat.«

»Und? Wie macht er sich?«

»Großartig. Er ist zuverlässig, quatscht einem nicht die Ohren voll, schnorrt keine Zigaretten, kümmert sich um seinen eigenen Kram, wenn Sie verstehen, was ich meine.«

De Santis verstand sehr wohl, was er meinte: dass er keine Lust hatte, mit der Polizei zu reden. Und schon gar nicht, der Polizei zu helfen.

»Der ist in Ordnung. Lassen Sie ihn in Frieden.«

Der Kommissar stieg ins Auto und wartete auf Beppe Bomba, der sich stöhnend auf den Fahrersitz fallen ließ, die Tür zuknallte und sich nicht weiter rührte.

»Was ist? Warum fährst du nicht?«, fragte De Santis.

»Ihr glaubt ihm doch nicht, oder?«

»Ich muss ihm glauben.«

»Er hat sofort geschnallt, dass wir wegen Pasetti gekommen sind. Das stinkt zum Himmel.«

»Jede Wette, dass die Stechuhren die korrekten Dienstzeiten bestätigen. Jetzt fahr bitte.«

»Natürlich«, sagte Bomba, startete den Wagen und ordnete sich in den Verkehr ein. »So einen dusseligen Dienst, den kann einer allein verrichten. Der andere lässt seine Chipkarte da, geht nach Hause, macht sich einen lauen Lenz. Der Kollege bedient für ihn die Stechuhr mit.«

»Mattiellos Kollege saß jetzt auch mit im Häuschen. Sie arbeiteten zu zweit, warum soll es am Samstag anders gewesen sein?«

»Weil am Samstag Spätschicht war. Schon jetzt kommt hier kaum einer vorbei, geschweige denn um zehn Uhr abends. Zwei Leute, um einen Euro Eintritt zu kassieren? Ein Witz.«

»Warum sollte Mattiello einen Mörder decken?«

»Gewöhnlich decken sie einander beim Faulenzen. Und das hat Pasetti ausgenutzt. Er wird ihm nicht gerade auf die Nase gebunden haben, dass er jemanden pfählen will.«

Sie schwiegen, während Bomba wieder den weiten Bogen um den Kreisel fuhr und einen letzten sehnsüchtigen Blick in den Rückspiegel warf, in dem sich die verwaiste, in die Jahre gekommene Betonschüssel des San-Paolo-Stadions abzeichnete. Bomba litt, wenn der SSC Neapel nicht spielte und die Sommerpause der ersten italienischen Liga sein Leben in ein tristes Einerlei verwandelte.

De Santis riss ihn aus seiner Melancholie. »Du musst Carmela und Marin ablösen.«

»Und Ihr?«

»Ich habe noch etwas auf Capri zu erledigen.«

Bomba trat auf die Bremse. Hinter ihnen wurde gehupt.

»Warum fährst du nicht?«

»Warum wollt Ihr partout nicht glauben, dass dieser Pasetti der Täter ist? Weil Carmela die Spur entdeckt hat?«

»Wie kommst du auf die Idee?«

»Pasetti ist es, das glauben wir alle. Nur Ihr nicht. Warum? Warum wollt Ihr um jeden Preis nach Capri zurück?«

»Es gibt keine direkte Verbindung zu unserem Mordopfer. Außerdem ist dieser Gerardo Pasetti offensichtlich ein Heißsporn, und das kaltblütige Vorgehen passt nicht zu ihm.«

»Kaltblütig? Er hat ihm mit voller Wucht einen Pflock in den Bauch gerammt.«

»Er trug Handschuhe, hat ihn vorher betäubt, hat keine Spuren hinterlassen ... Das war keine Affekttat.«

»Es war die Tat eines intelligenten Psychopathen. Wie hat Pasetti auf Euch gewirkt? Wie ein harmloser Einfaltspinsel?«

»Findet mir *eine* Verbindung zwischen ihm und Cerriello, findet mir *einen* Beweis, dass Pasetti zur Tatzeit auf Capri war, und ich bin auf eurer Seite«, sagte De Santis. »Das Opfer wurde mit einer SMS von Ariannas Handy an den Tatort gelockt. Das ist der Ausgangspunkt des Mordes. Und da beginnt auch die Spur, in der Villa Paradiso.«

29

De Santis ließ sich am Hafen absetzen, und kaum war der Dienstwagen im dichten Verkehr der Via Marina verschwunden, rief er Diana an. »Ich bin in einer Stunde da«, sagte er, »ich freue mich.«

Er hatte Glück, denn die Fähre, die sich wie ein großer weißer Delphin an die Mole schmiegte, war eines der schnellen Tragflächenboote. Er setzte sich aufs Oberdeck und sah sich um, Hunderte Gesichter, die aus den Fenstern auf das Wasser und die Hafenanlagen starrten, die Fotos schossen, plauderten, aßen.

Er klappte seinen Laptop auf und las die Vorgeschichte Gerardo Pasettis, die Carmela De Cillis rekonstruiert hatte. Er war in Fuorigrotta aufgewachsen, kleinere Drogendelikte, Schlägereien. Sein Vater, früh arbeitslos, schien ihn ebenso wie die Mutter misshandelt zu haben. Bis dieser Vater unter ungeklärten Umständen zu Tode kam. Man fand ihn mit eingeschlagenem Schädel im Keller des Mietshauses. Der Täter wurde nie ermittelt, auch Gerardo, damals fünfzehn, war ins Visier der Polizei geraten.

Nach dem Tod des Vaters nahm sein Leben jedoch eine andere Wendung. Er schloss ein künstlerisches Gymnasium ab, wurde an der Accademia delle Belle Arti angenommen. Bis er sich in Arianna verliebte. Wie Gabriele …

Kaum hatte die Fähre angelegt, ging De Santis über die Mole an den Taxistand. Er trieb den Fahrer an, ließ sich vor der Piazzetta absetzen und bahnte sich ungeduldig einen Weg durch den nachmittäglichen Auflauf an Badegästen, Tagestouristen, Pendlern. Er sehnte sich nach Diana, er hatte sie lange warten lassen und fürchtete ihren Groll, aber als sie die grüne Metalltür öffnete, hatte sie ein Lächeln auf den Lippen.

»Endlich«, rief sie aus. Er zog sie an sich, umarmte sie, hielt sie fest. Und spürte ein leichtes Zittern.

»Was ist passiert?«, fragte er. Ihre Lider waren verquollen, die Iris gerötet. »Hast du geweint?«

Sie schüttelte den Kopf. »Mir brennen die Augen. Ich schaffe es nicht.«

»Was?«

»Es gibt eine Stelle in der Partitur, die mich wahnsinnig macht. In einem Solo, das ich am Freitag zu spielen habe. Ich weiß, dass ich versagen werde.«

»Unsinn«, meinte er, erleichtert, dass es nur um ihre Musik ging. »Du hast wahrscheinlich übertrieben.«

»Woher willst du das wissen?«, fragte sie ernüchtert.

»Morgen wirst du in Ruhe proben, ich höre dir zu, und dann schaffen wir es.«

»Du stellst dir das zu einfach vor. Du nimmst mich nicht ernst mit meinen Problemen.«

»Doch.«

Sie sah ihn mit gerunzelter Stirn an.

»Du wolltest mit mir bei Anacapri wandern gehen, aber ich habe jetzt schon Hunger.«

Sie lachte mit der faszinierenden Leichtigkeit, mit der

sie sich aus ihren Gemütszuständen befreien konnte. Aber er fand sie in jedem Gemütszustand faszinierend. Und in jedem Aufzug. Im Moment trug sie ein Herrenhemd wie ein Negligé, darunter nur ihren Slip, was er nicht übersehen konnte, während er ihr die Treppe hinauf folgte.

Sie ging ins Schlafzimmer, nahm das Cello, aber statt es wegzupacken, setzte sie sich auf einen Schemel, klemmte das Instrument zwischen die Schenkel, strich ein-, zweimal kräftig über die Saiten, um sie zu stimmen. Er wusste nicht, ob es eine gute Idee war, aber er schwieg.

De Santis lehnte sich an die Wand. Die melodische Linie ging über in einen sanften Lauf, der sich in die Höhe schraubte und dann plötzlich abbrach, dramatisch und endgültig. Sie hatte ihn fehlerfrei gespielt.

»Wahnsinn«, sagte De Santis. »Ich verstehe nur nicht, wo die Schwierigkeit war.«

Sie lachte. »Wenn die schwierigen Dinge klappen, wirken sie immer simpel.«

Er dachte zurück an den Abend im Park, wo er sie zum ersten Mal hatte spielen hören. »Ich gehe nur noch schnell duschen, okay?«, fragte er.

»Gerne«, antwortete sie und erhob sich, den Bogen auf das Bett werfend.

Er verließ das Schlafzimmer und erschrak. Aus der Küche drangen Geräusche. Er lauschte, schob sich im Dunkeln an der Wand entlang, spähte durch die angelehnte Tür und sah einen Schatten. Ottilia Moncini. Sie stand an der Spüle und wusch Geschirr ab.

»Sehr freundlich«, grüßte De Santis, »aber das können Sie gerne mir überlassen.« Sie drehte sich um und betrachtete ihn abschätzig.

»Ich habe Ihr Cello gehört. Dass Sie ein Feingeist sind,

hatte ich vermutet, aber das klingt ja fast professionell«, sagte sie.

De Santis stammelte nur »Danke« und überlegte, wie er sie hinauskomplimentieren konnte. »Machen Sie sich keine Umstände.«

»Meine Gäste sind mir heilig.«

Ihr Blick ließ keine Widerrede zu. »Entschuldigen Sie«, er griff nach seiner Aktentasche und holte den Laptop heraus, »aber ich muss dringend einen Bericht abschließen.«

»Vielleicht hätten Sie ein bisschen weniger musizieren und mehr arbeiten sollen«, sagte sie schmunzelnd und fischte eine Tasse aus dem Spülschaum. »Es geht mich nichts an, aber mein Cousin wird einsilbig, wenn die Rede auf Sie kommt. Kann das sein?« Sie räumte das Abtropfgestell ein, schaute in den offenen Hängeschrank und sagte: »Die Espressokanne … Haben Sie etwa im Bett gefrühstückt?«

»Ich hole sie«, sagte er, sprang auf und wollte zum Schlafzimmer laufen. Sie stellte sich ihm in den Weg und stemmte die Arme in die Hüften. »Kaffeeflecken auf der Matratze?«

»Nein, keine Sorge«, sagte De Santis lächelnd und fasste Ottilia an ihren kräftigen Oberarmen. Da setzte das Cello ein, nur zwei, drei tiefe Töne. Ottilias Lächeln gefror. »Sie haben Besuch?« Ehe er antworten konnte, hatte sie sich seinem Griff entwunden. Er versuchte, sie aufzuhalten, aber sie war durch die kleine Diele gelaufen, hatte die Türklinke erreicht und trat mit der Vehemenz der Hausherrin ins Schlafzimmer. Sie schien eine Weile zu brauchen, um sich einen Reim auf das zu machen, was sie sah.

Diana saß auf dem Schemel, das Cello zwischen den nackten Beinen. Ottilia Moncini ließ den Blick über sie schweifen, über das Instrument, das ungemachte Bett, den Kleiderschrank. Dann blieb ihr Blick an dem Hemd hängen, das Diana trug. Es war ein blassblau gestreiftes Herrenhemd, das Hemd, das De Santis sich am ersten Abend ausgeliehen, das er in seiner neapolitanischen Wohnung gewaschen, gebügelt und eingepackt hatte, um es wieder in den Schrank zu hängen. Er hatte es auf einem Stuhl vergessen, und Diana war auf die unglückselige Idee gekommen, es sich überzuziehen.

»Ich kann Ihnen das erklären«, sagte De Santis und fasste Frau Moncini an der Schulter.

»Wagen Sie nicht, mich anzufassen«, erwiderte sie mit bebender Stimme. »Was für eine schamlose Person ist das?«, schrie sie. »Was glauben Sie, wo Sie sich hier eingemietet haben? Mein Cousin hatte Sie ... wie hat er gesagt? Ein hoher Kriminalbeamter, gebildet, solvent, diskret ...«

Diana klammerte sich an ihr Cello, hielt es wie einen Schutzschild vor die Brust, Ottilia war um das Bett gewischt und hatte es bereits am Hals gepackt. Sie versuchte, Diana mitsamt dem Instrument aus dem Zimmer zu zerren.

»Bitte nicht«, jammerte Diana. »Es ist empfindlich.«

»Ach ja? Und ich?«

»Es ist das Wertvollste, was ich besitze«, flehte Diana.

»Ich dachte, dein Kapital wäre dein Körper.«

»Das geht zu weit«, versuchte De Santis einzuschreiten, »es verhält sich nicht so, wie Sie denken.«

»Nein? Sie verlassen sofort mein Haus, und dieses ... Geschöpf, wenn es nicht augenblicklich das Hemd meines Mannes auszieht ...«

Sie hatte Diana das Cello entrissen und hob es in die Luft.

»Her mit dem Hemd! Sofort!«, schrie sie.

»Dann bin ich nackt.«

»Du ziehst dich doch für jeden aus, oder?«

»Das haben Sie missverstanden«, schaltete sich De Santis ein.

»Sie halten den Mund.«

»Es ist ein Gagliano«, flehte Diana, »es gibt nur drei Exemplare davon.«

»Dann sind es jetzt nur noch zwei«, schrie Ottilia und holte nach hinten aus. De Santis erwischte das Instrument und umfasste den Korpus wie einen Medizinball.

»Bitte lassen Sie uns diese Situation wie vernünftige Menschen bereinigen«, meinte er.

Frau Moncini wirbelte herum und versetzte ihm eine Ohrfeige, wie er sie seit Kindertagen nicht mehr gespürt hatte. Damals hatte sein Vater ihn beim Rauchen im Garten erwischt.

Er fiel auf den Rücken, bestrebt, das Instrument zu halten. Ottilia Moncini schoss aus dem Schlafzimmer, einen Wutschrei ausstoßend. Dann war Stille.

Während Diana sich ankleidete, ihre Sachen packte und mit ihrem Cello hinaus auf die Gasse lief, zahlte De Santis die Rechnung. Sie war unverschämt hoch, und eine Quittung bekam er auch nicht.

»Hat es Ihnen bei mir an irgendetwas gefehlt?«, fragte Ottilia.

»Natürlich nicht.«

»Auch von Alessandro bin ich enttäuscht. Richten Sie ihm das aus.«

Bestimmt nicht, dachte De Santis. Er trat auf die Gasse und fand Diana, die auf den Stufen eines Hauseingangs saß und die Wirbel ihres Cellos betastete.

Er setzte sich neben sie und nahm sie in den Arm. »Alles heil?«, fragte er.

»Sieht so aus.«

Hätte er nicht das Stechen in seinen Lendenwirbeln gespürt, mit denen er auf eine Stuhlkante geknallt war, wäre ihm nach Lachen zumute gewesen. »Wir suchen uns ein Hotel«, sagte er. »Das Panorama war sowieso nichts Besonderes.«

Sie gab sich Mühe zu lächeln und wischte sich die Tränen ab.

30

Die Suche nach einer Unterkunft gestaltete sich jedoch ausgesprochen schwierig. Während sie mit ihrem Gepäck Richtung Piazzetta marschierten, rief er Pensionen und Hotels aller Preisklassen an, und noch ehe er eine Frage stellen konnte, kam die immer gleiche Antwort: *ausgebucht*.

Sie erreichten die Bar *Da Alberto*, fanden einen freien Tisch und ließen sich auf die Stühle fallen. De Santis brauchte einen Kaffee. Dianas Miene war so düster geworden, dass er überlegte, ob er noch einmal Alessandro Moncini um Rat fragen sollte, doch da hatte er plötzlich, während die beiden Tässchen mit dem duftenden Espresso kamen, einen Portier in der Leitung. »Was für eine Fügung! Schwedische Gäste, die heute einchecken sollten, sitzen in Mailand fest. Anschlussflug verpasst. Was halten Sie von einem Doppelzimmer?«, fragte er.

»Viel.«

»Aber nur für eine Nacht.«

De Santis winkte dem Kellner, trank den Espresso aus und strahlte Diana an. Als er die Rechnung sah, wurde seine Stimmung jedoch leicht getrübt.

»Für zwei Espressi?«, fragte er. »Sie wissen, dass in Italien der Kaffeepreis gesetzlich beschränkt ist?«

»Sie bezahlen ja auch nicht den Kaffee. Das ist der Eintrittspreis ...«, der Kellner in seiner weißen Livree machte eine weitschweifige Geste, mit der er die Piazzetta, die Palazzi, den Golf von Neapel samt Amalfiküste und Vesuv umfing, »... für das Welttheater. Hier liegen Ihnen Menschen aus aller Herren Länder zu Füßen, hier sind Phönizier und Sarazenen, Normannen und Griechen vorbeigezogen. Den Kaffee gibt es gratis dazu.«

De Santis lachte, bezahlte und zog Diana mit.

Sie gingen über den Giardini di Augusto einen gewundenen Pfad durch einen Pinienwald und kamen über eine steile Treppe auf eine Terrasse, die wie ein Adlerhorst in den Klippen hing. Ein berauschendes, überwältigendes, euphorisierendes Gefühl ging von dem Ort aus. Auch Diana schien stumm zu genießen. Ihre Augen verschlangen jedes Detail des schlichten zweigeschossigen Hotelbaus, die einfache Schönheit der strohgedeckten Terrasse, die Geländer aus grobem Holz, die hellen Korridore, das Mahagoni des Empfangs, die Majolikafliesen und die alten Messingarmaturen im Bad. Hinter ihrem Doppelzimmer blinkte das Meer in der Sonne, und die Terrasse führte wie eine Plattform hinaus in den marineblauen Horizont. De Santis sah Diana an. Sie umarmte ihn und flüsterte ihm ins Ohr: »Du hattest recht. Gut, dass man uns auf die Straße gesetzt hat. So ein Hotel habe ich noch nie gesehen. Und ich habe viele gesehen.«

»Wann?«, fragte er.

Sie wich zurück und sagte nur: »Beim Abendessen, okay? Ich gehe nur schnell duschen.«

Er setzte sich hinaus auf die Terrasse, zog einen Liegestuhl unter den Sonnenschirm, zündete sich eine Zigarette an und schloss die Augen. Der perfekte Augenblick. Er war neugierig auf das, was Diana aus ihrem Leben erzählen würde. Er war nur Laie, aber ihr Cellospiel war das einer Virtuosin. Er stellte sich ein Wunderkind vor, das herumgereicht und auf der halben Welt beklatscht wurde. Und was war dann passiert? Er scrollte in den wenigen Fotos, die er von Diana geschossen hatte. Danach kamen schon wieder die Bilder Gabrieles, des Tatorts. Arianna hatte ihn mit einer SMS dorthin bestellt, oder jemand, der Ariannas Handy benutzt hatte. Gerardo Pasetti? Wie hatte er davon erfahren, dass Gabriele ihr neuer Liebhaber war? Hatte Arianna deshalb ein so großes Geheimnis um ihre Beziehung zu Gabriele gemacht, weil sie Pasettis Eifersucht fürchtete?

Diana kam aus der Dusche, und er fragte: »Lust auf einen Spaziergang?«

Sie nickte.

Der Kommissar hatte den Weg zur Villa Paradiso eingeschlagen. Er *musste* in die Villa. Und da Professor Sgarbanti ihm Hausverbot erteilt hatte, war der Empfang, der am Abend wieder stattfinden sollte, vielleicht die beste Gelegenheit.

»Hast du Lust auf eine Party?«, fragte er.

»Wollten wir nicht spazieren gehen?«

»Tun wir doch.«

Er hatte Diana durch das abendliche Gedränge der nach Sonnenmilch duftenden, in bunte Sommerkleider gewandeten Touristen bugsiert, die sich zum Aperitif trafen, die Auslagen der Boutiquen betrachteten, Speisekarten an den Restaurants studierten, und sobald auch Diana an einem Lokal stehen blieb, zog er sie sanft weiter.

»Wo genau gehen wir hin?«, fragte sie.

»In eine Villa. Dort findet ein Künstlerempfang statt.«

Sie blieb abrupt stehen. »Franco. Sag mir, worum es geht.«

Er zögerte. »Ich bin ganz dicht dran. Wir werden uns dort amüsieren.«

»Entweder wir amüsieren uns, oder wir arbeiten.«

»Sobald der Fall geklärt ist, habe ich mehr Zeit für dich, als dir lieb ist.«

»Vielleicht wäre mir lieb, du hättest jetzt Zeit für mich.«

»Es ist ein fantastischer Ort, er wird dir gefallen. Ich muss nur kurz eine Person befragen.«

»Warum?«

»Weil sie mich zu dem Mörder führen kann.«

»Wozu?«

De Santis verstand nicht recht. »Wie du weißt, ist es mein Job, Mörder einzufangen.«

»Und du fühlst dich besser, wenn du ihn erledigt hast?«

»Ja.«

»Warum?«

»Weil ich etwas Sinnvolles getan habe.«

»Hast du den Toten wieder lebendig gemacht?«

De Santis stöhnte. »Diana, worauf auch immer diese Diskussion abzielt, lass sie uns morgen führen.«

»Du warst den ganzen Tag in Neapel, und morgen müssen wir wieder abreisen.«

»Wir holen alles nach, wir bleiben einfach ein bisschen länger auf Capri.«

»Wir haben keine Unterkunft.«

»Ich finde eine.«

»Wie?«

»Mir fällt schon etwas ein. Versprochen.«

Inzwischen waren sie in der Gasse angekommen, in der die Villa Paradiso stand. Das Tor war geöffnet, Leute in eleganter Kleidung strömten hinein, beschwingte Musik lag in der Luft. Diana schüttelte den Kopf, einen bitteren Ausdruck um den Mund.

»Nur eine Minute«, bettelte De Santis. »Ich verspreche es dir.«

»Versprich mir lieber etwas anderes.«

»Was?«, fragte er.

»Dass du am Freitag da sein wirst. Ich brauche Unterstützung.«

»Durch mich?«

»Ich habe jetzt schon Lampenfieber, und die Stelle im Solo, die ich nicht kann …«

»Natürlich kannst du sie. Lass mich nur machen«, sagte er grinsend.

»Teatro Trianon, einundzwanzig Uhr?«

Er nickte. »Hundertprozentig.«

In der Villa war nichts mehr zu spüren von klösterlicher Strenge. Die Luft vibrierte von ausgelassenen Stimmen, Gläserklirren, Musik. Überall Bilder, Skulpturen, Installationen, bunte Neonröhren wanden sich wie Schlingpflanzen um Geländer und Säulen. Diana hängte sich bei De Santis ein und ließ sich in die Menge der Gäste ziehen, Herren und Damen in Abendgarderobe, ausländische Botschaftsangehörige, Uniformierte, Paradiesvögel aus dem Showbusiness, bei deren Anblick Studenten ihre Handys zückten, um heimlich Fotos zu machen.

Im Kaminzimmer spielte ein Jazzquartett, in der Mensa stand ein großes Büfett. Professor Sgarbanti postierte sich daneben mit seiner Frau. Aber nirgendwo in dem Getümmel war Arianna Lambiase zu entdecken.

»Ich bin sofort wieder da«, sagte der Kommissar, lief durch den Flur bis zum hinteren Quergang, klopfte an der Tür von Ariannas Zelle und wartete, aber niemand öffnete. Er ging nach draußen in den Park, folgte der Außenmauer bis zu Ariannas Fenster. Es war dunkel und verriegelt.

Als er sich wieder neben Diana eingefunden hatte und überlegte, wen er nach Ariannas Verbleib befragen könnte, raunte ihm jemand ins Ohr: »Wen sieht man denn hier?« Neben ihm stand ein Mann, der etwas derangiert aussah und nach Wein roch. »Erkennst du mich nicht? Roberto, erstes Jahr Jurastudium.«

Tatsächlich hatte De Santis Mühe, in den verwüsteten Gesichtszügen seinen einstigen Kommilitonen und Freund Roberto Socali zu entdecken.

»Legst du jetzt auch dein Geld in Kunst an?«, fragte er.

»Welches Geld?«

»Deine Honorare als Starreporter.«

Socali lachte höhnisch. Er war nach dem Studium zur Presse gegangen und hatte mit mehreren Enthüllungsberichten zur Korruption in Neapel Furore gemacht. »Glaub nicht, dass mir die Skandale, die ich aufgedeckt habe, Erfolg gebracht haben. Nach außen vielleicht, ein paar Preise, ein paar Titelseiten und Fotos mit Richtern und Politikern, die sich mit mir auf die Bühne gestellt haben. Aber dann …«

Der Kommissar wartete. »Ich dachte, die Redaktionen hätten sich um dich gerissen.«

»Du siehst doch, wo ich gelandet bin. Zuerst Sport, dann Reisemagazin, und jetzt tauge ich nur noch für Klatschtermine.«

Ein Tusch ertönte, plötzlich war Stille, und der Professor begrüßte seine Gäste, ehe er überleitete zum Künstler des Abends. Er lobte dessen »überaus eigenwillige, originelle Bildsprache, die mit der Monumentalgewalt eines neuen Caravaggios« über uns komme. Wieder ertönte ein Tusch, dann wurde es dunkel, ein Spotlight ging an.

»Möchten Sie auch ein Glas?«, fragte Camillo Sciatarra. In schwarzem Anzug, mit weißer Fliege und Handschuhen balancierte er ein Silbertablett mit Sektkelchen und Häppchen vorbei.

»Ich will eine Auskunft«, erwiderte De Santis.

Sciatarra warf einen besorgten Blick auf Giancarlo Sgarbanti. »Ich kann jetzt nicht reden«, flüsterte er.

»Ich suche Arianna Lambiase. Wo ist sie?«

»Weiß ich nicht.«

»Haben Sie diesen Sommer Gerardo Pasetti einmal auf dem Gelände der Villa Paradiso gesehen?« De Santis hatte sein Foto aufgerufen und Sciatarra hingehalten, aber dieser schüttelte den Kopf und war schon wieder in der Menge untergetaucht.

»Wegen Arianna Lambiase bist du hier?«, fragte Roberto Socali.

»Du kennst sie?«

»Flüchtig. Sie gehört hier ja zum Inventar.«

»Hast du sie irgendwo gesehen?«

Socali schüttelte den Kopf und kippte den Sekt, den er sich vom Tablett gegriffen hatte. »Du ermittelst hier?«

De Santis musste auf der Hut sein. »Nein, eine flüchtige Bekanntschaft führt mich her.«

Der Reporter nickte, wenig überzeugt. »Arianna Lambiase?«

Ein Trommelwirbel ertönte, schwoll an und riss ab, als Professor Sgarbanti das Tuch von der Leinwand zog.

Zum Vorschein kam ein riesiges Bild. De Santis kannte es, es war das Gemälde, auf dem Piero Coppola bei ihrem Gespräch oben im Pinienwäldchen gekniet hatte.

Tatsächlich trat der junge Mann jetzt ins Scheinwerferlicht und verneigte sich vor der applaudierenden Menge.

»Du liebe Zeit«, sagte Socali.

»Was meinst du?«

»Jetzt ist auch noch Sgarbanti auf diesen Gernegroß hereingefallen.«

»Du magst Coppolas Bilder nicht?«

»Nein. Aber ich werde ja nicht gefragt«, sagte Socali lachend und schnappte sich ein Glas Rotwein, das vorbeischwebte.

Das Handy in De Santis' Hosentasche klingelte, eine unbekannte Nummer. Er ließ Socali stehen, suchte vergeblich den Saal nach Diana ab und lief nach draußen, um den Anruf entgegenzunehmen.

31

Er trat in die kühle Finsternis, in der die Musik nachhallte.

»Tut mir leid, wenn ich Sie um die Uhrzeit störe«, sagte Carla De Jodice. »Aber ich dachte, es könnte Sie interessieren.«

»Was?«

Die Musik wurde lauter, und das schien auch die Pathologin durchs Telefon zu hören. Denn sie sagte etwas pikiert: »Während Sie feiern, habe ich eine Nachtschicht eingelegt und den Autopsiebericht gelesen.«

»Von Daniele D'Astori?«

»Ja, darum hatten Sie mich doch gebeten.«

»Sicher. Ich hätte nur nicht erwartet, dass Sie so bald dafür Zeit finden.«

»Ich habe sie mir genommen.«

De Santis wusste nicht, ob das als Scherz oder Tadel gemeint war. »Was haben Sie entdeckt?«, fragte er.

»Der Junge ist ertrunken, hatte keine Hämatome, Frakturen, Abschürfungen, die auf einen Schlag oder Kampf hinweisen würden. Es wirkt, als wäre er einfach über Bord gegangen und von den Fluten verschlungen worden.«

»Aber ...?«

»Das Wasser in seiner Lunge.«

»Ist Süßwasser.«

»Nein. Salzwasser, 650 Milliliter.«

De Santis verstand nicht recht. Wo sollte da ein nützliches Indiz stecken? Dann dämmerte ihm etwas. Beim Ertrinken war der Atemreflex so stark, dass das Opfer gierig, ohne sich beherrschen zu können, literweise Wasser in die Atemwege sog.

»Es ist verdächtig wenig.«

»Es muss nicht verdächtig sein. D'Astori kann durch den thermischen Schock beim Eintauchen ins Wasser halb ohnmächtig gewesen sein.«

»Das Mittelmeer war aber damals dreiundzwanzig Grad warm.«

»Eben.«

»Sie denken an ein Betäubungsmittel? Zum Beispiel Insulin?«

»Das Denken überlasse ich Ihnen. Ich habe nur den Bericht gelesen.«

»Danke«, sagte De Santis und legte auf.

Er trat durch den Hintereingang ins Erdgeschoss und blickte in den Korridor, der den Innenhof umrahmte. Überall waren Kunstschüler, Gäste, er sah John Henrichs, der ein Gemälde an der Wand studierte. Wo war Diana? Wo war Sgarbanti? Wieder wurde ein Tusch gespielt, und die Gäste strömten Richtung Kaminzimmer. Plötzlich stand Piero Coppola vor ihm. Er war aus einer Toilette gekommen, wischte sich die Hände an der Hose trocken, nickte hastig einen Gruß.

»Nur eine Frage«, sagte der Kommissar.

»Ich werde gebraucht«, erwiderte Coppola und wollte sich losmachen.

»Wie kommt das?«

»Was?«

»Dass Sie jetzt so dringend gebraucht werden? Dass Sie plötzlich der neue Star in der Akademie sind?«

Piero Coppolas Blick wurde verbissen. »Ich weiß nicht, worauf Sie hinauswollen.«

»Haben Sie Daniele D'Astori gekannt?«

»Flüchtig. Er war an der Akademie einige Jahrgänge über mir.«

»Aber Sie wissen, dass er ertrunken ist?«

»Ja.«

»Wissen Sie auch, ob er ein besonderes Verhältnis zu Professorin Sgarbanti hatte?«

Piero Coppola blieb stumm und schüttelte mitleidig grinsend den Kopf. »Was soll das jetzt?«

»Sie haben angeblich Sgarbanti nach dem Alarm oben am Wäldchen gesehen. Sie haben ihm ein Alibi verschafft. Und wenige Tage darauf sind Sie plötzlich der Künstler des Abends.«

»Das habe ich meiner Arbeit zu verdanken. Keiner Falschaussage.«

»Wo ist Arianna?«

»Abgereist.«

»Warum?«

»Weiß ich nicht.«

»Wissen Sie überhaupt etwas? Sie waren Gabrieles bester Freund. Freunden teilt man sich mit«, blaffte De Santis. Einige Leute drehten die Köpfe nach ihm.

»Nicht so Gabriele. Er war sehr verschlossen.«

»Hatte er Angst vor Gerardo Pasetti? Haben er und Arianna deshalb so ein Geheimnis um ihre Beziehung gemacht? Wie lange waren die beiden schon zusammen?«

Die Musik war verstummt, und dann setzten auch die Gespräche aus, während man Schritte heranstürmen hörte.

»Haben Sie Pasetti hier irgendwo gesehen vor Gabrieles Tod?«

»Schluss«, blaffte Professor Sgarbanti und schob sich zwischen De Santis und Coppola. »Sie haben hier Hausverbot.« Er fasste den Künstler am Arm und wollte ihn durch die Menge bugsieren, die interessiert den kleinen Zwischenfall beobachtete.

»Zwei Ihrer Studenten sterben eines gewaltsamen Todes«, sagte De Santis. »Und für Sie zählt nur Ihr Abendprogramm?«

Sgarbanti ließ ihn stehen und raunte einer rothaarigen Frau etwas ins Ohr. De Santis traute seinen Augen nicht. Die schlanke Gestalt im schwarzen Stretchkleid, ein Glas Sekt in der Hand, war Elvira Barbarossa, die Staatsanwältin, *seine* Staatsanwältin. Sie schaute ihn kalt an. Dann kam sie auf ihn zu.

»Ich möchte Sie kurz unter vier Augen sprechen«, sagte sie und stöckelte durch den Korridor zur Glastür. Sie traten hinaus ins Freie, während aus den offenen Fenstern des Kaminzimmers die Stimmen der Gäste tönten, bis jemand mit einer Gabel gegen ein Glas schlug.

»Merken Sie nicht, dass Sie sich selbst disqualifizieren?«, zischte sie.

»Ich versuche nur, meine Arbeit zu tun.«

»Hier? Heute Abend?«

»Gabriele hat nun einmal hier gewohnt.«

»Drei Wochen lang. Wieso glauben Sie, dass Sie ausgerechnet hier den Täter finden?«

»Weil Gabriele von hier an den Tatort gelockt wurde,

weil hier alle Fäden zusammenlaufen, weil man mir überall Steine in den Weg legt, weil die Alibis einiger Beteiligten wackelig sind ...«

»Auf wen spielen Sie an?«

»Zum Beispiel das Ehepaar Sgarbanti. Gabriele ist zwischen ein Uhr dreißig und zwei Uhr dreißig umgebracht worden.«

»Die Sgarbantis waren hier, und danach wurden sie von allen möglichen Leuten gesehen.«

»Die Sgarbantis geben einander ein Alibi, und danach ist es Piero Coppola, der den Professor gesehen haben will. Die Frau ist angeblich im Schlafzimmer geblieben.«

Elvira sah De Santis durchdringend an. »Was reimen Sie sich eigentlich zusammen? Zuerst dieser Barbagiovanni, dann Camillo Sciatarra ... Ich will endlich Beweise von Ihnen, keine bizarren Theorien.«

»Beweise finde ich nur, wenn ich ermitteln darf. Ich wollte, dass die Spurensicherung Gabrieles Zimmer untersucht, und warte noch heute auf Ihre Genehmigung.«

»Ihre Vermutungen rechtfertigen nicht, dass Sie Professor Sgarbantis Arbeit sabotieren.«

»Es wird Zeit, dass ihm mal jemand auf die Finger schaut. Gabriele ist bereits der zweite Tote aus seinem Umfeld.«

»Was heißt das?«

»Vor vier Jahren ist ein Student, der mit ihm auf seiner Jacht war, ertrunken. Angeblich ein Unglück. Aber dieser Student soll ein Verhältnis mit seiner Frau gehabt haben.«

Elvira Barbarossa sah De Santis an wie einen Außerirdischen. »Nach fünf Tagen Ermittlungen haben Sie nichts anderes als Klatsch aus dem Internet vorzuweisen? Was tun Sie eigentlich die ganze Zeit? Ich habe noch keinen Bericht von Ihnen bekommen, nicht einen stichhaltigen Beweis.« Sie schüttelte resigniert den Kopf und sprach weiter: »Ihre Kollegen verfolgen einen ganz anderen Ansatz.«

»Ebenfalls ohne Beweis.«

»Lassen Sie mich ausreden. Ich will Ihnen nicht verschweigen, dass Ihr Team sich auch über Sie geäußert hat.«

»Mein Team? Oder Mario Marin? Der an meinem Stuhl sägt, seit er in der Abteilung ist?«

»Ihr *Team* meint, Sie hätten sich verrannt, seien mit keinerlei Argumenten davon zu überzeugen, dass Sie auch andere Spuren in Betracht ziehen sollen.«

»Diese anderen Spuren haben einen Namen: Gerardo Pasetti. Aber Pasetti hat ein Alibi. Er kannte Cerriello nicht. Es gibt kein Motiv.«

»Und welches Motiv sollte Giancarlo haben?«

Sie betrachtete De Santis. Kalt und unangreifbar. Kaum zu glauben, wie nah sie einander vor wenigen Monaten gekommen waren. Sie schien an dasselbe zu denken. »Wagen Sie nicht, mich so anzusehen.«

Er schwieg. Aber es war stärker als er. »Warum Sie hier meine Arbeit behindern, trotz dieser Indizien ...«

»Reden Sie lieber nicht weiter. Sie werden augenblicklich die Villa verlassen«, sagte sie. »Das ist eine Anordnung.«

»Sie schützen einen Freund.«

»Ich schütze Sie. Gehen Sie, ehe ich Ihnen den Fall entziehe.«

Er überlegte. Sollte er in der Nacht wiederkommen, irgendwo durch ein Loch im Zaun schlüpfen?

»Ich bin nicht allein da«, erwiderte De Santis »Ich muss noch jemanden holen.«

Er war außer sich vor Wut. Er wusste, dass er sich verrannt hatte, dass ihm irgendetwas Entscheidendes entging. Sgarbanti war so oft gesehen worden, dass er dazwischen kaum Gabriele umgebracht haben konnte.

Er ließ Elvira Barbarossa stehen, um Diana zu suchen, fand aber nur Roberto Socali. »Hast du die junge Frau von vorhin gesehen?«, fragte er.

»Bist du ihretwegen hier?«, fragte Socali grinsend zurück.

»Nein.«

De Santis sah sich in dem Raum um. Auf der Staffelei unter dem Spotlight stand das Gemälde Piero Coppolas.

»Interessierst du dich etwa für Kunst?«, fragte der Reporter.

»Das hier sagt mir nicht allzu viel.«

»Kein Wunder. Hier werden Geldscheine gemalt. Für eine Blase, die kauft, weiterverkauft und die Preise anheizt.«

»Ich dachte, hier kämen die größten Talente her.«

Socali blies verächtlich Luft durch die Zähne. »Ein paar Aushängeschilder sind dabei, der Rest ist Mittelmaß aus gutem Haus, zahlt ein Vermögen, um hier mitzumischen.«

»Warst du letztes Jahr auch hier?«

Roberto Socali dachte nach. »Ja, ich glaube schon.«

»Ist dir da jemals ein Gerardo Pasetti untergekommen?«

»Der Name sagt mir nichts.«

»Glatze und Boxernase. Er soll den Laden hier ziemlich durcheinandergebracht haben.« De Santis zeigte ihm ein Foto, das er auf dem Handy gespeichert hatte.

»Ach der? Sicher, er war ebenfalls Star des Abends. Aber dann fiel er in Ungnade.«

»Weißt du, warum?«

»Keine Ahnung.« Plötzlich wurde der Journalist misstrauisch. »Warum interessiert dich das wirklich?«

De Santis zögerte. Wenn er jetzt etwas verriet, dann trat er eine Lawine los. Aber vielleicht war das nötig. Er hatte keine Lust mehr, die Regeln einzuhalten. Die Staatsanwältin ließ ihn nicht ermitteln, und darüber ruinierte er das, was sich mit Diana entwickelte. Er musste sein Versprechen halten, alles nachholen mit ihr. Aber dazu brauchte er eine Unterkunft. Wenn er nichts unternahm, mussten sie am nächsten Tag ihr Zimmer räumen, und er hatte sein Versprechen gebrochen …

Er rief das Foto vom Tatort auf, Gabriele Cerriello, von den Füßen her fotografiert, im Bauch einen Pflock, und hielt es Socali hin. Dieser pfiff durch die Zähne.

»Von mir hast du das nicht.«

»Ist klar.«

De Santis steckte ihm eine Visitenkarte zu, und Socali sagte: »Deine Begleiterin ist eine begnadete Tänzerin. Ich würde im Kaminzimmer suchen.«

Er folgte der Musik und stieß auf eine Zuschauermenge, die sich im Kaminzimmer um die Tanzfläche gebildet hatte. Dort wogte ein Knäuel Leiber auf und ab, mittendrin Diana. Sie bewegte sich mit derselben Hingabe, mit der sie auch das Cello spielte, bis sie mit einem Mann zusammenstieß, die Augen öffnete und De Santis erblickte. Sie glitt auf ihn zu und fragte: »Willst du etwa schon gehen?«

»Du nicht?«

Sie lachte. »Wenn du mich zwingst.«

Der Kommissar bugsierte sie durch die sich teilende Menge Richtung Tür. Dort stand Elvira Barbarossa und fixierte De Santis. Im Weggehen merkte er, dass der Blick jedoch nicht ihm, sondern Diana gegolten hatte. Dann nickten die beiden Frauen sich unmerklich zu.

»Kennst du sie?«, fragte De Santis draußen im Flur.

Diana schüttelte den Kopf. Ihr Miene verriet, dass da wieder die andere Diana vor ihm stand, und er verzichtete auf Nachfragen.

32

Auf der Gasse lachte sie plötzlich los, warf den Kopf in den Nacken. »Wo warst du die ganze Zeit? Die Musik war fast so gut wie an unserem ersten Abend. Hast du eine Zigarette?«

Dass er sich um den Fall statt um sie gekümmert hatte, schien vergessen. Oder lag es am Alkohol?

Er zündete zwei an, schob Diana eine zwischen die Lippen und legte seinen Arm um ihre Hüfte, deren Schlingern ihn erregte. Sie stiegen den Pfad durch die duftenden Pinien hoch, über denen das Hotel wie eine helle Wolke schimmerte.

Diana ließ ihr Kleid, kaum waren sie im Zimmer, von ihrem Körper rutschen. Er war scharf auf sie, aber sie verschwand unter der Dusche. Zum Trost nahm er sich ein Bier aus der Minibar, setzte sich auf der Terrasse in einen Liegestuhl und betrachtete die Jachten, die in der Bucht unter dem Hotel ankerten. Ihr Prunk und die geistlose Beleuchtung störten ihn nicht mehr, nichts störte ihn mehr. Sollte Elvira ihm den Fall entziehen. Es war ihm egal. Vielleicht wurde er alt. Vielleicht wurde er weise. Vielleicht hatte auch Diana recht. Was änderte es, wenn er einen Mörder in den Knast brachte? Es waren sowieso nur die armen Irren, die hinter Gitter wanderten. Die wahren Fieslinge hielten sich an die Gesetze, die sie selbst erlassen, die sie studiert und mit kleinen Schlupflöchern versehen hatten. Sie ließen andere für sich arbeiten, sie gaben ihre Entscheidungen mit der Maus weiter, nicht mit der Machete, und irgendwo am anderen Ende der Machtstrukturen, am anderen Ende der Welt, starben Tagelöhner und Kinder an Bleivergiftung und Vitaminmangel, in Bürger- und Drogenkriegen, in überlasteten Krankenhäusern und Rodungsgebieten.

Diana kam auf die Terrasse, in das weiße Badetuch des Hotels gewickelt, über das ihre schwarzen Haare fielen. Die Wassertropfen glänzten auf ihrer Nase. »Was ist los?«, fragte sie.

Er schälte sich aus dem Liegestuhl und sagte lächelnd: »Du hast recht.«

»Womit?«

»Wahrscheinlich mit allem.«

»Das wäre mir zu viel Verantwortung.«

»Ich gehe auch schnell duschen. Morgen erkunden wir die Insel zusammen«, sagte er.

Sie schliefen miteinander, sie schliefen miteinander ein, und in der Nacht streckte er manchmal die Hand aus, spürte ihren Rücken, roch ihren Atem, den Duft von Salz. Es war, als würde er hinaus auf die See treiben, sanft geschaukelt von den Wellen. Er spürte, dass ein neues Leben für ihn begann, ein Leben, das leichter und intensiver war als alles, was er kannte.

Die Schreie der Möwen weckten ihn, der Duft von Espresso zog durch die offene Terrassentür herein. Diana lag da. So real, so still und anmutig, dass es schwer auszuhalten war. Er stand vorsichtig auf, ging hinaus auf die

Terrasse, setzte sich wieder in einen Liegestuhl und betrachtete sie. Er steckte sich eine Zigarette an, aber sie schmeckte banal. Er warf das Päckchen über die Brüstung und sah zu, wie es gegen die Klippen prallte, sich drehte und in die Tiefe fiel. Theatralisch und wenig umweltfreundlich.

Dann zog er Hemd und Hose an und ging hinunter auf die große Hotelterrasse, wo die Gäste beim Frühstück saßen, Zeitung lasen und aufgeregt plauderten. Er wollte den Tag zelebrieren, und was war ein besserer Auftakt als ein luxuriöses Frühstück? Während er am Büfett ein Tablett mit Cappuccino, Saft, Obst und Croissants belud, hatte er den Eindruck, dass die gesamte Gästeschaft ihn beobachtete. Er drehte sich um, die Leute sahen auf ihre Teller. Gut, er war unrasiert, aber sicher kein verstörender Anblick. Er nahm das Tablett und wollte zurück ins Zimmer gehen, als er die Antwort fand. An der Rezeption saß der Portier, vor sich die aufgeschlagene Ausgabe von *Il Mattino*. *Serienmörder auf Capri* lautete die Schlagzeile. Darunter war ein Schwarzweiß-Foto von De Santis. Die Hotelgäste hatten ihn also erkannt. Und auch der Portier blickte ihn nachdenklich an. »Commissario?«

»Ja?«

»Sie waren daran interessiert, ein, zwei Nächte länger zu bleiben?«

»Ja.«

»Vielleicht könnte ich etwas deichseln.«

Ganz sicher kannst du etwas deichseln, dachte er und überflog die ersten Zeilen der Zeitungsmeldung. Irgendwie hatte Roberto Socali es noch in die heutige Ausgabe geschafft, zwar nur auf die Lokalseiten mit einem kleinen Kästchen, aber das hatte es in sich. *Vom Paradies in*

Dantes Hölle. Ein Psychopath geht um auf Capri. Das würde Moncini den kalten Schweiß auf die Stirn treiben. Aber es erheiterte De Santis fast.

Da klingelte auch schon sein Handy. Die Mordabteilung.

»Kann ich gleich zurückrufen?«, fragte er.

»Es ist dringend«, sagte Carmela De Cillis.

»Worum geht es?«

»Gerardo Pasetti.«

»Was ist mit ihm?«

»Er war in der Mordnacht auf Capri.«

»Woher wollt ihr das wissen?«

»Die Kollegen auf Capri überprüfen alle Überwachungsvideos vom Fährhafen, wegen der Graffiti-Sprayer.«

»Und was hat das mit unserem Fall zu tun?«

»Wir haben uns die Videos auch angesehen und darauf Gerardo Pasetti entdeckt.«

»Sicher?«

»Er hat in der Mordnacht die letzte Fähre nach Capri genommen. Sein Kollege hat ihm ein falsches Alibi gegeben«, fuhr Carmela fort.

»Wo ist Pasetti jetzt?«

»Zu Hause.«

»Seid ihr sicher?«

»Ja, Bomba hat es überprüft. Pasetti ist in seiner Wohnung. In zwei Stunden beginnt seine Schicht im Park.«

»Fahrt nach Fuorigrotta und hängt euch an ihn dran. Er darf euch auf keinen Fall entwischen.«

»Ist klar.«

»Wenn ich da bin, nehmen wir ihn fest.«

»Chef, sollen wir nicht lieber sofort ...«

»Nein. Wir machen das gemeinsam.«

Als er ins Zimmer kam, saß Diana neben dem Bett und spielte Cello.

»Ich muss weg«, sagte er, nahm einen Schluck von dem kalten Cappuccino und biss in ein Croissant.

»Und ich?«

»Warte hier auf mich. Ich komme so schnell wie möglich zurück.«

»Das ist nicht dein Ernst, oder?« Sie stand auf, packte ihr Cello ein und öffnete den Kleiderschrank.

»Was machst du?«

»Ich hocke nicht noch einen Tag allein in einem Hotelzimmer.« Sie begann, ihre Sachen in den Koffer zu stopfen.

»Kommst du heute Abend wieder mit auf die Insel, wenn ich dich abhole?«

»Nein, es reicht. Ich will mich auf meinen Auftritt konzentrieren.«

»Es tut mir leid. Wie haben eine heiße Spur. Wir nehmen den Mörder fest, und danach ist der Spuk vorbei.«

»Danach. Immer kommt alles Wichtige danach, während du kaputten Idioten nachjagst.«

De Santis schloss die Augen. Es war nicht der Moment, über den Sinn des Lebens zu philosophieren. Er brauchte jetzt nicht Buddha, sondern seine Beretta.

33

Sie setzten mit der Fähre nach Neapel über, und dann stiegen sie mit Gepäck und Violoncello in ein Taxi. Als es vor Dianas Haus hielt, wandte sie sich ab, und er sagte zu ihr: »Ich melde mich.«

»Ja, sicher.« Sie stieg aus, ohne einen Gruß.

In seinem Magen flirrte ein Gefühl, das er gut kannte. Und schlecht vertrug.

Als das Taxi weiterfuhr, rief er Carmela an. »Gerardo Pasetti hat um elf Uhr dreißig die Wohnung verlassen und ist zu Fuß zur Arbeit gegangen«, sagte sie.

»Wer beschattet ihn?«

»Beppe«, antwortete Carmela. »Ich sitze mit Mario im Auto, wir stehen direkt vor dem Wärterhäuschen. Er unterhält sich drinnen mit seinem Kollegen Walter Mattiello.«

»Ich bin praktisch da.«

»Ich habe Ihnen das Überwachungsvideo geschickt.«

Das Taxi hatte sich in den dichten Verkehr der Via Riviera di Chiaia eingeordnet, der Fahrer mogelte sich durch die Schlangen. De Santis versuchte unterdessen, aus dem Video etwas Nützliches abzuleiten. Die Bilder waren recht grobkörnig, man sah einen Kapuzenpulli im Strom der anderen Passagiere unter der Kamera durchtauchen. Und plötzlich – er schien das Objektiv zu spüren – hob er den Blick. Nur für einen Moment sah man ein Gesicht. Kein Zweifel – es war Gerardo Pasetti. Der Kommissar ließ die Bilder mehrmals vor- und zurücklaufen, um Hinweise auf einen möglichen Mittäter zu finden. Pasetti schien jedoch nur mit sich beschäftigt.

Unterdessen waren sie vor dem Stadionrund angekommen, und der Kommissar zahlte, um das letzte Stück zu Fuß zu gehen. Der silbergraue Seat parkte vor einer hohen Mauer, die den Park umgab und sich an das Kabuff anschloss. Er klopfte an die Seitenscheibe.

»Alles ruhig«, meinte Bomba.

»Carmela, Sie kommen mit mir rein. Marin, Sie gehen auf die Rückseite, falls Pasetti türmen will. Und Bomba, du hältst dich am Steuer bereit«, sagte De Santis.

Während er mit seiner Kollegin auf die Tür des Wärterhäuschens zusteuerte, bewegte sich etwas hinter der breiten Scheibe. Marin war gerade dabei, die Schranke zu passieren, als die Tür aufging und Walter Mattiello herausrief: »Haben Sie Eintritt bezahlt?«

Mario Marin zeigte ihm den Dienstausweis. »Für uns gratis.«

Da hörte man eine Tür schlagen. Mattiello baute sich vor dem Kommissar auf, während Mario Marin lossprintete. De Santis stieß Mattiello zur Seite und rannte in das Kabuff. Der Kassenraum war leer. Ebenso der enge Flur, in dem zwei Spinde standen. Zwei Türen gingen davon ab. Er riss die erste auf, eine Rumpelkammer ohne Fenster. Der zweite Raum war eine winzige Toilette mit einem Oberlicht.

Der Kommissar lief wieder nach vorne und packte

Mattiello am Kragen seiner Uniform. »Wo ist er?«, schrie er und schüttelte ihn.

»Wer?«, fragte dieser ungerührt.

»Pasetti. Funken Sie ihn an.«

Mattiello ging betont langsam in das Wärterhäuschen, nahm sein Walkie-Talkie und drückte auf die Ruftaste. »Er meldet sich nicht«, sagte er mit einem kaum verhohlenen Grinsen.

»Er macht alles nur noch schlimmer«, schrie der Kommissar. »Und Sie auch.« Er wandte sich an Carmela: »Laufen Sie zu Bomba. Er soll Sie am Südausgang absetzen und weiter zum Parkplatz von *Edenlandia* fahren. Dort ist noch ein Ausgang. Fordert Verstärkung an.«

De Santis lief in den Park und versuchte, sich zu orientieren. Der vordere Teil wurde von einem Querriegel unterbrochen: Ein terrassiertes Wasserbassin lief von einem Aussichtspunkt herab bis zu einer Allee, in die gerade Marin rannte. De Santis hatte zu viel Rückstand. Es war sinnvoller, wenn er sich einen Überblick verschaffte. Er lief den Hang hinauf und erreichte auf dem Plateau, am Gipfel der terrassierten Bassins, ein buntes Wandmosaik, auf dem die Fauna des Kolonialismus verewigt war: Flusspferde, Giraffen, Antilopen und Tiger. An den Wasserbecken, die wie ein breiter glänzender Schleier den Hang hinabführten, lagen Jugendliche im Schatten alter Bäume, Hundehalter ließen ihre Tiere trinken, drei Halbnackte spielten Frisbee. Der Park stellte eine Art Weltausstellung dar, zumindest der Teile der Welt, die der italienische Faschismus unterworfen hatte. Um eine Prachtstraße standen Pavillons, die Libyen, Eritrea, Albanien gewidmet waren, in dem verwilderten Gelände waren außerdem Sportstätten, ein Amphitheater und verfallende Bauten, deren einstiger Zweck nicht erkennbar war. Die Freiflächen waren mit der Flora der Kolonialländer begrünt, während man die exotische Fauna – in dem natürlichen Lebensraum nachempfundenen Landschaften – in den Zoo *Edenlandia* am Westende gesteckt hatte. Ein stämmiger Mann in Uniform rannte über Planken, die auf einem Bassin lagen. Das war er: Gerardo Pasetti. Aber wo zum Teufel war Marin? Wieso hatte er ihn verloren?

De Santis spurtete los, während Pasetti zwischen Büschen verschwunden war. Der Kommissar blieb auf der Anhöhe, in der Hoffnung, Pasetti auf einer Parallele zu folgen. Doch plötzlich schnitt ihm eine hohe Umgrenzungsmauer den Weg ab. Pasetti, vielleicht von Marin aufgescheucht, bog auf einmal in De Santis' Richtung ab und kam eine Treppe hoch. Der Kommissar musste nur warten. Er versteckte sich hinter einer Platane und schöpfte Atem. Die Schritte kamen näher, wurden langsamer, verstummten. De Santis schob den Kopf hinter dem dicken Stamm vor – und Pasetti sah ihn. Keine zehn Meter entfernt. Er sprang hinter einen Baum, lief Zickzack, verschwand wieder im Gestrüpp. De Santis rannte ihm nach. Die Zweige schlugen ihm ins Gesicht, verhakten sich an seinem Jackett, schließlich blieb er in dem Dickicht stecken.

Er holte sein Handy aus der Tasche, um Marin anzurufen, aber der antwortete nicht.

Pasetti blieb unterdessen verschwunden. Aber wohin? Das Gelände war schier grenzenlos. Und niemand kannte es so gut wie die Parkwächter.

Sie dagegen hatten sich wie Anfänger verhalten.

De Santis lugte aus dem Dickicht über die weiten Rasenflächen. Er wartete, klatschnass geschwitzt, mit stechender Lunge, auf eine verdächtige Gestalt. Er wartete umsonst. Dann ging er langsam zurück Richtung Haupteingang und versuchte, seine Wut und seinen Atem zu beruhigen. Als er an das Wärterhäuschen kam, stand Mattiello vor der niedrigen Treppe und zündete sich seelenruhig eine Zigarette an.

»Wir haben ein Problem«, zischte De Santis durch die Zähne.

»Den Eindruck habe ich auch.« Mattiello nahm einen tiefen Zug, lächelte und blies dem Kommissar den Rauch ins Gesicht. Er konnte nicht wissen, dass De Santis gerade beschlossen hatte, sich das Rauchen abzugewöhnen.

»Sie haben Gerardo Pasetti ein falsches Alibi verschafft«, blaffte er.

Mattiello schüttelte den Kopf.

De Santis zog das Handy aus der Tasche und spielte ihm das Überwachungsvideo aus dem Hafen vor. »Erkennen Sie ihn?«

Der Wachmann schwieg.

»Das ist am Samstagabend, und das ist Pasetti, der auf die Fähre nach Capri steigt. Das reicht, um Sie festzunehmen.«

Mattiello warf seine Zigarette auf den Asphalt und sagte: »Sie spinnen.«

De Santis griff ihn an den Schultern, drehte ihn wie einen Kreisel und warf ihn mit dem Gesicht gegen die Holzwand des Kabuffs. Er hörte den dumpfen Aufprall und ein Ächzen. Der Kommissar packte ihn am Kragen und zerrte ihn die drei Stufen hoch in das Häuschen, dort schubste er ihn in den Stuhl und baute sich vor ihm auf.

»Pasetti hat einen Kunststudenten umgebracht. Ich werde Sie wegen Beihilfe zum Mord verknacken.«

»Wovon reden Sie?« Mattiello blickte ihn unbeeindruckt an, während das Blut in langen Fäden von seiner Nasenspitze tropfte. Er fing es mit der Hand auf, starrte es an und sagte: »Ich werde Sie anzeigen.«

»Versuchen Sie's.« De Santis reichte ihm ein Taschentuch.

»Ihr seid alle gleich«, sagte der Wachmann und ignorierte es. »Und da wundert ihr euch.«

»Worüber?«, fragte der Kommissar.

Mattiello hielt inne, warf einen Blick auf die Zeitung und schaute De Santis entgeistert an. »Die Geschichte auf Capri ... Ihr glaubt doch nicht, dass Gerardo etwas damit zu tun hat? *Das* wollt ihr ihm anhängen?«

»Er war zur Tatzeit dort.«

»Na und?«

»Also zum letzten Mal.« De Santis' Stimme war ganz ruhig geworden. »Wieso haben Sie ihm ein falsches Alibi verschafft? Zur Flucht verholfen?«

Mattiello blickte nach draußen, offensichtlich auf De Santis' Kollegen hoffend, aber sie würden die Eingänge bewachen, bis De Santis sie zurückpfiff. Ihm blieb noch viel Zeit.

»Sie können Pasetti nicht helfen. Aber sich, wenn Sie mir jetzt die Wahrheit sagen.«

»Ich gebe zu, dass ich ihm einen Gefallen getan habe.«

»Welchen?«

»Ich habe für ihn die Chipkarte in die Stechuhr geschoben. Er wollte am Samstag früher weg.«

»Warum?«

»Einer seiner Freunde feierte Junggesellenabschied.«

»Welcher Freund? Wie heißt er?«

»Keine Ahnung.«

»Das ist mir zu wenig. Was hat er Ihnen gegeben dafür, dass Sie ihn decken?«

»Nichts. Ich lasse doch einen guten Kollegen nicht hängen.«

»Wo kann Pasetti sich verstecken? Ich brauche einen Namen. Wer war bei diesem Junggesellenabschied?«

Mattiello zuckte mit den Achseln. »Das geht mich nichts an.«

»Wenn Sie ihm ein falsches Alibi verschaffen, geht Sie das sehr wohl etwas an. Irgendeiner seiner Kumpels wird ihn doch einmal abgeholt oder angerufen haben. Ich brauche einen Namen, eine Telefonnummer, irgendetwas.«

Er schüttelte den Kopf, dann hielt er inne. »Ein junger Mann hat ihn einmal gesucht.«

»Was für ein junger Mann?«

»Keinen Schimmer. Er hat nicht mit mir geredet, sondern mit Enrico.«

»Und wer ist Enrico? Jetzt spucken Sie es schon aus.«

»Ein Kollege.«

»Wann war das?«

»Gestern, glaube ich.«

»Wie hieß der Mann? Wie sah er aus?«

»Keine Ahnung. Nur Enrico hat ihn gesehen, nicht ich.«

»Hat dieser Enrico auch einen Nachnamen?«

»Sicher«, knurrte Mattiello. »Artesio.«

»Geben Sie mir seine Nummer.«

Mattiello suchte in seinem Handy und diktierte sie. De Santis speicherte sie in seinem Telefon und legte eine Visitenkarte auf die ramponierte Kasse.

34

Der Kommissar rief in der Questura an, um noch einmal wegen der Verstärkung nachzuhaken. Angeblich war sie schon unterwegs. Eine Einheit mit zwölf Beamten. Genug, um das Gelände abzuriegeln und es zu durchkämmen. Aber wahrscheinlich war Pasetti in eines der stillgelegten Industriegelände oder über den Tierpark verschwunden. De Santis stand da, hilflos, und wartete auf seine Kollegen, er wartete auf die Einsatzkräfte der Squadra mobile und stellte sich immer wieder dieselbe Frage: Wieso hatte er es verbockt? Wieso hatte er nicht einfach seinen Kollegen vertraut und war bei Diana geblieben? Er rief sie auf dem Handy an, aber sie ging nicht ran. Vermutlich war sie immer noch wütend auf ihn. Oder war sie bei der Probe? Er versuchte es über das Theater Trianon. Im Programmkalender wurde für den nächsten Abend ein »modernes Musical über das antike Neapel« angekündigt. Gelistet waren Namen von Regisseur und Sängern, außerdem das *Orchestra Partenope*, allerdings ohne die einzelnen Musiker zu nennen. Also zog er weiter auf die Website des Orchesters, wo er den Namen des Dirigenten mitsamt Telefonnummer entdeckte. Und er hatte Glück, der Dirigent meldete sich.

»Haben Sie jetzt keine Probe?«, fragte er, nachdem er sich als Polizist vorgestellt hatte.

»Nein, aber was kümmert das die Polizei? Ehrlich gesagt war ich gerade mit der Partitur beschäftigt«, antwortete der Mann mit einer sonoren Stimme.

»Ich muss dringend mit Diana Trombelli sprechen. Wo ist sie?«

»Weshalb?«

»Das kann ich Ihnen nicht sagen.«

»Und ich kann Ihnen nicht sagen, wo sich diese Diana Trombelli befindet. Ich kenne sie nicht.«

»Die Cellistin in Ihrem Orchester.«

»Wir haben vier Celli, außerdem zwei Springer als Ersatz, aber eine Diana Trombelli haben wir nicht«, antwortete der Mann.

De Santis spürte einen Schauer im Nacken. »Eine junge Frau, sehr begabt, schwarze Locken, dunkle Augen, Mitte dreißig. Morgen um einundzwanzig Uhr haben Sie im Teatro Trianon eine Aufführung, und sie spielt die Solopartie für Cello.«

»Meinen Sie Diana Pacelli?«

Pacelli, der Name war De Santis noch nie untergekommen, aber er nahm auch das hin. »Sie ist nicht zu Hause, geht nicht ans Handy. Kennen Sie zufällig die Nummer ihrer Eltern, oder hat sie eine gute Freundin oder einen Freund im Orchester, der mir weiterhelfen könnte?«

»Sie ist noch nicht lange bei uns.«

»Aber Sie haben einen Lebenslauf oder Ähnliches?«

»Sicher.«

»Könnten Sie ihn mir mailen? Es ist äußerst dringend.«

»Ich sage unserer Sekretärin Bescheid.«

De Santis gab seine Mailadresse durch und legte auf.

Dann ging er ziellos an der hohen mit Graffiti beschmierten Mauer des Parkgeländes entlang. Plötzlich fühlte er sich wieder wie nach dem Erwachen in Dianas Wohnung – falls es ihre Wohnung gewesen war. Die Erde schwankte, er hatte das Gefühl, dass sich hinter der Welt, die er sah, eine andere befinden könnte. Aber welche Rolle spielte er darin? Und welche Rolle spielte Diana? Falls sie so hieß?

Als er an das Wärterkabuff kam, stand Mario Marin vor der Treppe und instruierte den Einsatzleiter der Squadra mobile mit zackigen Gesten.

»Wo waren Sie?«, fragte er verwundert, als er De Santis sah.

»Die Beamten sollen das Gelände abriegeln und durchkämmen.«

»Das habe ich Ihnen schon erklärt, wir sollten unterdessen …«, erwiderte Marin.

»Rufen Sie Bomba und Carmela zurück. Ich lasse Pasetti zur Fahndung ausschreiben. Wir können hier nichts mehr tun.«

Marin wollte protestieren, sah aber De Santis' Miene, schluckte die Widerworte hinunter und holte sein Mobiltelefon aus der Tasche. Der Kommissar rief unterdessen Elvira Barbarossa an.

»Haben Sie endlich eingesehen, dass Ihre Kollegen recht hatten?«, fing sie an.

»Uns war vorher nicht bekannt, dass Pasetti auf Capri war.«

»*Ihnen* war das nicht bekannt.«

»Wir brauchen einen Fahndungsbefehl, außerdem einen Durchsuchungsbefehl für seine Wohnung.«

»Bekommen Sie.«

»Trotzdem ...«, sagte De Santis.

»Was?«

»Er kann die Tat nicht allein begangen haben. Niemand scheint ihn auf dem Gelände der Villa gesehen zu haben. Aber die SMS, mit der Gabriele an den Tatort gelockt wurde, ging von Ariannas Handy aus. Und dieses Handy war angeblich die ganze Zeit in der Villa.«

»Sie werden den Lehrbetrieb dort nicht mehr stören. Wenn Sie jemanden befragen wollen, dann laden Sie ihn vor.«

De Santis schluckte ihr oberlehrerhaftes Getue hinunter. »Wieso waren Sie eigentlich auf dem Empfang in der Villa Paradiso?«, fragte er. »Woher kennen Sie die Sgarbantis?«

»Ich interessiere mich für Kunst und glaube nicht, dass ich Ihnen deswegen eine Erklärung schulde. Erklären Sie mir lieber, wer die Informationen an die Presse durchgestochen hat.«

Er dachte an den Abschied aus der Villa zurück, an den Blick, den Elvira mit Diana getauscht hatte. »Und woher kennen Sie Diana?«, fragte er.

»Diana?«

»Die junge Frau, mit der ich in der Villa Paradiso war.«

»Ist das Ihre neue Partnerin?«

»Sie haben meine Frage nicht beantwortet.«

»Sie meine auch nicht.«

»Wie ist ihr richtiger Name?«

Die Leitung war tot. Sie hatte aufgelegt. Und De Santis war jetzt sicher, dass sie einander kannten. Was hatte Diana mit der berühmtesten und härtesten Staatsanwältin Neapels zu schaffen?

Der graue Seat rollte um die Ecke und hielt an der Mauer. Bomba saß am Steuer, Carmela daneben. Mario Marin und De Santis stiegen hinten zu.

»Und jetzt?«, fragte Bomba.

Die Luft war zum Schneiden, alle waren frustriert.

»Jetzt erklärt ihr mir, warum ihr mich bei der Staatsanwältin angeschwärzt habt«, platzte es aus De Santis heraus.

Stille. Er wandte sich seinem Nebenmann zu, der stur nach vorne blickte: »Marin, wenn Sie scharf auf meinen Posten sind und die Abteilung gerne übernehmen wollen, dann sagen Sie es offen.«

»Warum unterstellen Sie mir, dass ich illoyal bin? Ausgerechnet ich?«, schoss der zurück.

»Weil Sie hinter meinem Rücken Ermittlungsansätze an die Staatsanwaltschaft weitergeben und meine Methoden anzweifeln. Wir sind ein Team.«

»Wirklich? Davon habe ich wenig gemerkt, seit Sie auf Capri unterwegs sind. Hätten wir nicht auf Sie warten müssen, wäre uns Pasetti nicht durch die Lappen gegangen.«

»Er war gar nicht mehr in dem Kabuff, als ich ankam.«

»Das reicht«, sagte Carmela De Cillis heftig. »Meint ihr, dass wir so als Team funktionieren?«

Beppe Bomba schwieg. Schwermütig blickte er mal wieder auf das graue Oval des San-Paolo-Stadions, das gemeinsam mit ihm darauf wartete, dass die neue Saison begann, dass der SSC Neapel wieder um den Titel kämpfen und wie jedes Jahr gegen Juventus Turin den Kürzeren ziehen würde. Als wäre es ein Gesetz der Natur. Oder zumindest ein italienisches.

»Wohin wird er fliehen?«, fragte er, aus seinen Träumen erwachend.

»Ohne Geld kommt er nicht weit. Wir müssen sein Umfeld überwachen«, meinte De Santis. »Fahren wir zu seiner Mutter.«

»So blöd wird er nicht sein, dort jetzt aufzukreuzen«, warf Marin ein, und De Santis spürte schon wieder das Blut in seinen Schläfen.

»Wir müssen seinen Computer beschlagnahmen, sein Zimmer filzen. Wir müssen herausfinden, wer seine Kumpels sind, wo er untertauchen oder bei wem er Hilfe holen könnte.«

»Bei Mattiello?«

»Der wird sich nicht noch einmal in die Nesseln setzen, denke ich. Aber ein Kollege, ein gewisser Enrico Artesio, weiß angeblich mehr. Er kennt einen Mann, der sich gestern mit Pasetti getroffen hat. Überprüft das.« Er diktierte die Telefonnummer und sagte: »Fahr los, Beppe, und drossle die Klimaanlage, mir ist schweinekalt.«

Tatsächlich schüttelte es ihn. Es mochte am Schweiß liegen, der plötzlich heruntergekühlt wurde, oder am Nikotinentzug.

35

De Santis lief mit Carmela die Treppe zu Pasettis Wohnung hoch, während Bomba und Marin unten mögliche Fluchtwege im Auge behielten. Plötzlich blieb sie vor dem Treppenabsatz stehen und sah dem Kommissar direkt in die Augen. »Sie dürfen Mario nicht böse sein«, sagte sie, »er braucht etwas Nachsicht.«

»Wieso?«

»Die Hochzeitsvorbereitungen, die Termine, die Verwandtschaft – das alles überfordert ihn. Er will es allen recht machen, versteht aber unsere Mentalität nicht.«

Er ist ein rücksichtsloser Ehrgeizling, dachte De Santis. Aber es war Carmela, die ihn heiraten musste. Er wollte ihr die rosarote Brille nicht nehmen, und er selbst hatte auch versagt.

»Sie haben recht«, sagte er. »Ich habe mich in letzter Zeit nicht genug um die Chemie in der Abteilung gekümmert.« Er drückte auf die Klingel. Sofort ging die Tür auf, als hätte Frau Pasetti auf sie gewartet. »Gerardo ist arbeiten«, sagte sie knapp.

»Leider nicht. Er ist verschwunden«, meinte der Kommissar.

»Hat er sich bei Ihnen gemeldet?«, fragte Carmela De Cillis, betont freundlich.

»Nein.« Sie versuchte, die Tür zuzuwerfen, aber Carmela hatte den Fuß dazwischengestellt. »Ihr Sohn bringt sich gerade in große Schwierigkeiten. Wollen Sie ihm nicht helfen?«

»Ich weiß nicht, ob ich *Ihnen* helfen will.«

»Das ist dasselbe, Frau Pasetti«, sagte Carmela. »Ihr Sohn hat uns alle getäuscht. Aber noch gehen wir davon aus, dass es sich um ein Missverständnis handelt. Er war am Samstagabend auf Capri, statt zu arbeiten. Dort ist ein Mord geschehen, und wir vermuten, dass man das Ihrem Sohn in die Schuhe schieben will.«

Frau Pasetti war genauso baff wie De Santis. Glaubte Carmela das, oder war es ein Trick, um die Mutter weichzukochen? Diese kniff misstrauisch die Augen zusammen.

»Sie sollten sich das hier einmal ansehen.« Carmela hatte das Überwachungsvideo vom Fährhafen aufgerufen und hielt Frau Pasetti ihr großes Handy hin.

»Ich brauche meine Brille, sie liegt in der Küche«, erwiderte die hagere Frau und ging.

»Wir sehen uns inzwischen ein bisschen in der Wohnung um«, rief Carmela ihr nach.

»He, das dürfen Sie nicht«, kam es aus dem Flur. Aber da waren sie schon eingetreten. De Santis bog ab, um das Bad zu kontrollieren. Danach warf er einen Blick ins Schlafzimmer, in eine Besenkammer, und dann ging er in Gerardos Zimmer, vorbei an Frau Pasetti, die mit Carmela im Flur stand und entgeistert auf das Handy starrte.

Das Zimmer sah aus wie bei ihrem ersten Besuch, nur der Duft nach Marihuana fehlte. Und Pasetti. Der Kommissar zog sich Handschuhe über und fuhr den Computer hoch, dann öffnete er Schrank und Schubladen, hob die Matratze an und fuhr über die Unterböden der Möbelstücke.

Der Computer war mit einem Passwort gesichert, man sah nur den Startbildschirm, auf dem sich Fabelwesen ineinander verkrallt hatten.

»Dazu haben Sie kein Recht«, sagte Frau Pasetti, die mit Carmela ins Zimmer getreten war.

»Gefahr im Verzug«, erwiderte der Kommissar. »Gerardos Kollege sagt, Ihr Sohn sei am Samstagabend auf einem Junggesellenabschied gewesen. Wer aus Gerardos Umfeld hat geheiratet? Und könnte dieser Abschied auf Capri stattgefunden haben?«

»Bestimmt nicht.«

»Wieso nicht?«

»Wenn die Freunde meines Sohnes feiern wollen, dann nicht auf Capri.«

»Also kennen Sie sie?«

»Nein.«

De Santis rief das Passfoto von Gabriele Cerriello auf und zeigte es Frau Pasetti. »Haben Sie diesen jungen Mann jemals gesehen? Vielleicht sogar mit Ihrem Sohn?«

»Nein. Wer soll das sein?«

»Das Mordopfer.«

Sie schüttelte resigniert den Kopf. »Sie irren sich. Mein Sohn ist manchmal ein bisschen hitzig, aber kein Mörder. Ich kenne ihn.«

»Kennen Sie auch das Passwort seines Computers?«

»Nein, und ich erlaube Ihnen das nicht, das ist Verletzung der Privatsphäre …« Sie gab sich Mühe, entschlossen zu wirken, sie bebte vor Wut, wusste aber nicht, wie sie einschreiten konnte.

»Hat Gerardo in letzter Zeit zu jemandem in der

Kunstszene Kontakt gehabt? Zur Sommerakademie auf Capri?«

Sie schüttelte den Kopf. »Damit hat er abgeschlossen. Diese Welt ist nichts für ihn.«

»Malt er nicht mehr?«

»Nur noch für sich.«

»Und Arianna Lambiase?«

Sie fuhr zusammen und wurde blass. »Was hat sie mit der Geschichte zu tun? Mit ihr fing das ganze Unglück an.«

»Sie kennen sie?«

»Sie hat hier angerufen.«

»Wann?«

De Santis und Carmela wechselten einen Blick. Frau Pasetti zuckte mit den Achseln.

»Bitte, es ist wichtig«, raunte Carmela.

»Ist eine Weile her.«

»Was heißt das? Einige Tage? Wochen?«

»Nein. Viel länger. Bevor Gerardo zu dieser Sommerakademie eingeladen wurde.«

»Sie haben den Kurs nicht bezahlt?«

»Wie denn? Er wurde als Stipendiat eingeladen, zumindest hat er das behauptet. Von mir hat er kein Geld bekommen.«

»Hat Arianna ihn dazu gebracht? Was wissen Sie über die Beziehung der beiden?«

»Zuerst hat sie hinter ihm her telefoniert. Und dann plötzlich wollte sie nichts mehr von ihm wissen, hetzte ihm die Polizei auf den Hals. Er passte nicht in die bessere Gesellschaft. Ich hatte ihn gewarnt, aber wissen Sie, was er zu mir gesagt hat?«

»Was?«, flüsterte die Agente.

»In der Kunst gibt es keine bessere Gesellschaft, Mama.« Sie lachte bitter.

»Und danach hatte Ihr Sohn nie wieder mit der Villa Paradiso oder mit Arianna zu tun?«

»Nur über die Anwälte und die Polizei. Er bekam eine Anzeige. Weil er mit ihr reden wollte. Können Sie sich das vorstellen?«

De Santis ließ seinen Blick über die Notizen auf dem Schreibtisch, die Post-its am Computer schweifen: kein Name, keine Telefonnummer, keine Adresse.

»Sie meinen, Arianna wollte Ihrem Sohn bewusst Schwierigkeiten machen?«

»Sie oder jemand anders.«

»Warum?«

»Weil er die heile Welt störte.«

»Wodurch?«

»Weil er anders ist.«

Anders. Was hieß das? Das konnte jeder von sich behaupten. Aber nicht jeder verstieß deshalb gegen Gesetze.

»Wo könnte Ihr Sohn sich verstecken?«, fragte der Kommissar. »Zu wem hatte er in letzter Zeit Kontakt?«

Sie hielt sich am Türrahmen fest und schüttelte den Kopf. »Er kam vom Dienst immer direkt nach Hause.«

»Hat manchmal jemand für ihn angerufen?«

»Nicht auf meinem Apparat. Er hat sein Handy.«

»Besuche?«

Sie schüttelte wieder den Kopf.

De Santis nahm den Laptop vom Tisch, zog das Kabel aus der Steckdose und schob ihn in eine Tüte.

»Sie können nichts mitnehmen. Das gehört Gerardo«, schrie die Frau. Sie wollte sich auf den Kommissar stürzen, aber Carmela fing sie ab.

»Bitte, Frau Pasetti, lassen Sie uns unsere Arbeit tun. Wenn Ihr Sohn unschuldig ist, werden wir das feststellen. Sie machen sich am besten einen Tee, und dann bekommen Sie eine Quittung für alles, was wir uns ausborgen.«

Sie nahm die Frau behutsam an den Schultern und führte sie hinaus. Nach einer Weile kam sie zurück und half De Santis.

In der untersten Schublade hatten sie, unter einer Blechdose mit Liremünzen, einen Stapel Wett- und Lotteriescheine, Quittungen und Belege entdeckt, aber nichts, was mit der Tat in Verbindung zu bringen war. Keinen Overall, keine Gummihandschuhe, keine Insulinspritzen. Sie packten noch einige Notizbücher und Kalender ein und fanden Frau Pasetti versteinert am Küchentisch. Plötzlich tat sie dem Kommissar leid. Ihre Welt war implodiert, sie saß allein in ihrem Käfig aus Stahlbeton. Sie hatte Gerardo allein großgezogen, hatte ihn verteidigen müssen gegen einen gewalttätigen Vater, sie hatte irgendwo das Geld organisiert, damit er das künstlerische Gymnasium abschließen, auf die Accademia delle Belle Arti gehen konnte …

Sie legten ihr die Quittung für die Gegenstände und eine Visitenkarte auf den Küchentisch, sie achtete nicht darauf.

»Vielleicht ist alles nur ein Missverständnis«, sagte De Santis.

»Das macht Ihr Verhalten noch schlimmer.«

»Sobald Ihr Sohn sich meldet, geben Sie uns Bescheid. In seinem Interesse«, sagte Carmela.

Sie schüttelte wieder den Kopf, in sich versunken. Sie reagierte auch nicht mehr auf den Gruß der beiden Polizisten.

36

Als sie wieder im Wagen saßen, sagte De Santis: »Wir brauchen alles, was wir über Gerardo Pasetti finden können. Seine Vorgeschichte, Telefonverbindungen, Kollegenschaft. Wir müssen wissen, was letztes Jahr in der Villa Paradiso vorgefallen, was zwischen ihm und Arianna passiert ist.«

»Sie haben doch einen heißen Draht zu ihr«, sagte Marin in süffisantem Ton.

»Der ist leider abgerissen.« Der Kommissar tat so, als hätte er die Spitze nicht verstanden.

»Ich habe inzwischen diesen Enrico Artesio erreicht«, sagte der Vizekommissar.

»Und?«

»Ich kann ihn in einer halben Stunde treffen.«

»Hören Sie sich auch in den Bars und Geschäften des Viertels um. Pasetti hat dort sein ganzes Leben verbracht. Irgendwer muss seine Gewohnheiten kennen, muss ihn mit anderen Leuten gesehen haben.«

Marin stieg aus, Bomba startete den Wagen. Carmela fing an, mit ihrem Smartphone im Internet zu recherchieren. De Santis öffnete die Ordner im Intranet und las die Details in Pasettis Lebenslauf: 25 Jahre alt, geboren und aufgewachsen in Fuorigrotta, Abschluss der

Mittelschule, dann, nach dem Tod des Vaters, kleinere Drogendelikte, Diebstahl. Sozialstunden, Gelegenheitsjobs. Doch plötzlich die Wende: künstlerisches Gymnasium, Aufnahme in die Accademia delle Belle Arti. Und dann schien das neue Leben genauso jäh geendet zu sein, wie es begonnen hatte: Rausschmiss aus der Villa Paradiso, Anzeige wegen Stalkings, Abbruch der Studien, Arbeitslosigkeit, schließlich Anstellung bei dem Wachdienst.

»Carmela«, sagte De Santis, »finden Sie heraus, wer Pasettis Kunstlehrer am Gymnasium war.«

»Das liegt zehn Jahre zurück.«

»Damals gab es einen Bruch in Pasettis Leben, und zwar im positiven Sinn. Wenn wir ihn verstehen, wissen wir vielleicht auch, wie er rückfällig werden konnte.«

Die Agente nickte und wandte sich wieder ihrem Smartphone zu, während Bomba den Wagen durch die Riviera di Chiaia lenkte, vorbei an der Villa Comunale und an der Seitenstraße, in der Diana wohnte. Der Kommissar spürte einen Stich – und ignorierte ihn.

Sie fuhren in den Hof der Questura, Bomba parkte. Der Kommissar lieferte den Laptop in der Kriminaltechnik ab und ging hinauf in sein Büro.

Er rief die Handynummer von Arianna Lambiase an, die in den Unterlagen aus der Villa Paradiso stand. Es antwortete nur die Mailbox. Er rief auf dem Festnetz ihrer Eltern an, aber diese leugneten, den Aufenthaltsort ihrer Tochter zu kennen. De Santis war sicher, dass das Mädchen bei ihnen im Haus war. Es machte ihn rasend. Sie war eine wichtige Zeugin, sie war verdächtig, aber ihm waren die Hände gebunden. Er schrieb eine förmliche Vorladung und schickte sie an ihre Meldeadresse.

Vermutlich würde sie nicht einmal auf die Vorladung reagieren, und anschließend würde ein Tauziehen mit Anwälten losgehen, bei dem er sich Elvira Barbarossas Unterstützung nicht sicher sein konnte.

Carmela klopfte an seine Bürotür und trat mit einem Zettel ein. »Gisella Laporta«, sagte sie. »So hieß seine Kunstlehrerin.«

»Danke. Haben Sie mir ihr geredet?«

»Ich wollte nicht vorgreifen.«

De Santis lächelte. Carmela De Cillis hatte ein feines Gespür für die Schwingungen im Team entwickelt. Oder schon immer gehabt. Jedenfalls eher als die Männer, die sich gern mit ihren Hörnern ineinander verhakten.

»Pronto?«, meldete sich die Stimme am Handy.

De Santis stellte sich vor. »Ist viel verlangt, aber können Sie sich an einen ehemaligen Schüler namens Gerardo Pasetti erinnern?«

Die Frau lachte. »Halten Sie mich für vergreist? Natürlich kann ich mich erinnern.«

»Es ist immerhin zehn Jahre her.«

»An Gerardo werde ich mich auch in vierzig noch erinnern, falls ich dann noch bei Verstand bin.«

»Wegen seiner dramatischen Geschichte?«

»Als ich Gerardo kennenlernte, herrschte Krieg zwischen ihm und der Welt. Er war aggressiv, wild, desinteressiert. Er war es gewesen, der seinen Vater im Keller gefunden hatte, mit eingeschlagenem Schädel. Das war schon schlimm genug. Aber dann hat man ihn sogar der Tat verdächtigt, einen Fünfzehnjährigen! In Wahrheit war er traumatisiert, verstummt. Und als er eine Sprache gefunden hatte, kam der wahre Gerardo zum Vorschein.«

»Wie sieht der aus?«

»Begabt, feinfühlig, kreativ, hilfsbereit.«

»Unsere Akten sprechen eine andere Sprache.«

»In Ihren Akten steht nur, was die Justiz interessiert. Gerardo hatte Talent, hatte immer gerne gezeichnet, Comics, Karikaturen, aber niemand hatte etwas darauf gegeben. Wir waren die ersten. Viel mehr brauchte es nicht, dann noch ein paar handwerkliche Kniffe, und er legte richtig los. Er wurde ein anderer Mensch.«

»Trauen Sie ihm einen Mord zu?«

Sie schwieg, und es war kein angenehmes Schweigen. »Haben Sie mir nicht zugehört?«

»Sie haben mir einen Menschen mit zwei Seiten beschrieben, zwei Extremen.«

»Ich habe Ihnen einen Menschen mit einer Fassade und einem wahren Kern beschrieben. Gerardo kann die Krallen ausfahren, wenn man ihn provoziert oder kränkt, er würde jemandem vielleicht einmal eine Lektion erteilen, aber ein kaltblütiges Verbrechen, das ist ausgeschlossen.«

Der Mord an Gabriele war kaltblütig ausgeführt worden. So viel war sicher. De Santis bedankte sich und fragte zum Abschluss: »Können Sie sich noch an Pasettis Kameraden aus jener Zeit erinnern? Mit wem verstand er sich gut?«

»Ich sehe mal die alten Klassenbücher durch, sicher fällt mir der eine oder andere Name auf.«

»Das wäre eine große Hilfe«, sagte der Kommissar und legte auf.

Dann wandte er sich den Notizbüchern zu, die er aus Pasettis Zimmer mitgenommen hatte. Was er fand, waren philosophische Zitate aus literarischen Werken und

Internetquellen, Sinnsprüche, Skizzen von Buchstabenfolgen, die er nicht entschlüsseln konnte. Keine Namen von Freunden, keine Kontaktdaten, nichts, was ihm weitergeholfen hätte. Er hatte den Eindruck, dass auch in dem Zimmer nur eine Fassade zu sehen war. Aber was steckte dahinter?

37

Das Telefon auf seinem Schreibtisch klingelte, er nahm zerstreut den Hörer ab. »Sie haben sich nicht mehr gemeldet nach unserer letzten Ausfahrt«, sagte der Kommandant der Guardia Costiera.

»Wir hatten hier eine Menge zu tun.«

»Bei uns ist ein Hinweis eingegangen.«

De Santis klappte die Notizbücher zu und wartete.

»Ein paar Schnorchler scheinen unterhalb des Tatorts etwas entdeckt zu haben.«

»Was?«

»Ein Kleidungsstück, das in den Klippen hängt.«

»Wieso jetzt? Nach fünf Tagen?«

»War wohl von der Vegetation verdeckt, und der Wind hat es auf die Felsen geweht. Ich dachte, das sollten Sie wissen.«

»Wir müssen sofort hinfahren.«

»Ich weiß nicht, ob wir an die Stelle rankommen. Die Taucher konnten auch nicht anlegen.«

»Wir müssen es versuchen. Ich nehme die nächste Fähre.«

Bisher hatten sie nur Hypothesen, Verdächtige, die theoretisch infrage kamen. Was ihnen fehlte, war ein belastbarer Beweis, wie eine DNA. Und falls da in den Felsen ein Kleidungsstück des Täters hing, dann würden sie seine DNA und Gabrieles Blut darin finden, auch nach fünf Tagen.

De Santis setzte mit der Fähre nach Capri über und entdeckte das helle Schlauchboot der Guardia Costiera an der Mole. Der Kommandant stand im Cockpit und plauderte mit Alessandro Moncini, der sich für den zwanglosen Sektempfang eines Jachtclubs eingekleidet zu haben schien. Mit Segeltuchschuhen, weißer Hose und gelb gestreiftem Poloshirt. Die voluminöse Rettungsweste verlieh ihm eine etwas groteske Note.

»Haben Sie das Desaster gesehen?«, fragte Moncini, als er den Kommissar erblickte. Offensichtlich meinte er die Tagespresse.

Das Boot glitt zwischen Ausflugsbooten, Holzschaluppen und Schwimmern hindurch aufs offene Wasser, und im Röhren der Außenborder erübrigte sich jedes Gespräch. Langsam schoben sie sich Richtung Ostkap, während sich zu ihrer Linken ein karstiges Gebirge türmte, an dessen Fuß die Dünung in weißen Fontänen aufspritzte. So mondän und lieblich Capri in seinen Gassen und Plätzen, Boutiquen und Bars wirkte – es war ein dünner Firnis auf einer wilden, fast feindseligen Natur: Grotten, Felsspalten, Riffs und von der Erosion zu Fratzen zerfressene Felsen, an deren Kronen sich ein dunkelgrüner Streifen Vegetation klammerte. Steineichen überzogen die Hochplateaus, krallten sich in die Abbruchkanten, balancierten auf Felsvorsprüngen, von Tramontana und Mistral gebeugt.

De Santis' Handy vibrierte in der Hosentasche, und als er es hervorzog, stand eine Nummer auf dem Display, die er nicht kannte. Eine aufgeregte männliche Stimme. Der Kommissar gab ein Zeichen, die Maschinen zu stoppen.

»Ich verstehe Sie nicht«, schrie er ins Telefon. »Wer spricht?«

»Coppola, Piero Coppola …«

Der Wind fauchte in der Ohrmuschel, und die Außenborder des Schlauchboots gurgelten in der Dünung. De Santis wartete.

»Was Sie neulich angedeutet haben …«, fing er wieder an.

»Wann?«

»Auf dem Empfang. Ich habe nachgedacht, und ehrlich gesagt war ich selbst überrascht, dass man mich plötzlich zum Aushängeschild gemacht hat.«

»Wer hat das entschieden?«

»Das Ehepaar Sgarbanti.«

»Und was glauben Sie, war der Grund?«

Die Verbindung wurde unterbrochen, und dann hörte der Kommissar nur noch ein Kratzen. »Ich habe einen Fehler gemacht, aber Sie sollen nicht schlecht von mir denken …«, sagte der Student plötzlich wieder ganz deutlich, aber außer Atem.

»Wollen wir uns nicht treffen? Dann erklären Sie mir in Ruhe, was Sie zu sagen haben.«

»Im Moment schwierig.«

»In einer Stunde oder zwei«, sagte der Kommissar.

»Was in der Nacht passiert ist …«

»In welcher Nacht?«

»Als Gabriele starb. Oben am Wäldchen …«

Aus dem Handy war kein klarer Laut mehr zu vernehmen, von den Ausflugsbooten, die in einer sturen Prozession die Insel umrundeten, hallten Megafonstimmen übers Wasser: »To the right you can see …« Coppola schien den Faden verloren zu haben.

»Kennen Sie Gerardo Pasetti?«, fragte De Santis.

»Vom Hörensagen. Wieso?«

»Wissen Sie, wie er aussieht?«

»Ja.«

»Und haben Sie ihn diesen Sommer auf Capri gesehen? In der Villa Paradiso?«

»Nein, aber …«

Plötzlich knackte es, als ob ein Ast gebrochen wäre.

»Ich muss Schluss machen«, sagte Coppola hastig.

»Kannte Gabriele diesen Pasetti?«

Vom anderen Ende der Leitung kamen abgehackte Geräusche, irgendetwas kratzte über das Mikrofon, dann wieder fauchte der Wind.

»Coppola«, rief De Santis, »was ist los?«

Man hörte Schritte, sie wurden lauter, schienen sich wieder zu entfernen.

»Commissario«, flüsterte Coppolas Stimme.

»Wo sind Sie?«

»Arco na … turale …«, hechelte er.

»Unten am Wasser?«

»Wander … weg …«

Das war irgendwo hoch über ihren Köpfen. Der Rundweg schnitt sich auf der Krone der Klippen durch Macchia und Wälder.

»Was tun Sie da oben?«, fragte De Santis. »Wieso sind Sie nicht im Unterricht?«

»Sie müssen mich verstehen. Ich konnte nicht … anders«, sagte der Student, und dann hörte man einen Schrei, der plötzlich abriss.

»Coppola!«, brüllte der Kommissar. Er wandte sich an den Offizier. »Zum Arco naturale, schnell.«

Das Schlauchboot sprang hart über die flachen Wellen, De Santis spürte die Schläge in den Hoden. Moncini schrie ihm etwas ins Ohr und deutete nach vorne. Man sah in einer Bucht einen Kalkbogen, der sich wie ein Ohr aus dem Felsmassiv schälte.

Durch den Feldstecher entdeckte De Santis den Weg, der sich als helle Linie durch die Macchia schlängelte. Und er sah einen Menschen. Der rannte. Aber dann wäre De Santis fast über Bord geflogen, weil das Boot sich auf die Seite legte.

Moncini zeigte auf eine Klamm, in der sich ein länglicher Fleck scheinbar langsam nach unten bewegte. Wie eine Puppe fiel etwas in die Tiefe, wurde von einer Felsnase abgelenkt, drehte sich um die Querachse und verschwand im Grüngürtel am Fuß der Klippen.

Man hatte keinen Laut gehört, nur das Dröhnen der Motoren. Der Wind trug noch immer die Megafonstimmen heran und das vielsprachige Jauchzen der Bootstouristen.

»Wie nah kommen Sie da ran?«, rief De Santis.

»Anlegen ist unmöglich.«

»Dann schwimme ich rüber.«

»So einen Sturz überlebt keiner.«

»Fahren Sie.«

Mit säuerlicher Miene ließ der Kommandant das Boot über die Untiefen gleiten, in denen Felsen knapp unter dem Wasserspiegel schimmerten. De Santis legte Waffe und Kleider ab.

»Wir rufen Kletterer oder einen Helikopter aus Neapel«, meinte Moncini.

De Santis klammerte sich an einer Leine fest und ließ sich ins Wasser rutschen. Es war erstaunlich kalt und wiegte ihn wie auf einer Wippe. Es schob ihn auf die Klippen zu, zerstob, schwappte in Bassins und Spalten und zog sich dann als kochender Schaum wieder zurück.

»Kommen Sie wieder an Bord«, schrie Moncini, »das ist Irrsinn.«

De Santis machte ein paar Kraulzüge, aber da schlug schon sein Knöchel gegen eine Kante, er schwappte an einen Felsen, bekam eine Spitze zu fassen, widerstand dem Sog und klammerte sich wie ein Äffchen fest. Die nächste Welle hob sein Becken. Vom Schlauchboot aus hatten die Felsen wie ein glatter Sockel unter der Steilküste gewirkt, aber jetzt sah der Kommissar eine karstige Ebene aus scharfkantigen Brocken und zersplitterten Wänden, Kieskuhlen, Wasserzungen. Ehe die Woge ihn zurück in die Tiefe zog, warf er sich auf den Bauch und krabbelte ein Stück vorwärts – wie auf Glasscherben.

Die Sonne kitzelte auf seinem Rücken, der Schweiß lief ihm in die Augen, als er schließlich im Schatten eines Weidengebüschs verschnaufte. Nicht weit von ihm hing helles Gewebe in den Zweigen eines Ginsterstrauchs. Ein Hemd. Aus dem Ärmel ragte eine Hand. Sie wurde von einer Astgabel gehalten und zeigte in den Himmel. De Santis kroch näher. Piero Coppolas Gesicht war blutverschmiert, auch aus einem Ohr floss Blut.

»Coppola«, rief De Santis. Er legte den Zeigefinger an die Halsschlagader und spürte einen schwachen, schnellen Puls. »Hören Sie mich?«, flüsterte er.

Ein tiefer Laut kam aus der Mundhöhle. »Klapp …«, schien er zu sagen.

»Klapp?«, wiederholte De Santis. »Was meinen Sie?«

Er dachte an ein aufklappbares Handy und tastete in Coppolas Taschen nach einem Telefon. »Was ist da oben passiert? Soll ich jemanden anrufen?«

Coppolas Blick war leer, er starrte ins Nichts, rote Bläschen bewegten sich auf seinem Mund.

»Ver... ste...«

Der Kommissar kauerte sich wieder über ihn. »Verste...? Ja, ich verstehe Sie.«

Der Verletzte bewegte die Lider und versuchte, den Kopf zu schütteln.

»Sie wollen etwas anderes sagen? Hat sich da oben jemand versteckt? Wer?«

Coppola bewegte die Finger der Hand, die auf dem Felsen lag, er krümmte den Zeigefinger.

»Was wollten Sie mir erzählen? Warum fühlen Sie sich schuldig? Was ist in der Mordnacht am Wäldchen passiert? Haben Sie dort Pasetti gesehen? Hatte er sich dort versteckt?«

Die Blutbläschen sickerten zurück in die Mundhöhle. De Santis suchte nach der Halsschlagader, der Puls raste. »Nein ... Klapp ...«, stammelte Coppola.

Was zum Kuckuck sollte das bedeuten? De Santis wusste nicht, wie er dem Schwerverletzten helfen sollte. Er tastete nach seiner Hand und hielt sie fest. »Sie sollten sich nicht anstrengen«, sagte er, aber Coppola bewegte weiter die Lippen.

»War Gabriele in der Mordnacht oben im Wäldchen der Villa? Hatte er sich versteckt? Oder jemand anderes?«, fragte De Santis.

Coppola schlug zweimal die Lider nieder. War das ein Nein?

»Warum soll ich nicht schlecht von Ihnen denken? Sie haben Gabriele beneidet? Worum? Um seinen Erfolg mit den Bildern? Bei Arianna?«

Er legte sein Ohr an den Mund, hörte aber nur ein rasselndes Geräusch.

»Coppola, haben Sie Gabriele getötet?«

Der Kommissar wartete auf eine Reaktion, eine Bewegung des Kopfs, der Augen.

»Hören Sie mich? Hat Gerardo Pasetti Ihnen dabei geholfen? Wo ist er? Ist er da oben in den Felsen? Wollte er sich bei Ihnen verstecken? Wollte er Geld? Was wollen Sie mir sagen?«

Piero Coppola schien zu lächeln. Er atmete nicht mehr. De Santis kniete sich mit gespreizten Beinen über ihn und wollte eine Herzmassage beginnen, aber seine Handballen sanken in den zerschmetterten Brustkorb, ein Schwall dunklen Blutes schoss aus Coppolas Rachen. Den Kommissar schauderte. Er war zu spät gekommen, irgendwie fühlte er sich mitschuldig an diesem Unglück. Wenn sie die Spuren richtig gedeutet hätten ... Er konnte nichts tun, außer dem Sterbenden die Hand zu halten, während dieser zu zittern anfing, nach Luft schnappte und dann verstummte.

De Santis ließ sich in die struppige Macchia fallen, wie betäubt. Gleichzeitig roch er mit fast quälender Klarheit den Duft von Thymian, von Seetang und Jod. Welche Schuldgefühle quälten Coppola? Hatte er sich umgebracht? Hatte er De Santis angerufen, um vorher sein Gewissen zu erleichtern? Aber warum war er dann weggelaufen? Und vor wem?

38

De Santis schwamm zum Schlauchboot zurück und rief: »Schicken Sie Ihre Leute da hoch.«

Alessandro Moncini wollte protestieren, aber dann sah er De Santis' Blick und gab klein bei. Er holte sein Handy hervor, um die Anweisungen durchzugeben. Danach zog er mithilfe des Offiziers De Santis an Bord. Als dieser sich bedankte, quetschte der Kollege durch die Zähne: »Darauf kommt es jetzt auch nicht mehr an. Sie sehen ja, was hier los ist.«

Moncini deutete auf die Ausflugsboote, die in einer Prozession durch die Faraglioni schlüpften und die Insel umrundeten. »Halb leer. Genau die Stornierungswelle, die wir verhindern sollten«, knurrte Moncini.

Das war De Santis nun wirklich egal. Sie verständigten Questura und Staatsanwaltschaft und forderten einen Bergungstrupp an. Er musste nach Spuren am Arco naturale und nach den Klamotten in den Felsen suchen.

Als sie in den Hafen einliefen, warteten am Anleger der Guardia Costiera zwei Motorräder. De Santis und Moncini stiegen hinten auf, und dann bahnten sich die Moto Guzzis mit Blaulicht und Sirene ihren Weg. Am Ortseingang trennten sich die Maschinen, um die Absturzstelle in einer Zangenbewegung anzusteuern. Der Kommissar glitt eine Bergflanke hinauf, zwischen Gärten und Weinbergen hindurch, bis eine Treppe sie stoppte und sie nur noch zu Fuß weiterkamen. Sie stiegen hinab in einen Wald, unter dem smaragdgrün das Wasser glitzerte. Der Pfad wand sich um Felsnasen, durch Senken und über kahle Hochplateaus. Der Polizist nahm einen Anruf entgegen und sagte, als er De Santis fragenden Blick sah: »Sie haben etwas entdeckt.«

Sie marschierten weiter. Hart und blendend zeichneten sich die Klippen vor dem Zwielicht des Waldes ab, immer wieder führte der Weg an Kanten entlang, unter denen sich das Nichts auftat.

Plötzlich beschleunigte der Polizist den Schritt und zeigte auf einen uniformierten Kollegen, der an einem Baum lehnte und ein Handy hielt. Er war jung, aufgeregt, der Schweiß rann ihm in den Hemdkragen. Er sagte: »Ich wusste nicht, was ich tun sollte. Es ging alles so schnell, und ich konnte keinen Befehl anfordern. Das hier habe ich gefunden.« Er streckte De Santis mehrere Geldscheine hin. De Santis nahm die Banknoten. Fünfzig-Euro-Scheine. »Und Sie haben keinen Menschen gesehen, der Ihnen verdächtig vorkam?«

»Doch.« Der Beamte zeigte auf eine Gestalt, die auf dem Boden saß, an einen Baum gelehnt, die Hände mit einem Kabelbinder gefesselt. »Er hat sie weggeworfen.« Der Mann war, in einem mit Dreckschmierern und Achselflecken gezierten weißen Hemd, niemand anders als Lorenzo Barbagiovanni.

De Santis brauchte einen Moment. Was tat der Maurer hier?

»Er trug auch eine gelbe Tüte bei sich«, erklärte der

junge Polizist, »aber ich weiß nicht, wo die hingekommen ist.«

Lorenzo Barbagiovanni, der sich auf der Flucht kompromittierender Dinge entledigte, das kam dem Kommissar bekannt vor. »Ich übernehme den Mann«, sagte er, »suchen Sie nach der Tüte.«

»Was haben Sie hier gemacht?«, fragte er an Barbagiovanni gewandt.

»Einen Spaziergang.«

»Und warum haben Sie das Geld weggeworfen?«

Barbagiovanni schwieg.

De Santis zog ihn am Kabelbinder hoch, sein Gejammer ignorierend.

»Ist Ihnen jemand begegnet auf dem Weg?«

»Ein paar Touristen.«

De Santis rief das Foto von Coppola in seinem Handy auf und hielt es vor den Gefangenen.

»Und dieser Mann?«

Barbagiovanni schüttelte den Kopf. Der Kommissar öffnete ein Bild von Gerardo Pasetti, wieder schüttelte sein Gegenüber den Kopf.

De Santis musste an sich halten. »Beim letzten Mal haben wir uns von Ihnen einlullen lassen. Diesmal ist es anders. Wissen Sie, was ich glaube?«

Barbagiovanni schwieg.

»Sie haben diesen jungen Mann umgebracht.«

Sein Gegenüber zischte verächtlich.

»Er hat mit mir da unten noch geredet, ehe er starb. Es sieht nicht gut für Sie aus.«

Der Polizist, der den Hang hochgekraxelt war, rief aus dem Dickicht, und dann ließ er sich durch Laub und Piniennadeln nach unten rutschen. Wie eine Trophäe hob er mit einer Hand die gelbe Tüte in die Höhe. Dann trat er neben den Kommissar, öffnete sie. Sie war gefüllt mit gebündelten Banknoten.

»Wo haben Sie das Geld her?«, wandte De Santis sich an Barbagiovanni.

Keine Antwort.

»Wetten, dass wir Ihre Fingerabdrücke an der Tüte finden? Und die von Coppola? Sie haben ihn erpresst. Und dann? Was ist schiefgegangen?«

Barbagiovanni kniff die Lippen zusammen und lächelte angestrengt.

»Die Tüte und das Geld müssen in die KTU«, schloss De Santis. Der Beamte wollte gehen, aber der Kommissar hielt ihn zurück. Er zog sich Handschuhe über, griff in die Tüte und holte ein Bündel Scheine heraus. Es waren Fünfzig-Euro-Noten. Nagelneu. Er blätterte sie auf, zog mehrere heraus, hielt sie gegen das Sonnenlicht und sah den Sicherheitsfaden. Der oberste schien echt zu sein, die anderen nicht. Es waren stümperhafte Fälschungen. Offenbar aus einem Farbkopierer.

De Santis stellte sich vor Lorenzo Barbagiovanni, sah ihm in die braunen Augen und sagte: »Als Sie bei uns im Kommissariat die Fotos anschauten, da haben Sie in Piero Coppola den Mann erkannt, der auf der Piazzetta das Handy deponiert hatte. Sie wussten, dass er hinter dem Mord an Gabriele Cerriello steckte. Also haben Sie ihn kontaktiert und Geld für Ihr Schweigen verlangt, viel Geld. Nur ist Coppola kein Star der Kunstszene, der schnell mal ein Barvermögen aus dem Automaten zieht. Als sie gemerkt haben, dass er Sie mit dilettantischen Blüten aus einem Kopierer abspeisen wollte, wurden Sie grob und haben ihn hier hinabgestoßen.«

»Unsinn.«

»Hier sind mindestens hunderttausend Euro Falschgeld. Für ein paar Jahre reicht das allemal. Und den Rest weisen wir Ihnen auch noch nach.«

»Ich will einen Anwalt sprechen.«

»Er braucht sich nicht herzubemühen. Sie werden nach Neapel in Untersuchungshaft verlegt. Und mich«, wandte er sich an die Motorradstreife, »bringen Sie zur Villa Paradiso.«

Als er an der Villa klingelte, öffnete Professor Sgarbanti. Er wirkte aufgebracht, verwirrt und sagte: »Nein ... Sie ...«

De Santis schob ihn zur Seite und sagte nur: »Rufen Sie die Staatsanwältin an und beschweren sich.« Dann huschte er in die Villa und ging durch den Flur zu Coppolas Zimmer. Sgarbanti folgte ihm, rief: »Wir haben eine Erklärung verdient.«

»Öffnen Sie die Tür«, war die Antwort. De Santis rüttelte an der Klinke.

»Warum Piero? Haben Sie ihn im Verdacht?«

»Wenn Sie mir den Schlüssel nicht geben, muss ich sie aufbrechen.« Irgendetwas an De Santis' Verhalten schüchterte Sgarbanti so ein, dass er wortlos gehorchte. »Wollen Sie mir nicht sagen, was los ist?«

Der Kommissar trat ein und schloss die Tür hinter sich. Auf den ersten Blick sah er nichts Auffälliges. Bilder, Klamotten, Skizzen, das übliche Durcheinander. Aber er wusste, diesmal würde er Beweise finden. Beweise für die Tat, Hinweise auf Gerardo Pasetti, einen Erpresserbrief, den Lorenzo Barbagiovanni geschickt hatte ...

Er zog sich Handschuhe über und trat an den Schreibtisch. Er fand einen Terminkalender und ein Adressbuch, aber von der Verabredung mit Lorenzo Barbagiovanni war nichts vermerkt. Auch Spuren von Pasetti fehlten. Er steckte beide Büchlein ein, ebenso den Laptop. Er durchsuchte den Schrank, die Regale und die Kleidungsstücke. Dann nahm er sich entlegenere Verstecke vor.

In einem Hohlraum hinter dem Badezimmerspiegel fand er ein schwarzes, gebundenes Notizbuch, an dem geronnenes Blut klebte. De Santis schlug es auf. Er kannte die winzige, fein geschwungene Handschrift. Es war die von Gabriele Cerriello. Was De Santis in der Hand hielt, war sein letztes Tagebuch, das Tagebuch, das aus dem Zimmer verschwunden war.

39

Als er seine Wohnung unter dem Dach betrat, empfing ihn eine drückende Schwüle – und der Duft ihres Parfüms. Er sah Diana in seinem Wohnzimmer, wie sie Cello gespielt, wie sie mit ihm auf der Terrasse gesessen hatte, was danach passiert war ... Er riss die Fenster auf, lud Essen und Wein auf ein Tablett, trug es auf die Terrasse und biss in ein Stück Weißbrot, das er in Olivenöl getunkt hatte. Mit dem ersten Schluck Wein kam die Müdigkeit, und es legte sich die Gereiztheit, die Sehnsucht nach Diana.

Die Teile fügten sich. Aber in De Santis blieb ein bohrendes Unbehagen. Warum? Weil er Coppola nicht hatte retten können? Er schien am Ende bereut zu haben. Er hatte sich ihm anvertraut, hatte Unterstützung gesucht, und der Kommissar war zu spät gekommen, hatte versagt.

Er sah Cerriellos Tagebuch, das in der Klarsichthülle neben dem Teller lag. Die Kriminaltechniker hatten keine Fingerabdrücke daran gefunden. Er las die letzten Eintragungen. Gabriele beschrieb, wie glücklich er auf einmal war, wie er in seiner Malerei und der Beziehung zu Arianna aufging. Arianna, dieser Name kam auf jeder Seite mindestens zwanzig Mal vor, andere Namen fehlten. Kein Wort über Coppola oder sonst jemanden aus der Akademie. Nur von »G« war die Rede. *Sie fürchtet sich vor G. Egal, wo wir uns aufhalten, sie meint, seine Gegenwart zu spüren.* Fast täglich klagte Gabriele darüber, dass sie ihre Beziehung verheimlichen mussten, weil Arianna sich vor Gs Eifersucht fürchtete. G – Gerardo, dachte De Santis und las die Aufzeichnungen der letzten drei Wochen, der Zeitspanne der Sommerakademie. Gabriele hatte Arianna bereits am ersten Tag bemerkt, immer wieder beobachtet, ihre Nähe gesucht. Jedes Wort, das sie miteinander gewechselt hatten, war festgehalten. Doch dann entdeckte er erste Lücken. Es fehlten einzelne Sätze, ganze Seiten. Irgendjemand hatte das Tagebuch gesäubert und bestimmte Passagen entfernt, hatte mit einem scharfen Messer Löcher in die Seiten geschnitten, Seiten herausgetrennt. Das also war der Grund, warum Gabriele nirgendwo seinen Freund Piero Coppola erwähnte: Dieser Freund hatte alles getilgt, was auf ihn hindeuten konnte. Also war er mit eiskalter Berechnung vorgegangen. Und vermutlich hatte er das Tagebuch aufbewahrt, um es irgendjemandem unterzujubeln, um eine falsche Fährte zu legen. So wie er es mit dem Handy gemacht hatte. Aber dann war etwas dazwischengekommen: Barbagiovannis Erpressung …

De Santis stand auf, um sich eine Zigarette zu holen. Dann fiel ihm ein, dass er aufgehört hatte. Der Fall deprimierte ihn. Zwei Tote, zwei Freunde, zwei begabte junge Menschen, die sich im Konkurrenzkampf aufgerieben, am Ende sogar bekriegt hatten. Und dann war da Pasetti, der nie in seinem Leben eine echte Chance gehabt hatte, doch eine, und die hatte er weggeworfen, weil er nicht gelernt hatte, sich zu kontrollieren. Diana hatte recht.

Er vergeudete sein Leben damit, kaputten Typen nachzujagen.

Er wählte ihre Handynummer. Diesmal ging sie ran. »Hallo?«, tönte ihre schlaftrunkene Stimme.

»Wo bist du?«, fragte er.

Sie zögerte. »Bei einer Freundin.«

»Wie heißt sie?«

»Sag mal, was soll das?«

»Ich habe mehrmals versucht, dich zu erreichen. Du bist nicht rangegangen, hast nicht zurückgerufen.«

»Es geht mir gut.«

Das war keine Antwort auf seine Fragen. Aber eigentlich hatte er auch keine Frage gestellt. »Warum?«, schob er nach.

»Was, warum?«

»Warum hast du nicht zurückgerufen?«

Sie atmete tief ein und aus. »Meinst du wirklich, dass ich dir eine Erklärung schulde? Nach allem, was du veranstaltet hast?«

Sie schien betrunken oder bekifft zu sein, denn sie lallte ein wenig.

»Das war so nicht geplant.«

»Schön zu hören.«

»Ich versuche, einen Mörder zu fassen. Ich werde ihn wegsperren, und dann …«

»Und dann? Kommt der nächste?«

»Diana. Das weiß ich noch nicht. Ich muss nachdenken, aber lass uns ein andermal darüber reden.«

Sie lachte. »Kommst du dir nicht albern vor?«

»Woher kennst du die Staatsanwältin Elvira Barbarossa?«, fragte er.

Sie war verstummt. »Was soll das jetzt?«

»Antworte auf meine Frage.«

Sie schwieg weiter.

»Auf deinem Klingelschild steht Trombelli. Aber es gibt keine Diana Trombelli, die am 29. Mai 1985 in Neapel auf die Welt gekommen ist. Auch keine Diana Pacelli. Wie viele falsche Identitäten hast du?«

»Du hast mir nachspioniert?«

»Ich habe versucht, dich zu finden. Ich bin nun mal Bulle.«

»Kein besonders cleverer, wie es scheint.« Sie lachte, mit einem Ton, der nicht zu ihr passte.

»Es hat einen Moment in meinem Leben gegeben«, fing sie mit plötzlich ernster Stimme an, »da musste ich mich verstecken. Man hat mir eine neue Identität gegeben.«

»Warum?«

»Ich muss mich ausschlafen. Morgen habe ich die Aufführung«, sagte sie.

»Ich weiß.«

»Du kommst doch?«

Er zögerte. Das alles ging zu schnell für ihn. »Kennst du deswegen Elvira Barbarossa?«

»An der Kasse wird eine Karte für dich hinterlegt.«

Er legte auf, nachdenklich und mit einem unguten Gefühl. Ein sanfter Hauch zog über seine Terrasse, wehte den Duft von Oleander, Abgasen und staubigem Asphalt herauf. Er sehnte sich nach Diana – und nach einer Zigarette. Er wollte die immer gleichen Gedanken in Schach halten: Warum hatte Piero Coppola ihn angerufen? Warum war es ihm wichtig, dass De Santis nicht schlecht über ihn dachte? War das nicht ein bisschen zu viel verlangt nach einem Mord? Und was hatte er mit dem Wort gemeint, das er immer wiederholt hatte: »Klapp«?

40

Am nächsten Morgen hatte sich eine Glocke gelblicher Wolken über Neapel gelegt. In De Santis' Straße quälte sich dichter Verkehr durch den Smog, die Leute drückten sich im Schatten an den Fassaden entlang.

Als er in den Flur seiner Abteilung trat, herrschte dort eine ungewöhnliche Stille. Er klopfte an den Büros und bat in den Besprechungsraum. Carmela trat mit verheulten Augen ein, dann kam Marin, kalten Schweiß auf der Stirn. Die beiden schlichen umeinander herum wie zwei müde Boxer im Ring.

»Wo ist Beppe?«, fragte De Santis.

»In Fuorigrotta«, meinte Marin. »Observiert Pasettis Wohnung.«

De Santis legte Gabrieles Tagebuch auf den Tisch und fasste noch einmal zusammen, was am Vortag auf Capri passiert war. Dass Barbagiovanni wohl versucht hatte, Coppola zu erpressen und es bei der Übergabe des Geldes zu einer tödlichen Auseinandersetzung gekommen war. Aber die Kollegen wussten schon Bescheid.

»Coppola und Pasetti haben gemeinsam den Mord verübt«, meinte Carmela.

»Sieht ganz so aus«, sagte De Santis. »Coppola war eifersüchtig auf Gabrieles Erfolg als Maler ...«

»… und Gerardo Pasetti auf seinen Erfolg bei Arianna«, ergänzte Carmela De Cillis.

»Das passt zu dem, was ich herausbekommen habe«, sagte Mario Marin.

»Zu meinen Ergebnissen auch, falls das jemanden interessiert«, unterbrach Carmela ihren Verlobten.

»Mir ist gleich, wer anfängt«, erwiderte der Kommissar.

Die beiden belauerten einander, dann sagte Carmela: »Coppola kennt Pasetti seit längerem. Sie waren nicht nur beide auf der Accademia delle Belle Arti, sie haben letztes Jahr auch beide an einer Sammelausstellung teilgenommen.«

»Und sie haben sich vorgestern in Fuorigrotta getroffen«, fügte Marin an. »Dieser Enrico Artesio, Pasettis Kollege, hat Piero Coppola auf einem Foto erkannt.«

»Weiß er auch, worüber die beiden gesprochen haben?«, fragte De Santis.

»Nein. Er war bei dem Treffen nicht dabei. Er hat Coppola in ein Wettbüro geschickt, wo Pasetti nach dem Dienst für gewöhnlich zockt.«

»Ich dachte, er geht immer sofort nach Hause?«, meinte De Santis mit ironischem Unterton. Niemand hatte der Mutter so recht geglaubt. »Hat jemand in dem Wettbüro das Gespräch mitgehört?«

»Weiß ich nicht.«

»Warum nicht?«

»Ich war nicht dort.«

Anfänger, dachte der Kommissar, überging es aber und sagte: »Coppola brauchte Geld. Zweitausend Euro hat er als Tarnung auf die selbstgemachten Blüten gelegt. Womöglich hat Pasetti sie ihm gegeben.«

»Wir brauchen so schnell wie möglich alle Handydaten von Piero Coppola. Sicher hatten die beiden telefonischen Kontakt, und wahrscheinlich hat er mit Pasetti über eine Nummer kommuniziert, die wir bisher nicht kennen. Pasetti wird sich eine neue SIM-Karte besorgt haben. Wir müssen sie orten, und dann haben wir ihn. Marin, fordern Sie die Genehmigungen bei Elvira Barbarossa an.«

De Santis' Handy klingelte. Es war Beppe Bomba. »Chef, wir haben ein Problem«, meinte der Ispettore.

»Welches?«

»Ich stehe vor Pasettis Haus. Seine Mutter schleppt gerade eine Reisetasche heraus. Ich vermute, dass ihr Sohn sich absetzen und dass sie ihm Klamotten und Geld bringen will.«

»Hat sie gemerkt, dass das Haus observiert wird?«

»Weiß ich nicht. Soll ich weiter die Wohnung observieren oder die Mutter verfolgen?«

»Folg der Mutter.«

Sie liefen in ihre Büros, holten die Dienstwaffen und nahmen ihre Computer mit.

Marin steuerte den Wagen hinunter zur Via Marina und blieb im alltäglichen Stau hängen. Manchmal linste er verstohlen in den Rückspiegel, wich aber Carmelas Blick aus.

»Ich will mich nicht in eure Angelegenheiten einmischen, aber wenn ich in irgendeiner Form helfen kann, auch vermitteln ...«, sagte De Santis, dem die Anspannung aufs Gemüt schlug.

»Vermitteln? Wobei vermitteln?«, fragte Marin. »Sie wissen doch gar nicht, worum es geht.«

»Nein, natürlich nicht.«

De Santis wurde von einem Anruf Bombas aus der Verlegenheit befreit. »Pasettis Mutter war eben bei der Bank.«

»Wo genau bist du?«

»An der Filiale der Unicredit im Viale J. F. Kennedy.«

»Wohin geht sie jetzt?«

»In ein Spielwarengeschäft.«

Beppe Bomba hielt die Kollegen auf dem Laufenden. Als sie aus dem Tunnel kamen und in die Via Cesare einbogen, war er mit seiner Ausdauer und seinen Nerven am Ende. Frau Pasetti hatte ihn an der Nase herumgeführt, war durch mehrere Supermärkte gegangen, durch Cafés, war immer wieder an Schaufenstern und Glasvitrinen stehen geblieben. Sie lief im Kreis, doch dann bog sie plötzlich in die Metrostation Campi Flegrei ein. De Santis hatte mit den Kollegen gerade das Viertel erreicht. Der Bahnhof war nur zweihundert Meter entfernt, wenige Sekunden, und De Santis sah seinen bulligen Kollegen. Er sprang aus dem Wagen, überholte Bomba und schob sich durch die Menge, die in die im Imperialstil gehaltene Schalterhalle strömte, für die er schon immer eine Schwäche gehabt hatte. Die dunklen Holzportale und der helle Marmorboden bildeten einen kühlen Kontrast – und einen kühnen Kontrast zur Wüstenei der Umgebung. Eine der kleinen ästhetischen Rettungsinseln, für die De Santis seine Stadt liebte. Er bog in den Zugang zu den Gleisen ein und wäre fast über ein Rollwägelchen gefallen. Ein verkniffenes Gesicht starrte ihn an: Frau Pasetti. Ehe De Santis sie richtig erkannt hatte, war sie mit ihrem Wägelchen, auf dem eine große braune Kunstledertasche mit Spanngummis fixiert war, in einem Aufzug verschwunden. Der Kommissar nahm die Treppe, wühlte sich durch einen Strom von Menschen und sah gerade noch, wie sie durch die Unterführung Richtung Ausgang lief. Als De Santis anfing zu rennen, sah er sie aus dem Augenwinkel auf einer Treppe. Ruckweise sprang das Wägelchen die Stufen hoch, und Frau Pasetti zerrte es in einen einfahrenden Metrozug. De Santis schaffte es in den Nachbarwaggon.

Waren das immer noch Täuschungsmanöver? Die Metrolinie 2 verband Fuorigrotta mit der Innenstadt, hielt alle paar Minuten, und er konnte allein nicht alle Ausgänge im Auge behalten. De Santis schob sich durch das dichte Gedränge im Waggon und rief dabei seine Kollegen an. Afrikanische Familien, Jugendliche, ein Greis im kanariengelben Anzug mit Krawattentuch, Angestellte und Straßenhändler, die ihre Waren auf den Knien stapelten. Er war noch nicht weit gekommen, als der Zug abbremste und an der Station Piazza Leopardi hielt. Er quetschte sich durch die kompakte Masse aus Leibern zur nächsten Tür, um den Bahnsteig zu überblicken. Und tatsächlich: Da draußen war sie, mit dem Rollwägelchen. Er sprang hinaus, arbeitete sich durch die Menge und kam auf die lange Fußgängerbrücke, die die Gleise überspannte. Wo war sie?

Verschwunden. Nur – von der Fußgängerbrücke konnte man nicht verschwinden. Sie war lang, schmal, überdacht und führte in fünfzehn Metern Höhe über die Spannungsleitungen der Lokal- und Fernbahnen. Die Bahnsteige unten waren leer. Sie musste wieder eingestiegen sein in den Zug, mit dem sie gekommen waren. Es war die dritte Verfolgung, die in die Hose ging. Dieser Fall war verhext, entwickelte sich zum Fiasko. De Santis verständigte die Kollegen. »Ich rufe die Verkehrsbetriebe an«, meinte Carmela.

»Schicken Sie ihnen ein Foto der Frau, falls sie irgendwo in den Überwachungskameras auftaucht.«

»Das ist aussichtslos.«

»Wenn sie das Rollwägelchen noch hat, fällt sie auf.«

De Santis lief zu einem Taxi und zeigte dem Fahrer den Dienstausweis.

»Sie dürfen so schnell fahren, wie Sie wollen. Das ist ein Einsatz.«

Der Fahrer tauchte in den Verkehr ein, pfiff ein Liedchen, trommelte auf das Lenkrad und schwamm gemächlich mit.

»Sie sollen auf die Tube drücken, verdammt«, sagte der Kommissar.

»So schnell, wie ich mag, haben Sie gesagt. Wer zahlt mir den Wagen, wenn es knallt?«

»Signor Commissario, wir sind vor dem Bahnhof Mergellina. Frau Pasetti ist eben herausgekommen.«

Als das Taxi am Bahnhof Mergellina ankam, waren wenige Minuten vergangen. »Wo ist sie?«, fragte De Santis am Telefon.

»Zwischen den Wohnhäusern verschwunden. Via Minuccio Felice.«

De Santis trabte los. Frau Pasetti nötigte ihm Bewunderung ab. Sie hatte Beppe Bomba aufgearbeitet, und jetzt zwang sie ihn in die Knie. Er war inzwischen klatschnass, müde, entnervt. Die Frau mochte einige Jahre älter sein als er, aber sie war zäher – und mindestens so raffiniert.

Der Kommissar fand seine Kollegen am Eingang der Via Minuccio Felice, im Schatten einer Kiefer. Die leicht abschüssige Straße wurde zur Rechten von Wohnblocks flankiert, zur Linken ragten die gelblichen, von wilder Vegetation und Sickerwasserspuren überzogenen Tuffsteinfelsen auf, die das Viertel Mergellina von Fuorigrotta trennten. »Jetzt dürfen wir keinen Fehler mehr machen«, sagte der Kommissar. Niemand antwortete. Frau Pasetti ging rechts an der Reihe der geparkten Autos entlang. Es blieben noch zwei Hauseingänge, die man nicht einsehen konnte. Aber auch daran ging sie vorbei, blieb plötzlich stehen, als hätte sie etwas vergessen, und verschwand zwischen einem Auto und einem Lieferwagen. »Sie linkt uns«, meinte Bomba. Sie rannten los und fanden das leere Handwägelchen auf dem Bürgersteig, vor einem aus groben Bohlen gezimmerten Bauzaun.

»Na bitte«, sagte Bomba. »Wetten, dass ihr Sohn hier auf sie gewartet hat?«

»Aber wo ist sie hin? Warum ist sie ebenfalls verschwunden?«, fragte De Santis. »Sie hätte ihre Lieferung übergeben und uns wieder weglocken können, mit der leeren Tasche.« Der Bauzaun lief am Fuß der Tuffsteinwand entlang. Alles war still, bis man ein blechernes Geräusch hörte. De Santis ging voraus, zwängte sich durch einen Spalt und stand in grünlichem Zwielicht. Auf dem Plateau über ihnen lag ein gutsituiertes Wohnviertel, das sich im Laufe der Jahrzehnte seines Mülls entledigt hatte: Aufgetürmt lagen hier Autoreifen, Haushaltsgeräte, Kinderspielzeug, Gartenabfälle. Der Tuffsteinfelsen hatte eine Feuchtigkeit ausgeschwitzt, die sich am Fuß zu Morast verdichtet hatte. Darin waren frische Fußspuren. Zwei verschiedene Größen. Mutter und Sohn. Die Spuren führten einen Trampelpfad entlang bis zu einem spitzbogenförmigen Einlass in den Fels, aus dem eisige Luft zog. Offensichtlich ein ehemaliger Steinbruch.

Mit ihren Handys leuchteten sie den Stollen aus, in dessen Höhe sich der Hall ihrer Schritte verlor. Auf dem Boden lagen rostige Bettgestelle, Töpfe, verrottete Kleidung, Koffer. Vieles fast zu Staub zerfallen.

Man sah Haken in den Wänden, mit zerfaserten Leinen, krakelige Schriftzeichen, Familiennamen, Daten, Grüße. Offensichtlich hatte die Grotte nach dem Krieg als Behelfsunterkunft gedient.

Sie lauschten ins Innere und gingen im Gänsemarsch langsam vorwärts. Der glockenförmige Raum verengte sich nach hinten wie ein Trichter und ging über in einen Stollen, der nicht viel höher als ein Mensch war. Die eisige Luft kroch über den Schweiß auf der Haut. Plötzlich rief Marin. Seine Stimme schien von weit her zu kommen, brach sich in alle Richtungen.

»Wo sind Sie?«, fragte der Kommissar.

»Hier.«

Sie irrten umher, bis sie den Strahl einer Taschenlampe aus einem Seitenstollen fallen sahen.

»Hier ist sein Versteck«, rief er.

Sie fanden eine alte Matratze und ein verrostetes Bettgestell, daneben standen frische Lebensmittelpackungen und ein fast neuer Gaskocher.

»Wo ist die Reisetasche?«

»Keine Ahnung.«

Sie durchsuchten alle Gegenstände in der Nische, die nicht viel größer als eine Gefängniszelle war und den Seitentunnel abschloss. An einem Nagel hing eine Jacke, in einem Karton waren Streichhölzer, eine Petroleumlampe.

»Wir müssen die Spurensicherung herholen«, meinte Marin.

»Wozu?«

»Feststellen, ob Pasetti hier war.«

»Wir brauchen Pasetti, nicht diesen Kram. In welche Richtung ist er abgehauen?«

»Wahrscheinlich tiefer in den Berg gelaufen.«

»Mit seiner Mutter?«

De Santis leuchtete auf den Boden. Man sah Fußspuren, etwa Schuhgröße Dreiundvierzig, schätzte der Kommissar. Es war eine einzelne Spur, der linke Abdruck hatte einen Schweif.

»Er scheint zu hinken«, meinte Marin.

»Und wo ist die Mutter hin? Wo ist die andere Spur?«, fragte der Kommissar.

Sie schien sich in Luft aufgelöst zu haben.

»Wir brauchen Pasetti«, meinte Carmela und lief voraus in den schmalen Stollen. Der Kommissar nahm an, dass er das ganze Massiv durchzog und, ähnlich wie die Tunnel für Auto- und Bahnverkehr, in Fuorigrotta wieder ans Tageslicht führte.

Sie lauschten in die Dunkelheit und hörten aus der Tiefe ein schlurfendes Geräusch. Sie fingen an zu rennen, De Santis leuchtete in den Stollen, sah aber nur glänzende Wände und Dunst, bis plötzlich die Silhouette eines Menschen auftauchte. Je näher sie kamen, desto kleiner schien sie zu werden. Es war Frau Pasetti. Ihre zierlichen Füße schlackerten in Herrenschuhen. Sie lächelte.

»Wo ist er?«, fragte der Kommissar. »Wo ist Ihr Sohn?«

»Er ist unschuldig«, sagte sie, »ich habe mit ihm gesprochen.«

»Er ist in einen Mord verwickelt.«

Sie schüttelte den Kopf. »Ich kenne ihn.«

»Sein Komplize ist tot. Umgebracht. Wenn Sie Ihren Sohn retten wollen, dann reden Sie. Wo ist er hin?« De Santis hatte sie an den Schultern gepackt und schüttelte sie. Er war sauer, er war wütend. Vier Mann hoch hatten sie sich von einer ältlichen Frau aufs Kreuz legen lassen.

Sie streckte ihm lächelnd die Handgelenke hin, um sich verhaften zu lassen.

41

De Santis sah auf die Uhr, er hätte längst unterwegs ins Theater Trianon sein müssen! Pasetti war ihnen entwischt, seine Mutter würde selbst unter Folter ihren Sohn nicht verraten. Vorerst konnten sie hier nichts tun. Er dagegen hatte ein Versprechen einzulösen. Er konnte Diana nicht noch einmal enttäuschen, so viel war sicher.

Er gab seinen Leuten Anweisung, die Stollen durchsuchen zu lassen und zu Pasettis Wohnung zu fahren. Dann rannte er zurück, durch den Morast am Bauzaun und auf die Straße. Er kaufte an einem Kiosk eine Flasche Wasser, wusch sich notdürftig Gesicht und Schuhe und schaffte es, ein Taxi anzuhalten, mit dem er in die Wohnung raste. Er bereute, wie er mit Diana umgesprungen war. Auch am Telefon hatte er sie eher verhört als zugehört. Und das Wichtigste, wie sehr er sich freute, ihre Stimme zu hören, hatte er gar nicht erwähnt. Aber das war schon immer sein Problem mit Frauen gewesen. Er merkte immer erst hinterher, wie wichtig sie ihm waren.

Als er das Theater Trianon erreichte, war es schon nach 22 Uhr, das Foyer hell erleuchtet, aber leer. Das Wogen des Orchesters hallte gedämpft auf den Vorplatz. Das kleine traditionsreiche Theater sah schmuck und einladend aus. Seine Wiedereröffnung im Viertel Forcella, das seit Jahren von Clans regiert wurde, war ein kleines Wunder gewesen. De Santis trat ein und ging an die Kasse. Diana hatte wie versprochen eine Karte für ihn hinterlegt, und die Platzanweiserin führte ihn an eine Seitentür am Parkett. Hoffentlich kam er zumindest rechtzeitig zu Dianas Solo! Er schlich sich durch die Reihe, ungnädige Kommentare provozierend. Auf der Bühne sangen unterdessen zwei junge Schauspieler ein Duett, er gekleidet wie ein Gassenjunge, sie wie eine aristokratische Schönheit aus einem vergangenen Jahrhundert. Wo war Diana? Im Orchestergraben zeichneten sich die dunklen Silhouetten der Musiker ab, und De Santis ließ seinen Blick über die Reihe der Celli gleiten. Da, das musste sie sein, außen links, erkennbar an der Masse dunkler Locken und an der fließenden Bewegung, mit der sie über die Saiten strich. Er setzte sich und versuchte, sich auf das Musical einzulassen und gleichzeitig auf sich aufmerksam zu machen. Diana sollte wissen, dass er im Parkett saß, dass er sie unterstützen würde …

Die Musik war ein Potpourri aus neapolitanischen Canzoni, scheinbar simple Melodien, in denen die Nöte vergangener Epochen, die Armut, die Emigration nach Amerika, die ewige Sehnsucht nach dem Zuhause und natürlich die unerfüllte Liebe verflochten waren. Das Publikum summte mit, sang mit, klatschte, der riesige Raum war ein einziges pulsierendes Organ, und er mittendrin. Er wartete darauf, dass Diana zu ihm herschaute. Aber ihr Blick sprang zwischen dem Notenblatt und dem Dirigenten hin und her, zunehmend hektisch. Ihr Solo, vor dem sie sich so fürchtete, musste unmittelbar bevorstehen.

Die adelige Dame schien dem jugendlichen Kavalier unterdessen den Laufpass gegeben zu haben, denn er nahm einen Dolch, sang eine Arie und setzte sich dabei die Spitze aufs Herz.

Als er den letzten Ton gesungen hatte, verschwand die Klinge in seiner Brust, er fiel nach vorne, der Dirigent verzögerte die Bewegung des Taktstocks, sein Blick wanderte zu Diana. Das war ihr Moment. Sie setzte den Bogen an, der Taktstock senkte sich. Für einen Augenblick herrschte Stille, Publikum, Sänger, Orchestermusiker, De Santis, alle warteten auf den ersten Ton. Diana setzte ab, legte den Bogen wieder auf die Saiten, zitterte. Ihr Oberkörper schwankte, der Arm war wie eingefroren. Der Dirigent wedelte mit dem Taktstock, deutete auf einen anderen Cellisten, der wohl das Solo übernehmen sollte, während der Gassenjunge, der eigentlich hätte tot sein sollen, aus dem Augenwinkel ins Orchester schielte, um zu sehen, wie es mit seinem Sterben weiterging. Das Orchester fing an zu rumoren, die Gesichter wandten sich Diana zu. Aber sie schien nichts davon wahrzunehmen, immer noch pendelte ihr Oberkörper zur Seite, und dann sprang jemand vor De Santis auf, sodass er Diana aus den Augen verlor.

Der Dirigent schrie: »Regie! Licht! Ist ein Arzt im Saal?«

Und dann brach ein Chaos los, in dem De Santis versuchte, sich bis zum Orchestergraben vorzuarbeiten.

42

Als der Tag anbrach, fand De Santis sich in einem langen Flur wieder, auf einem Plastikstuhl, zugedeckt mit seinem Jackett. Man hatte ihm nicht gestattet, Dianas Zimmer zu betreten. Er war kein Verwandter, er war kein Ehepartner. Mithilfe des Dienstausweises hatte er sich in den Rettungswagen gedrängt und war mit ins Krankenhaus Cardarelli gefahren.

Noch im Ambulanzwagen hatte man Diana reanimiert, dann in der Notaufnahme ausgeladen und in den OP-Trakt geschoben. Er ließ sie als Diana Pacelli registrieren, mit Geburtsdatum und -ort, wie sie in ihrem Lebenslauf standen. Mehr wusste er nicht, keine Steuernummer, auch nicht, wo ihre Krankenversicherungskarte oder ihre Angehörigen waren. In der Nacht war sie in ein Einzelzimmer verlegt worden. Nach längeren Verhandlungen ließen die Schwestern zu, dass er davor auf einem Plastikstuhl wartete. Er fühlte sich, als wäre sein linker Arm gelähmt, der rechte abgefallen. In seinen Rücken hatten sich die Stahlhandschellen gedrückt, die in ihrem Lederetui am Gürtel hingen. Er hatte in der Hektik vergessen, sie zu Hause abzuschnallen.

Eine Schwester kam mit einem Servierwagen, um Diana das Frühstück zu bringen. Er linste durch die Tür, sah aber nur eine Infusion und das Morgenlicht, das über ein Krankenbett fiel.

»Wie geht es ihr?«, fragte er, als die Schwester herauskam.

»Sie braucht Ruhe.«

Als sie verschwunden war, trat er vorsichtig ein.

Diana war wach, bleich, mit tiefen Augenringen. »Woher wusstest du …«, flüsterte sie.

»Ich war im Theater«, sagte De Santis.

»O Gott.« Tränen traten ihr in die Augen. »Hättet ihr mich sterben lassen.«

»Was redest du?«

»Ich bin zu nichts gut. Das hast du doch gesehen.«

Man hatte ihr den Magen ausgepumpt, um sie von dem Cocktail aus Beruhigungsmitteln zu befreien, mit dem sie sich vollgestopft hatte. Der Arzt hatte gesagt, die Konzentration deute auf einen langfristigen Missbrauch hin, und es sei ein Wunder, dass sie sich überhaupt noch habe konzentrieren können.

»Ich kenne niemanden, der so Cello spielen kann wie du.«

»Manchmal, wenn es keiner hört.«

»*Ich* habe es gehört.«

Sie schaute skeptisch.

»Du musst von dem Zeug loskommen.«

Sie schwieg.

»Wenn du willst, helfe ich dir dabei«, schob er nach.

»Warum willst du das tun?«

»Die Antwort überlasse ich dir.«

Eigentlich hätte De Santis sie jetzt fragen müssen, warum sie eine falsche Identität hatte, was ihr Versteckspiel sollte. Aber es war ihm egal. Er wollte nur, dass sie wieder gesund wurde. Auf dem Nachttisch lagen ein paar Formulare und Krankenblätter, sie steckten in einem Kittel aus dünnem Kunststoff. »Kann ich dir irgendetwas bringen? Kleidung? Dein Handy?«

Sie schüttelte den Kopf und betrachtete widerwillig das Frühstück, das unberührt neben ihr stand. »Warum willst du das tun?«, fragte sie. »Mir helfen? Ausgerechnet mir?«

»Das brauche ich dir nicht zu erklären, oder?«

»Doch, sag's mir, bitte.«

Er zögerte. Es fiel ihm schwer, die Worte über die Lippen zu bringen, und er flüsterte sie ihr ins Ohr. Sie ließ sich auf das Kissen fallen und weinte.

»Hast du deinen Mörder gefunden?«, wechselte sie schnell das Thema.

»Einen.«

»Und geht's dir jetzt besser?«

Er zögerte. Und sie schien es zu merken.

»Wie viele sind es?«

»Zwei.«

Sie nickte. »Dann bring es zu Ende. Und danach reden wir.«

Er nahm ihre Hand, die schmächtig und kalt war. Er spürte die Schwielen auf ihren Fingerkuppen, viele Jahre Musik und Knochenarbeit. »Ich muss noch ein wenig schlafen«, sagte sie. Aber er konnte sich nicht losreißen. Der kalte Entzug hatte bereits begonnen, und sie würde in Einsamkeit und Verzweiflung versinken. »Es geht mir gut, glaub mir. Bitte …«

»Soll ich jemanden verständigen?«

Sie schüttelte den Kopf.

»Ich komme heute Abend wieder, wenn du magst.«

Sie schloss die Augen und schien wegzudämmern, doch als er unter der Tür war, sagte sie: »Der Mann, von dem ich dir erzählt hatte ...«

Er trat wieder ins Zimmer und schloss die Tür, weil draußen zwei Schwestern mit Tabletts klapperten.

»Anfangs war alles wie im Traum, fast kitschig. Wie er da nach einem Konzert in meine Garderobe kam, mit dem größten Strauß Rosen, den ich jemals gesehen habe. Aber wer sehnt sich nicht insgeheim nach Kitsch im Leben? Er kannte anscheinend jede Schwäche, jeden meiner geheimen Wünsche. Und er war da, um sie zu erfüllen. Ich konnte es gar nicht erwarten, mit ihm zusammenzuleben.« Sie lächelte. »Und anfangs merkte ich die Veränderungen gar nicht. Wie er ... Es war alles meine Schuld, dachte ich. Wie konnte ich unzufrieden sein bei allem, was er für mich tat? Ich wollte nur ein klein wenig zurückgeben.« Ihre Stirn war zerfurcht, und sie konnte nicht weitersprechen.

»Ruh dich aus«, sagte De Santis. »Du kannst es mir ein andermal erzählen.«

»Ich habe damals im Ausland gelebt, in London. Es schienen nur Kleinigkeiten zu sein. Mein Make-up, der Tonfall, mit dem ich sprach. Ich versuchte, es ihm recht zu machen. Er wurde anspruchsvoller, ich strengte mich immer mehr an, je öfter ich versagte. Ich merkte gar nicht, dass mein Leben sich auflöste, dass ich meine Freunde, meine Familie verlor. Dann wollte er nicht mehr, dass ich auf Tournee gehe, dass ich auftrete. Ich fing an, mein Instrument zu hassen. Eines Tages konnte ich nicht mehr und bin einfach weggelaufen. Er hat mich zurückgeholt, hat mir verziehen. Alles wurde schlimmer, ich habe mich versteckt, er hat mich aufspüren lassen.

Er hat mich misshandelt, verfolgt ... er kam vor Gericht. Auch das hat nicht geholfen. Anrufe, Mails, Fotos, die plötzlich in meiner Post, sogar in meiner Wohnung lagen. Kein Umzug, keine richterliche Verfügung hat geholfen. Schließlich bin ich abgetaucht und nach Neapel gekommen.«

»Hier hat dir Elvira Barbarossa geholfen?«

Sie nickte. »Mit einer neuen Identität. Irgendwann, das weiß ich, wird er mich finden. Er wird im Publikum oder im Park sitzen, so wie du vor mir gesessen hast. Er wird mein Cello hören, und dann wird er den Klang wiedererkennen.«

De Santis bekam eine ungefähre Vorstellung von der Angst, in der Diana lebte.

»Die Tabletten werden dich nicht schützen vor ihm.«

»Sie schützen mich vor der Angst.«

»Du brauchst keine Angst zu haben.«

Sie schnaubte verächtlich. »Ach nein?«

»Wenn er dich findet, werde ich auch da sein«, sagte er, »wenn du willst.«

Sie lächelte. »Klar will ich.«

43

De Santis betrat die Questura kurz vor elf. Zerknittert und unrasiert trat er vor seine Mannschaft im Besprechungsraum. Er konnte den Unmut förmlich riechen.

»Tut mir leid, private Probleme«, sagte er.

Niemand antwortete.

»Neuigkeiten?«

»Ich war bei Coppolas Eltern, um sie über den Tod ihres Sohnes zu informieren«, sagte Marin. »Und dann war ich noch in seiner Studentenbude, ein kleines Apartment an der Piazza Bellini. Ich habe mich dort umgesehen. Keine Hinweise auf Pasetti oder Barbagiovanni. Die Spurensicherung hat vielleicht mehr Glück.«

»Und bei den Eltern?«, hakte De Santis nach.

Marin schüttelte den Kopf. »Der Name Gerardo Pasetti war ihnen neu.«

»Haben die Telefonlisten etwas ergeben?«

»Nichts. Barbagiovanni hat Coppola nicht auf dem Handy angerufen. Er muss ihn anders kontaktiert haben, vielleicht mit einem anonymen Brief.«

»In seinem Zimmer war er nicht«, sinnierte De Santis.

»Wenn er den Erpresser bezahlt hat, wird er auch die Spuren der Erpressung vernichtet haben«, meinte Carmela.

»Hat er mit Pasetti telefoniert? Vielleicht über Nummern, die wir nicht zuordnen können?«, fragte der Kommissar.

Marin schüttelte den Kopf. »Mir ist bisher nichts aufgefallen.«

»Ist Pasetti ein Phantom? Nicht einmal gestern Abend haben wir ihn zu Gesicht bekommen«, meinte Carmela.

»Ich vermute, dass er in Fuorigrotta steckt. Dort kennt er sich am besten aus«, murmelte De Santis.

»Vielleicht ist er immer noch im Park, in einem der verfallenen Gebäude. Mit ein paar Lebensmitteln kann man es dort gut aushalten«, meinte Carmela.

»Vor seinem Verschwinden hat er offensichtlich nur Kontakt zu Mattiello und anderen Leuten in Fuorigrotta gehabt. Kollegen, ein Wettbüro. Es ist übrigens dasselbe, in dem er auch Coppola getroffen haben soll.«

»Wir reden noch einmal mit allen. Und ich schaue mir das Wettbüro an.«

»Sollten wir vorher nicht Barbagiovanni verhören?«, fragte Mario Marin.

»Im Moment hilft er uns nicht weiter. Mit Pasetti hatte er anscheinend nichts zu tun.«

Sie stiegen zu viert in den Dienstwagen, Bomba fuhr, wie gewöhnlich. Und als sie den Hof verlassen hatten, klingelte De Santis' Handy. Während das Auto sich im Stau in der Via Marina verkeilte, fing Gisella Laporta, die ehemalige Kunstlehrerin von Gerardo Pasetti, an zu reden. »Ich habe die alten Klassenbücher durchgesehen«, sagte sie.

»Und? Ist Ihnen jemand aufgefallen?«

»Gerardo war in einer Clique von vier Jungs.«

»Wissen Sie, ob sie immer noch in Fuorigrotta leben?«

»Nein. Aber ich kann Ihnen die Namen geben.«

De Santis stellte den Lautsprecher seines Handys an, gab Bomba ein Zeichen, die Hand von der Hupe zu nehmen, und Marin wies er an mitzuschreiben.

»Paolo Canticchi, Emanuele De Sio und Carlo Togni. Aber ich verlasse mich auf Sie. Gerardo ist ein guter Junge. Gehen Sie behutsam mit ihm um.«

De Santis bedankte sich und legte auf. »Sucht Adressen und aktuelle Bilder von den dreien. Und dann nimmt sich jeder von euch einen vor. Ich versuche es bei diesem Wettbüro, in dem Pasetti verkehren soll.«

»BetCom, der Laden, der auf Höhe von Tor C liegt«, hatte Marin gesagt. Tor C war früher De Santis' Eingang ins Stadion gewesen, als er noch eine Dauerkarte im Seitenrang hatte. Er warf einen Blick auf das betongraue Oval. Zwei junge Touristen schossen ein Foto und gaben despektierliche Kommentare ab. Als ob die Atmosphäre eines Stadions von Solarzellen und glänzenden Plastiksitzen abhängen würde. Ein Stadion lebte von Rotz und Wasser, von Schweiß, Tränen und Pissrinnen. Aber jeder lebte den Fußball, wie er mochte. Für manche war er eine Castingshow, und deshalb ging De Santis auch nicht mehr hin.

Er fand das gelbe Leuchtschild und trat in die Halle ein, durch die kalter Zigarettenrauch und elektronische Signale waberten. Männer starrten auf Bildschirme und griffen zu Biergläsern. An der Rückwand lag ein Tresen mit Plexiglasscheibe, hinter der ein grauhaariger Mann mit Bauch Tippscheine in eine elektronische Kasse einlas.

De Santis zeigte seinen Ausweis vor und sagte: »Ich bin auf der Suche nach Gerardo Pasetti.«

Der Mann lächelte, schüttelte sich eine Zigarette aus einem Päckchen, zündete sie sich an und sortierte weiter seine Scheine. »Das sind viele.«

»Wer zum Beispiel?«

»Die wollen Sie nicht kennen. Und vor allem wollen die Sie nicht kennen.«

»Hat er Schulden?«

Der Mann zuckte mit den Achseln. »Bei mir nicht.«

»Für Pasetti wäre es besser, wir würden ihn zuerst finden.«

Der Mann nahm einen tiefen Zug und ließ den Rauch, wider jedes Gesetz, gegen die Decke seines Wettbüros wabern. De Santis sog den Tabakduft ein. Ein Jahr seines Lebens hätte er jetzt für eine Zigarette gegeben, zumindest ein Jahr als Nichtraucher.

»Ich habe ihn nicht mehr gesehen.«

»Aber diesen Burschen haben Sie gesehen.« De Santis zeigte ihm das Foto von Piero Coppola.

Der Mann nickte widerwillig.

»Erzählen Sie, wie das Treffen zustande kam.«

»Es war kein Treffen. Der Kerl kam herein, sah sich um, fragte nach Pasetti.«

»Und?«

»Nichts.«

Der Kommissar wartete. Und der Betreiber stöhnte. »Pasetti kam zur Tür herein, sah den Burschen und machte auf dem Absatz kehrt. Draußen hat der Kerl auf ihn eingeredet, hing an ihm dran wie ’ne Klette.«

»Haben Sie gehört, worum es ging?«

»Wie denn?«

»Wenn Sie mir nicht helfen können, dann vielleicht Pasetti. Geben Sie mir Bescheid. Bevor die anderen ihn kriegen.« De Santis schob ihm einen Geldschein durch die Luke.

»Ich bin nicht käuflich«, brummte der Mann.

Der Kommissar hatte noch etwas vergessen. »Haben Sie diesen jungen Mann jemals gesehen?« Er blätterte durch die Porträtfotos aus der Villa Paradiso, bis er auf Gabriele Cerriello stieß. Der Grauhaarige nahm die Zigarette aus dem Mund, schnippte die Asche auf den Boden und sagte: »Nein.«

De Santis wollte ihm eine Visitenkarte geben, aber da raunte sein Gegenüber: »Dafür war der andere hier.«

»Welcher andere?«

»Sie haben das Foto überblättert. Er ist älter.«

De Santis scrollte in der Galerie zurück, bis der Mann mit seinem Finger auf das Display tippte.

»Sind Sie sicher?«

Er hatte beim Bild Giancarlo Sgarbantis unterbrochen.

»Dahinten hat er gesessen. Am Pokerautomaten.«

»Mit Pasetti?«

»Nein. Allein. Ist schon eine Weile her.«

»Wie lange?«

»Ein, zwei Wochen vielleicht. Kam ein paarmal, immer so gegen fünf, sechs. Er fiel mir auf, unbekanntes Gesicht, passte überhaupt nicht hier rein mit seinen Mokassins, hatte von Tuten und Blasen keine Ahnung. Stopfte einfach Geld in den Automaten und doppelte auf Teufel komm raus. Kein Spieler, kein Säufer, kein Spanner. War mir ein Rätsel, was das sollte. Ich dachte, er sei Bulle, vom Verfassungsschutz, irgendein Aufpasser. Was ist er denn?«

»Professor.«

»Professor für was?«

»Kunst. Wann haben Sie ihn das letzte Mal gesehen?«

»Wird acht Tage her sein. Ist genauso plötzlich verschwunden, wie er aufgetaucht war.«

»Und er hat mit niemandem geredet?«

»Nein.«

»Könnte er Pasetti gefolgt sein?«

»Natürlich kann er ihm gefolgt sein. Er kann auch mir oder dem Papst gefolgt sein. Mich interessieren meine Automaten und meine Kunden. Es gibt genug, die bescheißen wollen. Draußen können sie machen, was sie wollen.«

»Sollte er wieder auftauchen, rufen Sie mich an, okay?«

»Und die Belohnung?«

»Sie wollten doch kein Geld.«

»Das habe ich nicht gesagt. Ich habe gesagt, ich sei nicht käuflich. Aber für Gerardo tue ich gerne etwas.«

»Sie müssen etwas mehr bieten. Das ist bisher keine Hilfe für Gerardo. Was hatte der Professor mit ihm zu tun?«

»Nichts. Eigentlich hatte ich eher den Eindruck, dass er an den anderen Jungs interessiert war.«

»Wen meinen Sie?«

»Ein paar Kerle aus dem Viertel.«

»Namen?«

»Keine Ahnung.«

»Alter?«

»Höchstens dreißig.«

De Santis hatte eine Idee. Er öffnete noch einmal die Galerie mit den Fotos. Bomba hatte inzwischen drei aktuelle Passbilder von Carlo Togni, Paolo Canticchi und Emanuele De Sio geschickt. Drei junge kantige Gesichter.

»War einer von denen dabei?«

Er zeigte die Bilder vor.

»Gut möglich.«

De Santis schob dem Mann einen Fünfzig-Euro-Schein zu. »Und Sie haben nicht ein Wort von ihrer Unterhaltung verstanden?«

»Nein, verdammt. Ich wollte nichts von ihnen wissen, wollte sie nicht hier haben.«

»Warum?«

»Sie spielen nicht, trinken zu dritt einen Espresso und hängen hier herum. Ich will keinen Ärger kriegen.«

»Ärger?«

Der Mann biss sich auf die Zunge. De Santis musste nachhelfen. Aber sein Bargeld war aufgebraucht, ebenso seine Geduld. »Sie bekommen Ärger, wenn Sie mir jetzt nicht sagen, was Sie wissen. Ich lasse Ihren Laden filzen, Bücher, Kundschaft ...«

Der Mann hob beide Hände, sah sich unter seinen Kunden um und senkte die Stimme: »Ich habe nicht kapiert, worüber Sie redeten. Es schien um Adressen zu gehen.«

»Können Sie sich an eine erinnern?«

Er schüttelte den Kopf. »Gegenden, in denen ich mich nicht auskenne. Einmal war von Capri die Rede.«

»Was haben sie über Capri gesagt?«

»War alles aus dem Zusammenhang gerissen. Ich habe mich nur gewundert, weil solche Burschen nichts auf Capri verloren haben.«

De Santis legte ihm eine Visitenkarte auf den Tresen und sagte: »Wenn einer von ihnen auftaucht, melden Sie sich bei mir.«

Dann trat er hinaus in die Mittagshitze, ging über die mehrspurige Straße und setzte sich an die Bar, die wie ein großes Terrarium mitten auf der Verkehrsinsel, in einer struppigen Grünanlage, stand. Er beobachtete den Eingang des Wettbüros. Pasetti, Coppola, Sgarbanti … Liefen hier die Fäden des Falls zusammen?

Er wählte Bombas Nummer.

»Habt ihr etwas herausgefunden?«, fragte er.

»Nein. Wir haben alle Wohnadressen überprüft. Pasetti war nicht da.«

De Santis merkte, dass den Ispettore noch etwas beschäftigte. »Aber? Jetzt red schon weiter.«

»Marin und Carmela hatten denselben Eindruck wie ich. Alle schienen ziemlich nervös zu werden, als wir nach Gerardo Pasetti fragten.«

»Ihr müsst bei allen dreien die Alibis überprüfen.«

»Wieso?«

»Kann sein, dass sie mit Pasetti auf Capri waren. Ihr bleibt hier, jeder nimmt sich eine Wohnung vor und observiert sie. Womöglich taucht Pasetti auf. Und während du wartest, forderst du Informationen über das Wettbüro BetCom an. Irgendetwas an dem Laden ist faul.«

»Mir ist noch etwas aufgefallen.«

»Was?«

Der Kellner kam mit einem Tablett und stellte De Santis mit geschmeidiger Eleganz einen Espresso und ein Glas Wasser auf den Tisch.

»In den Telefonverbindungen von Pasettis Handy …«

»Das benutzt er schon eine Weile nicht mehr.«

»Mag sein, aber es gibt ein Telefonat mit einem Festnetzanschluss in Posillipo. Er gehört Umberto Lambiase.«

»Ariannas Vater?«

»Genau.«

»Du meinst, Gerardo Pasetti hat erneut Arianna belästigt?«

»Er hat nicht versucht, sie zu belästigen.«

»Sondern?«

»Der Anruf ging vom Anschluss Lambiase aus. *Sie* hat *ihn* angerufen.« Arianna. Die Fäden des Falls schienen nicht in Fuorigrotta, sondern bei Arianna Lambiase zusammenzulaufen. Aber Arianna hatte sich hinter ihrer Zerbrechlichkeit verschanzt, hatte immer neue Ausflüchte gesucht und sich schließlich ganz entzogen. De Santis kippte seinen Kaffee hinunter, lief in die Bar, um zu bezahlen, und machte sich auf den Weg.

44

Er ging eine Straße hinab, die wie eine Rampe übers Meer zu führen schien. Aber dann schnitten Pinien, eine weiße Mauer und ein schmiedeeisernes Tor mit Videokamera die Aussicht ab. Er klingelte, hielt den Ausweis in die Kamera. Nichts tat sich. Er klingelte wieder.

»Ich muss mit Arianna Lambiase sprechen«, sagte er.

»Sie ist nicht zu sprechen.«

Zwei Dobermänner kamen angehechelt und warfen sich geifernd gegen das Tor. De Santis mochte Hunde. Diese beiden mochte er nicht. Er klingelte erneut.

»Ich möchte Sie bitten, das zu unterlassen«, sagte die männliche Stimme.

»Polizei. Es betrifft Ihren Telefonanschluss«, erwiderte der Kommissar. »Sind Sie Umberto Lambiase?«

Das Tor sprang auf. Ein etwa sechzigjähriger schlanker Mann in Segeltuchschuhen und Leinenhose erschien auf der Freitreppe und ging dann voraus in ein Foyer, groß wie eine Hotellobby, in der Wandteppiche, antike Seekarten und ein etwas modriger Geruch hingen. Dieser wehte wohl aus den Nüstern eines lebensgroßen Nashorns.

»Es wirkt albern, ich weiß«, sagte Lambiase. »Aber ich bringe es nicht fertig, es wegzuwerfen. Es würde das Tier nicht wieder lebendig machen, und meinem Großvater würde es das Herz brechen.« Ein Bediensteter in Livree trat auf De Santis zu und deutete eine Verneigung an.

»Unser Gast möchte nicht ablegen«, sagte Lambiase und entließ den Butler.

Er starrte durch eine Panoramascheibe hinab auf einen abfallenden Garten, hinter dem das Meer funkelte. In der Ferne konnte man die graue Silhouette von Capri erahnen.

»Also, warum kümmert die Polizei unser Telefonanschluss?«, fragte Lambiase.

»Wir fahnden nach Gerardo Pasetti.«

»Und da kommen Sie ausgerechnet zu uns? Hat dieser Kerl meiner Tochter nicht genug Leid zugefügt?«

Jetzt erkannte der Kommissar, dass Lambiase auf Arianna starrte. Sie stand unten im Garten im Schatten eines Fliederbuschs an einer Staffelei.

»Sie hat wieder angefangen zu malen. Der Therapeut sagt, ich solle ihr keine Grenzen setzen, *unterstützend wirken*. Unterstützen wobei? Wieso können wir heutzutage nichts mehr ohne einen Therapeuten entscheiden? Haben Sie Kinder?«, fragte Lambiase.

»Eine Tochter.«

»Dann verstehen Sie, was es heißt, sein Kind leiden zu sehen und nicht helfen zu können.«

Er machte eine Pause, ging zum Servierwagen und schenkte sich einen Whisky-Soda ein. Der Kommissar begnügte sich mit Wasser.

»Gestern um siebzehn Uhr zweiunddreißig hat jemand von Ihrem Anschluss aus versucht, Gerardo Pasetti anzurufen«, sagte er.

»Unsinn. Wer sollte das gewesen sein?«

»Das würde ich gerne von Ihnen wissen.«

Lambiase antwortete nicht, blickte weiter auf seine Tochter. »Sie sollte mit dem Malen ihre Dämonen vertreiben, aber mir schien, dass sie diese Dämonen erst wachrief. Offensichtlich fand sie in der Kunst etwas, was ich ihr nicht geben konnte. Oder bei den Künstlern. Das müssen wir als Eltern irgendwann akzeptieren, nicht?«

De Santis nickte. Auch wenn er bei seiner Tochter Mühe damit hatte.

»Würden Sie bitte meine Frage beantworten?«, setzte er neu an.

»Das kann ich nicht.«

»Sie waren es also nicht?«

»Natürlich nicht. Ich habe Himmel und Hölle in Bewegung gesetzt, um den Kerl von meiner Tochter fernzuhalten, warum sollte ich ihm hinterhertelefonieren?«

»War Ihre Tochter gestern Nachmittag zu Hause?«

»Sie ist immer zu Hause. Aber ... was unterstellen Sie ihr?«

»Ich unterstelle nichts. Pasetti ist verdächtig, Gabriele Cerriello getötet zu haben. Wir müssen ihn finden. Und Ihre Tochter kann uns dabei helfen.«

Lambiase schüttelte den Kopf.

»Als Zeugin ist sie zur Aussage verpflichtet. Ich würde gern vermeiden, sie in die Questura vorzuladen.«

Umberto Lambiase knallte sein Glas auf eine Kommode und sagte: »Sie nehmen sich einiges heraus. Ist die Staatsanwaltschaft über Ihr Vorgehen informiert?«

»Ich tue meine Arbeit. Hier oder im Präsidium.«

Lambiase sah De Santis herrisch an. »Sie werden sie nicht aufregen.« Er zog die gläserne Schiebetür auf und sagte: »Nach Ihnen.«

»Ich würde sie lieber unter vier Augen sprechen.«

Umberto Lambiase blieb stehen, warf den Kopf in den Nacken und versuchte noch einmal, auf De Santis herabzusehen. »Ich gebe Ihnen zehn Minuten.«

Der Kommissar ging über den sonnenbeschienenen Rasen, der weich wie ein Teppich war. Arianna blickte auf und grüßte, wie durch einen Nebelschleier, mit einem Nicken.

»Fühlen Sie sich hier bei Ihren Eltern wohler?«, fragte der Kommissar.

»Ich fühle mich nirgendwo wohl.«

Auf dem Bild, das sie malte, ballten sich finstere Wolken über einer Schnittergestalt. Von der idyllischen Umgebung war nichts zu sehen.

»Weil Sie sich vor Gerardo Pasetti fürchten?«

Sie schaute De Santis verwirrt an. »Nein.«

»Gabriele fehlt Ihnen?«

Sie nickte.

»*Sie meint, seine Gegenwart zu spüren, egal, wo wir uns aufhalten. Sie fürchtet sich vor G.* Das hat Gabriele über Sie geschrieben.«

»Woher wissen Sie das?

»Ich habe sein Tagebuch gefunden.«

»Aber ... Sie hatten kein Recht, es zu lesen.«

»Wir müssen Gabrieles Mörder finden. Wissen Sie, wo Gerardo Pasetti sich aufhält?«

Sie schüttelte den Kopf.

»Hier bei Ihren Eltern fürchten Sie sich nicht mehr vor ihm?«

»Ich fürchte mich gar nicht vor ihm.«

»Sie haben ihn angezeigt, er hat Sie bedroht, er ist gewalttätig.«

»Hören Sie, das hat mein Vater letztes Jahr in die Wege

geleitet. Er wollte, dass Gerardo aus meinem Leben verschwindet. Er sei kein Umgang für mich, er sei zudringlich, primitiv, brutal.«

De Santis verstand gar nichts mehr. »Sie meinen, Ihr Vater hat Ihre Beziehung zu ihm unterbunden, indem er die Justiz eingeschaltet hat?«

»Beziehung ... Ich hatte keine Beziehung zu ihm. Wir verstanden uns gut, hatten uns ein bisschen angefreundet.«

Das Mädchen machte De Santis verrückt. Jetzt ging das schon wieder los.

»Sie haben also immer noch Kontakt zu ihm? Heimlich?«

»Nein! Er riskiert eine deftige Strafe.«

»Und warum haben Sie ihn dann gestern angerufen?«

Sie brauchte einen Moment, um die Frage zu verarbeiten. »Woher ...? Sie lassen mich überwachen?«

»Pasettis Telefone werden überwacht. Wo ist er?«

»Ich habe keine Ahnung.«

»Was wollten Sie von ihm? Was haben Sie mit Gabrieles Tod zu tun?«

»Nichts, wie oft denn noch ...«

»Mit Ihrem Handy wurde Gabriele an den Tatort gelockt. Sie hatten Kontakt zu Pasetti. Pasetti hat Gabriele umgebracht. Warum?«

»Er war es nicht.«

»Er war in der Mordnacht auf Capri.«

Sie schüttelte den Kopf. »Das ist unmöglich. Das hätte ich erfahren.«

»Wie denn?«, brummte der Kommissar. »Ich denke, Sie haben keinen Kontakt zu ihm. Was hat er Ihnen am Telefon gesagt?«

»Nichts. Ich habe nur mit der Mailbox reden können.«

»Zum letzten Mal«, De Santis wurde langsam ungehalten, »warum haben Sie angerufen?«

»Ich wollte wissen, wie es ihm geht. Ich fühlte mich schuldig.«

»Schuldig?«

»Er hat meinetwegen viel aushalten müssen. Von mir geht Unheil aus.«

Unheil? Sie fing an zu weinen, und so gestelzt ihre Worte geklungen hatten – die Tränen wirkten aufrichtig. Was war das nur für ein Mädchen? Es ging De Santis unheimlich auf die Nerven – und unheimlich nah.

»Gabriele und Sie waren ein Paar.«

Sie zögerte, blickte den Kommissar an und nickte. »Er war …« Der Rest ging in Schluchzen unter. »Ich weiß nicht, warum ein Fluch auf mir lastet. Sobald ich mich mit jemandem verstehe, sobald ich etwas Besonderes spüre, geht es kaputt. Nein, schlimmer: Der andere geht kaputt.«

»Sie meinen Gabriele? Und auch Pasetti?«

Sie schluchzte und stützte sich an der Staffelei ab, während De Santis den schweren Schritt ihres Vaters hörte.

»Sagen Sie mal … Ich hatte Sie für einen Gentleman gehalten!«, protestierte Lambiase. »Sie werden augenblicklich mein Grundstück verlassen.«

»Tun Sie ihm nichts«, flüsterte Arianna. »Gabriele und Daniele, das genügt.«

»Daniele D'Astori? Sie hatten eine Beziehung zu ihm?«, hakte der Kommissar nach, während Ariannas Vater ihn wegzerrte und das Mädchen sich über die feuchten Augen fuhr.

45

So leer wie diesmal war die Fähre nach Capri die ganze Woche nicht gewesen. Ein paar Lieferwagen, Berufspendler und versprengte Touristen tröpfelten an Bord.

Selbst in der Funicolare hatte De Santis eine Sitzbank für sich, er blickte aus dem Fenster und dachte an Diana, wie ihre Talente und ihr Lebensmut durch eine vage Bedrohung verkümmert waren. Und dann dachte er an Arianna. Vielleicht hatte auch sie Talent gehabt. Als er an der Villa Paradiso klingelte, öffnete ihm die Frau des Gärtners. Professor Sgarbanti sei nicht da, seine Frau oben im Pavillon.

De Santis stieg über die Wiesen, vorbei am Gärtnerschuppen, an der Kapelle und den mit Efeu bewachsenen Ruinen, er durchquerte den Wald und kletterte schließlich den Felsen hoch. Die Scheiben des Glaspavillons waren von innen verhüllt, als trügen sie Trauer. Frau Sgarbanti öffnete die Tür und nahm seine Beileidsbekundung wegen Coppolas Tod entgegen. Dann setzte sie sich im Halbdunkel auf einen Schemel und starrte die Büste an, an der sie gerade gearbeitet hatte.

»Wie ist es passiert?«, fragte sie.

»Er ist von den Klippen gestürzt. Man hat ihn erpresst, wahrscheinlich ist es zu einem Kampf gekommen.«

»Erpresst? Womit?«

Der Kommissar war sich nicht mehr so sicher, dass Piero Coppola seinen Freund umgebracht hatte. Vielleicht war er nur ein Handlanger gewesen, der das Handy auf der Piazzetta deponiert, das Lösegeld übergeben hatte. Aber ein Handlanger für wen? Er wollte seine Karten nicht aufdecken und sagte: »Piero Coppola hat vermutlich Gabriele umgebracht.«

Ihre Züge entglitten ihr einen Moment. »Aber ... Die beiden waren Freunde.«

»Und Konkurrenten. Sagt Ihnen das Wort ›Klapp‹ etwas?«

»Klapp? Nein.«

Sie war in sich zusammengesunken. Nach Gabrieles Tod hatte sie geschockt gewirkt, aber jetzt, nachdem auch Coppola gestorben war, schien sie plötzlich gealtert, gebrochen.

»Piero hatte ein Alibi. Er war hier auf dem Gelände, hat sich an der Suche beteiligt«, sinnierte sie.

»Entweder er hat die Tat kurz vor dem Alarm begangen, oder Ihr Mann hat ihm ein falsches Alibi gegeben.«

»Wieso hätte er das tun sollen?«

»Wie kam es eigentlich, dass Coppola beim letzten Empfang der Star des Abends war?«

Sie zögerte, musterte De Santis und sagte dann: »Das war Giancarlos Idee.«

»Und Sie waren einverstanden?«

»Na ja, ich war überrascht, Giancarlo hatte nie besondere Begeisterung für Pieros Arbeiten gezeigt. Ich fand sie auch eher durchschnittlich.« Sie hielt inne. »Worauf wollen Sie hinaus?«

»Sie haben ausgesagt, dass Ihr Mann die Nacht neben Ihnen im Bett verbracht hat, bis zu dem Alarm, und anschließend wurde er von Sciatarra, von Coppola und einigen anderen gesehen. Sind Sie sicher, dass er die ganze Zeit bei Ihnen war? Sie haben geschlafen, oder?«

»Ich hätte es gemerkt, wenn er weg gewesen wäre. Und als ich von dem Lärm aufgewacht bin, da war er neben mir im Schlafanzug.«

»Er lag im Bett?«

»Nein, er stand schon, er rüttelte an mir, ich hatte so tief geschlafen wie lange nicht. Er sah, wie müde ich war, und meinte, ich könne liegen bleiben.«

»Und Sie wurden nach dem Alarm von niemandem gesehen?«

»Was suggerieren Sie eigentlich mit Ihren Fragen?«

Der Kommissar sah sich um. Sein Blick fiel auf die unendliche Prozession naturgetreuer Büsten. Gekonnt, aber auch ein wenig einfallslos.

»Wieso tun Sie das?«, fragte De Santis, auf die Skulpturen weisend.

»Was meinen Sie?«

»All diese naturgetreuen Nachbildungen.«

»Wollen Sie mit mir über Ästhetik debattieren?«

»Nein, über Sie. Was ist aus Ihrem rebellischen Geist geworden?«

»Rebellion kann leise sein.«

Bis sie verstummt, dachte er. Aus Resignation? Aus Überdruss? Ekel?

»Lieben Sie Ihren Mann?«

»Was soll die Frage? Natürlich.«

»Hatten Sie jemals eine intime Beziehung zu Gabriele, zu Piero oder Daniele D'Astori?«

Sie errötete, eher amüsiert als empört. »Nein. Ich würde es sagen, wenn es so wäre.«

»Ihr Mann hatte keinen Grund, eifersüchtig zu sein?«

»Nein. Was denken Sie sich eigentlich? Meinen Sie, jemand von uns beiden könnte etwas mit dem Mord an Gabriele zu tun haben?«

»Ja. Wo waren Sie gestern Nachmittag?«

Sie fing an zu beben, biss sich auf die Lippe, um sich zu beherrschen. »Hier oben«, platzte es dann heraus.

»Und Ihr Mann?«

»Er war in Capri unterwegs. Er wollte Bücher abholen, die er bestellt hatte.« Sie wurde laut, allmählich verlor sie die Fassung, De Santis hatte einen wunden Punkt getroffen. Wollte sie sich schützen oder ihren Mann? Oder beide?

»Und kam er Ihnen verändert vor?«

Sie war aufgesprungen. »Es reicht jetzt …« Sie zitterte, leichenblass und mit feinen Schweißperlen auf der Stirn. Sie wankte kurz, hielt sich an einer Staffelei fest. »Geben Sie mir eine Banane … Dahinten!«

De Santis drehte sich um und griff nach einem Bündel Bananen auf einer Holzschale. Sie riss eine ab, doch es gelang ihr nicht, sie zu schälen. Er half ihr.

»Ich darf mich nicht so aufregen.«

»Blutdruck?«

»Diabetes. Eigentlich bin ich gut eingestellt.«

»Dank Insulin?«

Sie nickte.

»Sie spritzen es sich?«

»Normalerweise bitte ich Giancarlo darum.«

Giancarlo. De Santis spürte ein Kribbeln auf den Unterarmen. Warum war ihm das nicht früher aufgefallen?

Giancarlo. G. Die Abkürzung aus Gabrieles Tagebuch. Ariannas Angst vor G.

»Wo ist Ihr Mann jetzt?«

»Heute Nachmittag ist kein Unterricht. Er wollte, glaube ich, einen Freund treffen.«

Der Kommissar verließ den Pavillon, stieg den Hügel hinab und erreichte den Waldrand. Vor ihm breiteten sich die Wiesen und Felder, die Weinreben und Obststauden aus, darunter lag vor dem blauen Golf der schneeweiße Würfel der Villa Paradiso.

Jetzt fügte sich alles. Giancarlo Sgarbanti musste die Jungs aus Fuorigrotta angeheuert haben, um den Mord zu verüben. Und er hatte nach Tätern gesucht, die man nicht mit ihm in Verbindung bringen würde, denn Gerardo Pasetti galt als sein Feind. Und während die Täter zuschlugen, hatte er sich ein Alibi verschafft, indem er den Alarm ausgelöst hatte.

Piero Coppola, der Einzige, der die Wahrheit kannte, konnte keine Aussage mehr machen. Und er war vermutlich nur ein williges Werkzeug gewesen, der das Handy deponiert und das Geld an den Erpresser übergeben hatte. Aber wieso hatte er das Handy des Opfers? Und wie war Lorenzo Barbagiovanni hinter die Wahrheit gekommen?

Er rief Beppe Bomba an und sagte: »Ich komme jetzt nach Neapel. Ich muss Barbagiovanni verhören. Sorgt dafür, dass er aus der Zelle geholt und zum Verhör in die Questura gebracht wird.«

»Wir haben Neuigkeiten. Auf den Überwachungsvideos von der Fährstation, da ist nicht nur Gerardo Pasetti …«

»... sondern auch Carlo Togni, Paolo Canticchi und Emanuele De Sio.«

Einen Moment lang hörte man nur das Rauschen von Straßenverkehr und Bombas Schnauben. »Chef, woher wisst Ihr das?«

»Sgarbanti hat die vier angeheuert, um Gabriele Cerriello zu töten. Aus Eifersucht. Ich glaube, dass er in Arianna verliebt war.«

»Aber das ist doch Wahnsinn.«

»Ja, es ist Wahnsinn, aber so muss es gewesen sein. Piero Coppola war nur eine Randfigur.«

»Wieso hatte er das Handy?«

»Vielleicht wollte Sgarbanti den Verdacht auf ihn lenken. Ich komme so schnell wie möglich. Ihr müsst Canticchi, Togni und De Sio ebenfalls zur Fahndung ausschreiben.«

»De Sio habe ich eben aufgegriffen. Er sitzt bei mir im Wagen.«

Als De Santis an der Piniengruppe vorbeikam, an der Coppola in der Mordnacht Sgarbanti gesehen haben wollte, traf er auf Camillo Sciatarra, der einen Spaten und eine Gießkanne trug.

»Ich habe noch eine Frage«, sagte er.

Sciatarra blieb stehen. »Welche Theorie haben Sie diesmal auf Lager?«

»Sie haben in der Mordnacht Professor Sgarbanti getroffen?«

»Das habe ich doch zu Protokoll gegeben.«

»Sofort nach dem Alarm und dann wieder eine halbe Stunde später, hier oben im Gelände?«

Sciatarra nickte.

»Kein Zweifel?«

»Nein. Warum sollte ich lügen?«

»Trug er einen Schlafanzug, als Sie ihn im Flur getroffen haben?«

»Nein. Er hatte normale Straßenklamotten an.«

»Sonst etwas Auffälliges?«

»Nein.«

»Und als Sie ihn später gesehen haben?«

»Auch nicht.«

»Wo haben Sie ihn gesehen?«

»Da vorne.« Er zeigte auf eine Wiese.

»Und bei dem Streit, den Sie mit ihm hatten. Worum ging es da?«

»Er wollte nicht, dass ich das Grab neu bepflanze.«

»Welches Grab?«

»Das von Marta. Marta Delao-Sterringham. Die Frau des früheren Besitzers, eine Seele von einem Menschen. Er hatte sie von einem Einsatz auf einer Leprastation in Brasilien mitgebracht, und hier hat sie sich für die Kranken aufgeopfert.«

»Warum wollte Sgarbantis dann nicht, dass Sie ihr Grab pflegen?«

»Weil er ein Geizkragen ist. Und weil er nicht daran erinnert werden will, dass man hier einmal der Nächstenliebe gedient hat. Sterringham und Marta haben hier keinen Jahrmarkt der Eitelkeit veranstaltet.«

Sciatarra stapfte über die Wiese, bis sie in den Schatten dreier hoher Pinien kamen. Ein Marmorengel kniete hinter einer mit Natursteinen eingefassten Grabstelle. Er hielt ein Kreuz, auf das eingraviert war: *Marta Delao-Sterringham. 1911–1960.*

»Ich habe sie nicht mehr kennengelernt, aber sie muss

wahrhaft ein Engel gewesen sein. Schauen Sie sich das an …«, sagte Sciatarra und wies auf den Grabhügel. »Die Erika hatte ich frisch gepflanzt, mit Torferde unterfüttert und sorgfältig verdichtet. Jetzt sieht es aus wie ein Komposthaufen.«

»Wildschweine?«, fragte De Santis.

Er trat näher. Das Erdreich war zerwühlt, die Pflanzen hatte man achtlos darüber gebreitet, aber die Wurzeln ragten teilweise in die Luft, sie waren weder eingesetzt noch eingeschwemmt.

»Das war kein Wildschwein«, sagte Sciatarra.

De Santis kniete sich nieder, hob die Pflanzen an und betrachtete die Spuren im Erdreich. Man sah die scharfen Kanten, die Metall hinterließ. »Geben Sie mir mal Ihren Spaten«, sagte De Santis.

Sciatarra gehorchte mit einem missmutigen Brummen. Das Blatt war breiter als die Spuren.

»Haben Sie jemanden gesehen, der sich hier zu schaffen gemacht hat?«, fragte De Santis.

Sciatarra schüttelte den Kopf.

De Santis begann zu graben.

»Jetzt fangen Sie auch noch an. Ich werde noch wahnsinnig.«

»Sie müssen die Pflanzen sowieso neu setzen.«

»Seien Sie wenigstens vorsichtig.«

Der Kommissar trug die Schichten ab, bis er auf den kompakten Grund stieß. Umsonst. Was auch immer man hier verbuddelt hatte – es war verschwunden.

Er drückte dem verdatterten Camillo Sciatarra den Spaten in die Hand und ging hinab zur Villa. Dabei wählte er Elvira Barbarossas Nummer.

»Wie weit sind Sie?«, fragte sie.

»Ich brauche einen Durchsuchungsbefehl für die Villa Paradiso.«

»Kommt nicht infrage.«

»Hier auf dem Gelände wurden Beweismittel versteckt.«

»Welche?«

»Weiß ich noch nicht. Aber der Gärtner hat bestätigt, dass hier gegraben wurde.«

»Auf zehn Hektar Grünfläche nicht gerade ungewöhnlich, oder? Sie haben doch Ihre Täter: Piero Coppola und Gerardo Pasetti.«

»Ich glaube nicht, dass Piero Coppola an der Tat beteiligt war.«

»Sondern?«

»Gerardo Pasetti mit einer Gruppe von Komplizen.«

Sie schwieg. »Nach denen eine Fahndung läuft?«

»Genau. Aber sie hatten einen Auftraggeber.«

»Wen?«

»Giancarlo Sgarbanti.«

Elvira Barbarossa schwieg. »Sie sind verrückt geworden, oder?«

»Nein. Daniele D'Astori wurde mit einer Insulinspritze betäubt und dann über Bord geworfen. Es war Mord. Auch Gabriele hat man mit Insulin betäubt. Dasselbe Muster.«

»Und das Motiv?«

»Eifersucht. Giancarlo Sgarbanti sah Arianna als seinen persönlichen Besitz an. Er duldete keine Konkurrenz bei ihr.«

»Deshalb soll er zwei Morde begangen oder veranlasst haben?«

»Ich bin mir sicher. Ich habe Gabrieles Tagebuch. Er

und Arianna hielten ihre Beziehung geheim, weil sie Sgarbantis Rache fürchteten.«

»Warum hätte er dann Gabriele an die Akademie holen, ihn zu seinem Vorzeigeschüler machen sollen?«

»Die Liebesbeziehung begann erst danach. Und Ihr Professor Sgarbanti hat sich doppelt verraten gefühlt.«

Sie schluckte die Provokation und fragte kalt: »Beweise?«

»Die Beweise sind hier auf dem Gelände und in der Villa. Ich muss Sgarbantis Büro, seine Telefon- und Kontoverbindungen überprüfen. Er muss die Täter bezahlt haben. Wie soll ich Beweise finden, wenn ich nicht suchen darf?«

»Sie suchen schon seit einer Woche. Finden Sie Pasetti und die anderen. Und verhören Sie Barbagiovanni. Sein Anwalt hat einen Haftprüfungstermin veranlasst. Ich erwarte Sie hier in der Questura.«

»Sgarbanti ist schlau. Falls es Beweise gibt, lässt er sie verschwinden, wie bei Daniele D'Astori.«

»Wenn Pasetti und seine Freunde angestiftet wurden, dann werden sie aussagen.«

»Sie wandern auf jeden Fall in den Knast. Und Sgarbanti wird sie dafür bezahlen, dass sie die Klappe halten.«

»Merken Sie nicht, wie Sie sich in immer abstrusere Theorien versteigen? Sie kommen augenblicklich in die Questura. Das ist ein Befehl.«

46

Der Kommissar trat in den Flur der Villa. Er war kühl, das Nachmittagslicht warf gelbe Rechtecke auf die Wände. Forsche Schritte hallten aus der Ferne, dazu Professor Sgarbantis Stimme, die wohl in ein Telefon sprach: »Schatz, du kennst mich doch ...« De Santis blieb stehen, die Geräusche entfernten sich. »Ich bin noch unterwegs ... wollte nach dem Boot sehen.«

Eine Tür wurde aufgeschlossen, schlug zu, dann war Stille. Sgarbanti musste sich in ein Zimmer zurückgezogen haben. De Santis lugte um die Ecke den Flur hinab. Er war leer. Was sollte er tun? Sich aus der Villa schleichen und den Eingang observieren? Des Professors Handy orten lassen? Da ging die Tür von Sgarbantis Büro auf, er kam heraus, kurios gekleidet. Zu einem dunklen Anzug trug er ein Basecap auf dem Kopf und auf den Schultern einen kleinen Rucksack.

In der Gasse war wenig Betrieb, und De Santis hatte Mühe, Deckung zu finden. Professor Sgarbanti sah sich immer wieder um und marschierte zügig Richtung Ortsrand.

Die Schatten wurden länger, der Nachmittag ging in den Abend über. Sgarbanti war in eine enge, steile Gasse eingebogen, die der Kommissar nicht kannte. Aber eins war sicher, sie führte nicht hinunter in die Marina Grande, wo Sgarbantis Segeljacht lag. Welches Boot hatte er gemeint? Hatte seine Frau ihn gewarnt, und er wollte fliehen?

De Santis stellte sein Handy ab und ließ dem Professor reichlich Vorsprung. Die stille Gasse wand sich in leichter Steigung durch Anwesen, aus denen der Duft von Jasmin und Oleander drang. Der Himmel hatte einen honiggelben Ton, in den Häusern gingen die ersten Lichter an. Wo wollte Sgarbanti hin? Inzwischen hatten sie den Ortsrand Capris hinter sich gelassen, jetzt kam nur noch Wildnis, die sich das östliche Kap der Insel hinaufzog. Auf Wegweisern stand *Villa Jovis*, einst die Residenz von Kaiser Tiberius.

Der Professor erreichte das Tor am Fuß der Ausgrabungsstätte, kletterte über eine Natursteinmauer und war verschwunden. De Santis folgte. Ein breiter, von einem verwilderten Park gesäumter Weg führte hinauf zu der klobigen schwarzen Silhouette, die in den Abendhimmel ragte. Von den ursprünglich acht Stockwerken, dem Leuchtturm und dem Planetarium, von Thermalbädern, Zisternen, Herrschafts-, Gästeflügeln und dem Trakt der Dienerschaft waren nur noch Ruinen übrig, auf denen sich Gräser im lauen Wind wiegten. Sgarbanti stieg eine Metalltreppe hoch und über eine Galerie, die auf die Krone der Mauerreste führte. Er ging zielstrebig und ohne nachzudenken.

Hatte er eine Verabredung? Mit Pasetti? Seine Absätze klapperten auf den Metallstegen, die wie ein glänzendes Geflecht durch die verschiedenen Flügel und hinauf auf die Panoramaterrasse führten. Von hier oben hatte Kaiser Tiberius, auf dem Höhepunkt seiner Macht und seines Verfolgungswahns, auf das Mittelmeer herabgeschaut. Unangreifbar, stolz, in einmaligem Prunk konnte er abwarten, bis die Sarazenen aus dem Süden, die Normannen aus dem Norden oder seine Widersacher im Römischen Senat kamen. Er hatte Hunderte Gemächer für Freunde bauen lassen, um dann auf seine Feinde zu warten und in Schwermut zu versinken.

Und Sgarbanti? Die Schritte waren verstummt im eintönigen Zirpen der Grillen, dem Fauchen des Windes, der sich gegen die Klippen und das gezackte Gemäuer warf. Dann war ein dumpfer Schlag zu hören, wie ein Körper, der auf weichem Boden landete.

Der Kommissar griff an sein Holster, aber es war nicht da. Es lag mit seiner Beretta in der Wohnung, wo er seit dem Theaterbesuch nicht mehr gewesen war. Ihm wurde mulmig zumute. Falls Sgarbanti sich mit einem Komplizen traf, hatte De Santis, unbewaffnet und allein, keine Chance. Er schaltete sein Handy an, gab seine Position per SMS an Bomba durch und schaltete es wieder aus. Inzwischen stand er auf der Hauptterrasse und versuchte, sich zu orientieren. Vor ihm war eine Kapelle, die Fenster dunkel, die Tür verschlossen. Er blickte über die Brustwehr – hinab in einen Abgrund, auf dem sich ein schmaler Streifen von Buschwerk und Bäumen hielt. Darunter schäumte die See.

Angeblich sollte es dort einen geheimen Tunnel geben, der hinunter an eine Bucht führte. Zu einem Boot, das auf Kaiser Tiberius wartete. War Sgarbanti so verrückt, dort hinunterzuspringen?

Der Kommissar meinte wieder, unter sich Geräusche zu hören. Knackendes Holz, Geraschel. Er stieß auf eine

Treppe, die an der Außenmauer hinab in die Macchia führte.

Die Dünung wurde als monotones Grollen heraufgetragen, strich über den *Strapiombo di Tiberio*, eine Wand von dreihundert Metern Höhe. Hier hatte der Kaiser angeblich echte und eingebildete Feinde hinabgestoßen. Selbst einen Fischerjungen, der sich in seine Gemächer geschlichen hatte, um ihn mit frisch gefangenen Meeräschen zu überraschen.

De Santis war die Treppe hinabgestiegen und in den Wald eingetaucht. Für einen Moment sah er nur Zwielicht, und dann hörte er ein abgehacktes metallisches Geräusch, wie von einer Hacke, die in Erde fährt.

Er schob sich vorsichtig durchs Unterholz, unter seinem Schuh knackte ein Zweig. Hart und trocken. Sgarbanti, über einen Erdhaufen gebeugt, hielt inne. Er schlüpfte in die Riemen des Rucksacks und richtete sich auf. Sein Blick strich über das Gestrüpp und blieb an De Santis hängen.

»Bleiben Sie stehen«, sagte dieser. »Geben Sie mir den Rucksack.«

Der Professor schien einen Moment zu brauchen, aber dann merkte er, dass er nicht länger davonlaufen konnte. Er sah sich um, als hoffte er auf Hilfe. Aber da war niemand. Mechanisch setzte er sich in Bewegung.

»Sie haben keine Chance mehr«, sagte der Kommissar und wollte nach den Handschellen greifen, aber da rannte der Professor los. Leichtfüßig federnd, wie ein junger Athlet, sprintete er auf De Santis zu, holte mit dem Spaten aus und schlug gegen den Kopf des Kommissars. Dieser sah das stählerne Blatt, wie eine Machete, er sah den kurzen Stiel, und dann fiel ihm das passende Wort dazu ein: Klappspaten. Das war es, was Coppola ihm hatte sagen wollen. Kurz vor seinem Tod musste er begriffen haben, was er da in der Mordnacht in Sgarbantis Händen gesehen hatte, keinen Knüppel, sondern einen Klappspaten. Der Kommissar wich zurück, aber er entging dem Schlag nicht, er spürte einen Peitschenhieb an der Schläfe, und dann wurde es schwarz um ihn, er war eingetaucht in das Rauschen der Dünung, die ihn davontrug und alle Bilder auslöschte …

Das Erste, was er wieder erkennen konnte, waren Schuhe, seine eigenen Schuhe, die über den Teppich aus Nadeln rutschten. Sgarbanti hielt ihn unter den Achseln und zerrte ihn auf den Abgrund zu. De Santis wollte sich wehren, aber seine Glieder gehorchten ihm nicht. Schwer und unförmig hingen sie in den Klamotten, schleiften über den Boden. »Fetter Sack«, knurrte Sgarbanti und versucht, ihn aufzurichten, auf das Metallgeländer zu legen. Der Kommissar bekam die Riemen des Rucksacks zu fassen und zog daran. Sgarbanti fiel auf ihn. Das Geländer schnitt in seinen Rücken. De Santis spürte, wie seine Füße den Halt verloren.

»Es ist sinnlos …«, ächzte er. »Wir haben Beweise …«

Sgarbanti lachte. Er lag mit seinem ganzen Gewicht auf ihm, quetschte seine Brust. Sein Gesicht zeigte keine Regung, es schien ihn nicht einmal anzustrengen.

Der Kommissar musste sich wehren, aber wie? Wenn er die Hände von den Riemen löste, dann kippte er in die Tiefe.

De Santis' Gedanken zerfielen. Sgarbanti drückte ihm die Daumen in den Kehlkopf wie zwei lange spitze Holzspäne, er hustete, er würgte, Tränen schossen ihm in die Augen, und er konnte sich nicht länger halten. Verzweifelt schlug er mit dem Ellbogen nach Sgarbantis Gesicht.

Er sah Diana vor sich, die Farben ihrer ersten Nacht waren wieder da, ihre Cellosaiten vibrierten in seinem Bauch. Und dann war da der salzige Duft des Meeres, ihres Geschlechts … Alles verschmolz zu einem Rauschen, zu einem Spiel, dessen Gesetze er nie durchschaut hatte. Diana, Arianna, Edvige Sgarbanti, sein Instinkt hatte ihn mehr als einmal gewarnt … Der bewaldete kühle Anstieg auf das Felsplateau. Der Glaspavillon. Er spürte die Kälte, die unter seine Ärmel kroch, den Wind.

»Sie werden hier sterben, ganz allein mit Ihren Vermutungen. Sie werden da unten im Wasser liegen, ein Festmahl für die Krabben. Und Sie dachten, Sie wären mir gewachsen.« Er spuckte dem Kommissar ins Gesicht. De Santis hatte seinen Nacken zu fassen gekriegt. Doch der Professor wand sich geschmeidig wie ein Aal aus dem Griff. Der Kommissar schlug mit dem Nacken auf dem Geröll auf, die Hüfte rutschte über die Felskante, und er bekam gerade noch einen Stützpfosten des Geländers zu fassen, während die Beine in der Tiefe baumelten. Er schnappte sich einen Fuß Sgarbantis, und als dieser ihn abschütteln, mit einem Tritt in die Tiefe befördern wollte, wehrte er sich nicht mehr. Im Gegenteil, er zog, das Schienbein krachte gegen die Querstrebe des Geländers, man hörte ein Geräusch, als wäre ein Ast abgeknickt. Mit einem Schrei fiel der Professor zur Seite und rutschte, von De Santis' Gewicht gezogen, gegen das Geländer, wo er sich wie ein dicker, fleischiger Korken verfing.

De Santis hing an einem Arm. Er würde fallen. Er würde den Aufprall nicht mehr spüren. Er musste nur loslassen. Er würde als Nichtraucher sterben. Und Diana lag allein in ihrem Zimmer, an einer Infusion. Ludovica saß bei ihrer Mutter, bei De Santis' Exfrau, die er immer noch liebte, irgendwo in seinem Leib war noch immer eine Lücke, die sie hinterlassen hatte. Ludovica ... die zweite Ferienhälfte ... er hatte ein Boot gemietet. Das hatte er ihr versprochen. Er konnte nicht loslassen. Er konnte dieses Schwein von Sgarbanti nicht loslassen. An seinem Gürtel hatte er das Lederetui ertastet. Den Druckknopf, das kühle verchromte Metall. Er schlug es um Sgarbantis Fußknöchel und ließ den anderen Ring um sein eigenes Handgelenk schnappen. Stahlhandschellen. Altmodisch und solide. Wie De Santis' Weltbild. Der Professor brüllte vor Schmerz.

47

Im vierten Stock der Questura war so viel Betrieb wie noch nie. Und das Stimmengewirr sägte an De Santis' geschundenem Schädel. Er bahnte sich einen Weg durch Journalisten, Kollegen, einen Auflauf von Vollzugsbeamten und Anwälten. Beppe Bombas rundes Antlitz trieb in dem Gedränge wie eine rettende Boje. »Was soll das Spektakel?«, fragte der Kommissar.

»Ich weiß nicht, wer das veranlasst hat«, antwortete dieser.

Der Kommissar zog ihn mit in sein Büro, schloss die Tür und sagte: »Was hat die KTU gefunden?«

»Eine Menge. In Sgarbantis Rucksack war ein blutverschmierter Overall, Handschuhe, Füßlinge, ein Hammer. Das Blut stammt eindeutig von Gabriele Cerriello. Soll ich ihn zur Vernehmung bringen?«

Der Kommissar schüttelte den Kopf. »Ich will zuerst mit Lorenzo Barbagiovanni sprechen.«

»Wir haben einen kleinen Umtrunk vorbereitet. Die anderen warten im Besprechungsraum. Und Esposito ist auch da.«

Es war nun schon das zweite Mal in einer Woche, dass Esposito sich in den vierten Stock bemühte. »Wie das? Hat er noch mehr Ergebnisse aus dem Labor?«

»Nein, aber er hat bei meiner Verlosung den Hauptpreis gewonnen. Die Busreise nach Sizilien. Aber Ihr wisst, dass er Neapel nie verlässt, er sucht jemanden, mit dessen Preis er tauschen kann. Haben Sie Interesse?«

De Santis verdrehte die Augen. »Mir hast du nur Nieten verkauft. Bring mir Barbagiovanni rein.« Während er wartete, kramte er aus seiner Schublade ein Aspirin heraus.

Lorenzo Barbagiovanni wurde von zwei Beamten gebracht. Er war blass, ließ sich auf den Stuhl fallen und sah vor sich auf den Schreibtisch.

»Sie werden jetzt alles sagen, was Sie wissen«, fing De Santis an. »Im Gegenzug werde ich versuchen …«

Der Häftling nickte. »Das Geld gehörte mir nicht. Ich habe es gefunden, mir angesehen und gleich wieder weggeworfen.«

»Sie haben noch vergessen, dass Sie es bei der Polizei abliefern wollten, so wie das Handy«, sagte De Santis sarkastisch. »Wissen Sie, dass Sie wegen Ihrer Lügen ein Menschenleben auf dem Gewissen haben? Hätten Sie uns gleich gesagt, dass Piero Coppola das Handy auf der Piazza abgelegt hatte …«

Barbagiovanni hob den Kopf und runzelte die Stirn. »Was wollen Sie von mir?«

»Sie sagen mir, was Sie wissen, restlos.«

»Er war es nicht.«

De Santis spürte ein feines Kribbeln in der Hand. Den Impuls, Lorenzo Barbagiovanni eine zu scheuern. Aber er beherrschte sich. »Wer war es nicht?«

»Diesen Coppola habe ich nur am Arco Naturale gesehen. Auf der Piazzetta war ein anderer, er ist auch da. Draußen im Korridor.«

Der Kommissar verstand nicht. »Wen haben Sie draußen gesehen? Einen von den jungen Burschen?«

»Nein, der ältere. Sie nennen ihn *Professor.*«

»Professor Sgarbanti? Sie haben beobachtet, wie er das Handy abgelegt hat?«

»Ja. Er war es auch, der diesen Piero Coppola von den Klippen gestoßen hat.«

De Santis fuhr in seine Jacketttasche, um sich eine Zigarette anzustecken, aber da waren keine Zigaretten.

»Erzählen Sie, ausgehend von dem Abend auf der Piazzetta.«

Lorenzo Barbagiovanni überlegte.

»Es ist Ihre letzte Chance, dass ich so etwas wie ein gutes Wort für Sie einlege. Bei der Staatsanwältin und später vor Gericht.«

»Bekomme ich dafür eine Garantie?«

»Nein.«

Barbagiovanni mahlte mit dem Unterkiefer, dann gab er sich einen Ruck. »Ich bin auf der Piazzetta, ich sehe, wie dieser Professor das Handy auf den Tisch legt und vergisst. Ich stecke es ein, und Sie jagen mich über …«

»Okay, nächstes Kapitel: die Erpressung.«

»Ich erkenne bei der Vernehmung, als Sie mir all die Fotos zeigen, diesen Professor wieder. Mir wird klar, dass er mit dem Mord zu tun hat. Also schreibe ich ihm einen Brief.«

»Was stand drin?«

Er konzentrierte sich und skandierte dann: »*Ich weiß, was Sie getan haben. Ich habe Sie beobachtet. Instruktionen folgen.*«

»Wann haben Sie ihm den Brief geschickt?«

»Nachdem ich aus der Haft freikam. Hören Sie, ich

hatte für ihn im Knast gesessen, ich hatte ein kleines Schmerzensgeld ver...«

»Reden Sie nicht weiter. Das wird ein Eigentor. Haben Sie den Brief irgendwie unterschrieben?«

»Natürlich nicht.«

De Santis dachte nach. Sgarbanti musste Piero Coppola für den Absender gehalten haben. Dieser hatte ihn oben am Grab gesehen, mit dem Klappspaten, und Sgarbanti war überzeugt, dass Coppola alles begriffen hatte. Er wollte ihn zum Schweigen bringen, indem er ihn kaufte, indem er ihm zum künstlerischen Durchbruch verhalf. Und als er merkte, dass der Erpresser ein anderer war ...

»Und dann haben Sie ihm ein paar Tage später einen weiteren Brief geschickt, in dem eine Summe und ein Treffpunkt standen?«

»Genau. Aber ich wollte sichergehen, dass er mich nicht linkt. Also bin ich früher in den Wald gegangen, an einen Aussichtspunkt. Ich konnte den Weg überblicken, und da sah ich den Professor kommen, mit der gelben Tüte. Aber er war nicht allein. Dieser Coppola schlich ihm nach. Der Professor wurde auf ihn aufmerksam, warf das Geld in ein Gebüsch und lauerte ihm auf. Es kam zu einem Gerangel. Coppola riss sich los, wollte fliehen, aber der Professor erwischte ihn und stieß ihn in die Tiefe.«

»Und Sie hatten unterdessen das Geld genommen und wollten sich verdrücken?«

»Hören Sie, ich habe monatelang hier auf der Insel geschuftet. Ein Tagesverdienst reicht gerade mal für den Eintritt in die Disco. Ich war hier ein-, zweimal abends aus, und schon war mein Lohn futsch. Ich ziehe unter der sengenden Sonne Häuser hoch, in denen die anderen Partys feiern.«

»Und da dachten Sie, es sei nur gerecht, wenn Sie einen Ortszuschlag von zweihunderttausend Euro kassieren? Auch gerne in falschen Scheinen.«

»Nein, als ich gemerkt habe, dass es Falschgeld ist, da wollte ich es schnell wieder …«

»Stopp«, fiel De Santis ihm ins Wort. »Behalten Sie diese Theorie für sich. Vor allem vor Gericht. Es wäre besser, Sie würden so etwas wie Reue zeigen, auch wenn Sie sie nicht empfinden. Stellen Sie sich nicht als eine Art Robin Hood dar. Denn unter den Armen wollten Sie das Geld nicht verteilen, oder? Sie wollten öfter in die Disco.«

Barbagiovanni brütete vor sich hin.

»War das alles?«, fragte De Santis, und als sein Gegenüber nickte, rief er die Wachleute.

Sie führten den Häftling ab, und als Nächstes sollte der Professor kommen. Stattdessen stand jedoch Mario Marin auf der Schwelle, allein, verlegen und ratlos. »Chef, Sie müssen gleich das Verhör führen, ich weiß, aber …«

»Was haben Sie auf dem Herzen?«, fragte De Santis. Es war selten genug, dass Marin das Gespräch mit ihm suchte.

»Ich verstehe, dass Sie sauer waren neulich.«

»Längst vergessen. Ich war auch nicht gerecht zu Ihnen. Setzen Sie sich.«

»Aber Sie lagen falsch. Ich bin nicht scharf auf Ihren Posten. Alles, was ich mir wünsche, ist, mit den Kollegen und Ihnen zu harmonieren.«

»Schön«, sagte der Kommissar. »Das gilt für uns genauso.« Mario Marin konnte nichts dafür, dass er Norditaliener war. Er gab sich Mühe, seine Marotten abzulegen, sicher, viel Erfolg hatte er nicht.

Er zog den Stuhl heran und ließ sich langsam niedersinken. »Ich muss noch etwas anderes loswerden«, sagte er. »Die Hochzeit ... Sie werden schon gemerkt haben, dass es bei den Vorbereitungen gewisse Schwierigkeiten gibt. Die Höhe der Torte, die Länge des Kleids, des Menüs, der Gästeliste, der Limousine ...«

»Alles potenzielle Streitpunkte.«

»Ich werde nicht einmal gefragt. Aber schlimmer ist: Wir haben sogar schon eine Wohnung, ebenfalls von meinem Schwiegervater ausgesucht.«

»Und bezahlt?«

»Wahrscheinlich. Sie liegt unter seinem Apartment, hat denselben Schnitt. Carmelas Onkel hat den Wohnblock gebaut, mit seiner Firma, aber ich habe nachgeforscht. Diese Firma existiert gar nicht.«

Worauf wollte Marin hinaus? Schwarzarbeit? Geldwäsche?

»Ich habe noch nie eine Quittung oder Rechnung gesehen. Ich bin Polizeibeamter, verstehen Sie?«

De Santis verstand. Marins Leben verschob sich in einen Graubereich. Seine Prinzipien, die ehrenwert waren, gingen gerade zum Teufel. Oder die Beziehung zu seiner Braut.

»Seien Sie möglichst offen gegenüber Carmela«, sagte De Santis.

»Ich will sie nicht verletzen, aber Andeutungen versteht sie offensichtlich nicht. Könnten Sie nicht einmal mit ihr reden?«

»Mache ich. Und sagen Sie draußen Bescheid, dass Professor Sgarbanti kommen soll.«

48

Der Professor humpelte mit Krücken und einem Gehgips herein. Er blieb aufrecht stehen und sagte: »Ohne meinen Verteidiger sage ich kein Wort.«

»Was hat Sie so weit gebracht? Der Hass auf Pasetti oder die Besessenheit von Arianna? Wann haben Sie diesen Entschluss gefasst? Als Sie Gabriele und Arianna erwischt oder als Sie von Pasettis Graffiti-Aktion auf Capri gehört haben? Ich würde Sie gern verstehen.«

»Ein Mann wie Sie kann mich nicht verstehen.«

De Santis stöhnte: »Wie Sie meinen.« Er stand auf, öffnete die Bürotür und bat sowohl die Staatsanwältin wie auch den Verteidiger Sgarbantis herein. Als alle Platz genommen hatten und die Formalitäten erledigt waren, fing der Kommissar an, die Haftgründe zu formulieren: dreifacher Mord, versuchter Totschlag, Vernichtung von Beweismitteln, Behinderung der Ermittlungen, Herstellung, Besitz und Verteilung von Falschgeld.

Der Anwalt, einer der Stars am neapolitanischen Strafgerichtshof, lachte höhnisch. »Sie haben keinerlei Beweise für Ihre Theorien.«

»Zu den Beweisen komme ich gleich. Ich möchte nur kurz erläutern, warum diesmal der Plan Ihres Mandanten schiefging. Im Gegensatz zum Mord an D'Astori.«

»Einspruch. Daniele D'Astori ist Opfer eines tragischen Unfalls geworden.«

Der Kommissar streifte den Anwalt mit einem kalten Blick, Elvira Barbarossa schaltete sich ein: »Ich möchte mir einen Überblick verschaffen. Commissario De Santis hat das Wort.«

»Professor Sgarbanti hat einen, wie er meinte, perfekten Plan ausgearbeitet, um sich eines Nebenbuhlers bei Arianna Lambiase zu entledigen. Er hat Gabriele Cerriello getötet und später, um einen Mitwisser zu beseitigen, auch Piero Coppola.«

»Sie haben keine Ahnung«, sagte Professor Sgarbanti.

»Sie haben Arianna Lambiases Handy benutzt, um Gabriele an den Tatort zu locken.«

»Einspruch. Dafür gibt es nicht den geringsten Beweis. Ich habe bisher in den Ermittlungsakten nur Spekulationen gefunden«, schaltete sich der Anwalt ein.

»Die DNA Ihres Mandanten findet sich an den Tatwerkzeugen. An Kleidung, Hammer und Handschuhen, die mit Gabrieles Blut getränkt sind. Er hat den Fehler gemacht, die Sachen auszugraben, sie in ein anderes Versteck zu bringen und mich dabei auch noch zu attackieren. Aber das war nur einer von vielen«, wandte er sich wieder Sgarbanti zu.

»Ihren ersten Fehler haben Sie gemacht, als Sie bei der Tat Gabrieles Bauchaorta getroffen haben. Dadurch war Ihr Alibi in Gefahr. Sie wollten es sich nämlich durch ein langsames Verbluten sichern, der Todeszeitpunkt sollte in die Zeit der Suchaktion in der Villa Paradiso fallen, bei der Sie von jedermann gesehen wurden. Als Sie merkten, dass Gabriele in wenigen Minuten sterben würde, hatten Sie keine Zeit, die Klamotten loszuwerden, auch wenn

Sie ein hervorragender Läufer sind. Sie wuschen sich nur Gesicht und Hände und rannten, den blutverschmierten Overall im Rucksack, zurück in die Villa, wo Sie in Ihren Schlafanzug schlüpften und den Alarm auslösten.«

»Haben Sie dafür Zeugen?«

Die Staatsanwältin wischte des Verteidigers Einwurf mit einer Geste weg. De Santis sprach weiter.

»Als Sie während der Suchaktion den Rucksack mit den Beweisstücken vergruben, wären Sie fast von Piero Coppola überrascht worden. Sie konnten die Situation überspielen, aber Coppola wurde später durch meine Nachfragen stutzig. Er kapierte, dass er Sie mit einem Klappspaten gesehen hatte, und er ahnte den Grund. Das war es, was er mir vor seinem Tod mitteilen wollte. Der nächste Fehler war, dass Sie mit Gabrieles Handy eine falsche Spur legen wollten. Als Sie versucht haben, das Handy loszuwerden, hat Lorenzo Barbagiovanni Sie auf der Piazzetta beobachtet. Sie hielten den Erpresser für Piero Coppola, wollten ihn mit einer Karriere ködern, aber er wurde misstrauisch und stellte Nachforschungen an. Als er Sie bis zur Lösegeldübergabe verfolgte, stürzten sie ihn von der Klippe.«

»Augenzeugen? Beweise?«, fragte der Anwalt. »Es finden sich weder Spuren am Tatort noch an der Leiche oder an besagtem Falschgeld.«

»Wir haben die Aussage Lorenzo Barbagiovannis.«

»Eines notorischen Lügners und Diebs«, zischte der Verteidiger.

De Santis hatte keine Lust mehr auf das Spiel. Sie würden Hausdurchsuchungen vornehmen, Telefon- und Bankdaten, die Computer filzen. Routinearbeit, mit denen sie die letzten Details rekonstruieren würden. Mit dem Rest sollten sich Staatsanwälte und Richter herumschlagen.

»Was mich wirklich interessiert, ist Ihr Motiv. Haben Sie tatsächlich geglaubt, dass Sie Arianna, ein junges Mädchen, auf ewig an sich binden könnten?«

»Wir sind auf ewig verbunden.«

»Ihr fixe Idee reicht dafür nicht.«

»Was Arianna und mich eint, übersteigt den Horizont einer Beamtenseele.«

»Sie haben das Mädchen geblendet mit Ihrem bescheidenen künstlerischen Talent und Ihrem Gehabe als Mann von Welt. Aber irgendwann ahnte sie, was hinter der Maske steckt.«

»Ich habe akzeptiert, dass meine Berufung nicht im Schaffen von Kunstwerken liegt, sondern darin, meine Schüler zu verwandeln.«

»Das dachte eine Weile auch Arianna. Aber unter Ihrer Anleitung gehen die Begabten zugrunde und die Mittelmäßigen bleiben mittelmäßig. Ihr einziges Talent ist, dass Sie die Schwächen der anderen Menschen erkennen. Und auszunutzen verstehen.«

»Ich muss mir das nicht anhören!«

»Das stimmt«, sagte De Santis. »Wenn Sie nichts zu Ihrer Entlastung vorzutragen haben, können Sie zurück in Ihre Zelle.«

»Ich beantrage Haftverschonung. Mein Mandant ist schwer verletzt«, echauffierte sich der Verteidiger und ruckelte an seinem Krawattenknoten.

De Santis wedelte ihn mitsamt seinem Mandanten hinaus. Auch Elvira Barbarossa erhob sich und sagte: »Ich warte draußen auf Sie. Glückwunsch.« Ihr Lächeln war spontan und herzlich, und er wusste es zu schätzen. Aber als er es erwidern wollte, fuhr ein fieser Schmerz über seine Kopfhaut.

Er blieb allein in seinem Büro zurück und genoss einen Moment der Stille. Eine Aufgabe wartete noch auf ihn: Gerardo Pasetti. Man hatte ihn, gemeinsam mit den restlichen zweien, im Wettbüro in Fuorigrotta verhaftet. Bei der Durchsuchung der Garage von Canticchi hatten die Beamten ein Arsenal an Spraylacken und Schablonen gefunden. Die Gruppe hatte nicht nur die Graffitis auf Capri zu verantworten, ihre Handschrift und ihre Erkennungssigle mit den Initialen fand man an zahlreichen Fassaden Neapels. PCDT, Pasetti, Canticchi, De Sio, Togni. Manche Eigentümer der Immobilien hatten sich über die farbenfrohen Werke gefreut, manche hatten sie akzeptiert, einige hatten Anzeige erstattet.

Gerardo Pasetti wurde hereingeführt, setzte sich und sah sich in dem engen Raum um, in dem sich Akten, alte Urkunden und schiefe Regale türmten. Dann betrachtete er flüchtig und verlegen De Santis.

»Ich weiß, dass Sie Gabriele Cerriello nicht getötet haben. Wieso haben Sie uns nicht die Wahrheit gesagt?«

»Das habe ich.«

»Wenn Sie eingeräumt hätten, dass Sie auf Capri waren und warum, hätte es vielleicht einen Toten weniger gegeben.«

»Sie hätten mir nicht geglaubt. Für die Polizei sind wir Kriminelle.«

»Zwischen Sachbeschädigung und Mord besteht ein gewaltiger Unterschied. Ich habe mit Arianna geredet.«

Er verzog angewidert das Gesicht.

»Sie mag Sie. Nicht sie, sondern Ihr Vater steckte hinter der Anzeige gegen Sie«, insistierte der Kommissar.

Pasetti zuckte mit den Achseln. »Ich mochte sie auch. Aber das ändert nichts an meiner Lage.«

»Doch. Wir werden das vor dem Richter zur Sprache bringen.«

»Muss ich einrücken?«

Der Kommissar zögerte. Gerardo Pasetti war ihm nicht unsympathisch, aber er durfte ihm keine falschen Versprechungen machen.

»Was ist letztes Jahr in der Villa Paradiso passiert? Wieso sind Sie handgreiflich geworden?«

Gerardo Pasetti sah den Kommissar prüfend an. »Wollen Sie die Wahrheit hören?«

»Nichts anderes interessiert mich.«

»Ich mochte Arianna, und sie mochte mich auch ein bisschen. Wir passten nicht zueinander, das war klar, und sie ging mir auch wahnsinnig auf die Nerven mit ihrem Getue. Wenn Aquarellieren dran war, aquarellierte sie wie bescheuert, wenn mit Ton gearbeitet wurde, hatte sie nur noch Ton im Kopf. Wenn dieser Sgarbanti etwas auf die Tagesordnung setzte, wurde sie zur kleinen Zinnsoldatin.«

»Eine Streberin?«

»Schlimmer. Sie lebte in einer Scheinrealität. Sie wollte nicht sehen, wie hohl Sgarbanti und sein ganzer Affenzirkus waren. Aber wenn ich nur eine Andeutung machte, flippte sie aus. Waren wir raus aus dem Dunstkreis der Villa, wenn sie vergaß, dass sie unbedingt Kunst produzieren musste, dann wurde sie ein Mensch mit Gefühl …« Er hielt inne, und der Kommissar merkte, dass Pasetti gerührt war. Aber schnell setzte er wieder eine harte Miene auf.

»*Er nutzt dich aus*, sagte ich zu ihr. *Er manipuliert*

dich. Sie wurde richtig böse, wenn ich nur Andeutungen machte. *Du bist eifersüchtig*, sagte sie. *Ihr Männer seid alle gleich, es geht euch nur um Besitz*, so ein Zeug redete sie dann. Na ja, und dann kam der Tag, an dem wir unsere Arbeiten vor der Klasse besprachen. Der Professor hatte mich schon eine Weile auf dem Kieker, er merkte, dass ich ihn durchschaute, glaube ich. Er fing an, mein Gemälde runterzumachen, sich lustig zu machen über meine *primitive Bildsprache*, und die anderen pflichteten ihm bei, wie Speichellecker. Arianna schwieg, weil sie immer schwieg. Und dann platzte es aus mir heraus. Ich sagte ihm, er sei ein eitler Hanswurst, eine künstlerische Null, der sich von seiner Frau aushalten lasse und sich einen Privatzoo eingerichtet habe, um sich als Direktor aufzuspielen und junge Mädchen zu ficken. Er sei nur eifersüchtig, deshalb hacke er auf mir herum.«

»Und dann?«

»Er war kreidebleich im Gesicht und kam auf mich zu. Er hatte einen Blick, als wollte er mich abstechen, und da sind mir die Sicherungen durchgebrannt ...«

»Was haben Sie getan?«

»Ich habe ihn mit einer Kombination erwischt.«

»Mit den Fäusten?«

Pasetti nickte. »Er lag auf dem Boden, blutete. Ich bereute es sofort. Nein, wenn ich ehrlich bin, bereute ich es kein bisschen. Aber das war's dann mit mir und der Villa Paradiso. Nicht nur das. Wenn ich mich anschließend an Sammelausstellungen beteiligen wollte oder mit Galeristen redete, dann kamen immer dieselben unverbindlichen Reaktionen. Man werde sich melden. Ich wurde hingehalten oder hörte merkwürdige Vorwände, warum meine Arbeiten augenblicklich *nicht in das ästhetische Konzept passten.*«

»Er nutzte seinen Einfluss, um Sie kaltzustellen?«

Pasetti zuckte mit den Achseln. »Bestimmt. Am Anfang war ich verletzt. Ich hätte ihn am liebsten umgebracht. Aber irgendwann ließ es mich kalt, und ich machte meine eigenen Sachen.«

De Santis blickte aus dem Fenster.

»Arianna wird vor Gericht zu Ihren Gunsten aussagen. Dafür sorge ich. Sie müssten mit einer Geldstrafe und einigen Sozialstunden davonkommen.«

»Und mein Job?«

»Den behalten Sie hoffentlich. Dass Sie abgetaucht waren, hatte mit den falschen Anschuldigungen zu tun. Ich werde mit Ihrem Arbeitgeber reden.«

Gerardo Pasetti legte den Kopf schräg. »Machen Sie sich lustig über mich?«

»Nein.«

Es wurde wieder geklopft, Frau Pasetti trat ein. Sie betrachtete den Kommissar mit unverhohlener Verachtung, dann ihren Sohn. Man musste genau hinsehen, um in ihrem Blick, unter Strenge und Bitterkeit, so etwas wie mütterliche Liebe zu erkennen. Aber De Santis sah sie. Und hoffentlich auch Gerardo.

»Ihr Sohn hat mit den Morden nichts zu tun«, sagte er.

»Das brauchen Sie mir nicht zu sagen.«

Als De Santis sein Büro verließ, standen im Flur Kollegen und Journalisten Spalier, Beifall brandete auf, und aus der Menge löste sich Alessandro Moncini. Bomba hatte ihm De Santis' Position durchgegeben. Und er war dann mit seinen Leuten zur Villa Jovis gerannt, hatte den

Kommissar von den Klippen gehievt und Sgarbanti verhaftet. Er trat strahlend auf De Santis zu. »Danke«, sagte dieser.

»Ich wusste, dass wir blendend harmonieren würden. Auch wenn es am Ende verkehrt herum gelaufen ist. Sie haben die Sprayer geschnappt und ich den Mörder.«

Moncini bahnte sich einen Weg durch die Menge und wartete, bis sich die Presse, die Kollegen und die vier Burschen aus Fuorigrotta versammelt hatten. Diese standen aufgereiht in Handschellen, Alessandro Moncini drückte De Santis noch einmal die Hand, und dann wurden sie in Blitzlicht getaucht. Alessandro Moncini sagte, sich kerzengerade aufrichtend und die Uniformjacke glatt ziehend: »Diese beiden Fälle wurden dank einer beispielhaften Synergie der beiden Kommissariate gelöst. Der Mörder ist dingfest gemacht, den Schmierern konnten wir das Handwerk legen.«

»Stimmt es, dass Sie in einer dramatischen Aktion Commissario De Santis das Leben gerettet haben?«, fragte ein Reporter.

Moncini lächelte. »Wir halten in einer halben Stunde eine Pressekonferenz ab, der Questore höchstpersönlich wird zu uns stoßen, dann beantworten wir gern Detailfragen, danke!« Er verneigte sich und setzte dann wieder sein fotogenes Strahlen auf.

De Santis wollte nur noch nach Hause.

49

De Santis schärfte sein Fischmesser mit dem Schleifstahl und zog dann einen sauberen Schnitt durch den Bauch der Brasse. Er nahm sie aus und füllte sie mit gehäckselten Tomaten, Rosmarin und Knoblauch. Dann legte er sie auf die Arbeitsplatte, neben Sepien, Meeräschen, Lachs und frische Thunfischfilets.

Er hatte die Wohnung geputzt, einen Sommeranzug angelegt und auf der Dachterrasse den Grill angeschürt, als es auch schon klingelte. Er lief zur Tür und öffnete. Vor ihm stand nicht Diana, wie er erwartet hatte, sondern Ludovica, seine Tochter. Mit rosa Haarsträhnen, einem neuen Piercing in der Augenbraue und einer voluminösen Sporttasche. Er war sprachlos.

»Hast du vergessen, dass ich kommen wollte?«, fragte sie.

»Nein, es ist nur …«

Sie lugte in die Wohnung. »Du hast dir ja richtig Mühe gegeben.«

»Ich erwarte noch jemanden.«

»Ach so«, sagte sie enttäuscht. »Wen denn?«

Ihm wurde heiß und kalt, wenn er an die Begegnung von Ludovica mit Diana dachte. »Eine Frau.«

»Eine Frau. Deine neue Beziehung?«

»So in etwa.«

»Glückwunsch.« Sie trat in die Wohnung, schüttelte sich eine Zigarette aus einem Päckchen und zündete sie sich ungeniert an. »Erzähl mir von ihr.«

»Würdest du hier bitte nicht rauchen?«, fragte der Kommissar.

»Ich gehe auf die Terrasse, wenn du möchtest.«

»Ich möchte, dass du gar nicht rauchst.«

Sie sah ihn misstrauisch an. »Seit wann bist du so kleinkariert?«

»Du bist siebzehn.«

»In dem Alter hast du auch geraucht.«

»Und es war ein Fehler.«

Sie verdrehte die Augen. »Hat Mama dich instruiert? Dann kann ich auch wieder nach Hause gehen.«

»Nein, so war es nicht gemeint. Es ist nur ...«

»Was?«

»Ich habe aufgehört, und jetzt muss ich mich um die Glut kümmern.«

Er holte die Schüsseln aus der Küche, in denen er das Grillgut eingelegt hatte.

Seine Tochter sah ihn misstrauisch an. »Paps?«

»Ja.«

»Du lässt dir jetzt aber nicht wieder von irgendeiner Frau auf der Nase herumtanzen, oder?«

»*Wieder?* Was meinst du?«

Sie sah sich um. »Du hast die ganze Bude auf den Kopf gestellt, du hast das Rauchen aufgegeben, du hast dich als Bankangestellter verkleidet. Ich weiß nicht, ob ich das gut finde.«

Es klingelte erneut, und Ludovica wollte loslaufen. De Santis hielt sie fest. »Wenn du hierbleiben willst ...«

»Was ist dann?«

»Sie ist besonders. Bitte nimm dich zusammen.«

»Ist das eine Erpressung?«

»Nein, das ist ein Geschäft.«

Sie sah ihn grinsend an. »Ich überleg's mir.«

»Sie ist mir wichtig.«

Ludovica entwand sich seinem Griff, lief zur Tür, öffnete und starrte Diana an.

Diese blickte überrascht aus tief liegenden Augen. Sie hatte im Krankenhaus ein wenig abgenommen, die leichte Blässe ließ ihr schwarzes Haar noch stärker wirken.

»Ich bin die Tochter«, sagte Ludovica. »Ich hoffe, es macht Ihnen nichts aus.« Sie gab ihr die Hand und fügte hinzu: »Mir macht es auch nichts aus, dass Sie Interesse an meinem Vater haben. Sind Sie Polizeischülerin?«

»Sie ist Cellistin«, schaltete De Santis sich ein. Seine Tochter pfiff anerkennend durch die Zähne. »Ludovica, würdest du nach dem Fisch sehen und Gemüse auf den Grill legen?«

Er trat auf Diana zu, gab ihr einen Kuss und nahm ihr die Jacke ab. »Entschuldige«, flüsterte er.

»Dafür gibt es keinen Grund.«

De Santis hatte Cocktails gemixt, füllte ein drittes Glas für Ludovica und brachte es hinaus auf die Dachterrasse. Diana kam nach, und sie stießen an.

Ludovica nippte am Glas, rümpfte die Nase und sagte: »Bist du jetzt auch noch Abstinenzler geworden? Was haben Sie nur aus ihm gemacht?«, fügte sie an Diana gewandt hinzu. Diese starrte verlegen in ihren Cocktail. De Santis zog seine Tochter in die Küche. »Hast du mir vorhin nicht zugehört? Diana und ich, wir gehen das gerade gemeinsam an.«

»Was?«

»Sie hatte ein paar Probleme mit ... Substanzen. Ich will sie unterstützen. Wir verzichten auf jede Form von Drogen.«

»Oje. Wie alt ist sie?«

»Mitte dreißig.«

»Sicher?«

»Ja.«

Sie schüttelte nachdenklich den Kopf. »Ich weiß nicht, ob ich das alles gutheißen kann.«

»Ehrlich gesagt, ist das meine Sache. Bitte sei einmal im Leben behutsam. Sonst ...«

»Was sonst? Ich bin deine Tochter.« Ihr traten Tränen in die Augen, und De Santis wusste nicht, ob sie echt waren.

»Bitte«, sagte er.

»Ich werde mir Mühe geben.«

»Ich muss mich um die Tagliatelle kümmern.«

Er hatte Wasser aufgestellt, das inzwischen kochte. Er salzte es und warf die mit Sepiatinte schwarz gefärbten Nudeln hinein. Er sah durch das Küchenfenster, wie seine Tochter mit Diana redete – genau genommen redete nur Ludovica. Diana sah gedankenverloren drein, doch dann lachte sie plötzlich. Vom Grill zog der Duft des Thunfischs durchs Fenster, dessen Fett zischend in die Glut tropfte.

»Lasst die Sepien nicht verbrennen«, rief der Kommissar nach draußen.

Diana kam in die Küche und sagte: »Vielleicht solltest du das übernehmen, ich passe auf die Tagliatelle auf.« Sie war knallrot im Gesicht. »Alles in Ordnung?«, fragte er.

»Ja, geh nur.«

Er lief an den Grill, nahm seiner Tochter die Zange aus der Hand und wendete die Sepien, die bereits angekokelte Streifen hatten.

»Worüber habt ihr geredet?«

»Das ist ja wohl unsere Sache. Weißt du, dass du eine echte Berühmtheit an Land gezogen hast?«

Er blickte verdutzt drein.

»Na ja, nicht sie direkt, aber ihre Eltern.«

»Wer sind sie?«

»Du weißt es nicht?«

»Der Vater ist irgendein Dirigent, glaube ich.«

»*Irgendein* Dirigent?«

»Jetzt sag schon.«

»Darf ich hierbleiben?«

»Wir schauen, wie das Essen läuft. Und wenn, schläfst du auf der Couch«, sagte De Santis.

Diana servierte die Tagliatelle. Er betrachtete sie in ihrem Kleid, mit ihrem beschwingten Gang, der dampfenden Schüssel. Plötzlich war er gerührt und hatte das Gefühl von Zuhause, zum ersten Mal seit langer Zeit. Sie setzten sich an den Tisch, schoben sich die pechschwarzen Nudeln in den Mund und sahen zu, wie das Abendrot verglühte, wie die Meeresbrise die Kräuter in den Kübeln streifte. De Santis spürte Dianas Knie und sah die Sehnen an ihrem schlanken Hals. Was habe ich für ein unverschämtes Glück, dachte er. Er nahm sie in den Arm, Ludovica schüttelte den Kopf und verdrehte die Augen.

Er erhob sich, nahm sein Wasserglas und wollte etwas von Glück, von Dankbarkeit, von den wichtigsten Frauen in seinem Leben und dem zweiten Gang, der auf dem Grill wartete, erzählen, aber er kam nicht weit. Eine

Möwe schwebte vom Himmel, bremste mit ausgebreiteten Schwingen, und ehe der Kommissar begriff, was geschah, hatte sie die schönste Dorade vom Grill geholt und flog mit einem meckernden Schrei davon.

»Tja, Paps, du solltest den Mund nicht so voll nehmen«, sagte Ludovica. Die beiden Frauen tauschten einen Blick und brachen in schallendes Gelächter aus.

50

Einige Wochen später – der Sommer ging zu Ende, in der Mordabteilung herrschte schläfrige Routine – bat Ispettore Beppe Bomba die Kollegen in sein Büro. Feierlich legte er eine Kladde auf seinen Schreibtisch und sagte: »Liebe Carmela, lieber Mario, jetzt ist euer großer Augenblick gekommen.«

Tatsächlich waren sämtliche Details der Trauung geklärt. Der Kommissar hatte mit Carmela De Cillis über die Wohnungsfrage und Mario Marins Bedenken geredet, und sie hatte versprochen, »ein paar Rechnungen aufzutreiben«.

»Nicht nur ich, die Abteilung, sondern alle Kollegen, gewöhnliche Bürger, Verdächtige, Staatsanwälte, sogar Carabinieri wünschen euch viel Glück.«

Er zog ein geblümtes Kuvert aus der Tasche und überreichte es den Brautleuten.

De Santis schoss ein Foto, dann öffnete Marin den Umschlag. Er enthielt einen Scheck über 7213 €. Bomba hatte mal wieder ganze Arbeit geleistet.

»Und was ist das?«, fragte Carmela, nachdem sie eine Büroklammer entfernt und mehrere Tickets aufgeblättert hatte.

»Ein kleiner Bonus. Passend zur Gelegenheit.«

Es waren Tickets für das San-Paolo-Stadion, für das erste Heimspiel der Saison. Der SSC Neapel empfing Hellas Verona. Mario Marin stammte zwar aus Treviso, hatte aber nie einen Hehl daraus gemacht, dass er Verona-Fan war.

Beppe Bomba hatte eine Dauerkarte in der Fankurve. Mit einem Grinsen hatte er den Kollegen einen unvergesslichen Nachmittag gewünscht und war in der Menge verschwunden.

Das Spiel fing gut an. Neapel dominierte, zauberte, ging in Führung. Carmela jubelte und umarmte Mario, der mit versteinerter Miene wiederholte, sie kämpften um den Klassenerhalt, die nötigen Punkte würden sie woanders holen.

Aber plötzlich sprang er auf und schrie: »Das ist mindestens gelb.« Ein Stürmer Veronas war per Tackling vom Ball getrennt worden.

»Er hat den Ball gespielt«, korrigierte Carmela.

»Obendrein Elfmeter«, insistierte Marin, und der Schiedsrichter sah es genauso. Das Stadion tobte.

Auch der Verteidiger Neapels echauffierte sich und flog vom Platz. Marin lehnte sich zufrieden zurück. De Santis schloss die Augen. Er wusste, warum er seit Jahren zu Hause blieb, wenn Neapel spielte.

Der Stürmer lief an, verlud den Torhüter. Es stand 1:1.

»Das soll wohl ein Witz sein?«, fragte Carmela.

Von diesem Moment an war ein anderes Spiel zu sehen. Neapel rannte an, der Gegner mauerte. Verona schlug einen Ball aus dem Strafraum, der einzige Stürmer entwischte den aufgerückten Verteidigern und blieb vor dem Tor eiskalt. 1:2 für Verona.

Marin machte den Fehler, in die Luft zu springen. Im Umfeld wurde gezischelt.

»Wen hast du denn da mitgebracht?«, fragte jemand Carmela.

»Er ist aus dem Norden.«

Neapel spielte jetzt Harakiri, selbst der Torwart rannte mit nach vorne, um den Ausgleich zu erzielen. Ein weiteres Gegentor war auch schon egal.

Nicht ganz. Das merkte man, als es fiel. Marin hatte so viel gesunden Menschenverstand, auf Jubelposen zu verzichten.

»Betrug«, sagte Carmela. »Immer dasselbe.«

»Es war ein klarer Elfmeter«, konnte Marin sich nicht verkneifen zu sagen.

»Das sagst du aus voller Überzeugung? Oder nur, um mich zu provozieren?«

»Wieso sollte ich dich provozieren wollen?«

»Überleg, was du sagst.«

»Ist das eine Drohung?«

»Ich will wissen, was für einen Menschen ich in zwei Wochen heiraten soll.«

De Santis versuchte zu beschwichtigen. »Bitte, Carmela, es ist nur ein Fußballspiel. Das hat mit eurer Beziehung nichts zu tun.«

»Woher wollen Sie das wissen? Sie müssen nicht mit ihm zusammenleben.«

Zum Glück, dachte De Santis.

»Willst du, dass ich meine Überzeugungen über Bord werfe«, fragte Marin, »meinen Begriff von Fairness und Gerechtigkeit?«

»Fairness?«, schrie Carmela. »Mein Vater hatte recht.«

»Womit?«

Sie winkte ab.

»Ich dachte eigentlich, dass Frauen beim Fußball weniger fanatisch sind.«

»Was hast du gegen Frauen?«

»Nichts. Im Gegenteil.«

»Was meinst du? Dass du Frauen magst, weil sie Ungerechtigkeiten einfach schlucken?«

»Am besten, du beruhigst dich. Und wenn du wieder klar siehst ...«, sagte Marin.

»Ich habe dich nie klarer gesehen.«

Er wollte sie an der Schulter fassen, aber sie schlug seine Hand weg. »Rühr mich nicht an! Lass mich einfach in Frieden«, schrie sie.

Mario Marin erhob sich. Er nahm seinen Blazer, nickte kurz in die Runde und verschwand in der Menge, die dem Ausgang zustrebte. Carmela saß da, De Santis legte seinen Arm um sie.

»Haben Sie schon einmal so viel Arroganz erlebt?«, schluchzte sie.

Oje, dachte der Kommissar. Marin tat ihm leid, in gewisser Weise. Und dann dachte er an Beppe Bomba, an das süße Lächeln, mit dem er das Kuvert überreicht hatte.

Wie hat er das nur wieder hingekriegt?